Angela Huth
Das verheiratete Leben

SERIE PIPER

Zu diesem Buch

Einen Tag und eine Nacht dauert die Party der Farthingoes auf ihrem viktorianischen Landsitz in England. Sie ist der gesellschaftliche Höhepunkt der Saison. Die geladenen Ehepaare und Junggesellen, die Söhne und Töchter kennen sich zum Teil flüchtig, zum Teil sehr gut. Für eine Nacht und einen Tag umkreisen sich die Gäste wie die Gestirne am Himmel der Liebe, alte Bindungen werden in Frage gestellt, geheime Lieben gestanden – natürlich alles unter der Norm der englischen Etikette. Angela Huth hat mit typisch britischem Humor einen feinsinnigen und liebenswerten Roman geschrieben, der um die Rituale des Ehelebens kreist und sie vielschichtig beleuchtet. Sie läßt den Leser als schmunzelnden Beobachter teilhaben an den Irrungen und Wirrungen ihrer Protagonisten.

Angela Huth hat bisher sechs Romane veröffentlicht. Sie schreibt außerdem Stücke für Rundfunk, Fernsehen und Bühne und hat sich als Journalistin, Kritikerin und Filmemacherin einen Namen gemacht. Ihr erster Roman auf deutsch ist »Brombeertage« (1996), von David Leland verfilmt, und zuletzt erschien auf deutsch ihr Roman »Meeresleuchten« (1998).

Angela Huth
Das verheiratete Leben

Roman

Aus dem Englischen von
Renate Zeschitz

Piper München Zürich

Von Angela Huth liegt in der Serie Piper außerdem vor:
Brombeertage (2607)

Für Simone und Fred

Deutsche Erstausgabe
März 1999
© 1991 Angela Huth
Titel der englischen Originalausgabe:
»Invitation to the Married Life«,
Sinclair-Stevenson Ltd., London 1991
© der deutschsprachigen Ausgabe:
1999 Piper Verlag GmbH, München
Umschlag: Büro Hamburg
Simone Leitenberger, Susanne Schmitt, Annette Hartwig
Foto Umschlagvorderseite: Gerhard Linnekogel
Foto Umschlagrückseite: Sophie Litchfield
Satz: Uwe Steffen, München
Druck und Bindung: Clausen & Bosse, Leck
Printed in Germany   ISBN 3-492-22749-X

Inhalt

ERSTER TEIL

Die Einladungen

Der Ehe gebührt Respekt,
allseits und allerorten.

Balzac

DAS GEMEINSAME FRÜHSTÜCK war für Rachel Arkwright die gefährlichste Tageszeit. Um acht Uhr morgens konnte sie ihren stets aktiven Ehemann besonders leicht verärgern. Mehrmals die Woche beging sie dann schon, ohne es zu wollen, den ersten verhängnisvollen Fehler. Manchmal beschloß sie ganz bewußt, zu schweigen. Aber selbst das war kein Patentrezept gegen seinen Unmut.

»Was ist jetzt wieder?« polterte er dann los. »Schon wieder eine schlechte Nacht gehabt? Nein danke, ich will nichts Näheres darüber wissen.«

Rachel seufzte dann vor sich hin und wägte für sich ab, ob es die Sache wert war, die Frage zu beantworten, oder ob sie lieber ihrem Entschluß treu bleiben und schweigen sollte, bis es an der Zeit zur täglich gleichermaßen lustlosen Verabschiedung war.

Als die Kinder noch im Haus waren, war es nicht so schlimm gewesen, obgleich Thomas auch da schon allen mit seinem Mißmut das Frühstück verdorben hatte. Jeremy, der sich nie gescheut hatte, seinem Vater Paroli zu bieten, hatte ihn gelegentlich auch noch mit irgendeinem linksliberalen Kommentar zum Tagesgeschehen aufgestachelt. Dann brüllten sich die beiden gegenseitig an, stießen ihre Kaffeetassen so fest auf den Tisch, daß der Kaffee überschwappte und Ringe auf der mit Bienenwachs eingelassenen Tischoberfläche machte. Aber zumindest war es *ihr* Streit gewesen, und Rachel war nicht dafür verantwortlich. Sie und Helen tauschten dann verstohlene Blicke aus, nicht etwa so etwas Unübersehbares wie eine hochgezogene Augenbraue – diese Lektion hatten sie schon vor vielen Jahren gelernt. Für Thomas bedeutete eine hochgezogene Augenbraue Meuterei – Hochverrat. Sein Zorn steigerte sich nur noch mehr, und er wurde ausfällig, aber vielleicht meinte er es auch nicht so. Mutter und Tochter hatten sich als Ausdruck ihrer Solidarität auf einen minimalen Blickkontakt geeinigt, der Außenstehenden gänzlich verborgen blieb und auch Thomas, der ohnehin in vieler Hinsicht keine gute Beobachtungsgabe hatte.

Rachel vermißte den Schutz, den ihr die Kinder boten, schmerzlich. Sie wurde ungeschickt. Die tägliche Anspannung durch den Versuch, nichts falsch zu machen, forderte ihren Tribut. Sie ließ den Toast anbrennen, Spiegeleier auseinanderfließen und verstreute Salz. Ihre Handknochen schimmerten wie gebleichte Furchen durch die Haut. Morgens fühlte sie sich alt.

Heute, ein Dienstag im Frühsommer, war einer der schweigsamen Morgen – ein gereiztes Schweigen von Thomas' Seite. Er machte es deutlich mit geräuschvollem Abstellen seiner Kaffeetasse und ungeduldigen Schlägen auf die Zeitung, wenn er umblätterte. Am Abend zuvor war er bei einem Geschäftsessen gewesen. Er war erst nach Mitternacht nach Hause gekommen und hatte über Kopfschmerzen geklagt. Der Morgen nach einem Geschäftsessen war besonders gefahrenbeladen.

Rachel schob die Grapefruit weg, die sie eben fertiggegessen hatte, und betrachtete das vertraute Gegenüber. Da saß er, die Karikatur eines Ehemannes, fast völlig verdeckt, als hätte er sich gegen sie hinter dem *Daily Telegraph* verschanzt (er war erst vor kurzem von der *Times* auf den *Telegraph* umgestiegen). Zwei rosige, behaarte und fleischige Hände hielten die Seiten der Zeitung weit auseinander. Rachel konnte sich den ebenso vertrauten Anblick der Körperhälfte unter dem Tisch gut vorstellen: nadelstreifenbedeckte dicke Knie und Waden, kräftige Fußknöchel in rutschenden grauen Wollsocken und teure Lederschuhe. Schon oft hatte sie sich über seinen massigen Körper gewundert. Als Student war er fast knochig gewesen. Bei den seltenen Gelegenheiten, in denen sie sein Gewicht zu spüren bekam, schloß sie die Augen vor seinem dicken Wanst und stellte sich ihn bei Tag vor. Angezogen. Trotz seines Umfangs war er gut proportioniert, trug aber seine Anzüge ziemlich eng. Der Schneider hatte die Anordnung, möglichst viel an den Nähten wegzunehmen, und so sahen seine Anzüge aus, als seien sie für viel schlankere Männer. Seine Eitelkeit war realitätsfremd. Er hielt sich nicht für dick.

Rachel hatte die Hand auf dem kleinen Stapel Briefe, der neben ihr auf dem Tisch lag. Die kleine Vorfreude jeden Morgen war ihr ein heimlicher Trost. Immer schon hatte sie gerne Briefe geschrieben und bekommen. Heutzutage schien das allerdings eine aussterbende Kunst geworden zu sein, und es kamen nicht viele. Jeremy meldete sich einmal pro Woche aus Cambridge mit einem R-Gespräch, und auch das nur, um sein Gewissen zu erleichtern. Helen schrieb ziemlich häufig – warmherzige, witzige Briefe, die das Leben in Durham viel unterhaltsamer erscheinen ließen, als es wirklich war. Rachel freute sich immer, von Helen zu hören. Sie las den Brief mehrmals, sobald Thomas aus dem Haus gegangen war, und hob ihn zusammen mit den anderen in ihrem Schreibtisch auf. An den meisten Tagen jedoch war die Post eher enttäuschend: Rechnungen, Mahnungen vom Zahnarzt, langweilige Pflichtpostkarten von Freunden, die auf Urlaub im Ausland waren.

An diesem Morgen erspähte Rachel jedoch mit einer Aufregung, die in keinem Verhältnis zu dem Ereignis stand, einen teuren weißen Briefumschlag unter all den braunen. Sie zog ihn heraus und untersuchte ihn sorgfältig. Schwarze Tinte, große, arrogante Handschrift. Poststempel: Northampton. Ganz offensichtlich von den Farthingoes … Rachel schlitzte den Umschlag auf. Aufgeregt, wie sie war, vergaß sie, daß das Geräusch des aufreißenden Papiers Thomas auf jeden Fall verärgern würde. Und plötzlich war ihr das ganz egal.

Die Karte aus dickem weißen Papier mit der wunderschönen Gravur war tatsächlich von den Farthingoes.

»Thomas«, sagte Rachel und befühlte die Karte mit der Ehrfurcht einer Frau, die früher einmal sehr gern zu Einladungen ging und diese Gewohnheit nie ganz ablegen konnte, »Frances und Toby haben uns zu einem Ball eingeladen.«

Es folgte ein Augenblick schrecklichen Schweigens. Rachel konnte sich die zornblitzenden Augen ihres Mannes nur allzugut vorstellen. Sie spürte, daß ihr Herz sehr schnell schlug. Wieder einmal hatte sie in ihrer törichten Aufgeregtheit einen nicht wiedergutzumachenden Fehler begangen und mußte jetzt die Konsequenzen tragen.

»Wann?« fragte Thomas schließlich.

Die Frage entbehrte jeglichen Interesses und ergoß sich wie eine kalte Dusche auf die wohlige Wärme von Rachels Vorfreude. Diesem einen Wörtchen gelang es vorzüglich, die aufkeimende Verstimmung zu vermitteln.

»September.«

Endlich legte Thomas die Zeitung beiseite, nachdem er sie schlampig zusammengefaltet hatte. Seine rötlichen Augenbrauen waren hochgezogen und stießen an die Furchen auf seiner Stirn – fassungslos, vernichtend, angeekelt.

»Um Himmels willen, bis dahin sind es noch vier Monate.«

»Man muß die Leute heutzutage sehr früh einladen, wenn man Wert darauf legt, daß sie auch kommen.«

»Lächerliches System.«

Ihre Augen trafen sich. Wie üblich war die untere Wimpernreihe bei Thomas in drei spitzen Klumpen zusammengeklebt. Das gab seinem Gesicht mit den blassen Augen einen ziemlich dämlichen Ausdruck, wie ein Seestern. Vor Jahren, am Anfang ihrer Ehe, hatte Rachel immer darüber gelacht. Thomas, der ihr damals gefallen wollte, ließ es zu, daß sie die Wimpern mit einem eigens dafür angeschafften Bürstchen voneinander trennte. Aber das wurde schon lange nicht mehr gemacht. Rachel hatte sich an das dämliche Gesicht, hinter dem sich ein scharfer, hellwacher Verstand verbarg, gewöhnt. Es fiel ihr nur noch in unangenehmen Augenblicken auf. Und um fair zu sein, war es vielleicht auch etwas, das nur sie allein so sah. Viele Frauen hielten ihn für einen gutaussehenden Mann.

»Soll ich zusagen?«

Thomas seufzte. Rachel ahnte, daß er versuchte, sich zu beherrschen. Sie bemühte sich ihrerseits, das Leuchten in ihren Augen nicht allzu auffällig erscheinen zu lassen. Das konnte sich nur negativ auf sie auswirken.

»Ich denke schon. Ganz offensichtlich möchtest *du* ja hingehen. Wozu Menschen mittleren Alters Bälle veranstalten, kann ich mir allerdings nicht vorstellen. Eine noch lächerlichere Art, Geld auszugeben, kann ich …«

»Danke.«

Rachels Herz schlug schneller und machte sie wieder übermütig. Die Vorfreude (in einer viel erhabeneren Variante, als es der eigentlichen Einladung angemessen war) durchströmte sie als eine amorphe goldene Wolke, die sie nicht zu beschreiben gewagt hätte. Andererseits konnte sie jedoch nicht umhin, deren Gegenwart mit einem besonders trivialen Gedanken zu besiegeln.

»Wir müssen deine Smokingjacke in die Reinigung bringen.« Schon während sie sprach, wußte sie, daß sie diesmal eindeutig zu weit gegangen war.

Thomas sprang auf. Seine Wangen färbten sich blaurot.

»Um Himmels willen, Rachel, müssen wir wirklich vier Monate im voraus daran denken, meine Smokingjacke zur Reinigung zu bringen?«

Thomas betrachtete Rachel. Der schmuddelige Frotteebademantel war in der Taille fest zusammengeschnürt, so daß der früher einmal flache Bauch deutlich hervortrat. Warum bloß zog sie sich nie zum Frühstück an? Ein fahles Licht von dem Fenster hinter ihr ließ ihr Haar mehr grau als kastanienbraun erscheinen. Die Bäume Londons draußen zeigten immer noch das durchdringende Maiengrün. Ihre Blätter bewegten sich leicht im Wind. Kleine Schatten spielten auf dem Tisch. Die Butter glänzte so intensiv gelb, daß es Thomas in den Augen weh tat. Er lenkte seinen Blick auf die trübe Marmelade in einem Glas und dann auf den Krug mit den Glockenblumen, die traurig ihre Köpfe über den Krugrand hängen ließen. Rachel hatte sie letztes Wochenende auf dem Land gepflückt und hätte sie schon vor zwei Tagen wegwerfen sollen. Aber sie zögerte das trotz Thomas' Protest immer so lange hinaus, bis die Blumen in den papierenen Auflösungszustand übergegangen waren.

Wäre Bonnard hier, dachte Thomas, und hätte sich mit halbgeschlossenen Augen an seine Leinwand gestellt, dann wäre die Art von *Stilleben mit Frühstück und Ehefrau* herausgekommen, die dem Betrachter einen Schauer des Grauens bei dem Gedanken an das mittlere Lebensalter über den Rücken gejagt hätte.

Rachel blinzelte. Ihre ehemals goldfarbenen Augen waren trocken. Sie war Thomas in Oxford als das einzige Mädchen mit echt goldenen Augen vorgestellt worden. Das war im Jahre 1961 gewesen. In London, fast dreißig Jahre später, war sie nun die einzige Frau mit spülwasserfarbenen Augen, die er kannte. Ja, das war es, ein cremefarbenes Mausgrau. Farblos wie Haferschleim, gefleckt mit ausgebleichtem Safran. Er mußte lächeln über seine gemeinen Gedanken.

»Es wird heute abend wieder spät«, sagte er. »Den ganzen Tag in Nottingham, dummerweise.« Er sparte sich die heuchlerische Geste, seine Frau zum Abschied auf die Wange zu küssen, und brach eilends auf.

Rachel, die bis zur Brust in ihrer unsichtbaren Wolke stand, war froh, daß er ging. Sie lebte in ihrer eigenen Welt und freute sich, wie jeden Morgen, dorthin zurückzukehren.

Thomas, der im dichten Verkehr langsam auf der M1 fuhr, hatte keinen sehr angenehmen Tag vor sich. Zuerst vormittags ein Treffen mit einigen französischen Importeuren, nachmittags eine Vorstandssitzung. Zum Mittagessen hatte er sich mit Gillian in der Wine Bar verabredet, und diesen Termin fürchtete er am meisten. Denn heute, so hatte er letzte Woche beschlossen, sollte der Tag sein, an dem er *den Stier bei den Hörnern packen* (Gillians Worte) und ihr sagen wollte, daß es vorbei sei – *Vorhang, finito.* Vielleicht würde sie ja verstehen und keinen allzu großen Aufstand machen, um ihre Lieblingsausdrücke zu verwenden. Obwohl das eigentlich unwahrscheinlich war. Gillian war eine energische junge Feministin. Jeder Mann, der nicht nach ihrer Pfeife tanzte, mußte dafür bezahlen. Thomas hatte schon häufig verbale Prügel bezogen. Er wunderte sich, daß sie sich doch immer wieder mit ihm treffen wollte, wo er doch in ihren Augen *so weit unter der Meßlatte lag.* Alle Männer waren Mistkerle, und da war Thomas keine Ausnahme. Was ihr offensichtlich nicht so ganz klar war – Thomas hatte keine Ambitionen, sie vom Gegenteil zu überzeugen. Auch schien sie nicht zu bemerken, daß ihre Beziehung von Anfang an eine Katastrophe gewesen war. *Klar Schiff zu machen* (o Gott, irgendwie war das ansteckend!) würde eine Erleichterung sein. Normalerweise hätte Thomas nicht vor diesem Schritt der endgültigen Trennung zurückgeschreckt (schließlich hatte er das schon vielfach durchgestanden), aber heute machten ihm quälende Kopfschmerzen zu schaffen. Seine Gedanken schwirrten unstet umher, wo er doch eigentlich einen ganz klar zurechtgelegten Plan haben sollte. Vielleicht würde es ja am späten Vormittag besser werden. Er tupfte sich die Schläfen mit einem Taschentuch ab. Noch vor ein paar Jahren wäre das ein mit Kölnischwasser parfümiertes Taschentuch gewesen. Inzwischen hatte Rachel diesen Service eingestellt. Ihm fehlte das, genauso wie die kleinen Überraschungen, die sie für ihn arrangiert hatte – Glenmorangie-Whisky, Kaschmirsocken, Bendicks Bittermints, Graved Lachs. Aber es war undenkbar, auch nur zu erwähnen, daß ihm die Abwesenheit dieser Dinge aufgefallen war, ganz zu schweigen davon, zuzugeben, daß es ihm leid tat.

Um fünf nach zwölf, als die beiden Franzosen endlich sein Büro verlassen hatten, fühlte sich Thomas keineswegs besser. Den Rest seiner Energiereserven hatte er damit aufgebraucht, daß er eine halbe Stunde lang Französisch gesprochen hatte, was den Verlauf des Treffens nur unnötig verzögert hatte. Die beiden Franzosen sprachen fließend Englisch, aber Thomas hatte seinen Stolz und bestand darauf, mit ihnen in ihrer Muttersprache zu verhandeln. Er haßte es, daß Engländer normalerweise keine Fremdsprachen konnten und war entschlossen, zu beweisen, daß nicht alle Engländer ungebildet waren. Hinzu kam, daß Besprechungen in einer anderen Sprache Doug, den arroganten Geschäftsführer der Firma, davon abhielten, dauernd zu stören. Thomas mußte zugeben, daß Doug ein fähiger Kopf war, aber Französisch konnte er eben nicht, obwohl er so tat, als sei er absolut *au fait* mit allen Vorgängen in der Firma. Vielleicht bin ich nicht so besonders gut, wenn es um das Sprechen geht, hatte er Thomas einmal erklärt, aber ich verstehe absolut jedes Wort.

»Jedes Wort verstanden?« fragte ihn Thomas deshalb, als die Franzosen gegangen waren. Er war sich zum zweiten Mal an diesem Morgen bewußt, wie gemein er war.

»Aber sicher, Tom. Bis zum Monatsende ist alles geregelt.«

Auf Dougs Notizblock standen mehrere lange, unbekannte Wörter (phonetisch geschrieben), die er am Abend zu Hause in einem Wörterbuch nachsehen wollte.

»Wunderbar«, entgegnete Thomas, stand von seinem ledernen Armsessel auf und hielt die fleischige Hand auf seine schmerzende Stirn. »Ich muß was zwischen die Zähne schieben. Ein bißchen frische Luft vor der Besprechung heute nachmittag kann mir auch nicht schaden.«

Als er das Büro verließ, war ihm klar, daß Doug mit seinem Verhalten nicht einverstanden war. Eigentlich war es ja seine Firma. Warum sollte er also nicht kommen und gehen dürfen, wie und wann er wollte? Doug wußte nur allzugut, daß ein Großteil der geschäftlichen Planung nicht im Büro vonstatten ging. Die Gewinne waren gut, also war gegen diese Methode nichts einzuwenden. Nichtsdestotrotz konnte er sich mit Dougs insgeheimer Mißbilligung nicht abfinden. Sie ärgerte ihn.

Auf der Straße kühlte eine leichte Brise seine schmerzenden Schläfen. Plötzlich kam ihm eine Idee: Er würde auf einen Sprung in der Galerie vorbeischauen. Eine kleine Freude am Tag mußte der Mensch haben, und er hatte sich ohnehin vorgenommen, sich das Strandbild, das ihm so gefiel, noch einmal anzusehen. Was machte es schon aus, wenn Gillian ein wenig warten mußte. Nur einmal war er pünktlich gewesen. Da war sie so übertrieben entzückt gewesen, daß er beschlossen hatte, nie mehr rechtzeitig da zu sein. Ihre Schelte war leichter zu verdauen.

In der ruhigen Galerie mit den weichen Teppichen und der sanften Beleuchtung überkam ihn endlich ein Gefühl der Ruhe. Das Mädchen, das mit gesenktem Kopf schreibend an einem Tisch saß, nahm keine Notiz von ihm. Er hatte sie noch nie zuvor gesehen. Sie hatte langes, bernsteinfarbenes Haar. Eine totenbleiche kleine Hand ragte aus einem zu langen wollenen Ärmel heraus. Am Mittelfinger steckte ein durchsichtiger Plexiglasring. Seltsam, dachte Thomas, wie die jungen Leute doch heutzutage geradezu fixiert sind auf Kleidung, die für sie einige Nummern zu groß ist. War das so eine Art Zuflucht, eine als notwendig erachtete Tarnung gegen kritische Blicke? Oder war das einfach die unschuldige Uniform der Jugend? Thomas hatte es einmal gewagt, seine Tochter zu fragen, warum sie so an einem schäbigen Hemd hing, das ihr bis zu den Knien reichte und sich über einen üppigen Folklorerock bauschte. »Ach, Dad, was soll die Frage?« hatte sie kryptisch geantwortet.

Thomas wandte seine Aufmerksamkeit den Bildern zu. Es war eine Sammlung von Aquarellen eines ihm unbekannten Künstlers. Donnerwetter, dachte er – wie er es schon bei einem früheren Besuch getan hatte –, der Mann kann malen. Neid kam in ihm auf. Alles hätte er gegeben, so talentiert zu sein. Die Geschicklichkeit zu haben, die Farbe so zu führen, daß sie eine scharfe Linie bildete. Die Farben so zerlaufen zu lassen, daß der Übergang kaum wahrnehmbar war. Verdammt noch mal! Selbst wenn er sein ganzes Leben in seinem Atelier zu Hause verbrächte, würde er auch nicht ein Zehntel von dem erreichen, was dieser R. Cotterman konnte. Was man natürlich tun könnte, wäre, eines der Bilder nach Hause mitzunehmen, die Maltechnik mit einem Vergrößerungsglas zu studieren und es noch einmal zu versuchen … Er fand das Bild, an das er sich erinnerte. Lange Zeit stand er davor und betrachtete es. Diese Einfachheit! Ein blasser Strand, dahinter das flache Meer. (Erstaunlicherweise schien es mit einem einzigen Pinselstrich entstanden zu sein. Wie konnte das sein? Was für einen Pinsel konnte er um Himmels willen benutzt haben?) Ein grau schimmernder Himmel. Die Stimmung eines ganz bestimmten Augenblicks, eingefangen von einem einzigen Mann.

Thomas hatte einen Entschluß gefaßt. Er ging zu dem Tisch hinüber.

Das bernsteinfarbene Haar teilte sich in der Mitte. Ein glänzend weißes Gesicht, passend zu der Hand, kippte nach oben. Graue, erwartungslose Augen sahen ihn an. Das Mädchen strahlte eine seltsame, fast spürbare Ruhe aus. Vielleicht war sie aber auch einfach nur zu Tode gelangweilt, dachte Thomas, weil sie in einer Galerie arbeitete, die so wenig frequentiert war. Daran gewöhnt, daß kaum Besucher kamen, geschweige denn ein Bild kauften, war jede freudige Erwartung aus ihrem Gesicht gewichen. Sie gab sich betont lässig.

»Ich möchte gerne die Küstenlandschaft kaufen«, sagte Thomas. »Die dort drüben in der Ecke. *Norfolk. Früher Morgen.*«

Die grauen Augen flackerten überrascht auf, dann wirkte sie enttäuscht. »Es kostet dreihundertfünfzig Pfund«, sagte sie so leise, daß Thomas es kaum hören konnte.

»Das ist es auch wert«, betonte er und schrieb einen Scheck aus.

Das Mädchen wickelte das Bild in mehrere Lagen frisches braunes Papier. Thomas sah ihr fasziniert zu, wie sie einen Bindfaden um das Paket schlang und ihn geschickt mehrfach zusammenknotete. Er war überrascht, wie leicht ihr das von der Hand ging, wenn man in Betracht zog, daß die marineblauen Lambswoolärmel bis auf ihre dünnen Finger fielen. Sie machte keinerlei Versuch, sie zurückzuschieben. Endlich war das Paket fertig. Thomas sah auf seine Uhr. Trotz ihrer Geschicklichkeit hatte der Vorgang zehn Minuten gedauert. Es waren sehr schnelle zehn Minuten gewesen. Seine Kopfschmerzen waren mit einem Mal verflogen.

»Geht's so?«

»Wunderbar. Danke.«

»Ehrlich gesagt, tut es mir leid, daß es weggeht. Es war mein Lieblingsbild.« Sie sah Thomas mit dem Anflug eines Lächelns an und ließ dann ihren Blick in die leere Ecke schweifen.

»Ach, du meine Güte, es tut mir leid, wenn ich es Ihnen weggenommen habe.«

Das Mädchen zuckte mit den Achseln. »Was kann man machen? Wäre ich ein echter Profi, würde ich mich freuen, es verkauft zu haben. Mein Problem ist, ich verliebe mich sehr leicht in Bilder und kann mich nur schwer von ihnen trennen.«

Thomas lächelte verständnisvoll. »Wie heißen Sie?« Er hätte nicht gedacht, daß er eine so aufdringliche Frage stellen würde.

»Serena.«

Thomas war erleichtert über ihre schnelle Antwort. Offenbar sah sie so etwas nicht so eng. Ihr Name paßte zu ihr.

»Das muß ziemlich hart sein«, sagte er. »Kann ich nachvollziehen.«

Serena sah ihn ungläubig an. »Sind Sie Maler?«

Thomas zögerte. »Sozusagen. Das heißt, ich versuche es.« Sie sah ihn immer noch ungläubig an. »Ich hatte schon vor einiger Zeit ein Auge auf diesen R. Cotterman geworfen«, fügte er hinzu. »Ich glaube, ich werde in nicht allzu ferner Zukunft noch eines erwerben.«

Serena setzte sich. Abwehrend zog sie die Ärmel ihres Pullovers ganz über die Hände. »Ach ja, wirklich?« Es war nicht als Frage gemeint.

Das Paket fest unter den Arm geklemmt, eilte Thomas über den weichen Teppich zur Tür. Er war zu spät dran für seine Verabredung mit Gillian, war aber fest entschlossen, sich nicht abzuhetzen. Dieses Mädchen – Serena – verwirrte ihn. Von der Galerie bis zur Weinstube hatte er ihr leuchtendes Gesicht vor Augen.

Die Designer der Wine Bar hatten sich nichts Aufregendes einfallen lassen. Sie hatten das kleine Lokal in Nottingham in genau so eine Kneipe verwandelt, wie sie jetzt überall wie Pilze aus dem Boden schossen: Stühle mit hohen Lehnen, unzulängliche Tische, Poster an den Wänden, die unvermeidlichen Pflanzen, deren schlaffen Blättern man ansah, daß die dunklen, verrauchten Räume ihnen jede Lebenskraft geraubt hatten. Trotzdem war die Wine Bar immer gut besucht, laut, beliebt. Thomas, der sich hier seit fünf Monaten mit Gillian traf, mochte die Kneipe immer weniger und hatte oft eine Alternative vorgeschlagen. Aber sie fühlte sich wohl hier und wollte nicht. Thomas konnte das verstehen, nachdem er ihre Wohnung gesehen hatte. Also pflegten sie weiterhin ihre Affäre tagsüber an einem kleinen Tisch am Fenster. Gillian hatte ihn kürzlich »unser Tisch« getauft und war ziemlich verärgert, wenn er von anderen besetzt war.

Heute hatte sie ihn sich gesichert, wahrscheinlich indem sie pünktlich um zwölf Uhr da gewesen war. Das Grafikstudio, für das sie arbeitete, schien gegen ihre unregelmäßigen Arbeitszeiten nichts einzuwenden zu haben. Ihr vertrauter Anblick – die Schultern verärgert hochgezogen, die spitz zulaufenden Finger, die durch die Erdnüsse glitten, als wären sie Perlen eines Rosenkranzes – erfüllte ihn mit Unbehagen. Ihr totaler Mangel an Lebensfreude war ihm schon zu Anfang genau hier in diesem Lokal aufgefallen. Das einzige, worüber er danach immer wieder nachdachte, war, wie ein Mensch nur so freudlos sein konnte. Sie hatte eine glückliche Kindheit gehabt, Freunde, Liebhaber, einen Beruf, der sie erfüllte, und doch schien sie alles und jeder, ganz besonders Thomas, zu beleidigen. Als er sich ihr näherte, genoß er den Gedanken an ihre Unwissenheit: Wie sie da mit einem großen Glas dicken Tomatensafts saß, konnte sie natürlich nicht ahnen, daß er in einer halben Stunde für immer aus ihrem Leben verschwunden sein würde.

»Hallo«, begrüßte er sie, als er an dem Tisch angelangt war.

»Hallo, Tom.«

Thomas setzte sich und stellte das Paket hochkant auf den Boden. Die Sitzfläche des lächerlich kleinen Stuhls schnitt in seine Oberschenkel. Sie hingen seitlich schlaff hinunter. Der Tisch war zu klein, um den Anblick zu verdecken.

Zu sehr beschäftigt mit ihrem eigenen Unbehagen, bemerkte Gillian seines gar nicht.

»Du kommst spät«, sagte sie, »also habe ich schon mal bestellt.«

Thomas machte keine Anstalten, sich zu entschuldigen. »Die Zeit war gegen mich«, bot er an.

»Bekomme ich nicht wenigstens jetzt einen Kuß?«

Sie beugten sich beide nach vorne über den Tisch. Ihre Lippen berührten sich flüchtig. Thomas roch Sardinen. Vor seinem geistigen Auge sah er, wie sie am Tag zuvor allein zu Abend gegessen hatte. Sie hatte eine schreckliche Leidenschaft für Sardinen, die sie mit rohen Zwiebeln und einem dunklen, körnigen Brot aus der Dose aß.

Ein übergewichtiges Mädchen in Jeans und T-Shirt knallte Gillian ein Körbchen mit Scampi vor die Nase. Dazu Messer und Gabel, in eine Serviette gewickelt.

»Hmm, lecker.« Gillian konnte nicht länger warten und nahm ein Scampi mit den Fingern. »Ich sterbe vor Hunger. Ich habe für dich keine bestellt. Ich dachte, du magst die vielleicht nicht.«

»Ganz richtig«, antwortete Thomas. Das Essen war auch ein Bereich, in dem sie nicht zusammenpaßten. Er bestellte sich einen Gin Tonic und ein Thunfisch-Sandwich. »Gibt's was Neues?« fragte er.

»Nicht das Geringste.«

»O je, das tut mir leid.«

»Du weißt doch. Bei mir passiert nie etwas.«

Thomas betrachtete ihr kleines, käsebleiches Gesicht. Er konnte es sich nie genau vorstellen, wenn sie nicht bei ihm war – außer den Augen, jenen durchsichtigen Möwenaugen, die so wimpernlos waren, daß es wenig Sinn gehabt hätte, sie mit Wimperntusche beleben zu wollen. Es waren die intensivsten Augen, die er je gesehen hatte. Das gemeine, abgründige Funkeln dieser Augen hatte ihn im Laufe der Zeit das Fürchten gelehrt. Gillian glich insgesamt ohnehin einem Vogel, dachte er – die gebogene kleine Hakennase, der bleiche Knochen, der durch die dünne Haut schimmerte, klauenähnliche Finger und Zehen, der stolzierende Gang. Wie um alles in der Welt …? fragte er sich oft selbst.

Viele Male hatte er sich Gedanken gemacht über den unglücklichen Fehler, der zu dieser armseligen Affäre geführt hatte. Aber er konnte es nie so plausibel erklären, nicht einmal sich selbst. Das erste Treffen – ja gut. Jeder einsame, gelangweilte Mann wäre an jenem Dezemberabend einem verfügbaren Mädchen erlegen, hätte er die Chance dazu gehabt.

Thomas hatte sich nach der Arbeit in dieser damals noch unbekannten Weinstube mit einem Kollegen auf einen Drink verabredet. Der Kollege war nicht aufgetaucht. Gillian saß allein am Nebentisch und nuckelte an einem trübselig aussehenden Karottensaft. Sie tat so, als wäre sie in ein Kreuzworträtsel vertieft. Nach vier Gläsern minderwertigen Weins und der deprimierenden Vorstellung eines Abends allein im Hotelzimmer sprach er sie an und stellte sich vor. Ob sie nicht noch ein Fläschchen zusammen trinken wollten, schlug er vor. Sie hatte erstaunlich begierig zugestimmt. Sie unterhielten sich über Biorhythmen. Thomas konnte sich beim besten Willen nicht mehr erinnern, wie sie darauf gekommen waren. Dann präsentierte Gillian eine knappe Charakterisierung ihrer Person: Gesundheitsfreak, militante Sozialistin, eine Frau, die aus vielen Gründen auf die Straße geht. Ja, natürlich hatte sie einen Monat in Greenham zugebracht – die bislang bedeutungsvollste Erfahrung ihres Lebens. Ihre grauenvolle Wortwahl hatte Thomas von Anfang an irritiert. Aber er hatte sich zur Toleranz ermahnt. Das konnte ja auch ganz interessant werden, hatte er sich gedacht. So jemanden wie sie hatte er noch nie zuvor gekannt. Retrospektiv betrachtet, war dieser erste Abend auch der einzige gute gewesen. Mit ihr zusammen zu sein war wie ein leicht verwegenes Abenteuer, eine für ihn neue Erfahrung. Um Mitternacht waren sie in ihrer Einzimmerwohnung und tranken Kräutertee. Was danach geschah, konnte er nicht mehr in allen Einzelheiten rekonstruieren. Er hatte seit mittags nichts mehr gegessen und zuviel getrunken. Die schlammgrünen Wände ihrer Wohnung begannen sich vor seinen Augen verdächtig zu drehen. Gillians Kopf hüpfte auf und ab wie die Apfelsine eines Jongleurs. Er bemühte sich redlich, ein wenig Würde zu bewahren. Später mußte er sich eingestehen, daß er es ohne ihre Hilfe niemals geschafft hätte, ihr die Jeans auszuziehen. Seine Hände waren so nutzlos wie gefrorene Handschuhe. Er hatte die Fertigkeit, mit Knöpfen und Reißverschlüssen umzugehen, völlig verloren.

Aber so ungeschickt konnte er doch nicht gewesen sein, denn jetzt waren Gillians Wangen mit scharlachroten Flecken überzogen – häßlich und kontrastreich, wie R. Cotterman, der Aquarellmaler, es abscheulich gefunden hätte. Außerdem wimmerte sie wie ein angeketteter Hund, der seine Freiheit wollte. Thomas war erstaunt über ihre staksigen Oberschenkel. Sie hatte die Figur eines zwölfjährigen Mädchens, was ihn irgendwie leicht irritierte. Als sie sein Unbehagen bemerkte, schubste sie ihn ungeduldig nach hinten. Er fand sich wehrlos auf dem Rücken liegend auf einem häßlichen Federbett wieder. Dort nahm er auch zum ersten Mal den Sardinengeruch wahr, der später nur allzu vertraut werden sollte. Sie übernahm ganz eindeutig die führende Rolle und scharrte wie ein betriebsames Eichhörnchen überall auf seinem Körper herum.

Am nächsten Morgen bot sie ihm Karottensaft und Müsli an und beschimpfte ihn, er sei müde und unbeholfen, schlichtweg unzulänglich gewesen. Aber als er eine Stunde später ohne Frühstück aus dem Haus ging, schlug sie ihm vor, sich wieder auf einen Drink zu treffen, wenn er das nächste Mal in Nottingham sein sollte. Irgendwie wurde daraus dann eine Gewohnheit, und so war das nun schon seit fünf Monaten gegangen. Wieso? Das war absolut rätselhaft.

»Nun ja, eigentlich nicht so ganz«, sagte Gillian, während sie ein Scampi im Ketchup versenkte. »Jenny war gestern abend bei mir zum Abendessen.«

»Wie nett«, kommentierte Thomas.

Jenny war ihre Arbeitskollegin. Er hatte sie bei irgendeiner Gelegenheit kennengelernt. Ein knochiges kleines Ding in einem verfilzten Pullover und ausgeblichenen Jeans. Sie hatte Thomas ziemlich kritisch beäugt und kaum ein Wort gesprochen. Ganz offensichtlich *lag er weit unter der Meßlatte*.

»Ja. Wir haben gekocht und … rat mal, was noch. Das wird dich überraschen – wir haben eine oder zwei Flaschen Wein miteinander getrunken.«

»Oh, das überrascht mich jetzt wirklich«, gab Thomas zu, dem noch nie etwas anderes als Kräutertee angeboten worden war. »Gab es was zu feiern?«

»Kann schon sein.« Gillian senkte fast scheu den Blick.

Thomas hatte keine Lust, nach dem Grund zu fragen. Ihre Neuigkeiten interessierten ihn nicht besonders. Schweigend trank er seinen Gin Tonic und betrachtete ihre merkwürdig verärgerten Bewegungen, als sie ihr Brot in das restliche Ketchup stippte und genüßlich daran saugte. Das Ketchup hinterließ einen scharlachroten, verschmierten Rand um ihre

Lippen. In diesem Augenblick schwor er sich, sich nie wieder mit einem Mädchen einzulassen, dessen Sprech- und Tischmanieren ihn über kurz oder lang wahnsinnig machten.

Plötzlich warf sie ihren Kopf zurück. Die Zunge eines Chamäleons schnellte heraus und fuhr flüchtig über den verschmierten Mund. Sie suchte seinen Blick und faßte sich ein Herz.

»Warum« nennst du mich eigentlich nie Gilly?« zischte sie. »Wo du doch weißt, wieviel mir das bedeuten würde.«

Thomas seufzte. Unzählige Male hatte sie ihm diese Frage gestellt. Unzählige Male hatte er ihr seine »ungenügende« Antwort gegeben.

»Nicht die Tour schon wieder, bitte. Weißt du, ich kann es nicht, ich will es nicht, und ich werde es nie tun. Warum kannst du das nicht einfach so hinnehmen?«

»Dein Problem, Tom, ist, daß du Angst vor dieser Nähe hast. Habe ich recht?« Die Möwenaugen sahen ihn spöttisch an.

»Ich möchte sagen, daß ich in dem Glauben erzogen bin, das Wahren gewisser Formen in zwischenmenschlichen Beziehungen habe durchaus Vorteile.«

»Wie bitte? Zwischen Liebenden?«

»Was diese lächerliche Gilly-Sache betrifft, so halte ich nicht aus Formgründen an deinem richtigen Namen fest, sondern weil ich das Wort *Gilly* einfach so schrecklich finde. Es beleidigt mein ästhetisches Hörempfinden, wenn du es ganz genau wissen willst.« Das war geschafft. Da hatte er früher als erwartet seine Chance. Jetzt mußte er nur noch hinzufügen, daß das Ganze aber ohnehin unwichtig geworden sei, weil heute Schluß, *Vorhang, finito*, sei …

»Ich wollte es nur noch ein allerletztes Mal versucht haben«, unterbrach ihn Gillian, »um ganz sicherzugehen, daß du nie und nimmer auch nur den leisesten Versuch machen würdest, dich nach meinen Wünschen zu richten. Und da bin ich jetzt *ganz* sicher.«

»Ich weiß nicht, wovon du redest …«

»Du bist ein Rüpel, Tom. Ein egoistischer, gedankenloser, fetter, aufgeblasener, eingebildeter, gefühlloser Mistkerl – und deswegen sage ich dir jetzt, was mich betrifft, so ist zwischen uns Schluß, *Vorhang, finito*, für immer.«

Sie wischte sich den zornigen Mund mit der Rückseite ihrer Klaue und streckte sich triumphierend.

»Und falls es dich interessiert, was ich kaum glaube, Tom: Jenny zieht bei mir ein.«

Es entstand eine Pause. Ein schreckliches Bild, in dem das Sardinen-Federbett eine Rolle spielte, ging ihm durch den Kopf.

»Du willst damit sagen …?«

»Ich will damit sagen, daß sie bei mir einzieht. Denk, was du willst.«

Gillian stieß ihren Stuhl zurück und stand auf. Sie hievte eine sehr alte Schultasche auf die Schulter und zog sich das T-Shirt straff, so daß Thomas die Rippen unter ihrem winzigen Busen sehen konnte.

»Also, dann adieu, Tom. Alles Gute. Ich kann leider nicht sagen: danke für die schöne Zeit.«

Sie stakste davon, den Vogelkopf geschäftig nach vorne gereckt, die knochigen Schultern wie immer hochgezogen, die Möwenaugen bereits intensiv auf der Suche nach neuer Beute, die ihren Unmut erregen konnte.

Thomas sah sie draußen am Fenster vorbeigehen. Sie winkte kurz. Kein Lächeln. Thomas winkte nicht zurück. Ihm fiel auf, daß sie zum ersten Mal fröhlich aussah.

Als sie außer Sichtweite war, sah er auf die Uhr. Es war Zeit für einen weiteren Drink. Dann würde er zu Dougs Verwunderung früh bei der Vorstandsbesprechung erscheinen. Auch wollte er seiner Sekretärin Bescheid sagen, sie solle Rachel anrufen und ihr sagen, daß sich Veränderungen ergeben hatten. Er würde nun doch zum Abendessen nach Hause kommen.

Jeden Morgen lief in Rachels geheimem Leben das gleiche Ritual ab. Sie stand am Schlafzimmerfenster, sah zu, wie Thomas seine teure Aktentasche auf den Beifahrersitz des Mercedes warf und sich selbst auf den Fahrersitz schwang. Er sah nie zu ihr zurück.

Als der Wagen aus ihrem Blickfeld verschwunden war, kehrte Rachel ins Bett zurück. Sie legte die beiden Kissen von Thomas noch auf ihre beiden drauf. Die Kissen waren riesige, altmodische Quadrate, Erbstücke von ihrer Großmutter (kaufen konnte man sie schon gar nicht mehr), die in feinen, mit schwungvollen Initialen handbestickten Überzügen steckten. Die Buchstaben waren vom Design her so edel, daß Rachel oft vermutete, sie wären von Buchmalereien übernommen. Das verschnörkelte »A«, so stellte sie sich vor, mit Geißblattranken, war das Werk eines Mönchs aus dem fünfzehnten Jahrhundert.

Das kaum zerknitterte Bettzeug war zurückgeschlagen, als hätte ein beflissenes Zimmermädchen es für die Nachtruhe ihres Arbeitgebers vorbereitet. Rachel hatte es selbst getan, ehe sie zum Frühstück hinuntergegangen war. Auf dem großen, runden Tisch neben dem Bett lagen Fotos, Blumen, Notizblöcke, Schreibgerät, Terminkalender und Bücherstapel. Mittendrin stand eine Tasse (weißes Porzellan mit Streuveilchen) mit frischem Kaffee. Sein Geruch vermischte sich mit dem von Winterjasmin.

Rachel zog ihre Hausschuhe aus. Einen Augenblick lang genoß sie das Gefühl des dicken Teppichs unter ihren nackten Zehen. Dann den angenehmen Kontrast der kühlen Leinenbettwäsche, deren Falten und Kniffe es mit den Zehen sinnlich zu erforschen galt. Sie machte es sich bequem, tastete nach ihrer Lesebrille und setzte sie auf. Neben ihr lag der von ihrem Mann übel zugerichtete *Telegraph* und ihr eigener, ordentlicher *Independent*. Sie würde eine halbe Stunde brauchen, um sie zu lesen. Um neun Uhr wollte sie damit anfangen. Einen Augenblick lang bewunderte sie den gleichmäßig gefälteten Chintz an der Decke ihres Himmelbetts und in der Mitte die exquisit gestaltete Rose aus dem gleichen Stoff. Die Fertigung von Himmelbetten dieser Art war keine einfache

Sache, und dieses hatte Thomas mehrere tausend Pfund gekostet. Es war ein leidenschaftlicher Kauf gewesen, den Rachel nie vergessen würde.

Es war ruhig in dem Raum. Rachel schloß die Augen und wartete, daß das Schuldgefühl, das täglich wiederkehrende Schuldgefühl abebbte. Dann nahm sie sich eine der Zeitungen und trank einen Schluck Kaffee.

Oft fragte sie sich, ob sie je ihre Manie entdeckt hätte, wenn es nicht eines Tages vor achtzehn Monaten diese unglückliche Verkettung von Ereignissen gegeben hätte.

Es hatte wie ein ganz normaler Tag begonnen. Vormittags Briefeschreiben an ihrem Schreibtisch, Thomas' Sachen in die Reinigung bringen, ein paar Dinge zum Abendessen einkaufen. Es war ein besonders kalter Januar, und sie war mit brennenden Wangen und eiskalten Händen von ihrer kleinen Expedition in das Lebensmittelgeschäft zurückgekommen. Um sich aufzuwärmen, erhitzte sie den Rest der Karottensuppe vom Vorabend und wärmte sich die Hände an der heißen irdenen Schale. Es war eine funktionelle, nicht unbedingt gemütliche Küche. Nicht ein Ort, an dem die Familie sich normalerweise traf oder die Mahlzeiten gemeinsam einnahm. Die Stille, der eiskalte Tag, das gelegentliche Knacken im Kühlschrank ließen sie erschaudern. Unerwünschte Gedanken schlichen sich in ihren Kopf, über die Leere in ihrem Leben, jetzt, da Helen nicht mehr im Haus war. Ihre Pflichten als Friedensrichterin und ihre Arbeit für mehrere Wohlfahrtsorganisationen, die gelegentlichen offiziellen Essenseinladungen nahmen einen gewissen Teil ihrer Zeit in Anspruch, aber es blieb immer noch sehr viel Zeit übrig. Sie wußte nur noch allzugut, daß sie sich früher immer ausgemalt hatte, wie schön es doch sein mußte, tagsüber etwas Zeit für sich zu haben, um zu lesen oder ungestört Musik zu hören. Jetzt, da sie diese Zeit hatte, erschien sie ihr nicht mehr so erstrebenswert. In den drei Monaten, seit Helen nicht mehr da war und es den früheren Tagesablauf nicht mehr gab – vier Uhr Schulschluß, Tee und Ermunterung, die Hausaufgaben zu machen –, hatte Rachel die meisten der Bücher gelesen, die sie schon seit Jahren lesen wollte, und viele Konzerte im Radio gehört. Es hatte den Reiz verloren, diesen Luxus genießen zu können. Ein seltsames, unerklärliches Schuldgefühl befiel sie. Sie sollte etwas tun, anstatt ihre Zeit, ihr Leben zu vergeuden und ihren einst wachen und kompetenten Geist brachliegen zu lassen. In Oxford hatte sie Jura studiert. Vielleicht sollte sie ihre Kenntnisse auffrischen und versuchen, doch noch im juristischen Bereich eine Arbeit zu finden. Sie konnte sich allerdings für die Idee, wie damals vor ihrer Ehe, nicht so richtig erwärmen. Sie konnte sich eigentlich für gar keinen Job begeistern. Und so wurde der Zwiespalt immer größer. Das Schuldgefühl ob eines nichtssagenden Lebens einerseits, Lustlosigkeit, etwas dagegen zu unternehmen, auf der anderen Seite. Nie hatte sie mit Thomas darüber gesprochen, aber selbst dachte sie unaufhörlich daran.

Obwohl sie Selbstbeobachtung immer als lästig empfunden hatte, machte Rachel an jenem kalten Nachmittag große Anstrengungen, ihre bedrückenden Gedanken zu analysieren. Sie stand auf und spülte ihre Tasse ab, trocknete sie langsam und räumte sie auf. Draußen riß ein starker Wind den häßlich gelben Himmel immer wieder auf. Der altersschwache Baum in dem kleinen Garten hinter dem Haus wehrte sich tapfer mit Klauen und Zehen gegen den Wind. Rachel mußte über seinen Zorn lächeln. Er war zwischen den Pflastersteinen fest verwurzelt und wußte nur allzu gut um sein Schicksal: noch ein Frühling, noch eine Blüte, ein weiteres endloses Jahr einfach nur dastehen. Ihre Grundbedingungen waren ähnlich.

Es war genauso ein Nachmittag, an dem Rachel am liebsten zu Hause geblieben wäre, ein Feuer im Kamin angezündet hätte und es sich mit einem Band Kurzgeschichten von Turgenjew gemütlich gemacht hätte. Aber um weiteren unangenehmen Gedanken aus dem Weg zu gehen und sich selbst ihre Willensstärke zu beweisen, beschloß sie, das Haus zu verlassen. Vor einiger Zeit hatte sie einen Vormittag damit zugebracht, den Inhalt ihres Wäscheschranks zu durchforsten, und dabei festgestellt, daß nach zwanzigjähriger Vernachlässigung ein Großteil der Bettwäsche nahezu unbrauchbar geworden war. Deshalb wollte sie am Nachmittag mit dem Bus in die Oxford Street fahren und sich bei John Lewis die Sonderangebote ansehen. Rasch, ehe sie es sich anders überlegen konnte, zog sie ihren wärmsten Mantel an, nahm Schal und Handschuhe und machte sich auf den Weg zur Bushaltestelle.

Die Fahrt empfand sie als angenehm. Warm eingekuschelt saß sie neben einer Dame im Pelzmantel und betrachtete durch die leicht beschlagenen Fenster den Menschenstrom. Frierende, vom Wind durchgepustete Gesichter. Wie immer fragte sie sich, was jeder einzelne zum Frühstück gehabt hatte, woher er kam, wohin er ging, warum er gerade in diesem Augenblick, ohne etwas von ihrem Interesse zu ahnen, in ihr Blickfeld geraten war. Wie viele tausend Menschen sieht jeder von uns nur, wie viele provokative Begegnungen finden statt, ehe sie für immer verschwinden. Ob wohl alle ihre Zeitgenossen ihre hoffnungslose Neugier auf jedes vorbeigehende Wesen teilten, oder ob das eine geistige Störung war, die sie letzten Endes in den Wahnsinn treiben würde?

In der Bettwäscheabteilung bei John Lewis gab sie sich redlich Mühe, sich auf den eigentlichen Grund ihres Kommens zu konzentrieren: Bettwäsche. Sie sah noch einmal auf der Liste nach, nahm Preisschilder mit schreiend roten Zahlen prüfend in die Hand, zog einen Handschuh aus und ließ die Finger über die Stapel aus Perkal, Baumwolle und am begierigsten über reines Leinen gleiten. Wo sollte sie beginnen? Es war unangenehm warm. Ein Schweißtropfen lief ihr über das Rückgrat. Die weiße Wäsche reflektierte unter der schmeichelnden Deckenbeleuchtung wie Schnee. Seltsamerweise schien sie die einzige Kundin zu sein. Brauchte außer ihr niemand in ganz London neue Bettwäsche. Irgend etwas irritierte sie an der Leere um sie herum. Vielleicht war alles nur ein Fehler. Vielleicht sollte sie nicht hier sein, und die Bettwäsche im Sonderangebot sollte sie nur in Versuchung bringen und war nicht zum Verkauf bestimmt. Wenn sie schließlich ihre Wahl getroffen hätte und auch noch eine Verkäuferin gefunden hätte, würde die sie auslachen und sagen, daß alles nur ein Trick sei …

Plötzlich stand ein Mann neben ihr. Billiger Anzug, schieläugig, die Haare mit Brillantine angeklatscht.

»Brauchen Sie Hilfe, Madam?«

Yorkshire-Akzent. Höflichkeit der alten Schule. Wie viele Jahre war es her, daß jemand sie mit »Madam« angesprochen hatte. Rachel sah ihn verwundert an. Aber blockiert von den rätselhaften Fragen, die ihr durch den Kopf schwirrten, war sie unfähig zu antworten. An welchem Punkt seines Lebens hatte dieser Mann zu sich selbst gesagt: Also gut. Die Bettwäscheabteilung bei John Lewis soll es sein. Was in seiner kargen nordenglischen Kindheit hatte ihn die fremde Welt der Oxford Street anstreben lassen? Mit dem Gehalt, das er hier bekam, wo lebte er? War er einer der Millionen Pendler, die täglich in die Stadt strömten und ihren ermüdenden Arbeitstag mit einer ermüdenden Bahnfahrt begannen und beendeten? Was hatte *er* zum Frühstück gegessen? Instinktiv spürte sie, daß er ein Ready-Brek-Mann war. Hatte es eine Ehefrau zubereitet? War er glücklich? Aus seinem hilfeanbietenden Blick konnte sie das nicht ablesen.

»O ja, bitte«, stammelte sie schließlich und beschloß, sich ebenso höflich zu geben. »Da wäre ich Ihnen äußerst dankbar.« Der Mann nahm ihre Liste.

Rachels Käufe machten mühelos die Abwesenheit anderer Kunden an diesem Nachmittag wett. Der beflissene Mann aus Yorkshire, der unermüdlich die Vorzüge verschiedener Qualitäten und Fabrikate zu preisen wußte, inspirierte sie zu einer großzügigen Auswahl. Der ganze Vorgang hatte sich im Laufe von zwei Stunden von einer lästigen Aufgabe zu einem äußerst genußvollen Unterfangen verwandelt, das Rachel so lange wie nur möglich ausdehnte. Schließlich hatte sie ihren ganzen Schrankbestand erneuert, nicht nur die Bettwäsche, sondern auch ein Dutzend Handtücher und ein Dutzend

Decken gekauft. Ihre Augen hatten sich an die diffuse Beleuchtung gewöhnt. Sie begann zu begreifen, wie die Abteilung strukturiert war, wie die Bestellungen abzuwickeln waren und welche Befriedigung ihr Verkäufer empfinden mußte, das alles in Ordnung zu halten. Sie verstand seine Freude, mit der er jeden Tag zu seinen Wäschestapeln zurückkehrte, für die er verantwortlich war. Sie beneidete ihn um die sinnvolle Aufgabe, die er zum Mittelpunkt seines Lebens gemacht hatte.

»Das wird morgen alles prompt geliefert«, versicherte er, nachdem sie schließlich die nicht unerhebliche Rechnung bezahlt hatte. Ihr Einkauf war auf der Theke zu einem eindrucksvollen Turm aufgestapelt. Rachel, die noch nie den Adrenalinschub verspürt hatte, den viele Frauen beim Einkauf empfinden, betrachtete ihre Leistung mit einem neuen, merkwürdigen Gefühl der Erregung.

»Würde es Ihnen etwas ausmachen«, fragte sie, »wenn ich einige Dinge gleich mitnehmen würde? Nur, was in ein paar Plastiktüten reingeht?«

Der Mann zögerte keinen Augenblick. Als würde er selbstverständlich verstehen, daß sie Beweisstücke für ihren Einkauf vorweisen mußte, packte er einige Teile in stabile Tragetaschen.

»Nicht zu schwer für Sie?«

»Nein, gar nicht, vielen Dank.« Jetzt gab es wirklich keinen Grund mehr, noch länger zu bleiben.

»Dann werde ich mich hier gleich um die restlichen Sachen kümmern. Sie sind morgen bei der Auslieferung dabei. Sie können sich auf mich verlassen, Madam.«

»Oh, das glaube ich.« Rachel fiel auf, daß sie lächelte. Sie hoffte, daß sie nicht leichtfertig und unehrlich wirkte. »Nochmals vielen Dank.«

Nur widerwillig verließ sie den Laden und ging zurück zur Bushaltestelle. Inzwischen hatte sich der Himmel verdunkelt, er wirkte wie gefroren. Der Wind war beißend und fegte eiskalte Regenschauer herunter. Sie stellte sich an das Ende einer langen Warteschlange und fröstelte. Die Taschen hingen bleischwer an ihren Armen. Wie lange würde sie es wohl aushalten, hier so zu stehen? Das Fragment eines Dialogs ging ihr durch den Kopf.

»Ich war heute nachmittag bei John Lewis. Es gab Sonderangebote bei Bettwäsche.«

»Ach ja?«

»Ich habe alles neu gekauft.«

»Wunderbar.«

»Zum Glück hat mir ein sehr netter junger Mann geholfen.«

»Gut, gut. Wie wär's jetzt mit einem Drink?«

Es war ein Dialog, der nie stattfinden würde. Es würde ja nur der Anfang sein, der eigentliche Sinn der Sache würde Thomas ohnehin nicht interessieren. Schon vor langer Zeit hatte sie gelernt, seine Abende nicht mit Berichten ihres eigenen ereignislosen Alltags zu belasten. Der Wind schlug ihr ins Gesicht. Ihr Brustbein schmerzte von der beißenden Kälte. So bepackt, wie sie war, war nicht daran zu denken, das verrutschte Halstuch geradezurichten. Heiße Tränen traten aus ihren Augen und vermischten sich mit dem Regen.

Endlich kam der Bus. Irgendwie brachte sie die Fahrt hinter sich, nachdem sie es geschafft hatte, ihre Geldbörse und das Fahrgeld herauszukramen, die Tüten zwischen den Beinen der anderen Passagiere hindurchzumanövrieren und gegen die Tränen anzukämpfen. Millionen von Frauen haben ein weitaus elenderes Leben als ich, sagte sie sich, und müssen das jeden Tag durchstehen. Und sie weinen nicht einmal dabei. Warum weine ich dann?

In diesem Augenblick kam ihr der verlockende Gedanke an ihr *Bett* in den Sinn. Schlaf. Die Intimsphäre ihres Zimmers. Eine Zuflucht.

Später wurde ihr klar, daß ihr diese seltsame Vision die Kraft gegeben hatte, die kurze Entfernung von der Bushaltestelle zum Haus zurückzulegen, gegen den Wind gestemmt, fröstelnd, weinend. Nachdem sie die Haustür hinter sich geschlossen hatte, ließ sie Mantel, Taschen, Handschuhe und

Halstuch einfach auf den Boden fallen und rannte die Treppe hinauf, als würde sie verfolgt. Im Schlafzimmer schlug sie die Tür hinter sich zu, sperrte mit den Vorhängen den grauen Himmel aus und warf sich aufs Bett. Die Tagesdecke war binnen kurzer Zeit tränennaß. Sie wußte nicht, wie lange sie vor sich hin schluchzte. Irgendwann schlief sie dann ein.

Als sie etwa drei Stunden später aufwachte, fühlte sie sich ruhig und erfrischt. Eine Weile lag sie da und sah sich in dem düsteren Raum um – die einstmals cremefarbenen Wände hatten jetzt die Farbe von alten Zähnen, die blumenbedruckten Vorhänge glichen den unwirklichen Farben der Illustrationen auf Samentütchen. Die nierenförmige Frisierkommode aus dem Schlafzimmer ihrer Kindheit mit dem Rüschenvorhang hatte ein undefinierbares Grün. Nachdem sie den Wäscheschrank in Ordnung gebracht hatte, würde sie sich an das Schlafzimmer machen. Die Ideen für die Umgestaltung begannen in ihrem Kopf zu tanzen.

Eine Stunde später, nachdem sie ihr Gesicht wieder sorgfältig zurechtgemacht hatte, präsentierte sie Thomas die Geschichte beim Ochsenschwanzeintopf.

»Warum eigentlich nicht?« sagte er, nachdem er eine Weile die keuchenden und prustenden Laute von sich gegeben hatte, die auf ein wohlwollendes Erwägen des angesprochenen Themas hindeuteten. (War er ablehnend gesinnt, kam die Antwort sehr rasch.) »Und wenn du schon dabei bist, könntest du gleich das ganze Haus ein wenig aufmöbeln. Es ist nichts getan worden, seit wir hier eingezogen sind, nicht wahr? Ein bißchen frische Farbe könnte da wirklich nichts schaden.«

Rachel folgte seinem Blick zu den schäbigen Wänden des Wohnzimmers, die Tapeten voller Flecken und Risse in den Ecken, die Damastvorhänge an den Rändern von vielen Jahren Sonneneinwirkung ausgebleicht. Symbole der Vernachlässigung im mittleren Alter. Sie hatte sich nie sonderlich für Inneneinrichtung interessiert. Als sie das Haus kauften, hatte sie sich ohne große Begeisterung an die Neueinrichtung gemacht. Eine Freundin hatte sie auf eine Tapete aufmerksam gemacht, die wie mit Schlierentechnik gemalt und Mitte der sechziger Jahre ungeheuer beliebt war. Rachel hatte sie in vielen verschiedenen Schattierungen verwendet. Zuerst dachte sie, daß die Tapete den Räumen ein steifes, gekünsteltes Aussehen verlieh, aber schon bald hatte sie sich an den Anblick gewöhnt. In anderen Zimmern hatte sie cremefarbene und weiße Wandfarbe gewählt, hoffnungslos unpraktisch mit kleinen Kindern, und bei Vorhängen und Sofas hatte sie etwas im Stil von William Morris ausgesucht. Später hatte sie festgestellt, daß eine Unzahl von Ärzten und Zahnärzten, in deren Wartezimmern sie saß, ebenfalls Gefallen an diesem Muster gefunden hatte. Aber daraufhin etwas zu ändern kam ihr nicht in den Sinn. Vielmehr fühlte sie sich geschmeichelt, daß so viele andere den gleichen Geschmack hatten.

Während ihr Thomas' Zustimmung zur Neugestaltung des Schlafzimmers sehr gelegen kam, beunruhigte sie sein Vorschlag in bezug auf den Rest des Hauses. Rachel wußte, daß ihr Interesse und ihre Energie nie so weit reichen würden, aber sie murmelte etwas Zustimmendes. Jetzt war nicht der richtige Zeitpunkt, ihre Ängste zu artikulieren. Statt dessen sprachen sie über die Finanzierung der Schlafzimmerrenovierung. Thomas nannte eine Summe, die weit über das hinausging, was Rachel sich vorgestellt hatte. Er war nicht kleinlich, wenn es um materielle Dinge ging.

Den folgenden Monat war Rachel vollauf mit der schwierigen Aufgabe beschäftigt und weinte nicht mehr. Der Nachmittag des Wäschekaufs war ein Traum, den sie verdrängte. Der einzige Beweis, das er tatsächlich stattgefunden hatte, waren die neue Bettwäsche, die Wolldecken und die luxuriösen Handtücher, die jetzt im Schrank lagen. Sie gab hemmungslos Geld aus und genoß dabei zum ersten Mal in ihrem Leben die schwelgerische Heiterkeit, die sich einstellt, wenn man große Summen Geld für Dinge ausgibt, die man nicht unbedingt braucht. Thomas schien es nichts auszumachen, und er war mit dem Endergebnis zufrieden.

»Soll wohl wie ein Aphrodisiakum wirken?« scherzte er und zupfte an den Vorhängen des Himmelbetts, als sie schließlich an Ort und Stelle hingen.

Wie immer schlief er sofort ein, hatte aber vorher zugegeben, daß es gut angelegtes Geld gewesen sei. Rachel hingegen war fortan in das Bett und in das Zimmer verliebt. Am nächsten Morgen begann sie mit ihrem neuen Ritual: Nachdem Thomas das Haus verlassen hatte, ging sie zurück in ihr Bett. Am Nachmittag fühlte sie sich zwanghaft wieder zu ihrem Schlafzimmer hingezogen. Verzückt betrachtete sie den gerafften Chintz mit dem Stockrosenmuster und die Frisierkommode, die jetzt aussah wie eine Debütantin in einem Ballkleid aus Spitze. Die Wände waren dezent rosa wie alte Rosen. Sie schlug die Steppdecke zurück und kuschelte sich zwischen die Leinenbettwäsche, die von einer Nacht noch kaum verknittert war.

Danach war das Schema vorgegeben. Vormittags Bett, nachmittags ein paar Stunden Bett. Sie schlief heimlich, war ihrem Zimmer verfallen. In Zeiten der Anspannung oder der Niedergeschlagenheit gab ihr der Gedanke an die ruhige, private Atmosphäre in ihrem Zimmer neue Kraft. Egal, wie ungenießbar Thomas auch gewesen war, ehe er morgens das Haus verlassen hatte, nach ihrem Nachmittagsschlaf fühlte sie sich wieder eher in der Lage, ihn mit einem freundlichen Gesicht zu empfangen.

Sie erzählte niemandem von ihrem Geheimnis. Es wurde verschwiegener gehandhabt als jeder Liebhaber. Thomas fragte nie, womit sie ihren Tag zugebracht hatte, also mußte sie auch nicht lügen. Aber es blieb so, wie sie es schon geahnt hatte. Sie hatte ihre ganze Leidenschaft in das Schlafzimmer gepackt – der Rest des Hauses blieb, wie er schon immer gewesen war. Dankbar nahm sie hin, daß Thomas sie deswegen nicht ausschalt. Eines Tages würde sie auch dieses Projekt in Angriff nehmen, aber momentan war ihr Tagesablauf auf angenehme Weise verplant. Sie brauchte keine zusätzliche Beschäftigung.

An dem Nachmittag, als Thomas das Bild in Nottingham kaufte, schlief Rachel wie gewöhnlich, nachdem sie eine Kurzgeschichte von Tschechow gelesen hatte, um schneller müde zu werden. Sie wurde vorzeitig vom Läuten des Telefons aus dem Schlaf gerissen – ein unbestimmtes Schuldgefühl hatte sie davon abgehalten, es ganz abzuschalten. Was, wenn man sie in einem Notfall bräuchte? (Was für ein Notfall, um Himmels willen, hatte sie sich selbst unwirsch gefragt.) Es war Thomas' Sekretärin und keinesfalls ein Notfall. Sie sollte nur einfach ausrichten, daß er auf dem Nachhauseweg war und folglich nun doch zum Abendessen da sein würde.

Rachel quälte sich widerwillig und verärgert aus dem warmen Bett. Sie hatte sich zum Abendessen pochierte Eier machen wollen. Jetzt würde sie etwas aus der Tiefkühltruhe holen, Möhren schälen, Käse und verschiedene Crackersorten herrichten müssen. Aber der Schlaf hatte sie erfrischt, und die schlechte Laune war bald verflogen. Sie machte sich an die Vorbereitungen und schaltete sich dazu das Radio ein. Ganz zufrieden schnitt sie die Zutaten für den Salat klein. Warum sich Thomas' Tagesablauf geändert hatte, darüber machte sie sich keine Gedanken. Da sie sich noch nie so genau sein Leben im Büro hatte vorstellen können, hatte sie sich auch noch nie die Mühe gemacht, herauszufinden, wie sein Arbeitstag ablief.

Thomas kam um sieben nach Hause. Er hatte das verschnürte Bild unter dem Arm und wollte Rachel einen flüchtigen Kuß auf die Wange drücken. In ebendiesem Augenblick drehte sie ihren Kopf weg, und der Kuß landete als feuchter Schmatzer auf ihrem Ohrläppchen.

»Ich hatte Glück. Bin dem schlimmsten Verkehrsstau entgangen.«

»Wie gut.«

»Hatte die Besprechung mit den Franzosen. Aber der Abendtermin wurde gestrichen. Gott sei Dank.«

»Hast du wieder ein Bild gekauft?«

»Ein schönes. Von dem Mann aus Norfolk, von dem ich dir

erzählt habe. Er geht ganz besonders mit den Farben um, fast wie Turner.« Er goß sich ziemlich ungeschickt einen Drink ein, das Bild immer noch unter dem Arm. Die Ungeduld, das Bild möglichst schnell eingehender zu betrachten, machte ihn linkisch. »Wann gibt es Abendessen?«

»In etwa einer Stunde.«

»Ich bin am Verhungern.«

»Wenn du willst, können wir auch früher essen.«

»Ich komme runter.«

Thomas eilte hinaus und nach oben in sein Atelier im obersten Stockwerk des Hauses, wie jeden Abend, sofort wenn er nach Hause kam. Dort riß er mit zitternden Fingern die Verpackung von dem Bild und stellte es auf eine Staffelei.

Das Atelier war ursprünglich ein Schlafzimmer im Dachgeschoß gewesen. In das schräg abfallende Dach war ein großes Fenster eingebaut worden, das gute Lichtverhältnisse schuf. Wenn Thomas mit halbgeschlossenen Augen nach oben sah, konnte er sich glauben machen, über ihm wäre nur Himmel mit hastig treibenden Wolkenfetzen. Durch das normale Fenster sah er nur Baumwipfel. Die Blätter leuchteten an diesem Maiabend in dem intensiven Grün des Frühsommers – ein Grün, das sich im weiteren Jahresablauf von selbst verliert, nachdunkelt und seinen ursprünglichen Glanz einbüßt. Die Baumwipfel waren Thomas nur allzu vertraut: geschwätzige, ruhelose Stadtbäume, aufgeregt im Wind, frühzeitig gealtert durch Sonne und Abgase, erbärmlich in ihrer Winternacktheit auf eine Weise, wie es Bäume auf dem Land niemals sind. Thomas mochte sie sehr gern, trotz des Verlangens, das sie bei ihm auslösten, irgendwann einmal in Herefordshire zu leben, wo er geboren wurde. Eines Tages, jetzt, da die Kinder aus dem Haus waren, in nicht allzu ferner Zukunft, wollte er dorthin ziehen, auf einen abgelegenen Hügel. Er wollte ein paar Kühe halten, eine Scheune in ein akzeptables Atelier umbauen … Aber um diesen Traum in die Tat umzusetzen, würde er einige mühsame Auseinandersetzungen mit Rachel durchstehen müssen. Dazu hatte er momentan keinen Nerv. Irgendwann würde er *den Stier bei den Hörnern packen müssen* (o Gott, war er immer noch nicht von Gillians schrecklichen Ausdrücken losgekommen?) und das Thema anschneiden. Er hoffte, er würde nicht massiv werden müssen. Aber Rachel konnte manchmal so stur sein.

Thomas lenkte seinen Blick von den rastlosen Blättern an den Bäumen zu den ruhigen Weiten des Himmels und des Meeres auf seiner Neuerwerbung. Während er an seinem Gin Tonic nippte, hörte er irgendwo in seinem Hinterkopf Möwen schreien, fühlte die kalte Härte von festgetretenem Sand unter seinen Füßen und roch das Meer … Als kleiner Junge hatte er seine Mutter (sonnenverbrannte Schultern, Sand in den Augenbrauen) gebeten, den Geruch in einem Karton einzufangen, so daß er ihn mit nach Hause nehmen konnte. Sie hatte so getan, als ob sie es mit einer leeren Pralinenschachtel versuchte. Zu Hause hatte er sie geöffnet und nichts als den papierenen Geruch des Innenlebens der Schachtel wahrgenommen. Er hatte damals lauthals bei seiner Mutter protestiert und ihr das als ersten Verrat angekreidet.

Dieses Bild von R. Cotterman ließ das alles wieder aufleben, und wie intensiv. Wie konnte er, Thomas, je hoffen, ein Bild zu malen, daß irgend etwas bei irgend jemandem wieder aufleben ließ? Deprimiert betrachtete er einige seiner Versuche, die wahllos an den Wänden lehnten: steife, leblose kleine Landschaften, spröde Trugbilder von Gemälden, Produkte so vieler talentloser Stunden, Grund für verzweifeltes Hadern.

»Thomas, du wolltest früh essen!« Die Stimme kam wie an den meisten Abenden aus der Küche, gequält, anklagend, erschöpft. »Es ist fertig. Oder soll ich es warmstellen?«

Als er, immer noch deprimiert, nach unten ging, beschloß er, nicht über das Bild zu reden. Wenn er sich selbst daran sattgesehen hatte, würde er es im Wohnzimmer aufhängen. Bis dahin wollte er sich Rachels Kommentare ersparen. Aber worüber konnte er sonst heute abend mit ihr reden? Da sie heute auch nicht im Gericht gewesen war, gab es auch keinen neuen Fall zu besprechen. Aber halt, ein Geistesblitz, die Einladung bei den Farthingoes. Das würde ihr sicher gefallen. Er war stolz auf sich, daß ihm ein Gesprächsthema eingefallen war, das sie unwiderstehlich finden würde, und lud sich eine anständige Portion von dem köstlichen Rindfleischeintopf auf den Teller. Nachdem sie sich beide gesetzt und sich Salz und Pfeffer gereicht hatten und der Sancerre eingeschenkt war, wagte Thomas den Anfang.

»Weißt du, was ich gedacht habe«, sagte er, »es wäre tatsächlich eine gute Idee, schon ziemlich bald meine Smokingjacke reinigen zu lassen. Vielleicht gibt es ja auch noch vor der Einladung der Farthingoes eine Gelegenheit, sie anzuziehen. Und was genau ist das diesmal bei den Farthingoes?«

Rachel belohnte ihn mit einem ungläubigen Lächeln. Aber während er den vertrauten Anblick ihrer ergrauten Zähne betrachtete und sich darauf gefaßt machte, ihrer Antwort zuzuhören, schwebte ihm die Vision eines jungen Mädchens vor Augen. Sie hatte langes, bernsteinfarbenes Haar, Fingerknöchel, die so weiß waren wie Beinfingerhüte, und konnte mit ihren dünnen Fingern so schnell Knoten knüpfen, daß einem Hören und Sehen verging.

Ein starker Wind vom Meer hatte die ganze Nacht über an der Ostküste gewütet. Schwere Regenfälle hatten Eric Yacksley, allseits bekannter Postbote und seit dreißig Jahren Kirchenvorsteher in dieser Gegend, lange vor Morgengrauen aufgeweckt. Er hatte sich vorsichtig aus dem Bett gerollt und seiner schlafenden Frau einen Kuß auf die Wange gedrückt (später würde sie ihm Vorwürfe machen, daß er sie nicht geweckt hatte, damit sie ihm seinen Tee aufbrühen konnte). Dabei vermied er tunlichst, mit einem der zahlreichen Lockenwickler in Kontakt zu kommen, die von ihrem Kopf wie Igelstacheln abstanden. Nach einem schnellen Frühstück hatte er sein schweres rotes Fahrrad herausgeschoben und sich gegen den dunklen und mit zerrissenen Wolken verhangenen Himmel gestemmt. Jetzt, Stunden später, schob er sein Fahrrad, das durch die Postladung noch viel schwerer geworden war, den Weg an der Marsch entlang. Glitzernde Pfützen überall. Sie machten das Fahren mit dem Rad zu gefährlich. Nach Mr. Yacksleys Erfahrung war das bei einem schwer beladenen Fahrrad eine Sache der Balance. Und ein solches Risiko konnte man bei einer so kostbaren Fracht im Dienste Ihrer Majestät nicht eingehen. Also würde er an diesem Morgen sein Rad schieben. Das bedeutete, daß die Leute ihre Post später bekommen würden. Gelegentliche wetterbedingte späte Zustellung war für ihn kein Grund (zumal die Leute hier sehr verständnisvoll waren), nachzugeben und einzusehen, daß es an der Zeit war, einen Wagen einzusetzen. Ein diesbezügliches Angebot hatte er schon allzuoft bekommen. Trotz des ermüdenden Drucks von der Zentrale hatte er es bislang immer abgelehnt. Er und sein Fahrrad waren sein gesamtes Arbeitsleben lang glückliche Partner gewesen, und so sollte es auch bis zu seiner Pensionierung bleiben (falls es, was Gott verhüten möge, in zwei Jahren wirklich soweit sein sollte).

Die Standpunkte waren unvereinbar, das war Mr. Yacksley klar. Und was ihn betraf, hatte es auch wenig Sinn, die Zentrale von seiner Meinung überzeugen zu wollen. Sie hielten seine Argumente, warum er bei seinem Fahrrad bleiben wollte, für ziemlich töricht, er hielt sie für sehr vernünftig. Und so würde es immer bleiben.

»Ich bin gerne an der frischen Luft«, hatte er mit Engelsgeduld erklärt.

»Wie bitte, bei diesem Wetter?«

In der Zentrale saß ein verschnupfter junger Mann, der in einem von der Außenwelt abgeschlossenen Büro in King's Lynn arbeitete. Heizlüfter bliesen die stickige Luft so heiß heraus, daß Mr. Yacksley hustend einsehen mußte, daß seine guten Gründe weniger gut ankamen, als er es beabsichtigt hatte. Die Zentrale hatte nur mitleidig gelächelt, nicht mal ein Glas Wasser angeboten und gesagt, die Sache würde weiter beobachtet.

Die Zentrale würde es nie verstehen. Da führte kein Weg hin. Wie konnte ein so schmächtiger Wicht je die Weite des Himmels, das Gefühl von Wind und Regen im Gesicht und das Brausen des Meeres verstehen? Wie konnte man von der Zentrale erwarten, daß sie je erkennen könnte, wie unterschiedlich jeder einzelne Tag in der freien Natur war? Oder das berauschende Gefühl von reiner, frischer Luft? Wie konnte die Zentrale je verstehen, warum ein vernünftig denkender Mann, wenn er die Wahl hat, es vorzog, sich an einem Morgen wie diesem den Elementen zu stellen und nicht sicher und trocken hinter einem Lenkrad zu sitzen?

Mr. Yacksley blieb stehen und sah über die Marsch. Der Wind hatte sich etwas gelegt, das Schilf wogte nur noch leise hin und her. Dahinter erhob sich eine Düne und verdeckte das Meer. In der Ferne stand eine winzige Gestalt in der Landschaft. Mr. Yacksley konnte nur einen winzigen Fleck gelbes Ölzeug erkennen, nicht größer als der Flügel eines Stieglitzes. Ein Arm war in die Richtung eines Gegenstands ausgestreckt, den der Postbote als Staffelei zu erkennen glaubte. Er lächelte. Das war noch so einer, den die Zentrale schlichtweg für verrückt erklären würde. Er hob die Nase in den Himmel und atmete tief durch. Das Ozon strömte durch seine Lungen. Ein Turmfalke schwebte hoch über ihm. Auch er wurde vom Wind durchgepustet und hatte Mühe, so ruhig zu gleiten, wie es sonst seine Art war. Dann stieß er rasch wie das Messer des Räubers nach unten. Die Frühstücksmaus, ohne Zweifel. Eines Tages wollte Mr. Yacksley die lächerlich aufgeblasene Zentrale am Kragen packen und hier herausbringen. Er wollte sie zwingen, das Leben zu sehen. Es zu fühlen. Es zu riechen. Mr. Yacksley lächelte wieder. Was für ein absurder Gedanke!

Die breiten Reifen zischten in den Pfützen, als er seinen Weg fortsetzte und nach links auf den Weg landeinwärts abbog. Sein Ziel war das Pfarrhaus aus grauem Stein, in dem schon lange kein Vikar mehr wohnte. Daneben die Kirche, in der schon lange keine Gemeinde mehr ihren Gottesdienst abhielt. Die beiden Gebäude waren etwa einen Kilometer entfernt und hoben sich auf dem kleinen Hügel – in diesem flachen Landstrich die höchste Erhebung weit und breit – schwarz gegen den Himmel ab. Von hier aus sahen die Gebäude aus, als wären sie in gutem Zustand. Aus der Nähe konnte man sehen, daß der schöne Kirchturm abbröckelte. In ein paar Jahren würde nur noch eine Ruine übrig sein. Schade, dachte Mr. Yacksley jeden Morgen. In seiner Kindheit war er jeden Sonntag auf den Turm hinaufgeklettert. Wirklich sehr schade. Aber er konnte sich nicht vorstellen, was man dagegen tun konnte. Die Lutchins teilten seine Bedenken, aber sie würden es sich niemals leisten können, den Turm auf ihre Kosten zu reparieren.

Wie jeden Morgen stand Mr. Yacksley am Küchenfenster der Lutchins. Er mochte es lieber, wenn er Mrs. Lutchins sah, ehe sie ihn bemerkte. So konnte er den Augenblick genießen und die Szene betrachten, als wäre es ein Gemälde. Heute hatte er Glück. Mrs. Lutchins stand mit dem Rücken zu ihm und rollte am Küchentisch Teig aus. Mr. Yacksley beobachtete, wie ihre rosigen kleinen Hände flink auf dem Teigausroller hin und her flogen. Hinter ihr stand eine riesige Anrichte mit ausgebleichten Krügen, Tellern und Bechern, die sie im Laufe der Jahre auf Jahrmärkten gekauft hatte. Jeder war unterschiedlich gestaltet. Es war eine Szene, die Mr. Yacksley jeden Tag aufs neue entzückte und den Weg hierher bei jedem Wetter der Mühe wert machte. Mrs. Lutchins war nicht viel älter als seine eigene Frau Nancy. Sie hatten die gleichen Fertigkeiten – Kochen, Gartenarbeit, Stricken. Von beiden strömten eine magische Ruhe und Lebensfreude aus. Sie hatten immer eine Beschäftigung, aber ohne in die Hektik zu verfallen, die jetzt modern war und die Mr. Yacksley so sehr verabscheute. Sie wußten die Vorzeichen des Wetters zu deuten und verstanden den natürlichen Rhythmus der Erde. Solche Frauen mochte er.

»Guten Morgen, Mrs. Lutchins.«

Sie drehte sich um. Sie war, wie der Postbote schon oft seiner Frau erzählt hatte, bei weitem die schönste Frau auf seiner

Tour: weißes Haar, Augen so sanft wie Stiefmütterchen, ein Lächeln, das in beiden Wangen Grübchen hinterließ. Immer trug sie hübsche Pullover, mit Blumen- oder Fair-Isle-Muster in gedeckten Farben, die sie an langen Winterabenden strickte. Und Mr. Yacksley hatte sie noch nie ohne ihre Perlenkette gesehen: drei Reihen muschelrosa schimmernde Perlen, die auch bei wenig Sonnenlicht winzige rosafarbene Reflexe auf ihr Kinn sprenkelten. Diese Perlen sahen aus, als kämen sie direkt aus einer Auster. Mr. Yacksley hätte schwören können, daß sie nie auf dem sterilen Samt eines Schmuckkästchens mit künstlicher Beleuchtung, die ihnen jede Farbe nahm, gelegen hatten. Ganz außergewöhnlich, dieses zarte Rosa. Eine Farbe, die, wenn man überlegte, auch viele Dinge hatten, die von der Küste und vom Meer kamen.

»Oh, Mr. Yacksley, ich habe Sie nicht kommen gehört.« Mrs. Lutchins lächelte. Schwerhörigkeit war ihre einzige Konzession an das fortgeschrittene Alter.

»Das war eine ziemlich rauhe Nacht.«

»Schrecklich. Die große Balsampappel ist umgestürzt. Die, die mein Vater gepflanzt hat. Bill kümmert sich eben darum.«

»Ich kann mich an den Tag erinnern, als sie gepflanzt wurde.«

Der Postbote reichte einen einzelnen Umschlag durch das Fenster.

»Heute nur dieser eine.«

Mrs. Lutchins nahm den dicken Umschlag.

»Wie furchtbar, daß Sie wegen eines einzigen Briefs den langen Weg hierher machen mußten«, sagte sie, »haben Sie Zeit für eine Tasse Kaffee?«

»Danke, aber ich bin schon spät dran. Zuviel Wasser auf den Wegen. Hoffentlich wird das im Laufe des Tages besser.«

Der Postbote entfernte sich von dem Fenster. Sein feinge-schnittenes, wettergegerbtes Gesicht zeigte ein freundliches Lächeln zum Abschied. Sie winkten sich zu, dann sah ihm

Mrs. Lutchins nach, bis er hinter der Wegkurve verschwand. Er ging aufrecht wie immer, wenn auch neuerdings ein wenig steif, dachte sie. Hoffentlich würde er nicht wie Bill an Arthritis zu leiden haben, dachte sie.

Mit den Gedanken an die umgestürzte Balsampappel und die Sorgen, die Bill damit hatte, öffnete sie den Umschlag ohne großes Interesse. Die Einladung von den Farthingoes kam ihr sehr merkwürdig vor. Das würde ihre zweite große Einladung innerhalb von zwei Jahren sein. Wieso um alles in der Welt waren sie so scharf darauf, ihr Geld auf so unwichtigen Ereignissen zu verschleudern? Würde Bill die lange Anfahrt in Kauf nehmen, nur um sich einen kleinen arthritischen Walzer abzuringen? Würde ihr altes rubinrotes Samtkleid gut genug sein? Oder würde sie …? Der Gedanke, nach London fahren zu müssen, um nach einem neuen Kleid zu suchen, behagte ihr gar nicht, und so legte sie die Einladung auf das Fensterbrett und kehrte zu ihrem Teig zurück.

Eine halbe Stunde später kam ihr Mann Bill herein, nachdem er sich an der Tür die schlammverdreckten Stiefel ausgezogen hatte. Er schnupperte, als er den Geruch von Hähnchenpie aus dem Aga-Herd wahrnahm, und zog sein vielbenutztes Ölzeug aus. Jeden Tag verbrachte er mehrere Stunden draußen und kümmerte sich um die Bäume, teils, um Mary nicht im Weg rumzustehen, teils, um die Rückkehr in das Haus und seine Bratäpfelgemütlichkeit am Vormittag, zum Mittagessen und zum Tee jedesmal aufs neue genießen zu können.

»Ein Wunder, daß er nicht noch ein paar andere mitgerissen hat«, sagte er. »So ein Mist. Riech mal.«

Er hielt seiner Frau seine schmutzige Hand unter die Nase. Vor ein paar Minuten hatte er Blätter des umgestürzten Baumes zwischen den Fingern zerrieben. An warmen, ruhigen Abenden hatte ihr Duft den ganzen Garten erfüllt.

Bill und Mary Lutchins saßen nebeneinander am Küchentisch und tranken Kaffee. Mary ahnte, wie sehr sich ihr Mann die Sache zu Herzen nahm. Sie konnte es an dem leichten

Kopfschütteln sehen und daran, wie er sich nervös am Ohr kratzte. Es war in dieser exponierten Küstenlandschaft nicht leicht, eine Bewaldung hochzubringen, und Bill hatte in den letzten Jahren mehrere Rückschläge hinnehmen müssen. Aber er gab nicht auf, setzte weiter junge Bäume, hegte und pflegte sie und lernte immer wieder etwas dazu. Bei seinem Tod wollte er einen gesunden Waldbestand hinterlassen, damit spätere Generationen – vielleicht seine Enkel –, für die Wildpflanzen und Wildtiere schon allmählich etwas Exotisches waren, ihr eigenes intaktes Stückchen Natur hatten. Vielleicht, dachte er manchmal, konnte er damit auch eine Wiedergutmachung für den baufälligen Kirchturm leisten, der sein Gewissen sehr belastete.

Mary, die fand, daß es jetzt an der Zeit war, seine Gedanken zu unterbrechen, schob ihm einen Teller mit selbstgemachtem Mürbegebäck zu.

»Die Farthingoes«, sagte sie, »haben uns wieder zu einem Ball eingeladen. Im September.«

Es dauerte eine Weile, bis Bill von der Vorstellung des geschundenen Baums, der nur noch aus einem armseligen Stumpf bestand, auf die fröhliche Geselligkeit eines Balls umgeschaltet hatte. Aber er bemühte sich, seiner Frau zu helfen, die sich wiederum bemühte, ihn aufzuheitern. Er sah sie an und lächelte. Mary liebte solche Einladungen, ungeachtet ihres Alters.

»Das würde dir doch sicher gefallen, nicht wahr, Liebling? Laß uns zusagen. In ein oder zwei Monaten fahren wir dann nach London und kaufen dir etwas Hübsches zum Anziehen. Was meinst du?«

»Du weißt, daß ich so etwas nicht so gut kann. Ich habe doch immer noch das alte Samtkleid.«

»Kommt überhaupt nicht in Frage. Das hast du doch letztes Mal angehabt. Du sahst wunderhübsch aus, aber diesmal brauchst du etwas Neues.«

Mary beschloß, die Angelegenheit noch einen Augenblick länger in der Schwebe zu halten. Sollte er sie drängen, würde sie wissen, daß er auf jeden Fall auch gehen wollte und es nicht nur ihr zuliebe tat. Dann würde auch er den Abend genießen.

»Für den einen Abend ist es ein ganz schön langer Weg«, gab sie zu bedenken.

»Nur eine Stunde von Ursulas Wohnung. Wir können dort übernachten.«

»Na ja, gut, wenn du meinst. Kann ja ganz nett werden.«

»Schreib ihnen und sag zu.« Bill trank seinen Kaffee aus, stand vom Tisch auf und ging zu seinen Stiefeln. »Ich weiß nicht so recht, was ich mit dem Riesending tun soll. Irgendwo mit der Säge anfangen, denke ich mal. Keine Ahnung, was für Brennholz das ergibt. Werde mich heute abend mal ans Telefon hängen und ein bißchen rumfragen.«

Als er aus der Tür ging, sah er auf seine Uhr. Als ehemaliger Marineangehöriger war Pünktlichkeit für ihn oberstes Gebot. Eine genaue Zeiteinteilung war besonders wichtig. Genau zehn Minuten für den Kaffee – nicht mehr und nicht weniger, trotz der Krise mit dem umgestürzten Baum. In genau anderthalb Stunden würde er zum Mittagessen zurück sein. Mary freute sich darauf. Jetzt im Alter freute sie sich auf jede kleine Rückkehr und sah ihr genauso aufgeregt entgegen wie in den Tagen, als er bei der Marine war und sie seinen Landurlaub nach vielen Monaten auf See herbeisehnte.

Die Lutchins waren vor zehn Jahren nach Norfolk gezogen. Zuvor hatten sie, nachdem Bill aus der Marine ausgeschieden war, in York gelebt, wo sie ein privates Museum leiteten, das Bill von seinem Vater geerbt hatte. Das Museum war ganz besonders reizvoll und hatte dem ernsthaften Heimatforscher einiges zu bieten. Es war in einem umgebauten Lagerhaus untergebracht und beherbergte eine eindrucksvolle Sammlung von regionalen Kunstschätzen, denen die Lutchins von Zeit zu Zeit noch weitere hinzufügten. Sie liebten ihr Museum und waren immer mit Feuereifer bei der Sache. Verblaßte Schilder wurden ersetzt. Mary achtete darauf, daß alles immer blitzblank geputzt und gewienert war. Der Weichholzboden, der die Schritte der Besucher dämpfte, wurde mit Bienenwachs eingelassen, dessen Geruch das ganze Haus erfüllte.

Aber zu Anfang der siebziger Jahre sanken die Besucherzahlen. Die kleine, aber feine Sammlung der Lutchins verlor an Anziehungskraft in Konkurrenz mit lauten Angeboten. Sie stellten fest, daß sie nicht mit der modernen Welt der Touristenattraktionen mithalten konnten. Gutmeinende Berater, die das Museum retten wollten, schlugen Wachsfiguren in historischen Gewändern vor und Erklärungen, die seelenlos über Kopfhörer abzurufen waren. Kurz gesagt, all den billigen Schnickschnack, mit dem neuerdings Geschichte für die, die keine Phantasie haben, zum Leben erweckt werden mußte. Den Lutchins war diese Vorstellung ein Greuel. Sie wollten lieber das Ganze verkaufen und wegziehen. Als ihnen dann eine Baufirma ein lukratives Angebot unterbreitete, nahmen sie sofort an und versuchten nicht an die Zerstörung zu denken, die nach ihrem Wegzug folgen würde.

Das Problem, wo sie fortan leben sollten, löste sich, als Marys Schwester starb, die seit dem Tode ihrer Eltern in dem Pfarrhaus in Norfolk gewohnt hatte. Es war das Haus, in dem Mary und ihre Schwester ihre Kindheit verbracht hatten. Ihr Vater war Vikar in der Pfarrei gewesen. Er hatte Mary und Bill an einem mäßig warmen Junitag im Jahr 1935 in seiner Kirche getraut. Gleich danach hatte es sich das junge Paar nicht nehmen lassen, ein letztes Mal auf den Turm zu steigen und über die Marsch zu schauen. Marys Blick war durch den Schleier, den ihr der Wind in das Gesicht blies, ein wenig verschwommen, so daß sie sich nur an zerrissene Wolkenfetzen hinter einem Spitzenschleier erinnerte. Das feierliche Glockengeläut oben auf dem Turm hüllte sie in ihrer Zweisamkeit ein. Worte waren überflüssig. Man hätte sie ohnehin nicht gehört. Das Brautpaar klammerte sich mit nervösen, aufgeregten Händen aneinander und sah von dem damals völlig intakten Turm nach unten. Die Hochzeitsgäste winkten übermütig herauf, bunte Farbpünktchen in Vorkriegskleidung. Auch ihre Rufe gingen im Klang de Glocken unter. Auf dem Weg über die steile Wendeltreppe nach unten, bei dem sich ein wenig Staub im Satinsaum ihres Kleides verfing, überkam Mary bei all ihrer Glückseligkeit ein kleines Gefühl der Wehmut. Eigentlich wollte sie diesen Ort nicht mit einem gemieteten Haus in Portsmouth eintauschen.

Als dann viele Jahre später das Haus unerwarteterweise wieder zur Verfügung stand, kehrten sie und Bill mit Freuden zurück und machten sich mit Feuereifer daran, es zu renovieren. Haus und Garten waren in einem beklagenswerten Zustand, da Marys Schwester lange krank gewesen war. Es gab viel zu tun.

Die Lutchins führten ein erfülltes und tatenreiches Pensionärsleben. Als das Haus einigermaßen in Schuß war, machten sie sich daran, den Garten zu retten. Bill hatte die Idee, Bäume zu pflanzen. Sie machten vieles, was sie schon immer machen wollten – lesen, abends Musik hören –, hatten immer noch keinen Fernseher und wollten auch keinen und engagierten sich im Gemeindeleben (Bill teilte sich mit Mr. Yacksley das Amt des Kirchenvorstehers). Sie lebten ein geordnetes, ruhiges Leben, begnügten sich mit dem, was sie beide interessierte, und waren sich dabei bewußt, daß ihre kleine Welt anderen nicht genügen würde. Einmal im Jahr fuhren sie ins Ausland, eigentlich immer widerwilliger, weil sie doch oft enttäuscht zurückkamen, wenn sie Orte besucht hatten, die sie von früher kannten, und dort feststellen mußten, daß sich alles negativ verändert hatte. Alle paar Monate besuchten sie ihre in Oxford verheiratete Tochter Ursula. Ursula und ihre Familie kamen jedes Jahr nach Norfolk. Gelegentlich machten sie einen Ausflug nach London. Sie wollten den Kontakt mit den Künsten nicht verlieren, die sie beide liebten, suchten sich ein Theaterstück oder eine Ausstellung aus und hofften, einen genußreichen Abend zu verbringen. Aber die Stadt hatte sich so verändert, die Menschen und die Architektur der Stadt waren so ganz anders geworden. Wenn sie dann von einer dieser Exkursionen zurückkamen, schätzte Mary ihr geliebtes Pfarrhaus nur um so mehr. Sie ging durch das Haus und öffnete die Fenster, goß die Pflanzen und berührte Gegenstände (eine dämliche Angewohnheit, das wußte sie) – Geschirr, Wände, Bücher, Papiere auf ihrem Schreibtisch. Und das nur, um sich ihrer Unveränderbarkeit zu versichern. Sie nahm die Geborgenheit ihres Zuhauses nie als selbstverständlich hin. Sie war aktiv jeden Tag aufs neue da, und ihr Mann teilte das Gefühl, ohne daß sie jemals darüber gesprochen hatten.

Die Gemütlichkeit des Pfarrhauses war überall spürbar, dachte Mary oft. Sie hatte sich unbemerkt eingeschlichen wie eine umherstreunende Katze und hatte sich in allen Zimmern breitgemacht. Manchmal war diese Gemütlichkeit, diese selbstzufriedene Ruhe (konnte man es Selbstgefälligkeit nennen?) erschreckend. Sie war erschreckend, weil die Zeit verging, und eines Tages würde sie auf jetzt noch undenkbare Weise zerstört werden. Je größer das Gefühl einer fast perfekten Welt war, um so größer würde die Katastrophe sein, wenn sie zusammenstürzte.

Mary scheute diese düsteren Gedanken. Aber da sie ein praktisch veranlagter Mensch war, wurde sie häufig davon geplagt. So auch an dem Abend, an dem die Balsampappel umgestürzt war, sie am Kaminfeuer mit dem Kreuzworträtsel der *Times* saß und eine Aufnahme von Schumanns Klavierquintett auf Platte hörte. Eine namenlose Panik durchfuhr sie mit einem schneidenden Schmerz. Bill, der auf der anderen Seite des Kaminfeuers saß, ließ sein Buch über Baumpflege sinken.

»Es wird alles in Ordnung gehen«, sagte er.

Mary seufzte. Der Instinkt ihres Mannes, ihre Gemütsschwankungen wahrzunehmen, erfüllte sie jedesmal wieder mit Ehrfurcht. Wie konnte er nur wissen, daß ihr unwillkommene Gedanken durch den Kopf gegangen waren? Manchmal, wenn er ihre Gedanken zu lesen schien, fühlte sie sich bemüßigt, eine Erklärung abzugeben. Aber sie sagte nichts, da sie der festen Überzeugung war, daß Ehegatten einander vor den amorphen Gefühlen des anderen schützen sollten.

Mit der modernen Auffassung vom gegenseitigen besseren Verständnis durch totale, erschöpfende Bekenntnisse, wie sie immer wieder im Radio erklärt wurde, hatte sie sich noch nie so recht anfreunden können. Die Feinheiten der Kommunikation waren ohnehin schon heikel genug, dachte sie. Wenn man sie überstrapazierte, bestand die Gefahr von weiteren Mißverständnissen. Einige Ehepaare aus ihrem Freundeskreis waren so durch ständigen zwanghaften Seelenstrip völlig ausgelaugt. In ihrer Jagd nach Erklärungen hatten sie ihr Urteilsvermögen verloren – das Urteilsvermögen, wann es besser war zu schweigen. Sie hatten einen Großteil ihrer Würde verloren und oft auch ihren Humor.

Mary lächelte. »Ich denke, ich rufe Ursula an«, sagte sie.

»Aber du hast sie doch gestern abend angerufen.«

»Ich weiß. Aber sie wird über die Unwetter hier gelesen haben und wissen wollen, ob mit den Bäumen alles in Ordnung ist.«

Nun lächelte auch Bill. Die Nähe zwischen Mutter und Tochter hatte ihn immer gerührt. Die Ruhelosigkeit, die er den ganzen Abend bei Mary gespürt hatte, würde sich nach einem Gespräch mit Ursula gelegt haben.

»Sag ihr, daß der Sturm vorüber ist«, riet er ihr, »und daß wir uns eigentlich nicht beklagen können. Nur eine einzige Pappel steht nicht mehr.«

Er warf ein Holzscheit ins Feuer. Die züngelnden Flammen richteten sich auf und gaben sofort neue Wärme an die Umgebung ab. Bill wartete, bis Mary das Zimmer verlassen hatte, um zu telefonieren, ehe er sein Buch von neuem aufnahm – eine Art ehelicher Höflichkeitsgeste, die er nie ganz aufgegeben hatte. Es gab darin ein ganzes Kapitel über die Balsampappel. Sollte er dort nicht die Antwort auf seine Frage finden, würde er am nächsten Morgen Ralph Cotterman anrufen. Ralph war über Bäume bestens informiert. Er hatte noch genau eine Stunde Zeit, wenn er wie gewöhnlich pünktlich um halb elf ins Bett gehen wollte.

Ralph Cotterman liebte eine verheiratete Frau.

Er war vierzig und noch immer unverheiratet, noch immer auf der Suche nach einer Frau. Aber außer der einen Frau, die die Frau seines ältesten Freundes war, war ihm keine begegnet, mit der er den Rest seines Lebens verbringen wollte. Als ein Mann voller Energie und – für einige – von beträchtlicher Anziehungskraft, hatte es ihm nicht an verfügbaren Frauen gemangelt, die ihm Vorschläge für ein dauerhaftes Zusammenleben unterbreitet hatten. In der Tat hatte er es bei einigen auch ziemlich lange geschafft (wenn auch nie länger als ein Jahr), treu zu bleiben. Vor fünfzehn Jahren hatte er mit Frances Rudge geliebäugelt (ehe sie Toby Farthingoe geheiratet hatte), die ihn, wie sie damals behauptete, leidenschaftlich geliebt hatte. Diese Leidenschaft war von Ralph, wie er tief in seinem Innern wußte, nicht ganz so leidenschaftlich erwidert worden. Sie taugte seiner Meinung nach nicht zur Ehefrau, obwohl er zugeben mußte, daß es ihr gelungen war, den ehedem trübsinnigen Toby Farthingoe aufzuheitern, vor allem durch den großzügigen Umgang mit seinem Geld, das er vorher aus Mangel an Phantasie einfach so gehortet hatte. Frances war ein unkompliziertes Mädchen mit erfrischendem Ehrgeiz, schelmischen Augen und hübschen Beinen. Sie und Ralph waren Freunde geblieben, trotz ihrer befremdlichen Angewohnheit, auf Teufel komm raus zu flirten, wenn Toby oben war und sich mit seinen Computern beschäftigte. Was Ralph betraf, so tat es ihm nicht leid um Frances. Was sie betraf … da hatte er den Verdacht, den er aber gedanklich tunlichst nicht vertiefen wollte, daß die Sache anders war. Sie war jedoch meistens diskret und behielt ihre Gefühle für sich. Nur gelegentlich erlaubte sie sich Andeutungen, daß die alte Leidenschaft noch nicht erloschen war. Dann tat Ralph so, als würde er nichts davon bemerken.

Ralph war von der Universität in Cambridge, wo er sich mit Martin Knox, dem Ehemann seiner Angebeteten, angefreundet hatte, mit einem guten Abschluß in Naturwissenschaften abgegangen. Nach einigen Jahren in einer großen, anonymen Firma hatte er beschlossen, in die Politik zu gehen. Er bewarb sich vergeblich um mehrere liberale Parlamentssitze und arbeitete fleißig für die Partei. Um seinen Lebensunterhalt zu verdienen, schrieb er einige naturwissenschaftliche Bücher für Kinder, die zu seiner Überraschung in Auflagen von mehreren Tausend verkauft wurden. Nach dem Bruch innerhalb der liberalen Partei im Jahr 1988 wußte er nicht so recht, auf welcher Seite er stehen sollte, und gab die Politik so spontan auf wie zuvor die Naturwissenschaften. Jetzt machte er wieder das Schreiben von wissenschaftlichen Büchern zu seiner Hauptbeschäftigung. Er war der felsenfesten Überzeugung, daß die Hinführung zu einem wissenschaftlichen Bereich an einem frühen Zeitpunkt im Leben ungeheuer wichtig ist. (Der Erfolg seiner Bücher mag wohl damit etwas zu tun gehabt haben, daß er kleine Scherze und witzige Sprüche in seine Texte einbaute, wie sie normalerweise in derartigen Büchern nicht zu finden sind.) Die technische Zukunft Englands lag ihm sehr am Herzen, und so glaubte er, mit seiner Arbeit einen wertvollen Beitrag zu leisten, nämlich die Begeisterung von Kindern zu wecken.

Sein Freund Martin Knox, der in puncto Mädchen immer zurückhaltend war, hatte Ursula Ralph erst einige Wochen vor ihrer Hochzeit vorgestellt. Die Begegnung fand am Bahnhof von Oxford statt. Sie waren zusammen hingegangen, um sie vom Zug aus London abzuholen. Ralph würde nie diesen ersten, schicksalhaften Anblick vergessen: unbezähmbares helles Haar und ein engelgleiches Lächeln. Sie kämpfte mit Koffer, Papieren, Filzhut, Regenschirm und wundervollen rosafarbenen Wildlederhandschuhen, die so gar nicht zu ihrer eher lebhaften Kleidung passen wollten. Ralphs Herz blieb einen Augenblick schier stehen. Tausend schmalzige Liebeslieder gingen ihm durch den Kopf. Als Wissenschaftler fragte er sich, was in der Chemie zwischen zwei Menschen einen Mann nur mühsam davon abhalten kann, sich beim ersten Anblick eines Mädchens sofort auf die Knie zu werfen und ihm seine unabdingbare Liebe zu erklären. Er wußte sofort, während die Erkenntnis ihn noch schwindlig im Kopf und wacklig auf den Beinen machte, daß sie die Frau seines Lebens war. Aber sie gehörte Martin.

Sie hatte ihm die Hand entgegengestreckt, die vortreffliche Ursula. Ralph spürte ganz kurz ihre warmen Finger. Das war der Wendepunkt in seinem Leben.

»Hallo. Ich habe schon so viel von Ihnen gehört«, sagte sie.

Dann fiel ihr der Filzhut herunter, die Papiere gleich darauf. Martin bemühte sich sofort beschützend um sie, bückte sich, half ihr tragen, nahm ihren Arm, lachte, küßte mehrmals ihre Wange. Ralph stand einfach nur da und beobachtete die liebevolle Szene. Er war nicht fähig zu sprechen.

Oft hatte sich Ralph in den folgenden Jahren gefragt, warum weder Martin noch Ursula je seine merkwürdige Liebe geahnt hatten. Natürlich hatte er als Ehrenmann nie ein Wörtchen darüber verloren oder auch nur eine vage Andeutung ausgesprochen, wie es Frances manchmal tat. Aber er verbrachte viel Zeit mit den Knoxes, in ihrem Haus oder in seinem. Sie fuhren zusammen in die Ferien, und er war Pate ihrer Tochter Sarah. Oft betraute Martin, wenn er zu arbeiten hatte, Ursula Ralphs Obhut an. Sie gingen zusammen spazieren, ins Kino oder aßen miteinander zu Abend. Ursula lud bei Ralph all den aufgestauten Unmut über Oxford ab und hörte sich im Gegenzug seine Geschichten über seine lockeren, immer unbefriedigenden Affären an. Im Beisein anderer zeigte sich ihre Verbundenheit in stürmischen Begrüßungen (die Ralph zutiefst verunsicherten). Für Ursula waren sie nur Ausdruck ihrer Zuneigung. Nie hatte es von ihrer Seite auch nur die geringste Andeutung gegeben, daß ihre Beziehung die Grenzen der Freundschaft überschreiten könnte. Wenn sie allein waren, gab sie sich höflich distanziert, eine Haltung, der Ralph völlig hilflos gegenüberstand. Gegen sein stummes, unvermindertes Leiden war kein Kraut gewachsen. Es blieb das ewige Geheimnis seines Lebens.

An diesem Abend fuhr er von seinem Haus in der Nähe von Oxford zur Familie Knox. Auf dem Beifahrersitz neben ihm lag eine kurzhaarige, blaugraue Katze und schlief. Es war nicht seine Katze. Er hatte sie vor einem Monat eines Abends zusammengekauert auf seiner Türschwelle gefunden. Ralph erinnerte sich, daß Katzenliebhaber immer behaupteten, Katzen würden ihre Leute »finden«. Ralph war kein Katzenliebhaber. Er hatte nicht den Wunsch, von einer Katze gefunden zu werden. Aber eine Stunde später war die Katze immer noch da, regungslos. Ralph gab ihr ein Schälchen Milch und wurde dafür mit einem dankbaren Blick aus schrägen opalfarbenen Augen belohnt. Aber das Tier machte immer noch keine Anstalten, wieder zu gehen. Später an diesem Abend miaute sie so herzzerreißend, daß Ralph sie, wohl wissend, daß dies eine unkluge Tat war, in der Küche übernachten ließ.

Er hatte im Dorf herumgefragt, aber niemand wußte, wem die Katze gehörte oder woher sie kam. Ihre Willensstärke zeigte sich darin, daß sie entschlossen daran ging, Ralphs Heim zu ihrem Zuhause zu machen. Ansonsten war sie ein sehr sanftes Wesen. Nur die hellen Augen starrten Ralph manchmal so unverwandt an, daß ihn ein unbestimmtes Gefühl des Unwohlseins überkam.

Als sich nach einem Monat immer noch kein Besitzer gemeldet hatte, fand er, daß es an der Zeit sei, zur Tat zu schreiten. Seine erste Idee war es, sie Ursula zu geben. Die zweite, viel bessere, war, sie Sarah zu geben, seinem bezaubernden Patenkind. Sie war jetzt neun Jahre und hatte noch nie ein Haustier gehabt. Immer wieder hatte sie erfolglos darum gebettelt. Das war ihre Chance. Ralph war begeistert über seinen Einfall. Sarah würde ihre Katze bekommen, und er hatte damit eine wunderbare Entschuldigung für einen Besuch bei den Knox mitten in der Woche.

Nachdem er sein tägliches Schreibpensum erledigt hatte, trank er zusammen mit der Katze Tee, streichelte sie, hielt sie und war ungewöhnlich freundlich zu ihr. Die Katze, ziemlich schlau, war mißtrauisch. Als Ralph sie in den Wagen hob, hatte sie einen Buckel gemacht und mit dem Schwanz drohend hin und her geschlagen. Aber das gleichmäßige Fahrgeräusch schien sie zu beruhigen, und so döste sie offenbar ganz glücklich vor sich hin.

Ralph fuhr ziemlich langsam. Er hatte sich telefonisch nicht angemeldet – die Knoxes waren daran gewöhnt, daß er unangemeldet vorbeikam. Er war jederzeit willkommen.

Es war warm im Wagen, irgendwie stickig. Ein leichter Pfefferminzduft lag in der Luft. Die Vorfreude, die er immer empfand, wenn er Ursula sehen würde, schärfte seine Sinneswahrnehmung. Das Maigrün der Bäume und Hecken glitzerte nach einem Regenschauer und blendete fast in seinen Augen. Er dachte an Ursula. In zehn Minuten würde er bei ihr sein. Auf lächerliche Weise glücklich, tätschelte er die schlafende Katze. Er konnte das feine Knochengerüst unter dem blaugrauen Fell spüren und war froh, daß er sich entschieden hatte, sie wegzugeben.

Ursula Knox, die sehr gerne ihren Tag damit zubrachte, zu überlegen, wie sie Oxford entfliehen könnte, war heute, wie sie es am liebsten hatte, ziemlich beschäftigt gewesen. Nachdem sie die Kinder in der Schule abgeliefert hatte, war sie nach Somerset gefahren und hatte einem Kunden Pflanzen zugestellt. Auf dem Rückweg hatte sie in ihrer unermüdlichen Suche nach jemandem, der ihr romantische Schuhe anfertigen konnte, bei einem Schuhmacher in Gloucestershire haltgemacht. Dann hatte sie sich verfahren, als sie ein entlegenes Haus suchte, in dem eine Schmuckhändlerin wohnte, die sich auf Similischmuck spezialisiert hatte. Ursula hatte sie kürzlich auf einem ländlichen Flohmarkt kennengelernt. Die Fahrt hatte sich gelohnt. Sie kaufte eine seltene, wunderschöne französische Similibrosche in Form einer Lyra. Es gab wenige Gelegenheiten hier in Oxford, so etwas zu tragen. Hinzu kam, daß jede Bemühung der Frau des Universitätsprofessors, sich elegant herzurichten, als frivol angesehen wurde. Aber sie würde Martin später erklären, daß der Kauf nicht nur besonders günstig gewesen war, sondern auch durchaus eine Geldanlage sei. Günstige Käufe und Investitionen dieser Art waren wichtig in Ursulas Leben. Martin oder den Kindern gegenüber hatte sie nie versucht, die Freude zu erklären, die sie dabei hatte, hübschen, nicht teuren Schmuck zu suchen und auch zu finden. Martin gab ziemlich stolz zu, daß sie »ein Auge« für diese Stücke habe, und bewunderte ihre stetig wachsende Sammlung. Aber die kleinen Abenteuer, die mit der Auffindung dieser Schmuckstücke bei exzentrischen Antiquitätenhändlern in der Umgebung verbunden waren, interessierten ihn wenig. Ralph war der einzige Mensch, dem sie ihre Beobachtungen darüber mitteilen konnte. Ralph war immer interessiert.

Ursula hatte vor, die durch den verbummelten Tag versäumte Arbeit wettzumachen, indem sie den ganzen Abend arbeiten wollte. Es würde, was ungewöhnlich war, ein Abend allein sein. Die Kinder waren mit Freunden in eine Zirkusvorstellung gegangen und kamen erst nach dem Abendessen zurück. Martin aß in der Universität.

Sie saß im Chaos einer North-Oxford-Küche (geräuschvoller Kühlschrank, Hockney-Drucke, Stapel von schmutzigen Töpfen in der Spüle) an einem Tisch und war in Gartenkataloge vertieft. Für ihren Notizblock und ihren Bleistift hatte sie sich ein Eckchen freigemacht. Rundum standen und lagen viele Dinge, die sich ständig auf dem Tisch anzusammeln schienen – zwei Geranientöpfe, ein Krug mit Flieder, eine Flasche hausgemachter Apfelsaft, drei Romane, ein Glas zuckerfreie Marmelade, ein Spielzeugdelphin, ein Halstuch mit dem Schulemblem und ein offenes Juwelierkästchen, in dem die Similibrosche funkelte. Ursula betrachtete diese ausgefallene Barriere zwischen sich und dem restlichen Kram und lächelte. Es sagt schon ziemlich viel über die Bewohner dieses Hauses aus, dachte sie, wie es eben unsere Besitztümer immer tun. Sie porträtieren uns. Oder wollte sie sagen »verraten«?

Es war so still im Haus. Selbst der Kühlschrank war für einen Augenblick ruhig. Ursula streckte sich und genoß die Einsamkeit. Sie war ihr ein besonders kostbares Gut, um so wertvoller, weil sie so selten war. Hätte sie nicht Martin geheiratet und Kinder bekommen, so wäre sie – wie sie glaubte – glücklich gewesen, ihr Leben allein in irgendeinem abgelegenen Teil des Landes zu verbringen. Das Familienleben hatte ihr den Reiz der Einsamkeit deutlich gemacht. Unantastbare kleine Freiräume waren unerläßlich für das Seelenheil von verheirateten Paaren. Das hatte sie ziemlich schnell herausgefunden und es sich so eingerichtet, daß sie diesem Lebensbereich ebensoviel Aufmerksamkeit schenkte wie ihren Pflichten Martin und den Kindern gegenüber.

Ursula beugte sich über das noch leere Millimeterpapier und zog mit ihrer messerscharfen Bleistiftspitze eine deutliche Linie. Sie liebte diese Anfänge. Erst später, wenn es darum ging, Details nach den Launen des ignoranten Kunden zu ändern, wurde die Sache mühsam. Mrs. Robbins, deren Garten sie momentan entwarf, wollte unbedingt so viel Yorkstein wie möglich darin haben. Sie wollte einen gewundenen Pfad, der zu einer häßlichen Statue führte. Sie wollte Terrassen auf verschiedenen Ebenen. Sie wollte Stufen, die ins Nichts führten, einen Steingarten, Goldfischteiche und Steintröge mit Pflanzen, die ohne Pflege überlebten. Dieser biedere Vorortgeschmack war Ursula ein Greuel, aber noch konnte sie es sich nicht leisten, einen so lukrativen Auftrag abzulehnen. Und zumindest bei der Auswahl der Pflanzen ließ man ihr völlig freie Hand. Mrs. Robbins' Blumenkenntnisse beschränkten sich auf cellophanierte Sträuße von Interflora. Ursula hatte vor, sie zu überraschen. Im nächsten Frühjahr würde sie sich wundern über all die Zwiebelblumen zwischen den Steinen … Ursula zog eine zweite, parallele Linie, die kurvig verlief – ein richtig breiter Pfad für Mrs. Robbins, geräumig genug für all ihre fetten Cocktailfreundinnen. Ursula sah sie vor sich: Zigaretten in rotgeschminkten Mündern, fleischige Finger, mit denen sie im Avocadodip herumstocherten, Terrassenmenschen, Pfennigabsätze auf Stein, Grashasser. Vielleicht würde sie ja eines Tages den Auftrag bekommen, einen Naturgarten zu gestalten.

Ursula konzentrierte sich. Das dünne Kratzen ihres Bleistifts war das einzige Geräusch. Späte Sonnenstrahlen leuchteten auf die nach oben stehenden Pfannengriffe in der Spüle. Der übrige Raum lag im Schatten. Sehr viel Licht gab es hier nie. In North Oxford war es immer dunkel. Die finsteren, rötlichen Häuser schluckten jede Sonne, der es gelungen war, die düsteren Bäume zu durchdringen. Martin hatte ihr immer versprochen, daß sie irgendwann einmal von hier wegziehen würden. Irgendwann ... Was für ein ungenaues Wort. Das Warten auf diesen Tag X, nach Licht und nach Sonne darbend, den Beweis für den Wechsel der Jahreszeiten herbeisehnend, all das würde sie eines Tages in den Wahnsinn treiben. Das war Ursulas größte Angst. Aber den heutigen Abend mit seiner segensreichen Stille wollte sie sich nicht mit schwermütigen Gedanken verderben. Ihr einziges Ziel war es, Mrs. Robbins' steinreichen Garten zu vollenden.

Ein Klopfen an der Haustür unterbrach die friedliche Ruhe. Ralphs eilige Schritte. Ich kann es nicht ertragen, dachte Ursula. Nicht heute abend. Nicht Ralph. Sie hörte, wie er die Tür hinter ihr aufstieß. Dann stieß er wie üblich einen verzückten Schrei aus.

»Du bist da. Wie wunderbar!«

Ralphs Augen paßten sich rasch den düsteren Lichtverhältnissen an. Ihre zerzausten Haare schimmerten merkwürdig grünlich. Sie reflektierten wohl die Blattfarbe der Geranien, die wie ein Schutzring um sie herum standen. Einen gequälten Augenblick lang hielt sie ihren gebeugten Kopf ganz ruhig.

»O Gott, du arbeitest ja ernsthaft«, bemerkte er. »Ich wollte dich nicht stören.«

Ursula drehte sich zu ihm um. Ein engelhaftes, wenngleich zürnendes Gesicht sah ihn an. Er stand vor ihr, die Katze im Arm. Seine verhangenen Augen sandten unaufhörlich Hilferufe aus.

Ursula warf ihren Bleistift hin und stand auf.

»Was willst du mit der Katze?«

Ralph fuhr sich mit der Zunge über die Lippen und versuchte ein zaghaftes Lächeln.

»Du weißt, daß ich keine Katzen mag.«

Sie sah, daß auf seiner Oberlippe, die unglücklicherweise über die untere hinausragte, ein Speicheltropfen hing. Sie hielt ihm ihre Wange hin. Wenn sie das nicht tat, drängte er unwürdig danach, beugte sich manchmal zu ihr hinunter, strich sogar ihr Haar zurück, um zu der Wange zu gelangen. Jetzt, da er sie küßte, spürte sie den winzigen Speicheltropfen auf ihrer Haut.

»Du weißt, daß ich nie eine haben wollte«, sagte sie.

»Sie ist nicht für dich. Sie ist für Sarah.«

»Für Sarah?«

»Sie will schon so lange ein Haustier haben. Ich mußte einfach etwas tun, zumal ich wußte, daß du nie etwas tun würdest.«

»Verstehe. Und wer, denkst du, wird es sein, der sich um Sarahs Katze kümmern muß? Die Tierarztrechnung zahlen, sie einschläfern lassen, wenn sie ein Motorradfahrer angefahren hat?«

»Ich wäre niemals losgezogen und hätte eine gekauft, Urse«, unterbrach Ralph sie. »Du weißt, daß ich das nie getan hätte. Aber dieses Wesen stand letzten Monat einfach auf meiner Matte und ließ sich nicht mehr vertreiben.«

»Ein guter Grund, sie zu behalten, fürwahr. Sie hat sich dich offensichtlich ausgewählt, wie die dämlichen Katzenliebhaber zu sagen pflegen.« Sie hörte den Spott in ihrer Stimme, wußte, daß sie jeden Moment klein beigeben würde.

»Sei nicht böse.«

»Ich bin nicht böse. Zumindest nicht sehr.«

Ralphs Lächeln veränderte seine Mundpartie so positiv, daß er sie oft schon dadurch für sich gewinnen konnte.

»Es ist eine ziemlich nette Katze. Sie macht überhaupt keine Probleme.«

»Katzen machen immer Probleme.«

»Unsinn. Du wirst schon sehen.« Ralph hob das Tier auf

den Tisch. Er konnte sich immer noch nicht damit abfinden, wie dünn sie war. Sie saß ganz aufrecht da, wie eine Porzellankatze, und hatte den Schwanz ordentlich um die Füße gelegt. Die durchscheinenden Augen sahen ausschließlich Ralph an.

»Wo ist Sarah?« wollte er wissen.

»Im Zirkus. Sie wird etwa um neun Uhr zurück sein.«

»Schade, daß ich sie verpaßt habe. Hör mal, wenn du die Katze wirklich nicht ausstehen kannst, nehme ich sie wieder mit. Ich finde schon jemand anderen.«

Ursula zuckte mit den Achseln. »Du kannst sie ja eine Weile hierlassen«, schlug sie vor. »Mal sehen, wie sie sich benimmt. Und ob ich es mit ihr aushalte. Einen Drink?«

»Trinkst du einen mit?«

Ursula schüttelte den Kopf. Ralph ging zum Kühlschrank und holte eine offene Flasche Weißwein heraus. Dann suchte er sich ein Glas aus dem Küchenschrank. Wie er sich in ihrer Küche auskannte, dachte Ursula, war irgendwie irritierend. Sie war ziemlich schroff zu ihm gewesen und hatte ein schlechtes Gewissen.

»Ist mit dir alles in Ordnung?« Sie versuchte, milde zu klingen, nachdem sie bemerkt hatte, wie blaß er war.

»Schon.«

Ursula spürte Verzweiflung in der knappen Antwort. Die Katze rührte sich nicht vom Fleck.

»Martin ißt in der Universität«, sagte sie, »aber es macht mir nichts aus, etwas zu kochen, wenn du bleiben möchtest.«

Ralph schossen wilde, unmanierliche Alternativen zu bereits bestehenden Plänen durch den Kopf. Er könnte natürlich den Farthingoes absagen …

»Ich dachte, du arbeitest.«

»Tu ich auch.«

Er blieb stark. »Vielen Dank für das Angebot, aber ich bin mit Frances und Toby zum Essen verabredet. Bin gerade auf dem Weg.«

»Dann kannst du sie gleich fragen, warum sie innerhalb von zwei Jahren ihren zweiten großen Ball veranstalten.«

»Die Antwort darauf wissen wir doch ohnehin. Frances muß beschäftigt werden. Eine große Einladung zu organisieren, sagt sie, ist ein enormer Arbeitsaufwand. Da bleibt kein Augenblick zum Nachdenken.«

»Arme Frances. Was würde sie wohl mit einem Augenblick zum Nachdenken anfangen?«

Ralph trank seinen Wein aus. Ursula nahm die Einladung von einem Stapel geöffneter Briefe auf der Küchenanrichte.

»Vor Jahren wäre das etwas gewesen, worauf man sich hätte freuen können«, sagte sie.

»Magst du keine Einladungen mehr?« Er hatte das Gefühl, wie ein Fremder zu klingen.

»Ach, manche schon. Nicht diese riesigen, aufwendigen, bei denen man mit anderer Leute Ehegatten herumschieben muß.«

»Ich tanze mit dir. Ich bin kein Ehegatte.«

»Nein, bist du nicht.«

Schwaches Lächeln. Die Vorstellung schien für sie nichts besonders Aufregendes zu haben, dachte Ralph.

»Vielleicht ist es ganz einfach nur lustig.«

»Das möchte ich noch bezweifeln.«

Ursula setzte sich wieder. Sie wollte mit ihrer Zeichnung weitermachen. Ein sicheres Mittel, ihn loszuwerden, war, ihn wegen Frances aufzuziehen.

»Du weißt ja, warum Frances meiner Meinung nach diese Einladungen macht? Abgesehen davon, daß sie sich beschäftigen muß. Ihr eigentlicher Grund ist, daß sie dabei die Chance hat, mit dir zu tanzen.«

»Rede keinen Unsinn«, widersprach er ungehalten. Er mochte es nicht, solche Wahrheiten zu hören. Nicht einmal von Ursula.

»Du weißt doch ganz gut, daß sie schon seit Jahren ganz verrückt nach dir ist.«

»Darüber will ich gar nicht nachdenken. Wahrscheinlich stimmt es ohnehin nicht mehr. Die Menschen werden irgendwann vernünftig.«

»Da wäre ich nicht so sicher. Unerwiderte Liebe ist ein sehr starkes Gefühl. Manchmal *will* man das gar nicht loswerden.«

Sie sahen sich an. Ralph fuhr sich wieder mit der Zunge über die Lippen. Die Katze sah ihn immer noch unverwandt an.

»Was muß ich für sie besorgen?« fragte Ursula nach einer Weile.

»Einen Korb, glaube ich. Ich bringe dir einen.«

»Nein, Ralph. Du bringst mir ohnehin dauernd so viel.«

Was konnte er machen?

»Ich bringe sie für Sarah. Hör mal, ich lasse dich jetzt weiterarbeiten. Tut mir leid, daß ich dich gestört habe. Ich muß jetzt gehen.«

Ursula nahm ihren Bleistift und seufzte. Er war leicht zu beleidigen. Sie wollte ihn nicht beleidigen.

»Ich war heute bei einem Schuhmacher in Gloucestershire«, sagte sie ruhig. Ralph war auch ebenso schnell wieder zu besänftigen, wenn sie ihm kleine Dinge aus dem Alltag erzählte, die niemand anderen interessierten. »Seine Werkstatt ist bei einem Mühlteich – man hört das Wasser den ganzen Tag rauschen. Er hatte Regale voll mit verschiedenen Ledersorten. Ich habe ihm einige Zeichnungen dagelassen. Du weißt schon, für so verrückte Schuhe, wie ich sie immer suche. Er hatte äußerst interessante Augen.«

Endlich lächelte Ralph wieder. Er nahm den Similischmuck aus dem Kästchen. Die Katze folgte mit den Augen seiner Bewegung, ohne sich zu rühren.

»Und das da?«

»Ein Schnäppchen. Von einer Kaninchenzüchterin in Somerset. Ich habe sie ausfindig gemacht, genauso wie den Schuhmacher.«

»Du bist so schlau. Und Spaß hast du auch im Leben.«

»Habe ich.«

»Bis bald.« Ralph küßte sie auf den Kopf. Dann ging er.

Als es wieder ruhig war, spürte Ursula eine Traurigkeit, die sie oft überkam, wenn Ralph wegging. Sie hatte ihn enttäuscht. Sie enttäuschte ihn fast immer. Aber was konnte sie ihm geben außer Freundschaft? Von jemandem geliebt zu werden, den man selbst nicht genauso liebte, war eine schwierige Sache, fand sie. Sie wollte von dieser Verantwortlichkeit entbunden werden, wußte aber nicht, wie sie das anstellen sollte.

Sie versuchte, zu ihrer Arbeit zurückzufinden. Aber die Stimmung, die sie mühsam aufgebaut hatte, wollte sich nicht wieder einstellen. Und die merkwürdige Katze hatte sich immer noch nicht von der Stelle bewegt. Sie starrte auf die Tür, durch die Ralph weggegangen war.

»Katze?« sagte sie.

Das Tier würdigte sie keines Blickes.

Die Sonne des frühen Abends konnte das Haus der Farthingoes nicht erwärmen. Trotz üppiger viktorianischer Pracht war es ein kaltes Haus. Es war immer kalt. Luftströme zogen wellenförmig über die dunklen polierten Böden. Klägliche Kaminfeuer, wenn sie schon mal angezündet wurden, zeigten sich gleichgültig gegenüber der Kälte. Lustlose Flammen züngelten viele Stunden an feuchten Scheiten und gaben auch dann nur eine ziemlich ineffektive Wärme ab.

Das Haus war auch dunkel. Grandiose Pugintapeten gingen bis an die hohen Decken hinauf. Aufwendige Randleisten aus dunkel gebeiztem Holz verliehen den Zimmern eine geistliche Atmosphäre. Hohe Fenster, die wie Schilde geformt waren, sahen auf riesige Libanonzedern im Garten hinaus, die vor drei Jahrhunderten Wurzeln geschlagen hatten. Ihre knorrigen Äste waren knochenweiß, als seien sie von den Jahren gehäutet. Die Nadeln hatten ein so dunkles Grün, daß sie fast schwarz wirkten. Die Bäume schützten das Haus vor dem Sonnenlicht, warfen ihre majestätischen Schatten in allen Jahreszeiten durch die Fenster.

Toby Farthingoe liebte all diese Dinge. »Kleine Mängel« hatte der Makler sie genannt, die manch einen Käufer abgeschreckt hatten. Er hatte sich das Haus zu einem sehr günstigen Preis gesichert. Er liebte das Dunkle, die Kälte, die herbe Üppigkeit, die Geräusche, die einem Haus mit Teppichboden verwehrt blieben. Seine Frau hatte strikte Anweisung, nichts zu verhübschen. Nur im Schlafzimmer hatte sie freie Hand. Denn dieses Haus gehörte definitiv ihm. Das hatte er gespürt, als er es gefunden hatte, und das Gefühl wurde mit den Jahren immer intensiver. Zum Ausgleich gehörte Frances die Wohnung in London, die für ihn nichts anderes war als ein nichtssagendes Hotelzimmer. Mit Vergnügen und Verwunderung hatte er beobachtet, wie sie Geld in die Wohnung steckte. Daß eine Frau beim Kauf von exquisiten Vorhängen und affektierten Lampen so viel Befriedigung empfinden kann!

Sein striktes Teppichverbot im Haus hatte zur Folge, daß es überall unerwartete Geräusche gab, die ihm ein ständiges Vergnügen bereiteten. Toby lauschte entzückt auf das unterschiedliche Geräusch, wenn jemand vom Holzboden – dumpfes Klopfen, wie von behenden Tänzern – auf die Steinplattenboden des Korridors – hartes, strenges Klappern – trat. Wenn man die Treppen langsam hinaufstieg, wie er es jetzt gerade tat, hörte er den vertrauten Laut, der bei jeder Stufe anders war. Mit der Hand glitt er das schön geformte Geländer entlang und genoß das Gefühl des polierten Holzes an der Innenseite seiner Handfläche. Auf dem Treppenabsatz kamen ihm Zeilen aus der St.-Agnes-Abend-Ballade in den Sinn:

Da war ein dreigeteilter Fensterbogen,
Umkränzt mit ausgeschnitzten Bilderein,
Von Früchten, Flor und Knöterich durchzogen,
Das Glas in Rauten wunderlich und fein,
Unendlich bunt in seinem Farbenschein …

Zeilen von Keats, die er in der Kindheit gelernt hatte, fielen Toby Farthingoe oft ein, wenn er durch das Haus schlich.

Langsam setzte er seinen Weg fort. Würde er erst einmal die Tür zum Schlafzimmer öffnen, würde der süße, melancholische Dämmerzustand des Treppenhauses mit einem Schlag zerstört sein. Er fand die künstlichen Pfirsichtöne, die blassen Blauschattierungen, die dicken Teppiche und die Seidenlampenschirme gräßlich, die Frances für den einzigen Raum, den er ihr für ihre Einrichtungswut zugestanden hatte, ausgesucht hatte. Wenn es sich vermeiden ließ, betrat er den Raum nie bei Tageslicht. Aber heute mußte die Weinwahl besprochen werden. Da war ein Betreten des Raums unumgänglich.

Toby machte es nichts aus, daß Ralph Cotterman zum Abendessen kam. Er war schon seit Jahren ein häufiger Gast. Und dieser Tage leistete Toby Ralph Abbitte. Er konnte ihm endlich trauen. Lange Zeit hatte er ihm Unrecht getan, ihn verdächtigt. Ralph war ein anständiger Mann. Toby empfand vor allem Mitleid mit ihm. Es war ziemlich niederschmetternd für einen Mann, die Frau eines anderen zu lieben. Frances hatte Toby vor langer Zeit, noch vor ihrer Hochzeit, von ihrer Affäre mit Ralph erzählt und auch davon, wie besorgt sie darüber war, daß er sie – natürlich unerwidert – immer noch liebte. »Er wird darüber hinwegkommen«, pflegte sie oft zu sagen. Toby hatte keine Ahnung, ob Ralph darüber hinweggekommen war oder nicht. Es war kein Thema, das er diskutieren wollte – schon gar nicht seit dem Drama, der Katastrophe vor elf Jahren. (Er dachte daran, daß es diesen Monat genau elf Jahre her war.) Irgendwie war es schon seltsam, dachte Toby, daß Ralph immer noch nicht geheiratet hatte, aber das mußte wohl auch daran liegen, daß für einen Mann Anfang Vierzig nur bedingt Frauen zur Verfügung standen. Höchstwahrscheinlich war er tatsächlich von Frances losgekommen, denn seit jenem schrecklichen Abend hatte er sich absolut mustergültig verhalten. Vielleicht hatte er auch an diesem Abend eigentlich nichts getan – *diese* Vermutung stand immer noch im Raum. Ganz gewiß jedoch hatte Toby Ralph momentan nichts vorzuwerfen. Was immer der Mann momentan für Frances empfand, er verbarg es absolut meisterhaft. Manchmal war er sogar so zurückhaltend, daß es schon fast unhöflich wirkte. Frances war kurioserweise diejenige, die ihm ständig Wärme und Zuneigung zu zeigen bereit war, die Art von Liebe, die altvertraut wirkte. Gelegentlich beobachtete Toby, wie sie Ralph anlächelte, ihn neckte, seine Arme um ihn legte, alles ohne Erfolg – alles ganz sichere Zeichen, daß Ralphs Liebe erloschen war und daß Frances' Gesten statthaft waren, weil sie ihn nicht mehr berührten. Toby war kein Experte in der Analyse von zwischenmenschlichen Beziehungen (Computer und Dachse interessierten ihn schon eher). Er war sich allerdings inzwischen sicher, daß er die Zuneigung seiner Frau für Ralph teilte, ihn als seinen Freund betrachtete.

Toby überquerte den düsteren Treppenabsatz und öffnete die schwere Holztür des Schlafzimmers. Ein pfirsichfarbenes Licht schlug ihm irritierend entgegen. Es strömte aus vielen befransten Lampen, die eingeschaltet waren, unnötigerweise, wenn man den leuchtenden Abendhimmel betrachtete. Wieder kamen ihm Adjektive von Keats in den Sinn: »seiden, friedsam, sittenrein«. Das hier war mehr eine Schlaf*kammer* als ein Zimmer, dachte Toby oft. Als sich seine Augen beruhigt hatten, ging er auf seine Frau zu. Sie saß an der Frisierkommode und trug einen lose um den Körper geschlungenen weißen Morgenmantel. Ihre überkreuzten Beine waren auf eine Seite des Hockers geschwungen – eine unbequeme Position, kam ihm vor, aber eine häufig eingenommene. Der Morgenmantel teilte sich über den zierlichen Knien.

»Hallo, Liebling«, sagte Frances. Nur ein ganz kurzer Schwenk ihrer Augen von ihrem Spiegelbild zu Toby. »Hast du seit dem Mittagessen nur an deinen Computern gesessen?«

Toby ignorierte den leicht anklagenden Ton.

»So ist es«, antwortete er.

Frances' Mund, den er immer noch nur im Spiegel sah, wurde breit, als sie den glänzenden bräunlichen Lippenstift auftrug. Oder war es gar ein Lächeln?

»Heute haben den ganzen Tag Leute angerufen, die ihre Einladungen bekommen haben, und haben zugesagt.«

»Das ist gut«, antwortete Toby. Seit Wochen hatte es kein anderes Thema mehr gegeben als die Einladung. Seine Reaktion war verhalten. Wäre sie das nicht, so würde die Einladung sämtliche Gespräche dominieren. »Ich wollte nur wissen, was wir heute zum Abendessen haben, damit ich den Wein aussuchen kann.« (Auch an Wein hatte er normalerweise nicht besonders viel Interesse.)

»Lammfilet mit Ingwer und Frühlingszwiebeln«, antwortete Frances. »Und danach – rat mal.«

»Schokoladensoufflé?«

»Richtig.«

Toby lächelte. Frances hatte einen sehr talentierten italienischen Koch zur Seite und gab sich viel Mühe, die Speisen zusammenzustellen, die ihr Mann am liebsten mochte. Das war einer der Gründe, warum er sie liebte. Sie drehte sich ein wenig zu ihm. Er konnte ihr Profil sehen. Sie schob eine lange Haarsträhne hinter das Ohr, auf der Seite, wo Toby stand. Wie magisch wurde sein Blick auf das perlmuttartige kleine Ohrläppchen gelenkt. Eine winzige vertikale Narbe, silbrig wie die Spur einer Schnecke, glänzte auf der weißen Haut. Frances nahm einen goldenen Ohrring und neigte ihren Kopf zur Seite, um das Ohrloch besser zu finden. Es war ein Ritual, das in ihrer Ehe unzählige Male vorgekommen war. Toby fand es schrecklich und versuchte immer, nicht zugegen zu sein. Er ärgerte sich, an diesem Abend den falschen Zeitpunkt gewählt zu haben.

»Dieses blöde Ding«, schimpfte Frances und stocherte mit dem Ohrring an ihrem Ohrläppchen herum. »Gehst du bis zum Abendessen noch mal nach oben?«

»Ich denke schon.«

»Ralphie kommt etwa um acht.«

»Ruf mich, wenn er da ist.«

»Gut.«

Der Ohrring war endlich an der richtigen Stelle. Frances machte ihn jetzt mit einem goldenen Schmetterling fest. Toby wandte sich ab, ging rasch zur Tür. Ihm war übel. Gewisse

Schuldgefühle vergingen nie, hatte er festgestellt. Frances'
Narbe – immer und immer wieder mußte er dran denken,
würde das jemals aufhören? – verstärkte sein Bedauern,
verfolgte ihn in einer Art und Weise, die erschreckend war.
Vielleicht war sie auch der Grund, warum er so viele Stunden
damit zubrachte, komplexe Computerprogramme zu entwerfen. (Darin war er so gut, daß er ein Vermögen damit verdient hatte.) Vielleicht war sie auch der Grund, warum er sich
immer mit Frances' extravaganten Plänen für Einladungen
einverstanden erklärte. So gab es immer etwas zu besprechen,
ein Projekt, an dem sie gemeinsam arbeiten konnten. Ablenkung war wichtig für Toby Farthingoe. Wenn er sich Zeit
nahm, über seine dunkle Seele nachzudenken, kamen ihm
Bedenken, wozu das führen könnte.

Der Maiabend, der Tobys langjährige Schuldgefühle ausgelöst
hatte, war dem heutigen Tag sehr ähnlich. Ein leichter Regenschauer hatte das frische Grün der jungen Blätter noch mehr
zum Glitzern gebracht, in den schattigen Ecken des Gartens
leuchteten Vergißmeinnicht und Traubenhyazinthen. Sie
waren bei Martin und Ursula Knox in North Oxford zum
Abendessen eingeladen gewesen. Die Knoxes wohnten damals in einem kleineren Haus. Es war etwas schäbig, aber sie
wußten, daß sie dort nur vorübergehend wohnen würden, bis
sie etwas Besseres gefunden hatten. Der Vorbesitzer hatte nur
in ein aufwendiges Gewächshaus investiert, das an die Küche
angebaut war und zu einem langen, schmalen Hinterhofgar-
ten führte.
  Der Abend war für die Jahreszeit ungewöhnlich warm, und
so nahmen die Gäste ihr Essen und ihre Gläser in den Garten.
Sie saßen auf Mänteln, Teppichen und wackligen Rohr-
stühlen. Ralph Cotterman war der einzige, der sich keine
Ruhe gönnte. Er wieselte ständig herum und half Ursula, Teller einzusammeln und Getränke nachzufüllen. Er benahm
sich mehr wie ein Gastgeber als Martin selbst. Als die Dunkelheit hereingebrochen war, zündete jemand eine Garten-

kerze an. Mäntel wurden um die Schultern gehängt. Keiner wollte so recht nach drinnen gehen. Aber gegen zehn Uhr war die Illusion eines Sommerabends endgültig vorbei. Die Luft war empfindlich kalt geworden. Toby, der selbst sehr wenig trank, bemerkte, daß Ralph die Gäste ermunterte, ihre Gläser schneller zu leeren, um sich warmzuhalten. Er bemerkte auch, daß Ralph sich nicht mehr um Frances kümmerte als um alle anderen Gäste auch. Sein einziges Bestreben war offensichtlich, Ursula zu helfen. Seine Liebe zu Frances so zu tarnen war in der Tat grandios.

Toby hatte ganz hinten im Garten eine Bank gefunden und war glücklich, daß niemand sich verpflichtet fühlte, ihm Gesellschaft zu leisten. Bei solchen Gelegenheiten, an denen er gezwungen war teilzunehmen, sonderte er sich immer bei erstbester Gelegenheit ab. Er wollte lieber beobachten als daran teilnehmen. Seiner Meinung nach waren Partys ohnehin nicht die beste Gelegenheit für eine angemessene Kommunikation. Das eitle Geplänkel langweilte ihn, es aus der Entfernung zu beobachten fand er jedoch amüsant. Seine Frau zum Beispiel hatte eine ganz spezielle Art zu stehen: die Hüften leicht nach vorn geschoben, den Kopf leicht auf eine Seite geneigt, um wie eine gute Zuhörerin zu wirken, das mit blonden Strähnchen durchsetzte lange Haar über eine Schulter geworfen. Hatte sie schon einmal etwas von Körpersprache gehört? In diesem Augenblick versuchte sie gerade, einem ältlichen Professor zu gefallen. Frances war nicht wählerisch. Sie wollte möglichst von allen geliebt und in Erinnerung behalten werden.

Irgend jemand – Ralph, auf Ursulas Bitte hin, vermutete Toby – machte Musik an. Die melancholische Stimme von Ruth Etting, die *Harvest Moon* sang, drang in den Garten. Durch die Fenster des Gewächshauses, teilweise verdeckt von Geranientöpfen und Sommerjasmin, bewegten sich völlig in sich versunken zwei Personen: Ralph und Ursula. Dann rief Ursula den anderen zu, sie sollten auch mitmachen. Gehorsam standen einige Paare auf.

Die Musik ließ Frances' Interesse an dem Professor erlöschen. Toby sah, wie sie verzweifelt nach einem Tanzpartner suchte. Sie war eine leidenschaftliche Tänzerin und belegte Männer, die ihrem Tanzstandard nicht gewachsen waren, mit vernichtender Kritik. Ihr Blick schweifte in den hinteren Teil des Gartens. Sie sah ihren Mann und lächelte. Dann raffte sie den hauchdünnen Stoff ihres Rocks mit einer Hand – ganz unnötig, da er ohnehin sehr kurz war – und stolzierte auf ihn zu. Als sie näherkam, bemerkte Toby das fast kaum wahrnehmbare Glitzern, das nach einigen Gläsern Wein immer in ihre Augen kam. Sie blieb einen Meter vor ihm stehen und legte den Kopf auf die Seite.

»Was machst du denn hier hinten, Tobes? Komm, tanz mit mir.«

»Du weißt ganz gut, daß ich nie tanze.«

Wäre Frances stocknüchtern gewesen, hätte sie sicherlich nicht so schnell lockergelassen. Sie hätte ihn bei der Hand genommen, hochgezogen und ihn zu der improvisierten Tanzfläche gezerrt. In der Vergangenheit war ihr das schon gelegentlich gelungen. Diesmal lächelte sie nur kurz. Sie hatte nicht die Absicht, ihre Zeit mit einem Ehemann zu verplempern, der nicht interessiert war. Toby blieb weiterhin fest entschlossen, sich nicht vom Fleck zu rühren. Er haßte jede Art eines an ihn gerichteten Flirtversuchs, ganz besonders, wenn er von seiner Frau kam.

»O Tobes …«

»Tut mir leid.«

»Also gut. Ich bin sicher, ich finde jemanden, der nichts dagegen hat.«

Sie drehte auf dem Absatz um und entfernte sich. Ihre Rückansicht wirkte beschwingt beleidigt. Hätte Toby ihrem Wunsch entsprochen, so hatte er seitdem tausendmal überlegt, wäre alles letzten Endes anders gekommen.

Er war in seiner dunklen Gartenecke sitzen geblieben, hatte zugesehen, wie das Wachs an der dicken Kerze herunterlief, und die Tänzer beobachtet, die sich zwischen den

Pflanzen einen Weg suchten. Nach einer Weile sah er auf die Uhr. Es war nach Mitternacht – Zeit, nach Hause zu gehen. Mit gemischten Gefühlen sah er der Auseinandersetzung mit Frances entgegen, die ein weitaus größeres Stehvermögen für lange Nächte hatte als er, und machte sich auf den Weg zum Gewächshaus.

Er stand an den Fenstern und sah hinein. Trotz des intensiven Dufts der Lilien und des Jasmins roch es muffig wie in einem Gartenhaus. Unangenehm warme Luft schlug ihm entgegen, während er am dem Garten zugewandten Rücken fror. Die Füße der Tänzer scharrten auf dem rauh gefliesten Boden. Sie wirkten freudlos und müde. Es schien unbequem, sich zwischen wucherndem Blätterwerk hindurchzuschlängeln. Ursula und Martin tanzten miteinander und schienen die einzigen zu sein, die Spaß an der Sache hatten. Martin hatte eine Hand um die Taille seiner Frau gelegt. Sie wiegten sich im Rhythmus der Musik, mit ein klein wenig Abstand voneinander, und unterhielten sich angeregt. Toby suchte weiter. Wo war Frances?

Nachdem sich seine Augen an das durch das Dach schräg einfallende Mondlicht gewöhnt hatten, sah Toby sie. Sie stand am hinteren Ende des Gewächshauses, ziemlich nah am Küchenfenster. Ralph stand bei ihr, aber sie machten keine Anstalten zu tanzen. Er hielt sie locker an der Taille. Frances' Hände lagen auf seinen Schultern. Sie schauten sich in die Augen. Aus Ralphs Gesichtsausdruck – leichtes Stirnrunzeln – schloß Toby, daß er über etwas nachdachte, was Frances gerade gesagt hatte. Dann nahm Ralph, ohne zu lächeln, die Hand von ihrer Taille und strich ihr eine lose Haarsträhne aus dem Gesicht. Frances warf den Kopf zurück und beförderte damit die Haarsträhne endgültig an ihren Platz. Sie nahm eine Hand von seiner Schulter und zeigte anklagend mit dem langen Fingernagel des Zeigefingers auf ihn. Dann fuhr sie damit über Ralphs aggressiv gestreiftes Hemd und flüsterte ihm etwas zu.

Auch als Toby schon auf sie zustürmte, sah er, wie Ralph sie von sich wegstieß – Bestürzung und Schuld im Gesicht. Toby packte Frances an der Schulter und riß sie zu sich herum. Auch ihre Augen waren angsterfüllt.

»Nach Hause«, bellte er.

Sie verabschiedeten sich nicht von den Gastgebern. In dieser Situation blieben die Regeln der Höflichkeit auf der Strecke. Frances folgte ihm zum Wagen, ohne zu protestieren. Toby schmetterte die Türen zu, fuhr aber dann langsamer als gewöhnlich. Gramvoll über das Steuerrad gebeugt, versuchte er die maßlosen Schmerzen in seinem Innern zu mildern.

Eine Zeitlang sprachen beide kein Wort. Dann raffte sich Frances zu einer Erklärung auf.

»Ich weiß nicht, was über dich gekommen ist, Toby. Wirklich nicht. Bist du noch bei Trost? Was, um Himmels willen, hast du gedacht, das Ralph und ich machen? Wir sind völlig unschuldig, ich schwöre es. *Wirklich völlig unschuldig.* Gut, er hat mir eine Haarsträhne aus dem Gesicht gestrichen, aber das hätte doch jeder Freund getan. Ich denke, du würdest es bei Ursula oder jemand anderem auch …«

»Nein, würde ich nicht …«

»… wie auch immer, du kennst seine Gefühle mir gegenüber, aber du weißt auch, daß er nie etwas Unrechtes tun würde. Um Himmels willen, er ist ein Gentleman. Traust du ihm nicht? Traust du mir nicht?« Ihre Stimme wurde lauter. »Tobes! Um alles in der Welt, antworte. Ich kann dein lächerliches Schweigen nicht ertragen. Wenn du zornig bist, dann brüll mich in Gottes Namen an, auch wenn du keinen Grund hast, zornig zu sein. Du lieber Himmel! Du dummer, alter Junge … Du wirst doch nicht eifersüchtig sein. Ich habe gar nicht gewußt, daß du eifersüchtig bist. Du hast mich nie vorgewarnt, daß du eifersüchtig sein würdest, wenn ich mit einem alten Freund spreche. Ich weiß nicht … Aber sag doch bitte etwas, beschuldige mich, so daß ich mich wegen eines wie auch immer gearteten Verbrechens verteidigen kann.« Sie hielt eine Weile inne und seufzte. »Nun gut. Dann bleib eben stumm, wenn dir danach ist. Ich wäre nie drauf gekommen, daß du so ein Narr sein kannst.«

Toby fixierte mit den Augen weiterhin die Straße und sagte immer noch nichts.

Zu Hause angekommen, betraten sie schweigend das Haus. Verärgert ging Frances nach oben, ohne Licht anzumachen. Toby hörte, wie sie die Schlafzimmertür zuknallte. Eine Weile ging er im Dunkeln in der Halle auf und ab. Das Mondlicht fiel zwischen den Zedern durch das Fenster am Treppenabsatz und sprenkelte das gedrechselte Holz der Geländersäulen silbrig. Die Standuhr schlug ein Uhr. Gerade mal drei Jahre verheiratet, dachte Toby. Und schon ist alles vorbei. Er grub die Fingernägel in die Handflächen. Kalter Schweiß lief ihm den Rücken hinunter. Er fühlte sich blutdürstig, entsetzt.

Nach langer Zeit stieg er die Stufen hinauf, gebeugt wie ein alter Mann. Immer noch versuchte er, den Schmerz in seinem Innern zu lindern. Er wußte, er war im Begriff, etwas Unfaßbares zu tun. Er hatte sich nicht unter Kontrolle. Leise öffnete er die Schlafzimmertür.

Frances' scharlachrotes Kleid lag wie eine Lache angedicktes Blut auf dem pfirsichfarbenen Teppich. Sie selbst saß in dem weißen Morgenmantel, den sie für die Flitterwochen gekauft hatte, an ihrer Frisierkommode und bürstete ihr Haar.

»Komm schon, Tobes«, sagte sie. So unschuldig. »Sei nicht albern.«

Toby ging zu der Frisierkommode. Er legte seine Hand auf die kalte Glasfläche, in der Hoffnung, sie würde ihm sein inneres Gleichgewicht wiedergeben. Frances bürstete weiter ihr Haar. Verführerisch strich sie es hinter die Ohren. Nur wenige Zentimeter von Toby entfernt schwang an ihrem Ohr einer der mit Perlen besetzten Diamantohrringe, die Toby ihr letzte Weihnachten geschenkt hatte und die sie so gern mochte. Wie hypnotisiert vom pendelnden Rhythmus des funkelnden Schmuckstücks, hörte sich Toby plötzlich einen Schrei ausstoßen. Er schnappte nach Luft. Vor seinen Augen tanzten bunte Punkte wie auf einem Computerbildschirm.

Danach konnte er sich nur noch erinnern, daß er den Ohrring plötzlich zwischen Zeigefinger und Daumen hielt. Er zog und zog und zog nach unten. Frances' Kopf gab dem Zug nach. Sie brüllte vor Schmerz, als der Ohrring durch die fleischige Haut ihres kleinen Ohrläppchens schnitt. Toby wich ein paar Schritte zurück, in der Hand den blutigen Ohrring. Frances lag am Boden. Blut spritzte aus dem aufgeschlitzten Ohrläppchen, lief in ihr Haar und tropfte auf ihre weißen, weichen Schultern.

Mit einem Schlag war Tobys Besessenheit wie verflogen. Er fühlte sich ruhig und stark. Seine Hände zitterten kein bißchen, als er Frances zum Bett trug, Handtücher unter ihren Kopf legte und den Arzt anrief. Nur wenig später saß er neben ihr und hielt ihre Hand, während der Arzt ihr eine lokale Betäubung verabreichte, das Ohrläppchen mit ein paar Stichen nähte und darauf bestand, daß sie ein Beruhigungsmittel nahm.

»Was Sie betrifft«, sagte der Arzt, »so sollten Sie vielleicht morgen mal in meiner Praxis vorbeikommen und mir einiges erklären. Ihre Frau wird wieder gesund. Ich denke nur, wir sollten uns mal überlegen, was mit Ihnen los ist.«

»In Ordnung«, antwortete Toby.

Als sie wieder allein waren, blieb Toby weiter an ihrem Bett sitzen und streichelte ihren Arm. Sie sagte nichts, sah ihn nur mit entsetzten Augen an. Der andere Ohrring hing immer noch an ihrem unverletzten Ohr und ruhte auf ihrer Wange. Kurz darauf schlief sie ein.

Im Bett an ihrer Seite spürte Toby die Leichtigkeit seines Körpers und die Befreiung nach der Explosion. Aber nach ein paar Stunden kamen die ersten Gewissensbisse, ein dumpfes Pochen so regelmäßig wie der Herzschlag. In der Stille der Nacht weinte er innerlich – es war die Art des Weinens, die keine Tränen hervorbringt, keinen Laut und keine Erleichterung.

Die Sonne war schon einige Stunden am Himmel, als er zu Frances hinüberrutschte und seinen Kopf auf ihre Brust legte.

Sie wachte sofort auf. Ihr Ohr schmerze, sagte sie, aber es war nicht so schlimm. Sie wuschelte ihm durch das Haar.

»Ich verstehe dich ja«, sagte sie schließlich, »und es tut mir leid. Du hast das mißverstanden, aber das tut nichts zur Sache.« Toby hatte sie noch nie so ruhig sprechen hören. »Wichtig ist jetzt, daß wir uns keine gegenseitigen Schuldzuweisungen machen. Nein, bitte sag jetzt nichts, gar nichts. Versprich mir nur eins: Wir wollen nie mehr, wirklich nie mehr, solange wir verheiratet sind, über den gestrigen Abend ein Wort verlieren. Einverstanden?«

Toby, der eher die Forderung nach einer Scheidung erwartet hatte, versprach es. Und sie hielten beide ihr Wort.

In den folgenden Jahren dachte Toby oft verwundert über die außergewöhnliche Versöhnlichkeit seiner Frau nach. Frances ihrerseits war einige Monate lang ein wenig gedrückt, so als suche sie nach einer Aufgabe, einer Berufung. Dann plötzlich fragte sie Toby, ob sie nicht eine Einladung geben könnten. Er stimmte freudig zu und beobachtete, wie ihre Lebensgeister mit den Vorbereitungen wieder erwachten. In den nächsten neun Jahren gab es viele Partys bei den Farthingoes. Ihre Tochter wurde eine Stunde nach einem Silvestertanz geboren. Als ihr Ohr geheilt war, trug Frances wieder ihre Ohrringe. Sie würde sie immer lieben, sagte sie. Das erschien Toby besonders außergewöhnlich. Schon lange hatte er aufgegeben, diese Geste verstehen zu wollen. Aber die unbeantwortbaren Fragen standen immer noch zwischen ihnen. War das alles nur Teil ihrer Vergebungsstrategie? Oder war sie fest entschlossen, daß er den Vorfall nie vergessen sollte?

In Wirklichkeit quälte Frances die Sache mit dem Ohrring weniger, als Toby sich vorstellte. Als der erste Schock über seine Gewalttat abgeklungen und das Ohr geheilt war, fiel es ihr nicht schwer, das Ereignis aus ihrem Kopf zu verbannen. Sie hatte Verständnis für Tobys Eifersuchtsanfall, und ein gewisses Gefühl des Geschmeicheltseins machte es ihr leichter, ihm diesen einen, untypischen Ausbruch zu vergeben. Rachegedanken kamen bei ihr nicht auf, und auch Bitterkeit stellte sich nicht ein. Und die Tatsache, daß ihre Liebe zu Ralph immer stärker wurde, beeinträchtigte ihre Liebe zu Toby auch nicht. Die Gefühle waren unter Kontrolle. Es war nur nötig, unterschiedlich auf sie zu reagieren. Wenn es überhaupt einen Unterschied gab, dann zeigte sie ihre Liebe zu ihrem Mann jetzt demonstrativer als in der Zeit, bevor er ihr Ohr aufgeschlitzt hatte, und flirtete weniger mit Ralph. Nur gelegentlich, wenn sie mit Ralph allein war, wurde sie schwach und schickte verzweifelt Signale aus – ohne Erfolg. Schon seit Jahren schien Ralph, freundlich wie immer, von ihren Annäherungsversuchen keine Notiz zu nehmen. Entweder mißverstand er absichtlich ihre eindeutigen Gesten, oder er ignorierte sie so höflich wie möglich. Diese Unempfänglichkeit für ihre Anziehungskraft machte sie rasend. Die Herausforderung, Ralph noch einmal zu verführen, war bei weitem größer als beim ersten Mal.

An jenem Sommerabend, an dem er zum Abendessen kam – wie so oft allein –, fühlte sich Frances unerwartet beflügelt. Inzwischen gehörte Ralph fast zur Familie. Der Vorfall mit dem Ohr war längst vergessen, und die Beziehung zwischen ihm und Toby war so herzlich wie eh und je. An Gelegenheiten für Verlockungen mangelte es nicht. Toby, der mehr Zeit bei seinen Computern zubrachte als mit Frances, ermutigte sie, um seine Schuldgefühle abzubauen, durchaus, Ralph einzuladen, damit er ihr an langen Abenden Gesellschaft leistete. Sie aßen dann alle zusammen zu Abend, und später sahen Ralph und Frances fern oder unterhielten sich, während Toby nach oben ging.

Ralph, das wußte Frances, fühle sich wohl in ihrem Haus. Zwar hätte er niemals eine Flasche Wein aus Tobys kostbaren Beständen ohne Erlaubnis aufgemacht, wenn er früher da war (und das war er immer), aber er zögerte nicht, zu Frances ins Schlafzimmer zu gehen und mit ihr zu plaudern, während sie letzte Hand an ihr Make-up oder an ihre Frisur legte. Toby wußte von diesen unschuldigen Besuchen und gesellte sich oft auch selbst dazu. So mancher Abend hatte damit begonnen, daß sie alle drei ein Glas Wein an der Frisierkommode tranken. Inzwischen war es so weit gekommen, daß Frances nur überrascht gewesen wäre, wenn Ralph *nicht* die Treppe heraufgeeilt wäre, an die Tür geklopft und ihre sorgfältige Aufmachung mit einem beifälligen Lächeln quittiert hätte.

Eine gewisse Ungeduld machte ihr zu schaffen. Es war an der Zeit, dachte sie, endlich Nägel mit Köpfen zu machen, ein Ultimatum zu stellen. Natürlich war das ein riskantes Unterfangen. Es bestand die Gefahr, Ralph ganz zu verlieren, obwohl das eher unwahrscheinlich war. Niemals würde sie glauben, daß ihre Gefühle nicht erwidert wurden – Ralph war einfach nur zu sehr Gentleman, um sie zu zeigen.

Fest entschlossen verbrachte Frances länger als gewöhnlich im Bad. Der erste Teil ihres Vorhabens stand und fiel mit einem genauen Zeitplan.

Ralph konnte sich nie so recht mit der ständigen Düsterkeit im Haus der Farthingoes abfinden. Er betrat das Haus durch die offene Vordertür und schlich geräuschlos die Treppe hinauf. Er hatte keine Lust, dem italienischen Butler mit dem mißtrauischen Lächeln zu begegnen. Nachdem er die Schlafzimmertür geöffnet hatte, hatte er einige Sekunden Zeit, Frances zu betrachten, ehe sie bemerkte, daß er da war. Mit dem Rücken zu ihm gewandt, zog sie ein hautenges Kleid über die Hüften und betrachtete das dazu nötige Wiegen in den Hüften mit Genuß im Spiegel.

Dann sah sie Ralph im Spiegel und drehte sich um. Das Kleid war erst an der Taille angelangt. Ralph war mit einem strahlend weißen BH konfrontiert, aus dem sonnengebräunte Brüste schwollen. Das Bild verschmolz mit einem aus der Vergangenheit: Frances, wie Gott sie schuf, in einem sommerlichen Getreidefeld, ein identischer weißer BH, zuvor ins Korn geschleudert, ehe der ebenso sonnengebräunte Körper sich auf den Boden warf und das Getreide zu einem Nest flachdrückte. Ralph war ihr begierig gefolgt. War es nicht heute an diesem Nachmittag genau fünfzehn Jahre her? Wie schnell sich doch die Objekte unserer Begierde ändern, dachte er. Heute reizte ihn Frances trotz all ihrer Bemühungen überhaupt nicht. Nach dem Intermezzo im Kornfeld, wild, stachelig, schwitzig, hatte er sie nie wieder begehrt, obwohl ihre Affäre immerhin einige Monate dauerte.

»Zieh schon hoch«, sagte er ärgerlich.

»O Ralphie, es tut mir leid.« Frances kicherte.

Sie zog das Kleid über die aufreizenden Brüste und glitt in die engen Ärmel. Der Stoff war mit Blumen bekleckst. Blumen, die vom Sturm zerzaust und zerdrückt worden waren und die Farbe von blauen Flecken angenommen hatten. Alles andere als Ralphs Geschmack.

»Es ist nicht so, daß …« Frances kicherte wieder.

»Das tut nichts zur Sache.«

»Tobes ist mit seinen Computern beschäftigt. Wir wären ganz sicher.«

»Darum geht es auch nicht.«

Frances, die sah, daß er es ernst meinte, änderte ihren Ton.

»Darf ich dich darum bitten, mir den Reißverschluß zuzumachen?«

Sie tänzelte zu ihm hinüber und drehte sich um, so daß er gezwungen war, ihre sonnengebräunte Rückenansicht zu betrachten. Er zog den langen Reißverschluß mit einem Ruck nach oben.

»Danke.« Frances wirbelte wieder herum und warf die Haare zurück. »Ist mir ein Kuß gestattet?« Sie schob die Lippen zu einer Schnute nach vorn.

Ralph hauchte einen Kuß auf ihre Wange. Ihre alberne Art und die Kleinmädchenstimme, die sie nur benutzte, wenn sie allein waren, gingen ihm gehörig auf die Nerven. Er setzte sich auf das Bett und dachte an Ursula und die Katze. Frances kehrte zu ihrem Frisiertisch zurück und begann, auf der Suche nach der passenden Halskette, durch Perlen, Amethyste und Mondsteine zu wühlen.

»Kommst du zu der Party?« fragte sie.

»’türlich.«

»Ganz schön viele haben schon telefonisch zugesagt. Es wird bestimmt lustig.«

»Ganz sicher wird es das. Deine Partys sind immer lustig.«

»Ich hoffe, Ursi und Mart können auch kommen.«

»Ursula und Martin werden ganz bestimmt kommen«, sagte Ralph. »Ich war gerade bei ihnen. Das heißt, bei Ursula. Martin war nicht da.«

Frances ließ eine Perlenkette erst durch die Finger der einen, dann durch die der anderen Hand gleiten.

»Du scheinst Ursi sehr oft zu sehen«, sagte sie. »Immer schaust du vorbei. Sie hat wirklich Glück, daß sie so nah bei dir wohnt.«

»Ich habe ihr eine Katze gebracht«, sagte Ralph und fragte sich, warum er überhaupt eine Erklärung abgab. »Ich bin ziemlich sicher, daß das ein Fehler war, obwohl sie eigentlich für Sarah gedacht war.«

»Ist das der Grund, warum du heute so mürrisch bist?«

»Kann schon sein.«

»Wie gut ich dich doch kenne.«

»Tust du eigentlich nicht.«

Ralph stand auf und ging zum Fenster. Die Schatten unter den Zedern waren sehr dunkel, der kurzgeschorene Rasen leuchtete in einem kräftigen Gelbgrün.

»Ich kenne das doch. Du bist nur nett zu mir und flirtest mit mir, wenn du guter Laune bist.« Frances ließ nicht locker.

»Ich flirte nie mit dir.«

»Das ist eine Sache der Interpretation.«

»So ist es.«

»Ich gebe zu, du machst in Gegenwart von Tobes auf Distanz. Mit Recht.«

»Ich bin immer auf Distanz.«

»Nein. Manchmal, wenn wir allein sind, bin ich der festen Überzeugung, daß dieses … lächerliche Gefühl, das ich für dich empfinde, nicht einseitig ist. Du verdrängst es nur. Dazu besteht keine Veranlassung.«

Frances hatte die Stimme erhoben. Ralph beobachtete sie. Mit vor der Brust verschränkten Armen lehnte er am Fensterbrett. Es war vollgestellt mit Usambaraveilchen in Töpfen und Miniaturfotos von ihrer Hochzeit mit Toby in kleinen Silberrähmchen. Mühsam riß er sich von den Gedanken an Ursula und die Katze los.

»Ich habe dir schon hundertmal gesagt, daß du meine Gefühle falsch interpretierst. Seit unsere kurze Affäre vor fünfzehn Jahren zu Ende ging, Frances, habe ich dir nie den leisesten Anlaß für die Annahme gegeben, daß ich etwas anderes als Freundschaft für dich empfinde. Freundschaft, nichts weiter. Und dabei soll es auch bleiben. Wir sind alte Freunde. Aber wenn dir das nicht reicht, dann müssen wir die Freundschaft beenden, denn mehr habe ich nicht zu bieten.«

»Das möchte ich nicht.«

»Ich auch nicht. Und da wir das jetzt geklärt haben, sollten wir in Zukunft auch nicht mehr diese ermüdenden Gespräche führen. Sie bringen nichts. Außer, daß ich nervös werde und nicht mehr so gerne herkomme.«

»So oft haben wir sie nun auch wieder nicht geführt.«

»In letzter Zeit zu oft. Und wenn du wirklich so für mich empfindest, wie du sagst, dann solltest du versuchen, mir zu glauben. Ich bin gern mit dir zusammen, ich mag deine Fröhlichkeit, deine Energie, deine Großzügigkeit – viele Dinge an dir. Das weißt du. Aber wir werden nie wieder ein Verhältnis haben. Diese Hoffnung hättest du eigentlich schon vor Jahren aufgeben sollen. Wenn du praktischer veranlagt wärst und ein bißchen weniger romantisch, dann hättest du das schon vor langer Zeit eingesehen ... Und außerdem ist Toby mein Freund.«

Einen Augenblick herrschte Stille im Raum. Dann lächelte Frances Ralph strahlend an.

»Was für eine Rede, Ralphie!« Tränen hingen glitzernd an ihren Wimpern. Sie zwinkerte sie weg, ehe sie heruntertropfen konnten.

»Tut mir leid.«

»Meistens nehme ich mich zusammen.«

»Ich weiß. Ich war ein wenig zu schroff.«

»Nein. Nur ehrlich. Manchmal überkommt es mich einfach. Dann werde ich schwach. Es ist wie ein Stich mitten ins Herz, wenn ich dich sehe und mir vorstelle, was hätte sein können.«

Sie schniefte und griff nach einem pfirsichfarbenen Papiertaschentuch. Mit großer Sorgfalt faltete sie es erst in ordentliche Quadrate, ehe sie sich damit die feucht glitzernden Nasenflügel abtupfte.

»Ich nehme an, der springende Punkt ist, daß du nicht mehr scharf auf mich bist.«

Sie begann das Taschentuch aufzufalten, das jetzt aus symmetrischen Quadraten bestand. Zwei davon hatten winzige feuchte Flecken. Fasziniert von der Präzision ihrer Bewegungen, dachte er wieder an Ursula und die Katze.

»Richtig«, sagte er ruhig.

Frances stieß einen resignierten kleinen Seufzer aus und ließ das Taschentuch in den Papierkorb flattern.

»Es muß schrecklich sein, das jemandem zu sagen. Warum habe ich auch gefragt? Aber immerhin ist die Sache jetzt ein für allemal geklärt. Ich denke, ich war dumm, über all die Jahre hinweg anzunehmen … Wie auch immer, durch die Vorbereitungen für die Party habe ich ohnehin keine Zeit für trübe Gedanken.«

»Genau. Du hattest immer schon einen guten Instinkt für Ablenkung. Das ist eines deiner vielen Talente. Und dann hast du ja auch noch Toby. Du solltest die guten Dinge in deiner Ehe nie unterschätzen.«

»Oh, das tue ich auch nicht. Ganz bestimmt nicht. Ich liebe Tobes sehr, das weißt du doch ganz genau. Er ist ein wunderbarer Ehemann.«

Sie lachte nervös und legte sich endlich die Perlenkette um den Hals.

»Ein viel besserer, als du es je hättest sein können. Ich habe ganz sicher den richtigen Mann gewählt.«

»Natürlich hast du das.«

Ralph verkniff sich die Bemerkung, daß es da gar keine andere Wahl gegeben hatte. Manchmal fragte er sich, ob Frances wirklich die Wahrheit vergessen hatte: den Abend, an dem sie ihn gefragt hatte und er sie hatte abblitzen lassen. Aber einer Frau ihre kleinen Marotten zu lassen war eine Großzügigkeit, zu der er stand.

»Unten auf der Terrasse sollte ein Pimm's stehen«, sagte Frances, die sich offensichtlich wieder gefangen hatte. »Geh hinunter und bedien dich.«

Beim Hinausgehen sah er noch, daß sie völlig in sich versunken an den geschundenen Blumen auf ihrem Kleid über ihrem Busen fingerte, um die richtige Stelle für eine Diamantbrosche zu finden.

Später beim Abendessen in dem düsteren Eßzimmer – zwei riesige Zedernstämme ließen kaum Licht durch die Fenster – stocherte Frances lustlos in ihrem Essen herum. Sie betrachtete ihren Mann und ihren ehemaligen Geliebten – ihren alten Freund –, zwischen denen sie saß. Sie sprachen über technische Details des russischen Raumfahrtprogramms und verglichen es mit dem amerikanischen. Frances hörte kaum zu. Solche Themen waren so weit jenseits ihres Verständnisses und auch Interesses, daß es keinen Sinn hatte, überhaupt den Versuch zu machen, irgend etwas zu begreifen.

Statt dessen wägte sie die relative Attraktivität von rosa-weiß gestreiften Markisen gegenüber gelb-weiß gestreiften ab. Generell gesehen, dachte sie, sind die Gelbtöne, die die Markisenhersteller im Programm haben, hübscher als die Rosatöne. Andererseits würden im September aber wieder so viele rosafarbene Blumen im Garten blühen … Und wie schütter Ralphs Haare geworden waren, bemerkte sie. Seltsam, daß ihr das nicht früher aufgefallen war. Vielleicht war sie zu sehr an ihn gewöhnt, um diese langsamen Veränderungen zu bemerken. Der Schock der Veränderung ist um so größer, wenn man sich eine Weile nicht gesehen hat. Gerade im mittleren Lebensalter überrascht es, wenn man einen Freund drei Monate nicht gesehen hat, wie viele neue Falten er bekommen hat, wie grau sein Haar geworden ist, wie schnell der Verfall fortschreitet. Um die Illusion der eigenen Jugendlichkeit bei Altersgenossen aufrechtzuerhalten, muß man sie regelmäßig treffen, überlegte Frances. So wie sie es mit Ralph tat. Warum fiel ihr aber dann gerade heute so schmerzlich sein schütter werdendes Haar auf? Rasch sah sie zu ihrem Mann hinüber. Hatte sie auch bei ihm etwas übersehen, da sie ihn so häufig sah? Nein: Tobys Haar war immer noch so dick und schwarz wie damals, als sie ihn kennenlernte, obgleich seine Augenbrauen sich ganz eigenständig ein silbriges Grau zugelegt hatten. Aber seine Hand … Als er Ralph eine Flasche Wein zuschob, sah Frances die bläulichgrün hervortretenden, kompliziert verzweigten Venen auf seinem Handrücken und bemerkte, daß die blassen Finger leicht zitterten. Das war etwas Neues, ein kleines Zeichen eines fortschreitenden Alterungsprozesses. Frances schauderte und lenkte ihre Gedanken ganz bewußt auf eine weniger quälende Sorge – die Größe der Tanzfläche.

Nach dem Abendessen Kaffee auf der Terrasse. Die drei saßen auf einer eisernen Bank. Hinter ihnen rieselte Wisteria in tausend blassen Trauben an der Hauswand herunter. Toby legte einen Arm um seine Frau.

»Ich denke, ich mach mich auf den Weg in den Wald, wenn du nichts dagegen hast, Ralph. Luftschnappen vor dem Zubettgehen.«

»Aber es ist noch nicht dunkel genug«, protestierte Frances.

Sie standen alle drei auf.

»Wird es aber, bis ich dort bin. Geht ihr beide nur schon mal rein. Es wird kühl. Auf Wiedersehen, Ralph.« Toby stapfte über den Rasen davon. Seine Gestalt verlor sich bald in den tiefen Schatten.

»Tobes geht fast jede Nacht Dachse beobachten, seit wir hier sind«, sagte Frances. »Das wird schon irgendwie zur Manie. Wollen wir reingehen?«

»Ich denke, ich werde auch aufbrechen. Damit es wenigstens einmal nicht gar so spät wird.«

»Na gut«, stimmte Frances nicht ungern zu.

»Danke für das wunderbare Essen. Es war köstlich wie immer.«

Frances sah noch immer zu der Stelle, an der ihr Mann im Schatten der Dunkelheit verschwunden war.

»Wenn man im Leben sonst nichts Größeres vorhat, ist es nicht sehr schwierig, gutes Essen zu organisieren«, sagte sie.

Ralph sah sie an. Die Trostlosigkeit in ihrer Stimme irritierte ihn.

»So ist es.« Er küßte sie auf die Stirn.

»Komm bald wieder.«

»Mach ich.«

Als er gegangen war, blieb Frances noch eine Weile draußen. Es war ziemlich kalt. Der Mond kam ab und an hinter den Wolken hervor, aber es war jetzt dunkel genug für Dachse. Eine eigenartige Schwerelosigkeit des Herzens umfing sie, ein undefinierbares Gefühl der Erleichterung. Das war der Abend, an dem sie sich die Niederlage eingestand, an dem sie den Traum aufgab, mit dem sie so lange gelebt hatte. Ralph mit seinem schütteren Haar würde nie zu gewinnen sein, und sie hatte auch nicht mehr das Bedürfnis, um ihn zu kämpfen. Sie würde ihm nicht mehr lästig fallen. Sehr rasch wollte sie ihm zu verstehen geben, daß auch sie nur noch Freundschaft zu bieten hatte.

Dafür wartete sie, ganz ungewohnt, ziemlich ungeduldig auf Tobys Rückkehr. Er hatte sich in den letzten Monaten eindeutig zuviel um Dachse gekümmert. Sie hatten ihn nachts von ihr ferngehalten. Jetzt war es an der Zeit, ihn wieder zurückzulocken, ins Bett, zu einer annehmbaren Zeit. Seltsam, wie es in einer Ehe so auf und ab ging, dachte sie und beschloß, eine Liste mit Menüvorschlägen zu machen, während sie auf seine Rückkehr wartete.

Später saß sie dann in ihrem Seidenpyjama, von dem Toby einmal gesagt hatte, daß er ihm gefiel, auf Kissen gestützt in ihrem dekorativen Bett und plante weiter an der Einladung. Erstaunt über ihre Enttäuschung, daß Toby um Mitternacht immer noch nicht da war, machte sie das Licht aus und überlegte im Dunkeln weiter, immer noch in Erwartung.

Für Toby, der unter einer Eiche auf seiner Jacke saß, hatte die Nacht kaum begonnen. Bis jetzt hatte er zwar noch keinen einzigen Dachs gesehen, aber die zwei Stunden waren voller Genüsse gewesen: Unsichtbare Kreaturen hatten neugierig herumgeschnüffelt, eine Nachtigall hatte ihr ergreifendes Lied gesungen, das Mondlicht hatte Gestrüpp und Blätter wie gesplittertes Glas aufleuchten lassen, das wilde Geißblatt hatte betörend geduftet. Irgendwann einmal, dachte Toby, würde er hier draußen schlafen. Als Junge hatte er so gerne im Freien geschlafen. Er würde seinen alten Schlafsack herausholen, ein kleines Lagerfeuer machen und sich bei Tagesanbruch Würstchen braten … Mit diesen angenehmen Plänen im Kopf wartete er geduldig, ohne sich zu bewegen.

Als er schließlich nach Hause zurückkehrte, sangen die Vögel, und der Himmel war blaß wie eine junge Taube. Er fand Frances schlafend, um sich verstreut eine Unmenge von Listen. Selbst im Schlaf sah ihr Gesicht belebt aus. Sie träumte wohl gerade von der Party, mutmaßte Toby. Er setzte sich, überflog die Listen und zog sich dann aus. Als er gerade ins Bett gehen wollte, bemerkte er den Pyjama seiner Frau – Seidenfummel, wie sie ihn seit Jahren nicht mehr getragen hatte. Unbehagen stieg in ihm auf. Die Ruhe, die er in der einsamen, ungestörten Nacht auf sich hatte wirken lassen, wich mit einem Mal einer alten, namenlosen Furcht. An Schlaf war nicht mehr zu denken. Er beschloß, die Gelegenheit zu nutzen und auf dem Dachboden nach seinem alten Zelt zu wühlen.

Toby zog seinen Morgenmantel stummfilmreif leise an. Dann warf er einen letzten, verwirrten Blick auf die verführerische Stellung, in der seine Frau dalag, und verließ den Raum.

In Oxford lagen Ursula und Martin Knox wach im Bett. Beide lagen auf dem Rücken und hatten geöffnete Bücher auf dem Bauch. Martin dachte über die Vorlesung nach, die er morgen halten mußte, Ursula sinnierte über die Katze.

»Wie konnte Ralph nur so etwas Dummes tun«, sagte sie schließlich.

»Ach, ich weiß nicht. Sarah ist überglücklich. Sie wird sich schon darum kümmern.«

»Sarah ist den ganzen Tag nicht da. Sie muß nicht in dem Haus sein, wo das Tier irgendwo herumspukt. Mir graut jetzt schon, wenn ich nach Hause komme und nicht weiß, wo sie ist oder von woher sie mich gleich anspringt.«

»Wenn sie dich zu sehr stört, geben wir sie Ralph einfach wieder zurück.«

»Darauf kannst du Gift nehmen.«

Martin drehte sich zu Ursula und zog sie an sich.

»Hör jetzt auf, an die elende Katze zu denken.«

Ursula schmiegte ihren Kopf in die vertraute Kuhle zwischen Martins Hals und der Schulter. Er roch schwach nach Ingwer. Plötzlich wurde sie schläfrig und schloß die Augen.

»Erinnerst du dich noch an die langen Vormittage, ehe die Kinder geboren wurden?« fragte sie.

»'türlich.«

»Manchmal wünsche ich mir, die würde es immer noch geben.« Seit die Kinder Ben und Sarah da waren, war Martin oft einfach nur präsent, und zwar morgens und abends. Mit den Gedanken war er anderswo. Ihre Ehe plätscherte zwar ganz angenehm dahin, aber die Zeit arbeitete jetzt gegen sie – Zeit, sich zu wundern, sich zu erforschen, Zeit, sich mit den Gedanken und dem Tagesablauf des anderen zu befassen. So wie sie es zu Anfang gemacht hatten.

Martin küßte sie auf die geschlossenen Augen und kitzelte sie an der Wange. »Schlaf jetzt nicht«, sagte er.

Ursula öffnete die Augen. Sie sah nichts anderes als das hübsche, vertraute Gesicht des Menschen vor sich, den sie so liebte und der sie so liebevoll betrachtete. Sie waren so oft anderweitig beschäftigt.

»Ich schlafe nicht.« Sie lächelte.

In diesem Augenblick läutete das Telefon.

»Wer zum Teufel kann das sein, mitten in der Nacht?«

Zornig riß sich Martin von seiner Frau los, drehte sich um und zog die Bettdecke über die Schultern. »Das kann nur deine Mutter sein.«

Ursula seufzte und nahm den Hörer ab. Es war ihre Mutter.

Mary entschuldigte sich für den späten Anruf, aber meinte, sie müßte die traurige Nachricht von der Balsampappel überbringen. Obgleich sie es nicht konkret erwähnte, konnte Ursula an der Stimme hören, daß ihre Mutter ziemlich gedrückt war. Ein Monolog über ein beliebiges Thema war da oft das Patentrezept. Und so ließ Ursula ihre Mutter einfach zwanzig Minuten reden, bis sie schließlich versuchte, ihr glaubhaft zu machen, daß die gefährlichen Stürme jetzt vorüber wären und weiter nichts zu befürchten sei.

Als das Gespräch endlich beendet war, klopfte Ursula Martin auf die Schulter.

»Tut mir leid. Aber ich mußte sie ausreden lassen. Sie hat sich wieder mal über etwas völlig Unwichtiges aufgeregt. Komm jetzt wieder zu mir.« Martin rührte sich nicht. »Martin, bitte.«

Sie drückte sich an seinen Rücken und wuschelte ihm durch das Haar. Aber Martin schlief fest. Er hatte einen anstrengenden Tag gehabt, und so traute sie sich nicht, ihn aufzuwecken.

Ursula rutschte auf ihre Bettseite und machte das Licht aus. Ob die Katze unten auch irgendwo schlief?

Die Sonntage, an denen Jeremy zu seinen Pflichtbesuchen nach Hause kam, waren Rachel ein Greuel. Dann mußte sie nämlich den ganzen Vormittag damit zubringen, ein aufwendiges Mittagessen zu kochen, sozusagen als Belohnung für seine Anwesenheit. Danach zwangen sie ihre mütterlichen Schuldgefühle, wenigstens einige der Sachen zu bügeln, die er zum Waschen mit nach Hause gebracht hatte. Während sie damit beschäftigt war, zogen sich Jeremy und Thomas in die Bibliothek zurück, machten, egal, was für ein Wetter war, die Vorhänge zu und sahen sich im Fernsehen Sportsendungen an – egal, was gerade lief. Dann bot Thomas nach einer flüchtigen Tasse Tee seinem Sohn großzügigerweise an, ihn zum Bahnhof zu fahren. Etwas linkisch bedankte sich Jeremy bei seiner Mutter und umarmte sie mit bedeutend mehr Hingabe als bei seiner Ankunft. Erleichterung darüber, vermutete sie, daß es an der Zeit war aufzubrechen.

Wenn die beiden weg waren, machte Rachel sich daran, die Küche aufzuräumen. Müde, schlecht gelaunt und dadurch unproduktiv geworden, war sie nie fertig, wenn Thomas zurückkam. Deshalb konnte er ihr ruhigen Gewissens den allwöchentlichen Vorschlag machen, sozusagen seinen Pflichtbeitrag als Ehemann.

»Möchtest du einen Film sehen?«

»Nein, eigentlich nicht, vielen Dank. Ich habe hier noch so viel zu tun.«

»Gut. Ich gehe dann bis zum Abendessen ins Atelier.«

»Ich rufe dich.«

Das Verlangen, in ihr Zimmer zu gehen, war für Rachel an diesen Sonntagnachmittagen fast unerträglich. Aber sie wagte nicht, das zu riskieren. In den zwei Stunden, die sie zur Verfügung hatte, könnte sie ja eventuell einschlafen, dann zu spät dran sein mit der Vorbereitung des Abendessens, womöglich sogar von einem schockierten Ehemann schlafend vorgefunden werden. Was? Schlafen zu dieser Tageszeit? Bist du krank? Sie konnte seine ungläubige Stimme in ihrem Kopf hören. Mit dem wöchentlich wiederkehrenden Gefühl des Widerwillens und des Grolls machte sie sich sodann daran, die von Vater und Sohn zerfledderte Sonntagszeitung aufzusammeln. Sie las sie ohne großes Interesse, gestärkt von einem hochprozentigen Drink. Gott, wie sie die Sonntagabende haßte!

Der heutige Sonntagmorgen, ein – Ironie des Schicksals – besonders strahlender, unterschied sich nicht besonders von den anderen. Jeremy kam aus Cambridge. Schweigsam wie immer hatte Thomas die Zeitung beim Frühstück besonders böse traktiert. Plötzlich fühlte auch Rachel Bösartigkeit in sich aufsteigen. Heute würde er ihr nicht so leicht davonkommen.

»Hättest du später vielleicht Zeit, den Tisch zu decken?«

»Wahrscheinlich nicht. Ich muß noch etwas fertigmachen, und dann muß ich für Jeremy eine Dose von diesem schrecklichen Bier holen. Sonst wird er ungnädig.«

Er sah den verzweifelten Blick seiner Frau nicht mehr. Einen Schweif Zeitungsblätter hinter sich herziehend, stapfte er zur Tür hinaus. Die unhandlichen Seiten der *Sunday Times* wirkten zusammengeknüllt wie ein Gesäßpolster. Rachel nahm einen Steinguttopf mit Honig. Einen Augenblick lang war sie drauf und dran, ihn Thomas nachzuwerfen. Statt dessen knallte sie ihn auf den Tisch. Der Krug zerbarst in drei Stücke. Topasfarbener Honig floß heraus. Der Krug war nicht mehr zu retten. Rachel trug ihn vorsichtig wie ein kleines totes Tier zum Abfalleimer und warf ihn hinein. Als sie sich die klebrigen Finger unter kaltem Wasser abwusch, liefen ihr Tränen die Wangen herunter. Sie wußte, sie würde eine kleine Auszeit in ihrem Zimmer brauchen, wenn sie überhaupt noch das Mittagessen rechtzeitig auf den Tisch bringen wollte. Einfach nur auf das ungemachte Bett legen, die Augen schließen und versuchen, die Fassung wiederzuerlangen.

Innerhalb einer halben Stunde hatte sie ihr Gleichgewicht wiedergefunden, hatte sogar schon wieder Spaß an Routinearbeiten wie Kartoffeln und Karotten zu schälen, Zucchini kleinzuschneiden, die Lammkeule mit Honig aus einem neuen Glas zu bestreichen und hausgemachte Erdbeermarmelade mit gebräunten Semmelbröseln für Jeremys Lieblingsnachspeise Guards-Pudding zu vermischen. Um zwölf

Uhr hörte sie, wie Thomas die Eingangstür hinter sich zuschlug. Er zog los, um eine einzelne Dose Bier zu kaufen. Rachel hatte schon lange aufgegeben, ihn dazu zu bringen, einen größeren Vorrat ins Haus zu holen, damit er an den Sonntagen, an denen Jeremy kam, nicht jedes Mal losziehen mußte. Aber ein Bereich, in dem Thomas' irrationale Bösartigkeit zum Vorschein kam, waren die Getränke für seine Kinder. Er bot ihnen nie mehr als ein einziges Glas Wein an und war verärgert, wenn sie sich selber nachschenkten. Und nie wollte er die Getränke im Haus haben, die sie bevorzugten – Lager, Ginger-ale, Cola – mit der Begründung, in diesem Haus gebe es keinen Platz für so gewöhnliche Getränke. Wenn man sie im Haus hätte, würde man nur den banalen Geschmack der Kinder unterstützen. Rachel deckte den Tisch.

Jeremy kam pünktlich um eins. Er schlurfte in die Küche und erinnerte sie in seinen zerfetzten Jeans und dem schrecklich karierten Hemd an eine moderne Ausgabe von Dick Whittington. Er schleppte eine riesige beutelähnliche Tasche herein, die sich gut am Ende eines langen Stockes gemacht hätte. In der Hand hielt er einen kleinen Blumenstrauß. An dem billigen braunen Einwickelpapier konnte sie sehen, daß er ihn an einem Stand im Bahnhof gekauft hatte.

Jeremy küßte seine Mutter zur Begrüßung und gab ihr die Blumen.

»Na, wie geht's dir?«

Rachel lugte in das Papier. Sie befürchtete Pfingstrosen.

Es waren Pfingstrosen, in knalligen Farben.

»Gut. Und dir?«

»Auch so.«

Um ihm nicht weh zu tun, nahm Rachel die Blumen aus dem Papier. Die rußigen Stengel machten ihre Finger schwarz. Sie haßte Pfingstrosen. Jeremy mußte doch allmählich wissen, wie sehr sie Pfingstrosen haßte.

»Danke, Liebling. Sie sind wunderschön.«

Jeremy hievte die Tasche von den Schultern. Ein schmutziges Hemd quoll wie ein Blumenkohl heraus.

»Soll ich die schon mal reintun?« Es klang wie ein großzügiges Angebot.

»Ja, mach doch. Aber vergiß diesmal das Waschpulver nicht.«

»Du lieber Himmel, Mom.«

Jeremy schlurfte nach unten in den Wirtschaftsraum, wo die Waschmaschine stand. Als er gegangen war, nahm Rachel die Gelegenheit wahr, den Blütenstaub von ihren Fingern zu wischen. Sie steckte die ungeliebten Blumen achtlos in einen Krug und stellte sie auf das Fensterbrett. Wäre er ein etwas sensiblerer Sohn, dachte sie, würde ihm auffallen, daß sein Geschenk nicht an einer Stelle aufgestellt worden war, wo es bewundert werden konnte. Jeremy kam mit federnden Schritten zurück.

»Liebling, ich möchte nicht abartig klingen«, sagte Rachel, die aber genau das beabsichtigte. Ihr Zorn war wieder aufgeflammt. »Aber gibt es keine Münzwaschsalons in Cambridge?«

Die Frage bewirkte, daß Jeremy wie vom Donner gerührt mitten in der Küche stehenblieb. So stand er eine Weile regungslos, eine vertraute Haltung, am Boden zerschmettert. Dann verzog er den Mund zu dem schiefen Lächeln, das ihn als Kind so liebenswert gemacht hatte. Er hatte kapiert.

»Spar dir deinen Sarkasmus, Ma. Natürlich gibt es Münzwaschsalons in Cambridge. Jede Menge. Du kannst mir glauben, ich verbringe Stunden um Stunden in Waschsalons.«

»Wieso hast du dann immer so viel Schmutzwäsche, die du nach Hause bringst? Versteh mich recht, natürlich macht es mir nichts aus …«

Von seiner Höhe sah Jeremy auf seine Mutter herab, als sei sie lächerlich, verrückt oder beides.

»Du weißt doch, wie das ist. Mit dem Bügeln hab ich's nicht so. Das ist nicht mein Ding. Wie oft muß ich dir das noch erklären?«

Rachel seufzte. Es war sinnlos, ihrem Sohn einen Vorwurf zu machen. Und schließlich war die Sache mit der Wäsche –

ein universelles Problem zwischen Müttern und Kindern, die nicht zu Hause wohnten – gar nicht so wichtig. Warum hatte sie sich eigentlich herabgelassen, etwas zu sagen? Es war wieder diese obskure Verärgerung, die nicht aus ihrem Kopf weichen wollte.

»Und du bist so dünn, Jay. Ißt du denn auch etwas in Cambridge?«

»Natürlich esse ich. Pfundweise. Man bekommt da am College so richtiges Essen, verstehst du?« Diesmal sprach er freundlich, ein bißchen so, wie man zu geistig Behinderten spricht. »Besteht vielleicht eine kleine Chance, daß ein Bier da ist?«

Jeremy latschte zum Kühlschrank und zog die Tür auf. Mit verschränkten Armen baute er sich vor den beleuchteten Regalen auf und spielte den gleichzeitig Besorgten und Verwunderten. Rachel beobachtete ihn amüsiert. Er hatte eine ungewöhnliche und versteckte Art, seine Liebe zu zeigen, aber Rachel hatte sie immer verstanden.

»Ui! Mom! Volltreffer! Gefunden!« Er wirbelte herum, lächelte und hielt triumphierend eine winzige Dose Bier hoch. »Dad hat sich diesmal wirklich ins Zeug geschmissen, was?«

Rachel lachte und errötete. Scham vermischte sich mit Loyalität. Jeremys Gelassenheit, was die Eigenheiten seines Vaters anging, machte den Sohn für sie noch liebenswerter. Es war wie eine kleine, harmlose Verschwörung zwischen ihnen beiden, die schon existierte, als Jeremy noch ein kleiner Junge war.

»Irgendwann einmal kaufe ich einen ganzen Kasten Bier und verstecke ihn für dich auf meiner Seite unter dem Bett ...«

»Großartige Idee, Mom.« Er öffnete die Dose. Kostbarer Schaum quoll heraus. »Das mußte ja kommen! Schnell! Ein Glas.«

Rachel eilte zum Küchenschrank, holte ein Glas heraus und hielt es unter die Dose. Sie fühlte sich so leicht und beschwingt und hatte den absurden Eindruck, sie bewege sich anmutig und fröhlich wie in einem Ballett.

»Natürlich könnte ich das nicht wirklich tun.«

»Natürlich nicht.« Jeremy nahm den ersten Schluck. Danach war das Glas nur noch halbvoll. »Weißt du was? Ich werde dieses wunderbare Getränk jetzt bis zum Gehtnichtmehr strecken. Nur ganz kleine Schlückchen beim Mittagessen. Und ich wette, Dad wird nichts bemerken, weil er seine Nase zu tief in den Wein gesteckt hat.«

»Die Wette halte ich mit.«

Plötzlich lachten sie beide.

Später beim Mittagessen kehrte allerdings das Unbehagen zurück. Thomas konnte seine Nervosität kaum verbergen. Jeremy saß mit hochgezogenen Schultern am Tisch und trank sein Bier in auffällig kleinen Schlückchen, wie er es angekündigt hatte. Rachel sah in regelmäßigen Abständen von ihrem Mann zu ihrem Sohn, allzeit bereit, mit irgendeinem entschärfenden Kommentar einzugreifen, sollte die schwelende Spannung plötzlich auflodern.

»Bißchen weniger Arbeit im zweiten Jahr, oder?« fragte Thomas schließlich Jeremy.

»Ja, sozusagen. Ja, könnte man sagen.«

»Zu meiner Zeit hat man uns davor gewarnt, im zweiten Jahr nachzulassen.«

»Ach, ja?« Es war nicht wirklich eine Frage.

»Sicher hast du viele andere Dinge am Hals, wie üblich?«

Thomas wollte sich immer Jeremys Leben in Cambridge genau vorstellen, um es mit seinem eigenen zu vergleichen.

»Richtig.«

»Immer noch das Rampenlicht?«

»Ja. Das macht Spaß.« Er sah seinem Vater zu, der mit der Messerspitze die gebratenen Kartoffeln anstach, als handle es sich um einen chirurgischen Eingriff. »Und der Labour-Club. Die Arbeit ist ganz schön zeitaufwendig.« Jeremy wußte, was er wollte.

Es war eine Weile still im Raum. Nicht einmal das Zermatschen der Kartoffeln in der Sauce war zu hören.

»Das glaube ich gerne«, sagte Thomas schließlich. Er

kaute, schluckte und sah dann seinen Sohn direkt an. »Also, versteh mich bitte nicht falsch, aber kannst du mir bitte erklären, und zwar ganz genau, was eine Horde sozialistisch angehauchter Anfangssemester glaubt, zum Wohle des Volkes tun zu können. Oder auch für die Labour Party selbst. Wenn ich recht verstehe, seht ihr euch so als inoffizielle Denkfabrik an?«

Jeremy seufzte geduldig.

»Thomas, bitte«, schaltete sich Rachel ein.

Thomas zuckte mit den Achseln. »Na gut. Ich habe nur versucht, ein Gespräch zu führen. Es kam mir reichlich seltsam vor, daß Jeremy nach Hause kommt und wir um den Tisch sitzen und nichts miteinander zu reden haben.«

Jeremy trank sein Bier aus und hielt das Glas demonstrativ hoch.

»Aber Dad, deine Vorstellung von Gespräch ist doch einfach nur, dauernd Fragen zu stellen, von denen ich einige nicht beantworten möchte. Ich stelle doch dir und Ma auch nie Fragen …«

»Frag, was du willst.«

Rachel zuckte zusammen. Keiner der beiden bemerkte es.

»Ich bin eigentlich nicht daran interessiert, euch etwas zu fragen. Ich will euch nicht beleidigen, aber es könnten ja wohl kaum interessante Antworten dabei herauskommen. Ihr führt schließlich ein ziemlich langweiliges Leben.«

»Langweilig?« Rachels Sympathien schwenkten auf die Seite ihres Mannes. Rasch stand sie auf und stellte die leeren Teller aufeinander.

»Kommt mir schon so vor.«

»Ich weiß nicht«, sagte Thomas ziemlich eingeschnappt. Er wischte sich mit einer riesigen Damastserviette den Mund und fast das ganze Gesicht ab. »Wir führen ein ziemlich aktives Leben«, behauptete er und war sich dabei bewußt, daß er nur für sich sprach. »Wir sind sehr beschäftigt. Vielleicht überrascht es dich, zu hören, daß wir nicht jeden Abend stundenlang vor dem Fernseher hocken. Nächste Woche zum Beispiel sind wir sogar zum Essen in einem Oxford-College eingeladen. Habe ich dir noch gar nicht gesagt, Rachel. St. Crispin's. Am Mittwoch. Patrick Pruddle. Hat einfach so angerufen und gefragt, ob wir Lust hätten. Nach all den Jahren.«

»Wie schön«, kommentierte Jeremy.

Rachel schaufelte zwei riesige Portionen Guards-Pudding auf einen Teller und schob ihrem Sohn den Krug mit der flüssigen Sahne hin.

»Oxford, mitten in der Woche?« fragte sie. Die Vorstellung, sechzig Meilen von ihrem Schlafzimmer entfernt zu sein, erfüllte sie mit Schrecken.

»Du scheinst ja ganz wild darauf zu sein, Ma.« Jeremy lächelte. »Mein Gott, was für ein Nachtisch!«

Jeremy und Thomas ließen sich wortlos den Nachtisch schmecken. Rachel bemerkte, wie ähnlich sie mit niedergeschlagenen Augen aussahen – die gleichen sternförmig angelegten Wimpern, die kleine, spitze Schatten auf die Wangen warfen. Aber Jeremys Nase war messerrückendünn, wie ihre eigene, und wenn er lächelte, was selten genug vorkam, erkannte sie sich selbst von vor dreißig Jahren wieder. Sein wild herunterhängendes langes Haar (seltsamerweise hatte Thomas heute darüber kein Wort verloren) hatte keinerlei Ähnlichkeit mit Thomas' sprödem Haarschopf – es waren ihre Haare, zumindest die, die sie in ihrer glanzvollen Jugendzeit gehabt hatte. Aber seine schlaksigen Gliedmaßen, sein ausgezehrter Brustkorb, seine konkav ausgehöhlte Magengegend! Ob er in Cambridge überhaupt etwas aß? Das hatte sie ihn doch heute schon gefragt, oder? Sie durfte es nicht noch einmal fragen. Viele Fragen quälten sie. Was machte er dort? Wie lief sein Leben ab? Wo war er gestern um diese Zeit? Wo würde er morgen um diese Zeit sein? Hatte er ein Mädchen? Rachel seufzte, während sie einen kleinen, frühen, teuren Pfirsich schälte. Sie wußte so wenig über seinen Tagesablauf, und er war nicht gerade großzügig mit Informationen über seine Person. Aber anders als Thomas hatte sie gelernt, ihre Neugier zu zügeln. Jeremy reagierte auf allzu drängende Fragen mit noch mehr Zurückhaltung. Warum wollte Thomas das nur nicht verstehen?

Mit einem Mal wünschte sich Rachel nichts sehnlicher, als daß das Mittagessen vorbei, Jeremy gegangen, der Tag vorüber wäre. Sie wollte die sichere Geborgenheit eines normalen Wochentags, den Luxus ihrer Einsamkeit wiederhaben.

Als Thomas und Jeremy drei lange Stunden später endlich zum Bahnhof aufbrachen, ging sie das Risiko ein, in ihr Zimmer zu gehen, die Vorhänge zuzuziehen und sich hinzulegen. Die Ruhe, die Erleichterung stellten sich bald ein. Sie dachte nicht nach, bemerkte nur, wie ihre Glieder schwer wurden und der Schlaf sie überkam.

Um sechs Uhr schreckte sie auf. Thomas mußte längst zurück sein. Hatte er nach ihr gesucht? War er hereingeschlichen und hatte sie im Dunkeln schlafen sehen? Die Vorstellung ließ sie erschaudern. Rasch stand sie auf und zog die schweren Vorhänge zurück. Die Abendsonne ließ den Chintzstoff mit dem Stockrosenmuster schimmernd glänzen. Er hatte sich sicher gewundert, warum das Mittagessen noch nicht weggeräumt war, was den üblichen Sonntagabendzustand so verzögert haben könnte. In ihrer Panik hielt Rachel einen Augenblick inne, um sich eine plausible Erklärung zurechtzulegen. Eben dann hörte sie im Atelier über sich Schritte, die besorgt auf und ab gingen. Wenn Thomas nachdachte, ging er immer auf und ab. Wie viele Meilen hatte sie ihn nicht schon in seinem Atelier hin und her laufen hören! Aber da war eine Ungleichheit in seinen Schritten, die sie beunruhigte. Sie klangen so anders. Was war los? Wo war er, der wie immer so weit weg von ihr war?

Rachel rannte nach unten und stieß die Küchentür auf. Zu ihrem Erstaunen war alles weggeräumt, die Geschirrspülmaschine summte leise vor sich hin, das übriggebliebene Gemüse war mit Klarsichtfolie abgedeckt. Das alles war so ungewöhnlich, daß Rachel hörbar nach Luft schnappte. In ihrem ganzen Eheleben war es ihrer Erinnerung nach noch nicht ein einziges Mal vorgekommen, daß Thomas so etwas von sich aus gemacht hätte. Hatte sie ihn gebeten, was selten genug vorkam, dann hatte er widerwillig und nur sehr oberflächlich einen unbefriedigenden Beitrag geleistet. Aber noch nie hatte er eine so große Aufgabe übernommen und sie so perfekt gemeistert. Dafür konnte es nur eine Erklärung geben. Irgend etwas Schreckliches war passiert ... Rachel setzte sich an den Küchentisch, legte ihren Kopf auf die verschränkten Arme und ließ ihren wirren Gedanken freien Lauf.

Während seine Frau völlig bestürzt unten saß, ging Thomas drei Stockwerke über ihr in seinem Atelier immer noch unruhig auf und ab und quälte sich. Er hatte in den letzten zehn Jahren immer die Notwendigkeit außerehelicher Anregungen in Liebesdingen verspürt, und so wußte er eigentlich ganz genau, wo das Problem lag: bei dem Mädchen mit dem bernsteinfarbenen Haar. Das arme Wesen spukte ihm seit der kurzen Begegnung in der letzten Woche ununterbrochen im Kopf herum, eine Art amorphe Schönheit – eigentlich konnte er sich nicht einmal mehr an Einzelheiten in ihrem Gesicht erinnern –, mit viel zu langen Ärmeln. Am Samstag war die Begierde nach ihr fast unerträglich geworden, und dieser Sonntag war der längste Sonntag seines Lebens gewesen.

Er war, auch das war ihm bewußt, heute wie schon so oft kein so guter Ehemann und Vater gewesen. Aber Rachel und Jeremy waren inzwischen an sein Künstlertemperament gewöhnt. Sie glaubten, seine Anwandlungen von Verwirrung entstünden durch die kreativen Prozesse in seinem Innern. Im Laufe der Jahre hatte er bei Gesprächen immer wieder einfließen lassen, daß darin der Grund für seine mangelnde Aufmerksamkeit im Familienkreis zu sehen sei. Die Familie hatte keine Ahnung, daß er in Wirklichkeit ziemlich weit weg von erhabenen Gedanken an ein gutes Kunstwerk war. Hätten sie gewußt, daß er sich vielmehr in den tiefsten Niederungen der Fleischeslust vergnügte, wären sie zutiefst schockiert gewesen. Betrachtete er seine von Sünden verkrustete Seele – eine Übung, die er vermied, wenn es irgendwie ging –, schlug ihm eine beschämende Wahrheit entgegen. Er war fast ununterbrochen in einem erregten Zustand der Lust. Nach außen hin war Thomas der korrekte Nadelstreifenträger schlechthin, innerlich war er von Fleischeslust besessen. Auch jetzt, da er allmählich in die Jahre kam, hatte sich daran nichts geändert. Im Gegenteil, er war genauso gnadenlos davon geplagt wie immer. Deshalb hatte er es auch aufgegeben, dagegen anzukämpfen, in dem Glauben, er würde letztendlich doch übersättigt und dann davon erlöst sein. Bislang hatte er jedoch vergeblich auf einen diesbezüglichen Fortschritt gehofft. Immer und immer wieder verursachte der Anblick eines fremden Mädchens, und sei es auch nur aus der Ferne, eine so qualvolle Begierde, daß er sich gezwungen sah, eine plumpe Anmache zu starten. Oft führte das zur Katastrophe.

Gillian war das jüngste Beispiel in der Geschichte von schrecklichen Fehlern. Allerdings waren bei ihr Alkohol und Langeweile eher die Auslöser als wirkliche Anziehungskraft. Selbst Thomas hatte das realisiert. Es gab eine ganze Reihe von peinlichen Abfuhren. Einmal hatte er im Flugzeug nach Paris dem Mädchen auf dem Sitz neben sich ein paar Gläser Champagner spendiert. Nachdem sie ihre gemeinsame Begeisterung für die Norwich-Schule der Aquarellisten entdeckt hatten, war es schon bald klar, daß sie willens war, mit ihm das Wochenende zu verbringen. Thomas hielt es danach für nicht unangebracht, eine Hand als Geste des unausgesprochenen Einverständnisses auf ihr Knie zu legen. Unwissentlich hatte er dabei offensichtlich bei ihr einen wunden Punkt berührt, der sie ausrasten ließ. Im nächsten Augenblick verwandelte sie sich in einen hysterischen Tiger. Sie brüllte nach der Stewardeß, zerkratzte ihm das Gesicht, verlangte, daß der Vorfall dem Piloten gemeldet und er entfernt würde. (»Mit dem Fallschirm?« hatte er damals gefragt, als sie schreiend von ihm weggeführt wurde.) Ziemlich peinlich insgesamt, doch die Sache nahm für ihn sogar ein gutes Ende. Die Stewardeß trat an die Stelle des Mädchens und blieb in Paris bei ihm.

Trotz aller guten Vorsätze lernte Thomas nie etwas aus seinen Fehlern. Und seine Fehler machten ihn fix und fertig. Die Energie, die seine Phantasien verbrauchten, laugte ihn körperlich aus, machte ihn nervös, schlecht gelaunt und zurückhaltend. In diesen Tagen fühlte er sich kaum einmal entspannt und frei von körperlichem Verlangen. War dies doch der Fall, so bemühte er sich, bei seiner Frau, die ansonsten ein toleranter Mensch war, als Ausgleich für ihr zugefügtes Mißverhalten wieder Punkte zu sammeln. Aber er war so sehr aus der Übung, wenn es darum ging, eine Ehefrau bei Laune zu halten, daß jeder Versuch seinerseits zu einer eher unwilligen Angelegenheit geriet. Kein Wunder, daß Rachel ihn abwies. Der Teufelskreis war nicht mehr zu durchbrechen. Als Ausgleich suchte er Trost bei Rotwein und Whisky.

An jenem Sonntagabend litt Thomas ganz besonders unter Schuldgefühlen ob seines ungehobelten Verhaltens seiner Frau und seinem Sohn gegenüber. Auf dem Weg zurück vom Bahnhof – nach einem flüchtigen Abschied, den Jeremy ganz sicher als mangelndes Interesse und unzureichende Vaterliebe gedeutet hatte – hatte er sich entschlossen, sich zu bessern. Eine ganz vage Erinnerung aus der Kindheit besagte, daß Sonntag der Tag des Herrn sei und man an diesem Tag versuchen mußte, sein Eheweib und seinen Nachbarn zu lieben. Aber während er im langsam fließenden Verkehr dahinfuhr, wurde ihm bereits klar, daß er es nicht schaffen würde, einen Abend im Kino oder, noch schlimmer, zu zweit mit ihr in einem Restaurant zu verbringen. Sechs Tage hatte er über das Mädchen mit dem bernsteinfarbenen Haar nachgedacht. Jetzt war sein Geist ausgetrocknet. Sein Körper war träge von dem üppigen Mittagessen und mehreren schlaflosen Nächten. Wieder einmal lösten sich seine guten Vorsätze in nichts auf.

Als Thomas zu Hause angekommen war, stellte er zu seiner Überraschung fest, daß alles noch so wie vorher dastand und Rachel nirgends zu sehen war. Er war zu müde oder zu uninteressiert, um sich darum zu kümmern, wo sie war. Eigentlich empfand er ihre Abwesenheit fast wie eine Erleichterung. Er ließ seinen Blick über das Chaos auf dem Eßtisch und das Durcheinander in der Küche schweifen. Gleich würden der Zorn, die Verärgerung ob einer solchen Inkompetenz aus ihm herausbrechen. Statt dessen hatte er eine seltsame Eingebung, etwas, an das er bislang in seinem ganzen Leben noch nicht einmal einen Gedanken verschwendet hatte. Er würde all dies hier sozusagen als Sühnetat aufräumen.

Der Gedanke war so außergewöhnlich, daß Thomas erst einmal einige Augenblicke regungslos stehenblieb und über diese Idee, die ihn da überkommen hatte, nachdachte. Die Vorstellung von Rachels Verwirrtheit und ihrer Freude rief eine sonderbare Erregung in ihm hervor. Schon tauchten Zweifel auf. Eine verrückte Idee. Wenn er so etwas einmal machte, würde er es womöglich immer wieder machen müssen. Unter Umständen würde Rachel das von ihm immer wieder erwarten. Und das … O nein. Immer im Haushalt helfen zu müssen war einfach eine zu schreckliche Vorstellung.

Nichtsdestotrotz begann er sich langsam zu bewegen, sammelte umständlich Teller zusammen, räumte sauberes Silber weg und kämpfte mit dem schier unlösbaren Problem, was man mit kaltem Gemüse macht, das in der kalt gewordenen Butter erstarrt war.

Zwei Stunden später waren seine Hände aufgedunsen vom intensiven Topfschrubben in heißem Wasser. Er sah sich triumphierend um. Jetzt hatte er alles geschafft. Es sah genauso aus, wie wenn es Rachel gemacht hätte. Erleichtert öffnete er das Küchenfenster.

Nach einer Weile jedoch ließ das Hochgefühl abrupt nach. In seinem Atelier betrachtete er das Cotterman-Bild und war deprimiert. Wieder tauchte das Mädchen mit dem bernsteinfarbenen Haar vor ihm auf. Erst in achtzehn Stunden würde er sie wiedersehen können. Und dann? Er hatte keine klare Vorstellung. Sollte er einen weiteren Cotterman kaufen? Oder zwei oder drei, wenn nötig? Natürlich, um alles leichter zu machen. Und dann, nun ja – Vorsicht. Er mußte sehr umsichtig vorgehen. Die Dinge langsam angehen. Sie nicht erschrecken. Ihr Vertrauen, ihren Respekt gewinnen. Der eines Tages ebenfalls zu Begehren werden könnte …

Thomas begann auf und ab zu gehen. Nach hinten und nach vorn, nach hinten und nach vorn, an dem Bild vorbei. Mit allen Fasern seines Herzens wünschte er sich, jetzt, an diesem Sonntagabend, dort zu sein und spazierenzugehen. Weit weg von London. Mit ihr. Ohne viele Worte. Nur das Meer schnuppern und die Brise spüren. Wenn es dort so menschenleer wie auf dem Bild war, würde er den Vorschlag machen, daß sie sich eine Weile in die Dünen setzten. Er würde einen Arm um ihre Schultern legen – vielleicht. Darauf achten, wie sie reagierte. Bei dem Gedanken lief es ihm kalt den Rücken hinunter. Lächerliche Vorstellung, daß er jemals bis zu den Cotterman-Dünen mit ihr kommen sollte. Was für ein Narr er war! Aber wenn er es doch tun würde … Er mußte sich, verdammt noch mal, beherrschen. O Gott, sagte er laut vor sich hin, hilf mir, an mich zu halten. Laß mich das Mädchen mit dem bernsteinfarbenen Haar sehr langsam angehen.

An jenem Sonntagnachmittag machten Mary und Bill mit ihrem Hund Trust einen Spaziergang am Strand von Brancaster. Es war schön, aber ziemlich kühl. Sie trugen Gummistiefel und dicke Pullover gegen die steife Brise. Mary hatte sich ein Kopftuch umgebunden, so daß ihr graues Haar nur an der Stirn zu sehen war.

Sie kamen schon seit Jahren bei jedem Wetter an den Strand. Nur im Hochsommer mieden sie ihn. Dann, wenn die Massen den Strand bevölkerten. In den letzten zehn Jahren waren immer mehr Menschen zu den einsamen Dünen gekommen. Obgleich die Gegend nach normalen Maßstäben immer noch dünn besiedelt war, mochten sie den Strand am liebsten, wenn er so aussah wie damals, als sie ihn entdeckt hatten, vor langer Zeit. Leer, bis auf eine einsame Gestalt in der Ferne, die nach Muscheln suchte, Vögel beobachtete oder einen Hund spazierenführte.

Im Laufe der Jahre hatten sie den allmählichen Zerfall des Wracks beobachtet. Der stabile Rumpf eines Schiffs, das im letzten Krieg beschossen und versenkt worden war, hatte sich langsam den Entenmuscheln, dem Tang, den wütenden Stürmen und den starken Strömungen ergeben. Bei Ebbe konnte man jetzt nur noch einige geschwärzte Stahlträger sehen – zu wenige, um die frühere Form der Schiffsrippen noch nachvollziehen zu können. Bei Flut waren die zwei oder drei kleinen Pfosten, die noch aus dem Wasser ragten, nur noch für den erkennbar, der von dem langsam schwindenden Schiffsskelett wußte.

An diesem Nachmittag war Flut. Wenn sich Wolken vor die Sonne schoben, war das Meer grau wie Elefantenhaut. Kam die Sonne hervor, leuchtete es in Blau-, Grün- und Grautönen wie eine farblich abgestimmte Staudenrabatte.

Mary liebte den Strand, den Sand, in den sie in ihren Gummistiefeln bis zu den Knöcheln einsank, die Muschelstücke, die unter ihren Schritten knirschten, die windgekräuselten Pfützen. Das Meer mochte sie nicht. Es erinnerte sie an den Tod, das Ende, die unbarmherzige Gleichgültigkeit der Natur.

Sie warf ein Stück Treibholz für Trust, so weit sie konnte. Der Hund sauste los, über alle Maßen entzückt, das Holz zum tausendsten Mal zu holen. Mary sah ihm nach, schützte die Augen mit der Hand gegen die blendende Sonne. Sie stemmte sich mit beiden Beinen fest in den Sand. Ihr kleines Gesicht schimmerte in der Sonne blaß und durchsichtig wie ein Vogelei.

»Wenn ich einmal sterbe ...«, sagte sie.

Bill, der einen Meter von ihr entfernt stand, konnte sie im Meeresbrausen kaum hören.

»Was meinst du, Liebes?«

»Wenn ich als erste sterbe, mußt du weiter mit Trust hierherkommen.«

Bill näherte sich seiner Frau und zog den Knoten an dem Kopftuch unter ihrem Kinn ein wenig fester.

»Was sind das für dumme Gedanken?« sagte er.

»Aber es könnte doch sein«, beharrte Mary.

»Es wird nicht sein. Aber selbst wenn, mach dir keine Sorgen wegen Trust. Der Tod sollte nicht Anlaß sein, alte Gewohnheiten aufzugeben.« Er lächelte sie an.

Die Brise brannte in Marys Augen. Bill sah, wie sie sich mit rosafarbenen Kindertränen füllten, Tränen, die das Weiße in den Augen nicht trübten. Mary seufzte. Sie war unfähig, noch etwas zu sagen. Der Seufzer versiegte in einem kleinen Schauder, der sowohl ihre ungeheuren Ängste vor der Zukunft als auch eine traurige Wehmut über die Vergangenheit in sich barg. Bill nahm ihre Hand. Sie gingen auf Trust zu, der ihnen entgegenkam. Der Hund, der so leicht zufriedenzustellen war, sprang auf sie zu. Er wedelte so heftig mit dem Schwanz, daß sein ganzer goldfarbener Körper in Bewegung war. Das Stück Treibholz fiel direkt vor Bills Füße. Er warf es wieder, viel weiter als Mary. Trust sprang hoch und wirbelte in der Luft herum, dann stürmte er wieder los, um es zu holen.

»Ursula hat natürlich angeboten, daß wir bei ihr übernachten können, wenn wir zu den Farthingoes gehen«, sagte Mary und ließ diesmal das *Wenn ich dann noch da bin* weg.

»Gut, gut«, antwortete Bill, der an der Sache an sich nicht interessiert, aber froh war, daß seine Frau von den traurigen Sonntagnachmittaggedanken abgekommen war. »Wir sollten zurückgehen. Ich muß mit der Säge weitermachen. Armer, alter Baum. Es war diese alleinstehende Pappel, die dein Vater gepflanzt hat – weiß der Himmel, warum er das getan hat, in so einer exponierten Lage –, die mich zu der Baumzucht angeregt hat. Wenn es einen von den jüngeren getroffen hätte, hätte ich nicht halb soviel Aufhebens gemacht.«

Mary seufzte. Der beste Weg, Bill von bedrückenden Gedanken loszueisen, war, sich einfach taub zu stellen. Das hatte sie schon vor langer Zeit herausgefunden.

»Toby und Frances sind so voller Energie.«

»Wir waren in ihrem Alter genauso.«

Bill nahm Marys Arm und führte sie den Weg zurück, den sie gekommen waren. Der Wind blies ihnen nun ins Gesicht und trieb ihnen Tränen in die Augen.

»Sind wir aber doch immer noch, nicht wahr?« Mary machte einen übertrieben schwungvollen Schritt.

»Ich denke schon. Könnte schlechter sein.«

»Wir haben dem Wetter ganz gut standgehalten.«

Bill lächelte wieder und streichelte seiner Frau den Nacken.

»Du hast dir dein Aussehen und die Denkungsart bewahrt. Und darin liegt doch das ganze Geheimnis.«

»Die Arthritis abzuwehren ist mir allerdings nicht so gut gelungen.« Mary streckte ihre kleine weiße Hand vor. Die Finger waren an den Gelenken geschwollen, aber die Nägel schimmerten immer noch wunderschön. Sie hatten keine Rillen, wie es sonst Nägel von älteren Menschen hatten. »Immer wieder fragen mich die Leute: Wie habt ihr es geschafft, so lange miteinander glücklich zu sein?«

Bill lachte. »O je! Verdammt harte Arbeit. Ich hoffe, das hast du ihnen gesagt. Ziemlich schwierig, das Ganze in Schwung zu halten. Fast unmöglich, das Monster Vertrautheit abzuwehren. Es frißt alles auf.«

»Komisch, nach all den Jahren hätte ich nie gedacht, daß du so denkst.« Mary lachte. »Ich für meinen Teil liebe die Vertrautheit. Wie auch immer, ich sage meistens irgend etwas, wie wir versuchen, uns anzupassen, jetzt, da der Wildbach der Jugend sich zum ruhig dahinfließenden Strom des Alters gewandelt hat.«

»Gütiger Himmel! Was für große Worte! Ich wußte gar nicht, daß ich so was Tolles tue.«

»Natürlich nicht. Du bist ja auch ein rein instinktives Wesen. Du arbeitest nie an etwas.«

»Aber ich bin fast immer deiner Meinung, wenn du an etwas gearbeitet hast.«

»Nun, in diesem Fall habe ich recht ...«

»... wie fast immer. Natürlich hast du recht«, stimmte Bill

zu. »Die Hälfte der Scheidungen haben doch etwas mit der Tatsache zu tun, daß niemandem beigebracht wird, was man tun kann, wenn die Leidenschaft verglüht ist. Vielleicht sollten wir Ursula und Martin ein paar Tips geben.«

»Sie sind rundum glücklich.«

»Wer weiß das schon? Wer weiß überhaupt etwas über anderer Leute Ehen?«

»Die Leidenschaft muß nicht sterben.« Mary blickte aufs Meer hinaus.

»Das Sterben – oder besser gesagt das Am-Leben-Halten – der Leidenschaft ist nicht gerade das Thema, über das ich mich gerne mit den Kindern unterhalten möchte.«

»Das glaube ich dir gerne, wenn man in Betracht zieht, wie du erzogen worden bist. Aber es ist schwierig, das den Menschen heute zu vermitteln. In dieser Welt des schnellen Essens, der schnellen Reisen, der schnellen Leidenschaften. Diese Kurzlebigkeit macht einen schwindlig.«

»Balzac hat einmal eine wirklich gute Frage gestellt: ›Kann ein Mann ein Leben lang seine Ehefrau begehren?‹«

»Und wie lautete seine Antwort?«

»›Ja. Eindeutig ja.‹« Bill küßte Mary auf die Nase. »Daran werde ich immer denken. Das hat mir so viel Mut gemacht, als ich mich mit der Absicht trug, dich zu heiraten. Er war sich da ganz sicher, der alte Balzac. Sagte, es sei genauso absurd, abzuleugnen, daß ein Mann immer nur eine einzige Frau lieben kann, wie zu glauben, ein berühmter Musiker brauche mehrere Violinen, um ein Musikstück zu spielen. Also kann man mit Fug und Recht sagen, daß ich nicht mehrere Violinen gebraucht habe.«

Sie lachten beide und gingen weiter. Trust sprang hinter ihnen her und wirbelte kleine Sandfontänen auf. Bill warf das Stöckchen. Sie sahen zu, wie der Hund wieder rannte, um es zu holen. Trusts Spiel bestimmte den Rhythmus ihres Strandspaziergangs.

»Wenn ich die Pappel kleingesägt habe«, sagte Bill, »haben wir genug Holz für fünf Winter.«

»Nach dem Tee kannst du gleich damit anfangen«, antwortete Mary. Sie fühlte die Wärme der Sonne durch ihren Pullover und gleichzeitig die Ferne des Winters.

Die Aura von Tüchtigkeit, die Frances Farthingoe verströmte, ging zu einem gewissen Grad von den Utensilien aus, mit denen sie sich umgab. Am Sonntagabend hatte sie es sich im Schatten einer Zeder in einer bequemen Chaiselongue gemütlich gemacht. Es war ein altes Korbmöbel aus den dreißiger Jahren mit kuscheligen Kissen, die letzten Herbst – in kluger Voraussicht – neu bezogen worden waren. Der gestreifte Leinenstoff roch ganz schwach nach Mottenkugeln. Ein paar Tage an der frischen Luft, und der ursprüngliche Geruch des Polstermaterials würde wieder durchdringen.

Der Gartentisch an ihrer Seite war mit allem ausgestattet, was sie eventuell für ihre Einladungsvorbereitung brauchen würde. Ein volles Glas Pimm's, Filofax, Diktiergerät, ein Ordner mit Zusagen, ein Ordner mit Absagen, verschiedene unvollständige Listen, ganz feine Filzschreiber in Schwarz, Rot und Grün.

Frances blätterte auf der Suche nach Ideen für das Buffet durch ein Kochbuch. Sollte sie in dem Buch nichts finden, hatte sie weitere in einem Stapel auf dem Gras liegen. Ganz sicher war sie sich, daß Coronation Chicken absolut out war. So etwas Banales konnte sie keinesfalls servieren. Auch wenn es köstlich war, die Farthingoes hatten Besseres zu bieten. Coronation Chicken war – sie hatte stets ein waches Auge für derartige Trends – für gewisse Kreise so lächerlich wie Wolkenstores. Fünfundzwanzig Jahre nach seiner Erfindung hatten es die kleinen Leute für ihre Verandapartys entdeckt. Nichts für eine Einladung bei den Farthingoes, dachte Frances. Koulibiac dagegen … Koulibiac war durchaus eine Möglichkeit. Es wurde zunehmend populär, aber es würde noch eine Weile dauern, bis es die Partyservicebetriebe in ihr Repertoire aufnehmen würden. Das könnten sie gerade noch schaffen. Andererseits zögerte Frances, die Perfektionistin in der schnellebigen Welt der eleganten Einladungen, irgendein Risiko einzugehen …

Obwohl sie noch völlig vertieft in dieses Dilemma war, flog ihr eine Inspiration anderer Art zu. Aufregend. Ihre Hand mit dem Glas Pimm's zitterte. Die Inspiration betraf nicht das Essen, sondern die Markise. Mehrere Tage lang hatte sie sich mit dem Problem Rosa oder Gelb herumgeplagt. Da die Farbwahl heute morgen immer noch nicht entschieden war, hatte sie beschlossen, die Angelegenheit auf Eis zu legen. Oftmals, das hatte Frances festgestellt, wenn man ein Problem auf Eis legte, kam die Erleuchtung von selbst. Nun, wieder einmal hatte ihre Methode funktioniert. Die Lösung war wunderbar und genial – grau! Die Markise sollte taubengrau und weiß gestreift sein. So umging sie das Problem, daß das Gelb oder das Rosa nicht genau paßte, und diese Farben waren ohnehin zu populär geworden. Grau würde ungewöhnlich, neu, vornehm wirken. Es bestanden noch leise Zweifel ihrerseits, daß die Markisenhersteller grau-weiß gestreiften Markisenstoff auf Lager haben würden, aber diese Hürde würde auch zu nehmen sein. Wenn sie einmal eine Idee hatte, konnte Frances sich auf sich selbst verlassen, sie auch zu realisieren.

Wie glücklich war sie doch, dieses Problem gelöst zu haben! Eine echte Leistung. Sie legte sich zurück und sah in die schwarzgrünen Nadeln der Zeder hinauf. Das Kochbuch war momentan Nebensache. Sie sah Septemberblumen vor grau-weißen Streifen. Was für eine brillante Idee! Es war wirklich schade, daß sie ihre Freude mit niemandem teilen konnte. Frances wußte aus Erfahrung, daß sich wenige Leute ernsthaft für die Ideen anderer interessierten, es sei denn, sie teilten die gleiche Leidenschaft. Bei den meisten Menschen zählte nur das fertige Produkt. Sie hatten nicht die Phantasie, sich vorzustellen, welche Mühe und Genialität bei der Entstehung nötig gewesen war. Und sie wollten davon auch eigentlich gar nichts wissen. In ihrer zehnjährigen Erfahrung als Gastgeberin hatte Frances viel Lob und viele Glückwünsche eingeheimst – oberflächliche Belohnungen, die natürlich beileibe kein Ausgleich für die monatelangen Organisationsprobleme waren, die einer großangelegten Party vorausgingen.

Plötzlich fiel ihr Blick auf eine Gestalt am Ende des Gartens. Noch immer ganz in Gedanken, glaubte sie für einen Augenblick, es sei Ralph. Ralph! Seltsamerweise hatte sie keinen Gedanken mehr an ihn verschwendet, seit er gestern abend gegangen war. Jetzt wäre sie froh gewesen, wenn er sich auf sie gestürzt hätte (was er natürlich, seit sie verheiratet war, nie mehr gemacht hatte), sie geküßt hätte und vor allem ihre Freude über die gelungene Lösung mit der Markise geteilt hätte. Dann erinnerte sie sich, daß sie das ja gar nicht wollte. Ihre Leidenschaft für Ralph war endlich erloschen. Endlich war sie, Gott sei Dank, von ihm befreit. Die ständigen Gedanken an ihn, Ausdruck einer langen einseitigen Bindung, würden schon bald der Vergangenheit angehören.

Als sie genauer hinsah, sah sie Toby, nicht Ralph. Das leuchtend blaue Hemd und die weißen Hosen verblaßten, als er in den Schatten trat. Er stand zu ihren Füßen. Die Augen waren hinter undurchdringlichen dunklen Gläsern versteckt.

»Ich mache Fortschritte«, sagte Frances schließlich. »Jede Menge Ideen.« An dem strengen Zug um seinen Mund konnte sie sehen, daß es keinen Sinn hatte, nähere Erläuterungen zu geben.

»Gut«, sagte er.

»Es ist noch Pimm's da …«

»Nein, danke.«

Toby setzte sich an das Fußende der Chaiselongue. Frances schwang ihre nackten Füße zur Seite, um ihm mehr Platz zu schaffen. Toby massierte einen ihrer Füße. Frances spürte, wie ein Schauder ihren Rücken hinunterlief. Sie war in Alarmbereitschaft. Seinem Gesicht konnte sie ansehen, daß er gekommen war, um ihr etwas mitzuteilen. Vielleicht weniger Geld für die Einladungen … Sie war immer so sparsam wie möglich gewesen. Jede weitere Kürzung würde das ganze Konzept gefährden. Er mußte doch einsehen …

»Ich möchte dich etwas fragen«, begann Toby. »Es mag dir

vielleicht ein wenig komisch vorkommen.« Er verstummte und rieb jetzt nur ihre große Zehe, wobei er auf den akkurat scharlachrot lackierten Nagel starrte.

»Sag schon.«

»Ich möchte einige Nächte im Wald bleiben und Dachse beobachten. Man muß eigentlich die ganze Nacht draußen bleiben.«

»Sicher.« Erleichtert atmete Frances auf. Ohne ausdrücklich gebeten worden zu sein, würde sie in Zukunft alles tun, um ihre Einladungen möglichst sparsam auszurichten.

»Ich habe auf dem Dachboden mein altes Zelt und meinen Schlafsack gefunden. Ich dachte, ich könnte es heute nacht mal ausprobieren. Es ist so schön warm. Hast du was dagegen?«

»Ob ich was dagegen habe? Warum sollte ich etwas dagegen haben?«

»Ich dachte auch nicht, daß du etwas dagegen haben könntest.«

»Natürlich nicht. Es wird dir gefallen. Wie in alten Kindertagen.«

»Vielleicht. Du solltest auch eine Nacht rauskommen.« Er wußte, daß er sich auf sicherem Terrain bewegte.

»Ich?« Frances lachte. »Um nichts in der Welt. Wenn ich allein an die Mücken denke.«

Toby stand auf. Auch er war über alle Maßen erleichtert.

»Also gut, dann versuche ich es heute nacht. Ich gehe erst, wenn du im Bett bist. Damit wir den Abend noch gemeinsam verbringen können.«

»Gut.« Manchmal war Toby wirklich ein lustiger Vogel.

»Ich hole den Schlafsack von der Leine. Ich habe ihn den ganzen Tag auslüften lassen.« Gelegentlich konnte Frances außerordentlich kooperativ sein. Und oft genau dann, wenn er es am wenigsten erwartete.

Toby ging über den Rasen zurück, der fast weiß war von Gänseblümchen. Frances trank, um ihre Erleichterung gebührend zu feiern, einen Schluck Pimm's, nahm einen schwarzen Filzschreiber und schlug auf ihrem Notizblock eine neue Seite auf. Markisenfirma wegen grau und weiß anrufen, schrieb sie, und unterstrich das Grau mit Rot.

Als Thomas nach unten kam, fand er Rachel am Küchentisch, den Kopf auf den verschränkten Armen.

»Was ist los?« fragte er verwirrt. »Ich dachte, du würdest dich freuen.«

Beschämt, daß Thomas sie so sah, stand Rachel auf. Sie wischte sich die Augen ab, obwohl keine Tränen zu sehen waren. Thomas konnte nur an dem dunklen Fleck an ihrem Ärmel sehen, daß sie geweint hatte.

»Gar nichts ist los«, lächelte sie. Sie war eine Expertin im galanten Lügen. »Außer, daß ich völlig überwältigt bin.«

Thomas klopfte ihr auf die Schulter, lächelte und war mit sich selbst sehr zufrieden. Seit Jahren hatte er bei seiner Frau nicht mehr so eine Reaktion ausgelöst.

»Auch ich bin manchmal noch für eine Überraschung gut«, gluckste er, »aber du solltest nicht erwarten …«

»Natürlich nicht.«

»Einen Drink?«

Rachel nickte. Sie hatte ihn nötig. Und gleich darauf war alles wieder beim alten. Rachel begann das Abendessen vorzubereiten.

Thomas stand da und sah ihr zu. Gelegentlich fühlte er sich an Abenden wie diesem eigenartig wohl in seinem eigenen Haus und war froh über Rachels vertraute und doch distanzierte Gesellschaft. Sagen konnte er ihr so etwas nie. Vielleicht wußte sie es aber auch. Sie war in vielen Dingen sehr intuitiv. Sie verursachte auch keine größeren Aufregungen, wofür sie Thomas' unausgesprochener Dankbarkeit sicher sein konnte. Nein, sie wurschtelte einfach so weiter, scheinbar glücklich, und akzeptierte das Leben so, wie es war. Eigentlich war sie sogar ziemlich gut darin, die Tatsache zu akzeptieren, daß die meisten Ehen nach ein paar Jahren in eine Art Teilnahmslosigkeit abrutschten. Sie beklagte sich nicht.

Sie war auf fast rührende Weise von kleinen Gesten angetan – zum Beispiel stand ihre Reaktion auf die aufgeräumte Küche in keinem Verhältnis zu der Tat selbst. Die gute, alte Rachel. Sie war wirklich eine treue Seele. Ohne ihn zu kennen, schien sie ihn zu verstehen. Wahrscheinlich würde er sie letzten Endes doch nie verlassen.

Als Ursula am Montagmorgen herunterkam, war die Katze vom Küchentisch auf die Anrichte umgezogen. In untadeliger Haltung saß sie wie eine Porzellankatze auf einem kleinen Fleckchen zwischen Bechern, Pflanzen, Eierständern und Schulbüchern. Das Schälchen Milch auf dem Boden war leer. Bei Ursulas Auftauchen sah sie von ihren ordentlich plazierten Pfoten zu Ursulas Gesicht auf. Im Morgenlicht, fand Ursula, sah sie beleidigt, drohend, überheblich aus. Wieder machte ihr der Gedanke angst, später am Tag mit der Katze allein zu sein, wenn sie nach Hause kam. Erleichtert horchte sie auf den vertrauten Geräuschpegel der Kinder beim Frühstück.

Ben und Sarah kabbelten sich um das Geschenk aus der Cornflakes-Packung, eine kleine Plastikklemme, deren vielseitige Einsetzbarkeit heftig diskutiert wurde. Ursula würde nie verstehen, warum Kinder, denen es weder an Spielzeug noch an sonstiger Unterhaltung mangelte, so habgierig waren, wenn es um lächerliche Geschenke ging, mit denen man kaum etwas anfangen konnte.

»Also, wenn du sie bekommst, dann werde ich eben die Katze morgens und abends füttern, dann hast du's«, schrie Sarah ihren Bruder an. Wütend schüttelte sie ihr langes Haar.

»Das könnte dir so passen. Das ist nicht fair. Das ist nicht fair, Mama, sag doch mal. Hier, da hast du das doofe Ding.« Ben warf die Plastikklemme in die Cornflakes seiner Schwester.

»Na, warte!« Sarah fischte das Streitobjekt aus der Milch und schleuderte es gegen den Kopf ihres Bruders.

»Hört sofort auf, beide«, brüllte Martin und legte den *In-*

dependent weg, »und beeilt euch gefälligst, sonst sind wir zu spät dran.«

Das Zuspätkommen war eine täglich ausgesprochene Drohung, die die Kinder ziemlich kalt ließ, aber der scharfe Ton in der Stimme des Vaters ließ sie zumindest für eine Weile verstummen. Ursula blieb am Tisch sitzen, den Rücken ganz bewußt der Katze zugewandt, und trank ihren Kaffee. Sarah stand auf, ging zu der Katze und nahm sie auf den Arm. Einen Augenblick lang sträubte sich die Katze und streckte alle vier Beine starr von sich, dann entspannte sie sich jedoch in den Armen des Kindes.

»Ich werde den Namen aussuchen«, sagte sie zu Ben, »und wenn du dich auf den Kopf stellst.«

»Wirst du nicht«, protestierte Ben. »Es wird eine demokratische Entscheidung. Wir schreiben unsere Vorschläge auf, werfen die Zettel in einen Hut und lassen jemanden ziehen.«

»Nein, machen wir nicht. Das ist wirklich ein doofer Vorschlag.«

»Wir überlegen uns etwas nach dem Tee«, schaltete sich Ursula ein. »Und jetzt beeilt euch gefälligst. Habt ihr eure Hausaufgaben gemacht? Ben, wo ist deine Jacke?«

Sarah setzte schmollend die Katze wieder auf die Anrichte. Dann nahm sie ihre leere Frühstücksschüssel, füllte sie mit Milch und stellte sie in die Nähe der Katze. Diese sah sie mit verachtungsvollem Hochmut an.

»Ich finde ohnehin, daß sie eine ziemlich häßliche Katze ist«, brummelte Ben. »Nur Haut und Knochen.« Schwungvoll warf er sich seinen langen blaugelben Schal um den Hals.

»Sag das bloß nicht noch mal. Du weißt, wie viele Jahre um Jahre ich ein Haustier haben wollte …« Tränen stiegen in Sarahs Augen und hingen an ihren langen, dunklen Wimpern.

»Heulsuse …«

Martin packte seinen Sohn am Kragen, schob ihn in Richtung Tür und küßte seine Frau im Vorbeigehen auf den Kopf – alles mit einer langen, wirkungsvollen Bewegung.

»An einem Tag wie heute wirst du doch wohl keinen Schal tragen wollen«, rief ihm Ursula nach.

»Will ich doch«, kam die entschlossene Antwort zurück.

Ursula hielt ihre betrübte Tochter im Arm. Sie gab es auf, ihrem Sohn beikommen zu wollen.

»Da gibt es gar nichts zu weinen«, sagte sie. »Denk dran, deine Katze Namenlos wird hier auf dich warten, bis du zurückkommst.« Sie lächelte Sarah ermunternd an.

»Aber es ist meine Katze. Ich darf ihr einen Namen geben.«

»Wir werden eine Lösung finden, wenn du nach Hause kommst. Großes Ehrenwort.«

»Also gut.«

Ursula küßte Sarah auf die rosigen Wangen und strich ihr den Pony aus den Augen. So erwachsen sie manchmal mit ihren neun Jahren schon sein wollte, in Augenblicken der Verzweiflung war sie noch ein richtiges Baby. Sie umarmten sich. Ursula spürte, wie aufgeregt das Herz ihrer Tochter pochte.

»Papa hupt schon. Lauf. Wir sehen uns um halb vier.«

»Ich hab dich lieb, Mama.«

Weg war sie.

Nachdem er die Kinder in der Schule abgesetzt hatte, fuhr Martin in sein College. Er nahm einen Stapel langweilig aussehender Briefe aus der Pförtnerloge mit und ging über den Hof. Die Sandsteinbauten aus dem sechzehnten Jahrhundert schimmerten hell im opalfarbenen Licht. In den Blumenbeeten unter den Erdgeschoßfenstern leuchteten Tulpen wie Laternen zwischen den rundum gepflanzten Vergißmeinnicht. Es verging kein Morgen, an dem Martin sich nicht an der schönen Umgebung ergötzte und sich glücklich schätzte, in so einem Gebäude arbeiten zu dürfen.

Sein Zimmer war holzgetäfelt und voller Bücher, aber erstaunlich aufgeräumt für das eines Universitätslehrers. Er saß an seinem großen Schreibtisch am Fenster und drückte sich davor, die Post zu öffnen. Statt dessen nahm er sich die neueste Ausgabe des *Economic Journal* vor und überflog die Seiten. Er hatte einen leichten, angenehmen Tag vor sich. Nur einen Studenten um die Mittagszeit und den ganzen, langen Nachmittag für die Bodleian Library, um seine Vorlesung am Donnerstag vorzubereiten. Der Gedanke an Ursula, die zu Hause mit dem Frühstückschaos und den ungemachten Betten zu tun hatte, ehe sie selbst zur Arbeit ging, machte ihm wie immer Gewissensbisse. Er tat, was er konnte, an den Abenden und nahm ihr die Kinder an den Wochenenden ab. Aber er fühlte sich außerstande, sich nach der Arbeit an den Tagen, an denen die Putzfrau nicht kam, auch noch an den häuslichen Pflichten zu beteiligen. Ursula klagte selten, aber er wußte, daß die Doppelbelastung (»das ist das Los einer Frau – am besten, man fügt sich ohne großes Wehklagen«, wie sie manchmal sagte) frustrierend und ermüdend war.

Heute bereitete ihm irgend etwas Unbehagen. Er überlegte einen Augenblick, nachdem er das *Journal* weggelegt und den *Spectator* zur Hand genommen hatte. Dann wußte er, was es war. Es hatte etwas mit der Katze zu tun. Diese dumme Katze. Letzte Nacht hatten Ursulas verzweifelter Blick und ihre Nachdenklichkeit ihn allmählich begreifen lassen, wie grundsätzlich ihre Antipathie gegen das Tier war. Ihm war bislang nicht klar gewesen, daß sie Katzen nicht einfach nur nicht mochte und sich jahrelang geweigert hatte, eine zu haben, weil sie einfach die zusätzliche Arbeit nicht übernehmen wollte. Offensichtlich lief da noch etwas auf einer anderen Ebene ab. Sie wollte, wenn das Tier »im Haus herumgeisterte«, nicht allein mit ihm sein, hatte sie gestern abend gesagt. Jetzt war sie aber allein mit der Katze. Wie würde sie sich wohl fühlen?

Die Fragen, die ihm durch den Kopf gingen, machten ihn noch unruhiger. Er konnte es nicht ertragen, seine Frau unglücklich zu wissen. Sollte er zurückfahren und nach ihr sehen? Nein. Lieber nicht. Sie würde das sehr eigenartig finden. Er würde sie lieber in etwa einer halben Stunde anrufen, ehe sie aus dem Haus ging, um einen Garten zu begutachten (er hatte vergessen, welchen) und sich für seinen überstürzten Aufbruch heute morgen entschuldigen. Und die Katze gar nicht erwähnen. Abwarten, ob sie etwas sagte.

Beruhigt setzte er den Wasserkessel auf, um sich die erste von vielen Tassen Kaffee zu machen, die er den Tag über konsumieren würde. Nachdem er mit ihr gesprochen hatte, würde er sich auf seine Bücher konzentrieren, sich in das Labyrinth wirtschaftlicher Zusammenhänge begeben, das so bestimmend in seinem Leben war. Manchmal dachte er, die Beschäftigung mit sterilen Berechnungen, Prozentzahlen und den Fluktuationen der Weltmarktpreise entferne ihn zu sehr von dem, was von dem romantischen Traum des Lebens übriggeblieben war. Aber Ursula schien seine Leidenschaft zu verstehen, war stolz auf seine Leistungen und brachte sogar eine gewisse Neugier für ein Gebiet auf, das unendlich weit von ihren eigenen Interessen entfernt war.

Das einzige, was sie leider nicht verstand (nicht verstehen *wollte*, wie ihm schien), war die alte, viel diskutierte Frage des *Wohnortes*. Sein Leben war in Oxford. Ursula mochte Oxford nicht. Als seine Frau mußte sie sich damit abfinden, obwohl er daran dachte, eines noch sehr fernen Tages, wenn die Kinder aus dem Haus waren, irgendwo anders in der Nähe hinzuziehen. Ursulas Abneigung erschien ihm so eigenartig halsstarrig – immer diese ewigen Klagen über die schrecklichen Geschäfte und den fehlenden Himmel. Würde sie sich ein wenig bemühen, anstatt sich ständig neue Ausflüchte auszudenken, könnte sie auch mehr Gefallen an der Stadt finden, sie vielleicht sogar lieben, wie er es tat – tja, getan hatte. (Gefiel es ihm hier wirklich immer noch? Vielleicht sollte er einmal ernsthaft darüber nachdenken, wenn er Zeit hatte.) Wie auch immer, Ursulas ständige lautstarke Klage über einen Ort, den die meisten Menschen für ganz besonders hübsch und angenehm hielten, war eines der wenigen Dinge, die er nicht an ihr mochte. Nach einigen heftigen Auseinandersetzungen hatte er sich geschworen, nicht mehr auf ihre provokativ höhnischen Bemerkungen zu reagieren. Seither schwieg er konstant, wenn sie wieder einmal über die Stadt meckerte. Manchmal sah er Seelenqualen in ihrem Blick, und er wußte, daß, so lächerlich es klingen mochte, *Oxford* der einzige Grund für ihre Pein war – alles andere war doch in Ordnung, oder etwa nicht? –, oder war er auch in anderer Hinsicht ein unzumutbarer Ehemann? Vielleicht zollte er ihren Talenten nicht genügend Anerkennung oder zeigte nicht genügend Interesse für ihre Arbeit – aber eigentlich war es sie, die immer sagte, daß Gartenarbeit nun wirklich nichts für ihn sei.

Du meine Güte, er schätzte ja nun wirklich ihre unerschöpfliche Energie, ihre Tüchtigkeit, ihren Humor und ihren liebenswerten Charakter. So viele gute Eigenschaften in einer einzigen Frau! Eines Tages würde Martin ihr sagen, daß ein Leben ohne sie für ihn unvorstellbar war. Nicht, daß sie solche Beteuerungen je von ihm verlangt hätte. Gott sei Dank war sie nicht der Typ von Frau, der ständig irgendwelche Verheißungen brauchte. Sie holte sie sich aus seinen Taten. Zumindest glaubte er das. Aber so genau wußte er es auch wieder nicht. Auch nach etwa sechzehn Jahren Ehe mit einer Frau, gemeinsamen Kindern, einem Haus und täglicher Nähe hatte er von neunzig Prozent dessen, was in ihrem Kopf vorging, keine Ahnung. (Neunzig Prozent von brutto, um ganz genau zu sein. Martin lächelte über sich selbst.) Man konnte einfach nur hoffen, daß im Innern alles einigermaßen stimmte.

Als das Licht einer zögerlichen Sonne den Raum ein wenig erhellte, trank er seinen schwarzen Kaffee. Warum sollte er eine halbe Stunde warten? Ursula würde sich vielleicht freuen, jetzt von ihm zu hören. Er nahm den Hörer und wählte die Nummer.

Nachdem alle gegangen waren und in der Küche die Stille eingetreten war, die genauso vertraut war wie der Lärm zuvor, öffnete Ursula das Fenster und ging nach oben. Vor langer Zeit hatte sie sich überlegt, daß es am besten war, für die häuslichen Arbeiten, die zu erledigen waren, ein bestimmtes Zeitkontingent festzulegen, das je nach Tagesablauf variierte. Heute morgen würde es eine halbe Stunde sein, da sie um halb elf bei dem Garten sein mußte. Das bedeutete: Zeit zum Bettenmachen, die Schmutzwäsche in die Maschine werfen und etwas in der Küche machen. Alles, was bis zehn Uhr nicht erledigt war, würde bis später warten müssen, obwohl sie es haßte, in ein unordentliches Haus zurückzukommen. Eine halbe Stunde brauchte sie allemal für den Prozeß der geistigen Verwandlung von der Hausfrau zur Künstlerin. Selbst eine so kleine Aufgabe wie der schreckliche Garten in Iffley bedurfte einiger Überlegung: Argumente mußten geprüft, Ideen (in diesem Fall schrecklich schwachsinnige) mußten methodisch durchdacht werden. Dazu mußte sie zunächst alle Gedanken an Einkaufslisten für das Abendessen und Kleidung, die zur Reinigung gebracht werden mußte, aus ihrem Kopf verbannen und zumindest für eine Weile so tun, als wäre sie so frei wie ein Mann, der sich voll auf seine Arbeit konzentrieren konnte.

Nachdem sie oben ihre Arbeit erledigt und die Waschmaschine in Gang gesetzt hatte, kehrte Ursula in die Küche zurück. Die Katze war verschwunden. Sie sah unter dem Tisch und unter der Spüle nach, guckte hinters Sofa, hatte aber keine Lust, irgendwo anders nachzusehen. Erleichtert, daß niemand sie beobachtete, belud sie die Geschirrspülmaschine, faltete die Zeitung zusammen und wischte die verschüttete Milch und die Cornflakes auf dem Tisch weg. Dann ging sie zum Spülbecken, um einige Töpfe zu reinigen, die Martin gestern saubermachen wollte, ehe ihn ein wichtiges Programm zum Fernseher lockte.

Sie sah aus dem Fenster. Die Sonne war noch nicht zu sehen. Der schmale Rasenstreifen und das, was man zwischen einigen typischen Bäumen von North Oxford sehen konnte, schimmerten silbrig wie Mondsteine. Kaum vorzustellen, daß innerhalb einer Stunde alles in Blau- und Grüntönen leuchten würde. Der weiße Flieder ließ nach den heftigen Regenfällen der letzten Nacht die Blätter hängen. Kornblumen wucherten in den Beeten. Ursula hatte sie gepflanzt, um sich an die Getreidefelder zu erinnern, die im Hügelland von Wiltshire im Wind wogten. Eines Tages würde sie dorthin zurückkehren. Auch Klatschmohn, der später im Jahr blühen würde, hatte sie aus diesem Grund gesät.

Zwei Tauben, durch die Grauschattierung des Grases fast nicht zu erkennen, waren in eine territoriale Auseinandersetzung vertieft. Besonders ernst schienen sie die Sache allerdings nicht zu nehmen. Mit langsamen und behäbigen Bewegungen spulten sie ein längst bekanntes Ritual ab, das sie beide kannten, und plusterten sich auf, um ihren Partnerinnen, die in den Bäumen versteckt saßen, zu imponieren. Sie duckten sich, tänzelten hin und her und gurrten sich ermunternd zu. So hatten sie schon viele derartige Meinungsverschiedenheiten ausgetragen, und jeder kannte die Reaktion des anderen.

Plötzlich war ein lautes Kreischen zu hören. Flügel flatterten aufgeregt. Einer der Vögel sprang mit angezogenen Klauen in die Luft, ziellos, unkontrolliert. Den anderen hatte die Katze gepackt. Rosafarbene Brustfedern fielen wie Rosenblätter zu Boden. Geschickt machte sich die Katze davon und zog dabei einen gespreizten Flügel hinter sich her, der noch flatterte und dabei ein Geräusch machte wie das Mischen von alten Karten. Eine Sekunde lang sah Ursula ein gen Himmel gerichtetes entsetztes Auge auf der Suche nach dem alten Freund und Kampfpartner. Dann verschwanden Jäger und Beute unter einem Busch.

Schreiend rannte Ursula in den Garten, schlug auf Büsche und Sträucher, hob Äste hoch und suchte schattige Bereiche ab. Dabei scheuchte sie mehrere Vögel auf, die laut protestierend aufflogen. Dann sah sie an der Mauer nach, die ihr Grundstück von dem des Nachbarn trennte. Aber weder die Katze noch die Taube waren irgendwo zu sehen. Wahrscheinlich war sie in der Zeit, bis Ursula aus dem Haus gerannt kam, durch das schmiedeeiserne Tor am Ende des Gartens geschlüpft. Weiß der Himmel, wo sie jetzt war. Wahrscheinlich machte sie sich in einem sicheren Versteck über das noch zuckende Herz und die hilflos flatternden Flügel ihrer Beute her ... Es war hoffnungslos, nach ihr zu suchen. Zu spät, zu spät.

Ursula ging über den Rasen zum Haus zurück. Sie vermied es dabei, in die Nähe der kleinen weißrosa Federn zu gehen, die sie erschreckten wie die ersten Schneeflocken zu Winteranfang. Ihr Herz schlug hörbar heftig, als sie wieder am Küchentisch saß. Sie war in einer Art Schockzustand. In ihrem Kopf lief die kurze, gewalttätige Szene wieder und wieder ab. Am Abend würde sie Ralph anrufen und ihn bitten, die Katze wieder zu holen und ein neues Heim für sie zu suchen. Die praktischen Ausführungen dieses Plans liefen wie Untertitel zu dem Horrorfilm mit. Sie wußte, daß Katzen Vögel fingen und sie töteten. Aber nie wieder wollte sie eine solche Szene in ihrem Garten sehen.

Das Telefon läutete. Wie betäubt stand Ursula auf, ging zur Anrichte und hob den Hörer ab. Es war Martin. Noch ein Schock?

»Was ist passiert?«

»Nichts. Was soll passiert sein?« Er klang ruhig.

»Du rufst doch nie vormittags an.«

»Manchmal doch.«

»So gut wie nie.« Es tat so gut, seine Stimme zu hören.

»Ich wollte dir nur sagen, daß es mir leid tut, daß wir heute morgen so überstürzt aufbrechen mußten. Ich habe mich nicht einmal richtig von dir verabschiedet und dir auch nicht gesagt, daß ich zum Tee wieder da bin.«

»Zum Tee?« Die freudige Nachricht gab ihr Kraft.

»Was hast du denn heute zu tun? Ich habe es dummerweise vergessen.«

»Nur den langweiligen Iffley-Garten.«

»Ach ja, natürlich.« Er erinnerte sich vage an eine Geschichte, die Ursula ihm von der Frau mit der Vorliebe für Betonplatten erzählt hatte. Es entstand eine lange Pause. »Ist alles in Ordnung?« fragte er schließlich.

»Natürlich. Warum?«

»Erschreckt dich die Katze?«

»Sie ist draußen im Garten und hat gerade eine Taube gefangen und wahrscheinlich getötet.«

»Das ist das Problem mit den verdammten Katzen. Wir sollten sie weggeben, ehe Sarah sich zu sehr an sie gewöhnt hat.«

»Genau das habe ich auch gedacht.«

»Nun gut, ich bin gegen fünf zu Hause.«

»Prima«, antwortete Ursula.

Nachdem sie das Telefon aufgelegt hatte, ging Ursula zum Fenster und schloß es. Dann richtete sie in aller Ruhe die Sachen für ihre Aktentasche her und stellte sich dabei die Rückkehr der Katze vor. Wenn sie das Haus verschlossen vorfand, würde sie vielleicht so schlau sein, zu verstehen, daß sie unerwünscht war, und sich selbst eine andere Bleibe suchen. So hätte zwar Sarah ihre Enttäuschung zu überwinden, aber sie würde zumindest nicht ihren Eltern die Schuld zuschieben.

Nun war Ursula es aber leid, über das Tier nachzudenken. Keine Minute mehr wollte sie daran verschwenden. Eilig brach sie nach Iffley auf und war mit sich selbst zufrieden. Sie hatte die Tragödie mit der Taube doch immerhin einigermaßen geschickt vor Martin verborgen.

Am Montag ging Frances nach dem Frühstück direkt zu ihrem Schreibtisch im Morgenzimmer. Er war ein behäbiges Möbelstück aus dunkler Eiche, und Frances liebte es heiß und innig. Auf der Arbeitsfläche herrschte ein gemütliches Durcheinander: Fotos in Lederrahmen, ein schiefer Tontopf für Bleistifte von Fiona, ein indisches Tintenfaß aus Messing, dessen Seiten später die Sonne aufflammen lassen würde. Und überall eindrucksvolle Papierstapel, offenkundiger Beweis, wieviel Arbeit die Vorbereitung der Einladung war.

In aller Frühe hatte Frances festgestellt, daß Toby überhaupt nicht ins Bett gekommen war. Er hatte die ganze Nacht im Wald bei seinen Dachsen zugebracht. Heute abend, hatte er beim Frühstück verkündet, würde er sich eine Thermosflasche mit Kaffee mitnehmen.

»Heute abend?«

»Ja, nun, es ist so, daß die Tiere sich bald an mich gewöhnen werden. Macht es dir was aus?«

»Nein. Ich frage bloß.«

»Du weißt doch, daß du immer zu mir rauskommen und bei mir bleiben kannst.«

»Danke, Tobes, lieb von dir.«

Dann war er wie gewöhnlich zu seinen Computern verschwunden, als sei alles wie immer. Frances gab sich selber nicht viel Zeit, groß nachzudenken. Sie eilte zu ihrem Schreibtisch, ehe sie ins Grübeln kommen konnte. Der Markisenmann. Sie mußte ihn sofort anrufen. Sie hob den Hörer ab und wählte.

»Mr. Bush? Hier spricht Mrs. Farthingoe, The Old Rectory, Sulworth …«

»Ich hole ihn sofort, Mrs. Farthingoe.«

Uneingeschränktes Teilen ist das Patentrezept einer glücklichen Ehe, hatte Frances' Mutter immer gesagt. Bei ihr hatte das funktioniert. Bei Toby versagte die Theorie. Anfangs habe ich das doch versucht, oder etwa nicht? Habe ihm nichts verheimlicht. Ergebnis? Er fand mich in meiner Ganzheit sterbenslangweilig, wollte lieber nur bestimmte Teile von mir haben. Nicht einmal ein Jahr nach unserer Hochzeit sagte er dann sogar, ich wäre schlicht im Geiste und sollte ihm die Ergebnisse meiner Gedanken möglichst ersparen. Ich heulte mehrere Tage lang. Das weiß ich noch wie heute …

»Ah, Mrs. Farthingoe. Hier ist Bush von Cockerell and Bush. Ich nehme an, es geht um das Zelt für den Ball im September?«

»Richtig. Die Farbe.«

Und dann gab er mir einen scharlachroten Sportwagen, aber richtig entschuldigt hat er sich eigentlich nie. Danach habe ich immer versucht, meine Gedanken für mich zu behalten …

»Es wird Sie sicher freuen, zu hören, daß wir uns seit unserem letzten Gespräch nun endgültig entschlossen haben.«

»Sie sagten, Sie dächten an rosa-weiß gestreift, und ich denke, ich kann Ihnen genau das beschaffen. Natürlich würde das über einen Subunternehmer laufen.«

»Rosa und Weiß? Herrje, ich hoffe, Sie haben sich nicht allzuviel Mühe damit gemacht. Weil wir uns jetzt eigentlich für Taubengrau und Weiß entschieden haben.«

Ich habe versucht, seine Anerkennung zu gewinnen, indem ich mich um das Haus kümmerte, eine gute Ehefrau und Geliebte war sowie eine gewissenhafte Mutter, indem ich die Kleider trug, die ihm gefielen, Partys gab und ohne zu klagen die Urlaube machte, die ihm gefielen …

»*Grau* und Weiß?« Mr. Bush räusperte sich. »Ganz ehrlich, Mrs. Farthingoe, ich glaube nicht, daß wir damit dienen können.«

Ich werde nie verstehen, wie er einerseits vor Eifersucht ausrastet, wenn ich mich nur entfernt für einen anderen Mann interessiere, und andererseits nicht will, daß ich mein Leben mit ihm teile, wie ich es mir vorgestellt habe …

»Also, ich möchte es mal so sagen. Grau und Weiß ist nicht das, was unsere Kunden normalerweise verlangen. Sie wollen lieber etwas Kräftigeres, einen Farbklecks sozusagen. Wie ich Ihnen schon letzte Woche sagte, ist das Rot-Weiß momentan der große Renner, obgleich einige unserer Kunden auch das Blau-Weiß nicht schlecht finden. Und dann ist das Gelb ganz stark im Kommen – Kanariengelb nennen wir es. Aber Grau – nein. Danach hat noch niemand gefragt.«

Nun ja, Liebe in der Ehe ist auch nicht selbstverständlich. Sonst wäre es ja auch langweilig. Schließlich liebe ich ihn wirklich und habe außerdem noch all die wundervollen Vorteile, die eine Ehe mit ihm mit sich bringt. Ich habe ihn immer geliebt. Werde ihn wahrscheinlich immer lieben. Tief und innig …

»Wir wollen definitiv Grau, und irgendwie müssen wir eben Grau finden.«

»Ich will es einmal so sagen, Mrs. Farthingoe …«

Ich will es einmal so sagen: Tatsache ist, daß ich vom ersten
Tag meiner Ehe an in Ralph Cotterman verliebt war (bis gestern abend), daß das aber meiner Liebe zu Toby keinen Ab-
bruch getan hat …

»Ich würde Ihnen nicht zu Grau raten. Grau ist einfach
keine – wie soll ich es sagen – lebensbejahende Farbe. Sie können mir glauben. Ich habe mit vielen stilbewußten Kunden zu
tun, und keiner hat jemals nach Grau und Weiß verlangt. Ich
bin der festen Überzeugung, daß Sie mit Rot oder Blau oder
Kanariengelb besser bedient wären, und wenn Sie sich damit
nicht anfreunden können, dann könnte ich noch ein Lachs-
rosa besorgen – von einem Subunternehmer. Aber nicht
Grau, Mrs. Farthingoe.«

Meine wahnwitzige Liebe zu Ralph war das einzige Geheimnis, das ich Toby nie verraten habe …

»Mr. Bush, wir wollen Grau oder gar nichts.«

Schuldgefühle sollte man niemals mit dem Partner teilen,
sagte Mutter immer, und das habe ich auch nicht gemacht.
Obgleich es, nachdem ich verheiratet war, wenig gab, weswegen ich mich schuldig fühlen mußte. Und davor: ach, diese
Nachmittage, diese »Picknicks«, wie Ralph sie nannte. Regen,
Schnee, Wind, Sand. Wir waren Wesen der Erde, sagte er –
oder vielleicht ich. Ja, er hätte sich über etwas so Sentimenta-
les lustig gemacht. Nie wieder hat er mich berührt …

»Dann fürchte ich, Mrs. Farthingoe, kommen wir nicht ins
Geschäft.«

Trotz all meiner … Annäherungsversuche …

»Sie verstehen doch, ich kann ja nicht für diese eine Gelegenheit eine Bestellung machen und den Rest dann hier liegen haben, oder?«

Ralph wußte nicht, daß meine Leidenschaft für ihn mein
Begehren für Toby in keiner Weise beeinträchtigte. Die vor-
vorletzte Nacht – nachdem Ralph gegangen war und mich
endlich von sich befreit hatte –, wo war Toby da, als ich ihn
wollte? Bei seinen Dachsen …

»Da habe ich noch eine andere Idee, Mrs. Farthingoe. Wie wär's mit Grün? Das ist noch ziemlich neu, aber in der kurzen Zeit ungeheuer populär geworden. Wir haben es vor drei Monaten für die Tanzveranstaltung im Rotary Club verwendet. Da gab es ausschließlich positive Kommentare, was das Grün betraf. Ja, ich würde sogar so weit gehen, zu sagen, daß Grün mein absoluter Favorit ist.«

Ach ja wirklich, Mr. Bush? Sie favorisieren das Grün. Toby favorisiert eine Nacht im Wald bei den Dachsen ...

»Nein, Grün ist wirklich nichts für uns, Mr. Bush.«

Also, eigentlich mag *ich* es nur nicht. Toby war immer ganz begeistert von grünen Socken ...

»Ehrlich gesagt, es ist mehr ein Aqua.«

Er hat seine grünen Socken letzte Nacht getragen, die ganze Nacht. Und heute nacht wird er wieder grüne Socken tragen, die ganze Nacht ...

»Hören Sie, Mr. Bush. Ich glaube, es hat keinen Sinn, hier weiterzumachen. Sie verschwenden Ihre Zeit und meine. Wenn Sie grau-weiße Streifen nicht kriegen können, dann habe ich dafür vollstes Verständnis. Aber ich muß mich dann an einen anderen Lieferanten wenden.«

»Also, da werden Sie wohl Schwierigkeiten haben, Mrs. Farthingoe. Keiner der Markisenstoffhersteller hat Grau im Programm. Das können Sie mir wirklich glauben.«

»Ich sage Ihnen was: *Ich* werde den Stoff bestellen.«

Was würde jetzt aus Ralph werden? Aus Toby? Aus mir, wenn das Zelt wieder abgebaut und die Party vorbei ist ...?

»*Sie* wollen den Stoff bestellen?«

»Überlassen Sie das nur mir. Ich habe Freunde beim Theater. Denen bereitet das ganz bestimmt keine Schwierigkeiten. Sagen Sie mir nur genau, wieviel Sie brauchen, und ich werde mich darum kümmern.«

»Das muß Ihnen doch sehr viel Mühe bereiten, Mrs. Farthingoe ...«

Ist es der Mühe wert ...?

»… aber ich würde mich freuen, bald von Ihnen zu hören. Auf Wiederhören.«

Instinktiv hätte sie am liebsten Toby in seinem Zimmer angerufen und ihm erzählt, wie unkooperativ Mr. Bush war und was für eine gute Idee sie bezüglich des Stoffs gehabt hatte. Vielleicht würde ihn das zum Lachen bringen. Dann fiel ihr jedoch ein, daß Toby derartige Unterbrechungen haßte. Also rief sie statt dessen ihre Freundin im Theater an. Es war allerdings wirklich schade, daß später beim Abendessen die Pointe der Auseinandersetzung mit Mr. Bush verpufft sein würde. Dann brauchte sie ihre Geschichte gar nicht mehr zu erzählen. Toby würde wieder in den Wald zu seinen Dachsen zurückkehren, ohne etwas von dem kleinen Triumph im Leben seiner Frau zu wissen. Und sie würde wieder die halbe Nacht wachliegen und sich genau darüber ärgern.

»Eliza? Hier ist Frances. Kannst du mir helfen? Für den Ball, den wir geben, brauche ich eine größere Menge grauweiß gestreifte Baumwolle.«

»Das klingt nicht besonders schwierig«, antwortete Eliza.

Toby und die Dachse waren in den Hintergrund gerückt. Sie war mit einem weiteren Telefongespräch beschäftigt.

Nach einer schlaflosen Nacht verließ Thomas London bei Tagesanbruch und war lange, ehe die Galerie öffnete, in Nottingham. Ins Büro würde er erst später gehen, aber er wollte seinen auffälligen Wagen irgendwo versteckt parken, damit der neugierige Doug ihm nicht unangenehme Fragen stellen konnte. Deshalb fuhr er an einen sicheren Ort, etwa eine Meile außerhalb des Zentrums, und ging langsam zurück. Sein Hemdkragen kratzte am Hals. Er ging im Geist noch einmal seinen Plan durch. Also, er würde sich zusammenreißen, ganz ruhig bleiben und dann ohne Aufhebens die Galerie betreten und vor Miß Bernsteinhaar stehenbleiben, die natürlich keine Ahnung hatte, was ihr bevorstand. Sie würde, in ihre seltsame Jacke gewickelt, wie immer an ihrem Schreibtisch sitzen. Mit einer allumfassenden Geste würde er ihr zu verstehen geben, daß er alle Cottermans, die noch an den Wänden hingen, kaufen wollte.

Das würde, so hatte es sich Thomas ausgerechnet, jedes Mädchen, das etwas taugte, schier umhauen. Seine Belohnung würde ein ungläubiges Lächeln sein und danach mindestens zwei Stunden reines Entzücken, während sie jedes Bild sorgfältig verpackte. Dann kam das Ausschreiben eines Schecks in nicht unbeträchtlicher Höhe, der ihm ein weiteres Lächeln der Wertschätzung einbringen würde. Die normalste Sache der Welt würde ein darauffolgendes Essen sein, um das Geschäft gebührend zu feiern. Schließlich müsse sie ja jetzt nicht wieder eilends in ihre Galerie zurück, würde er ihr erklären. Da waren ja nur noch kahle Wände. Vorsichtshalber hatte er schon mal ein Doppelzimmer im üblichen Hotel gebucht, für den wahrscheinlichen oder unwahrscheinlichen Fall, daß Miß Bernsteinhaar so fasziniert von dem Gespräch über die Norwich-Schule war, daß sie es unbedingt fortsetzen wollte. In Wahrheit waren seine Vorstellungen bezüglich des Nachmittags noch eher vage. Er wollte eigentlich auch noch nicht daran denken, aus Angst vor Enttäuschung. Der erste Teil des Plans war jedoch *todsicher* (o Gott, schon wieder Gillian), *astrein, ganz groß*. Thomas glaubte über dem Boden zu schweben und hörte sich selbst ein Liedchen summen.

Er sah auf seine Uhr. Genau fünf nach zehn. Perfekt. *Absolut erste Sahne*. Miß Bernsteinhaar hatte Zeit gehabt, ihren Mantel auszuziehen und sich an ihren Schreibtisch zu setzen. Ohne es zu wissen, erlebte sie die letzten Sekunden ihres alten Lebens, ehe es eine radikale Wende erfahren würde, von einer Leidenschaft erfaßt, die jenseits ihrer Vorstellungskraft lag, eine Begierde, die Thomas mit dem ganzen Gewicht seiner männlichen Reife …

Er trat aus seinem Versteck in einer nahe gelegenen Toreinfahrt heraus und stürzte sich, ohne es wirklich so abrupt zu wollen, auf die Tür der Galerie. Im nächsten Augenblick klebte er an der geschlossenen Glastür. Die Vision von Miß Bernsteinhaar, die ebenso dicht auf die andere Seite der Glasscheibe gepreßt war, flammte in seiner Phantasie auf. Für einen Augenblick waren sie eins – flach gepreßte Formen, nur durch eine lästige Glasplatte getrennt –, Auge an Auge, Mund an Mund (sie war ein großgewachsenes Mädchen), gebeugter Arm an gebeugtem Arm. O nein! Sie hatte nicht rechtzeitig aufgemacht, sein Plan war gescheitert. Es war ein Glück, daß er noch am Leben war, so nah und doch so grausam getrennt – und ganz und gar nicht, was er geplant hatte. Nun starrten ihn entsetzte Augen an, so entsetzt wie seine eigenen, ein offener Mund, der ebenso offenstand wie seiner, immer noch das kalte Glas zwischen ihnen, seine Nase flachgedrückt (sah er dadurch nicht lächerlich aus?). *»Beherzter Liebender, nie, nie ist es dir gewährt, zu küssen* (wegen dieser blöden Glasscheibe), *obwohl du doch so nah ...«* Aber halt, da ging die Tür auf, die Gestalt auf der anderen Seite wich zurück, das Bild macht einen Ruck. Thomas stolperte hinein, bar jeglicher Würde. Das Objekt seiner Begierde lachte. Sie lachte!

»O mein Gott, habe ich zu fest gedrückt? Es tut mir leid. Guten Morgen.« Sein Atem ging so schnell, daß sich seiner Kehle ein eulenhaftes Krächzen entrang.

»Tut mir leid, ich war ein bißchen später dran. Und dann dieses rostige Schloß. Es geht so schwer. Ich schaffe das nie.«

»Nein. Nein, das können Sie auch nicht.«

Thomas war unfähig, sich zu bewegen. Seine Schultern bebten, der Brustkorb hob und senkte sich schwer, Schweiß rann an der Rückseite seiner Beine herab. Wäre es ein Film gewesen, hätten sie die Szene rausschneiden können und gleich zu Einstellung zwei übergehen können: Mann betritt den Laden und überrascht das Mädchen am Schreibtisch. Aber es war eben kein Film. Er hatte einfach alles vermasselt ... Und was jetzt?

Miß Bernsteinhaar begab sich an ihren Platz hinter dem Schreibtisch. Für sie war der Vorfall damit erledigt. Keine große Sache, wie die Kinder sagen würden. Es blieb ihm nichts anderes übrig, als mit Teil zwei des großen Plans fortzufahren. Mit großer Mühe hob Thomas seinen Arm, sah sich in dem Raum um … Und sah eine Sammlung von abstrakten Gemälden, schrille Farben, die in den Augen schmerzten, unverständliches Geschmiere, das den Namen Kunst in keiner Weise verdiente … Kein einziger Cotterman weit und breit.

»Die Cottermans?« Seine Stimme war schwach. Kraftlos fiel sein Arm herunter.

»Die Ausstellung ging am Freitag zu Ende.«

»Wirklich?«

»Tut mir leid.«

»Ich bin gekommen, um alles zu kaufen …«

»Tut mir leid, alle weg.«

Thomas näherte sich dem Schreibtisch. Vor dem wunderschönen Objekt seiner Begierde lag die *Times* so gefaltet, daß an dem Kreuzworträtsel gearbeitet werden konnte. Sie war gnadenlos.

»Ich liebe Cotterman«, sagte er.

»Es sind wirklich gute Bilder.«

»Ich muß schon sagen, ich bin ziemlich enttäuscht.«

»Kann ich verstehen.«

»Aber …« Er beobachtete, wie die kleine Hand aus dem Jackenärmel herausschnellte und rasch ein Wort auf das Papier kritzelte. »Was mich interessieren würde …« Ob sie wohl den kläglichen Ton in seinem Atem hören konnte? »Was mich interessieren würde … Also, ich wollte wissen, ob Sie vielleicht zufällig den Künstler kennen? Oder wüßten, wie ich ihn finden kann?«

Schnell ein weiteres Wort in die Quadrate geschrieben, dann sah das Mädchen auf.

»Ja, kann ich.« Pause. »Sie ist meine Mom.«

»Ihre … Mom?« Thomas hatte Schwierigkeiten, das Wort auszusprechen. »Ihre Mutter?«

»Ganz recht. Rosie Cotterman.«

Das Mädchen sah ihm jetzt direkt in die Augen. Ungeduldig, trotzig. Sie wollte, daß der wunderliche alte Kauz die Galerie verlassen würde, damit sie an ihrem Kreuzworträtsel weitermachen konnte.

»Ich habe immer gedacht ... in meiner Vorstellung war R. Cotterman eher ein älterer Mann, so mit Bart und Pfeife vielleicht ...«

»Nun, es ist Rosie Cotterman. Meine Mom.«

»Daran muß ich mich erst gewöhnen.«

»Wissen Sie was? Ich gebe Ihnen ihre Karte. Sie lebt in Norfolk. Sie könnten ja mal kurz bei ihr vorbeischauen, nicht wahr? Sie hat viele Bilder in ihrem Haus. Ich könnte mir vorstellen, daß sie Ihnen was verkauft. Gegen ein bißchen Geld hat sie sicher nichts einzuwenden.«

»Ach, ja.«

Rosie Cottermans Tochter reichte ihm eine Karte. Seine Hand berührte die winzigen Finger eine halbe Sekunde lang. Sie waren eiskalt.

»Vielen herzlichen Dank«, sagte er. »Ich muß mal sehen, wann ich hinfahren kann.« Morgen, zum Beispiel.

»Ich kann anrufen und sie vorwarnen, daß Sie kommen, wenn Sie wollen.«

Einen flüchtigen Augenblick lang huschte so etwas wie Freundlichkeit über das Gesicht des Mädchens. Sein Herz pochte laut. Stufe drei seines Plans könnte immer noch ...

»Vielen Dank noch mal. Also, daß ich jetzt meinen Lieblingsmaler endlich kennenlernen soll ... irgendwie finde ich, das muß gefeiert werden.«

»Wie meinen Sie das?«

»Möchten Sie mit mir heute Mittag essen gehen?«

»Nein danke. Ich kann hier nicht weg. Ich esse nur einen Apfel.«

»Dann nur auf einen Drink. Champagner vielleicht.«

»Nein, danke, ich trinke keinen Alkohol.«

»Und wie wäre es mit Abendessen? Ich fahre erst nach dem Abendessen nach London zurück.« (Sicherlich würde sie das überzeugen.) »Sie müssen dann doch hungrig sein. Wir können hingehen, wohin immer Sie wollen ...«

»Also, hören Sie mal, ich möchte wirklich nicht mit Ihnen

ausgehen. Sparen Sie sich Ihre Einladungen, und besuchen Sie lieber meine Mutter.«

Thomas machte einen Schritt rückwärts. »Gut. Ich verstehe. Wildfremder Mann und so. Es tut mir leid.«

»Schon gut.« Sie beugte sich wieder über das Kreuzworträtsel. »Sind Sie gut in Wortumschreibungen? *Qualen leiden und sich nach Unerreichbarem sehnen.*«

Thomas war wieder an der Tür. Die kleine Karte mit der Adresse von R. Cotterman schnitt ihm in den Handteller.

»Ich denke, *schmachten* könnte das Wort sein, nach dem Sie suchen«, mutmaßte er.

»So was Doofes«, antwortete sie.

Wie recht sie doch hatte, dachte Thomas und schloß die Tür hinter dem Schauplatz seiner Niederlage. So was Doofes.

Ursula steckte auf der Straße, die am College of Further Education vorbeiführte, in einem Stau. Wie immer, wenn sie über die Schändung Oxfords nachdachte, fragte sie sich, wer diese anonymen Menschen wohl waren, die sich berufen fühlten, solch häßliche Gebäude zu errichten. Wer war der Mann, der eines Morgens aufgewacht war und beschlossen hatte, daß diese abscheulichen roten Ziegelklötze mit schrillem Blau abgesetzt werden sollten? War dieser Mann so völlig unsensibel, erfreute er sich nicht an angenehmen Farben und schönen Proportionen? War er immun gegen verletzende Häßlichkeit? Die protzigen neuen Gebäude der Stadt überwogen inzwischen bei weitem die alten, schönen Bauwerke – eine Katastrophe, die keiner rechtzeitig hatte stoppen können. Selbst jetzt nicht, da sich die Freunde des alten Oxford zusammengetan hatten und gegen die ständig steigende Anzahl dieser monströsen Ungeheuerlichkeiten protestierten. Es war empörend. Warum nur war moderne Architektur (oh, und welche Wonne waren die wenigen Ausnahmen!) meist gleichbedeutend mit häßlich? Die schockierende Antwort ist, daß es die Bevölkerung entweder einfach bewußt übersieht oder so abgestumpft ist, daß sie es gar nicht mehr bemerkt. Wo war die Schmerzgrenze für Häßlichkeit? Wo sollte das hinführen? Im nächsten Jahrzehnt drohte die Häßlichkeit zur Norm zu werden und Schönheit so ungewöhnlich, daß zukünftige Generationen kaum etwas davon zu Gesicht bekommen werden.

Ursula fuhr im Schrittempo ein paar Meter weiter. Sie hatte sich wieder einmal in eine ihrer innerlichen Schimpfkanonaden hineingesteigert. Oxford machte sie jeden Tag aufs neue wütend. Martin bestand jedoch darauf zu bleiben, und so war sie nicht nur zornig, sondern auch unglücklich. Sie traute sich auch nicht mehr, über ihre Gefühle diesbezüglich zu sprechen, da er für gewöhnlich mit teilnahmslosem Unverständnis reagierte und so ihre Frustration nur noch verstärkte. Aber dadurch, daß sie alle düsteren Gedanken für sich behielt, dachte er wahrscheinlich, sie hätte sich endlich damit abgefunden und vielleicht sogar Gefallen an Oxford gefunden. Keine Ahnung hatte er! Wie blind mußte er doch sein, wenn er nicht bemerkte, wie sehr sie sich danach sehnte, diese Stadt zu verlassen? Seine Arbeit, die natürlich Vorrang vor allen anderen Dingen hatte, brachte es mit sich, daß sie hier festsaßen. Anders wäre es zu umständlich, wenn nicht unmöglich. Immerhin, dachte sich Ursula, während ihr Zorn allmählich verflog, konnten sie sich glücklich schätzen, daß es in ihrer ansonsten ziemlich glücklichen Ehe nur diese eine größere Kluft gab. Irgendwie würde sie eines Tages überbrückt werden. Was Martin wohl jetzt gerade machte? Ursula stellte ihn sich in seinem Zimmer vor. Er saß wohl in seinem alten Lehnstuhl am Fenster und war völlig vertieft in die Welt seiner Zahlen, die ihr so gar nichts bedeuteten. Ringsum war es still. Wenn er aufblickte, sah er durch das Fenster im Innenhof aus dem sechzehnten Jahrhundert Tulpen. In seiner privilegierten Position als Universitätslehrer war er natürlich von der Realität der Stadt abgeschirmt. Kein Wunder, daß er Ursulas häufige Klagen völlig unverständlich fand. Der Gedanke, ihn sich in einer völlig anderen Umgebung vorzustellen, beruhigte Ursula. Und endlich kam der Verkehr auch wieder ins Rollen.

Eine halbe Stunde später saß sie im Wohnzimmer von Mrs. Robbins' georgianischen Reihenhaus in Iffley. Mrs. Robbins hatte sie gebeten, sich auf das Dralonsofa zu setzen, das so neben den Terrassentüren plaziert war, daß sie auf das kahle »Gartenareal«, wie sie es nannte, sehen konnte, das Ursula mit Yorkstein-Imitat gestalten sollte.

»Ich habe über die Pflanzen nachgedacht«, sagte Mrs. Robbins, während sie an ihrer dritten Zigarette in zehn Minuten zog. »Sie wissen ja, ich habe mit Pflanzen nicht viel am Hut. Deswegen lasse ich Ihnen freie Hand.« Sie inhalierte und blies den Rauch wieder aus. »Aber ich habe eine oder zwei kleine Vorlieben. Vielleicht ließen sich die in Ihren Plan einbauen?«

»Natürlich.« Ursula schrieb *Vorlieben* in ihr Notizbuch.

»Ich liebe Rot, und ich liebe malvenfarbiges Blau. Also? Das ist nicht schwer zu erraten.«

Ursula nickte ausdruckslos.

»Salvien und Blaukissen. Ich weiß, das ist nicht sehr originell, aber es ist schließlich wichtig, was dem Kunden gefällt, nicht wahr? Nehmen Sie ansonsten, was immer Sie möchten, Ursula, aber denken Sie daran, daß ich viele Salvien und Blaukissen möchte. Anderenfalls werde ich nicht glücklich sein.«

»In Ordnung.«

Ursula nahm ihre Aktentasche, um die erneut aufsteigende Wut zu kompensieren. Ihr ganzer Plan war ruiniert – Salvien und Blaukissen! Andererseits war der ganze Plan so katastrophal, wenn man Mrs. Robbins' Wünsche einbezog, daß es auf diese beiden Sonderwünsche auch nicht mehr ankam.

»Möchten Sie meine Zeichnungen sehen?« fragte sie.

»Kann es kaum erwarten«, log Mrs. Robbins. Ihr Tonfall stand in direktem Gegensatz zu ihren Worten.

Sie schob ein Tablett zur Seite, das auf dem kleinen Tisch zwischen ihnen stand. Auf dem Tablett waren eine Flasche mit halbsüßem Sherry und sechs passende Gläser mit Goldrand. Die Gläser waren außerdem mit einer goldenen Kathedrale und dem Wort »Durham« in Fraktur verziert. Mrs. Robbins konnte nicht umhin, Ursula auf diese Neuerwerbung hinzuweisen, nahm eines und fuhr mit dem kleinen Finger den Rand entlang (salvienroter Fingernagel).

»Sehen Sie sich das bloß an! Wie fein das gearbeitet ist! Ich habe sie letzte Woche in Durham in einem Geschenkeladen gefunden. War das nicht ein toller Kauf?«

»Absolut!«

Ursula rollte ihre Zeichnungen aus. Mrs. Robbins fummelte an der Seidenschleife ihrer Bluse herum, die mit maschinengestickten Vergißmeinnicht verziert war – ein weiteres Meisterwerk feiner Detailarbeit.

»Eigentlich glaube ich«, sagte sie und zündete sich ihre vierte Zigarette an, ohne die Zeichnungen auch nur eines Blickes zu würdigen, »daß die feine Detailarbeit das Geheimnis meines Lebens ist. Ich kümmere mich wirklich um jede Kleinigkeit, wie Sie vielleicht schon bei unserem ersten Treffen festgestellt haben. Aber nur so hat das Leben einen Sinn, oder?«

»Zweifellos«, stimmte Ursula zu. Sie tippte mit einem Kugelschreiber auf das Papier. »Also, das ist die Variante eins …«

Mrs. Robbins zog ihre fein gestrichelten Augenbrauen hoch, die wie zwei winzige Springseile in den Haaransatz hüpften. Für den Bruchteil einer Sekunde sah sie auf die Skizze.

»Sehr hübsch«, lobte sie. »Wird es denn möglich sein, meine kleinen Vorschläge einzubringen?«

»Natürlich.«

»Wo?«

»Eigentlich überall.«

»Sie glauben ja gar nicht, wie erleichtert ich bin. Ich hatte ein wenig Angst davor, einen Landschaftsarchitekten zu bemühen, müssen Sie wissen. Ich dachte, man würde mich zu einem jener ausgebleichten Gärten zwingen, die ich so gräßlich finde. Alles nur in Silber und Weiß. Schon bei dem Gedanken läuft es mir kalt den Rücken hinunter.«

»Meine Aufgabe ist es, das zu tun, was der Kunde möchte.«
Ursula rang sich ein Lächeln ab und plazierte Variante
Nummer zwei auf die erste. Ihre Kundin schien es nicht eilig
zu haben, über diesen Vorschlag etwas zu hören. Sie sah aus
dem Fenster, die Zigarette im Mundwinkel.

»Wissen Sie was, Ursula? Ich habe noch nie zuvor mit jemandem darüber geredet, aber ich glaube, ich habe sozusagen
einen städtischen Geschmack. Ich liebe leuchtende Farben.
Ich liebe diese grellorangefarbenen Blumen, die die Stadtgärt-
ner Jahr für Jahr am Pear-Tree-Rondell pflanzen. Ich liebe
Stiefmütterchen und Ringelblumen, und natürlich Salvien.
Farbkleckse, nichts Ausgefallenes. Ich weiß nicht, warum
man uns dieser Tage ein schlechtes Gewissen einreden will,
wenn wir uns nicht diesen abgehobenen Leuten anschließen,
die ihre exzentrischen Gartenideen in den Magazinen ver-
öffentlichen. Ich liebe … kräftige Farben …« Ihre blauen
Augen starrten auf einen farblosen Punkt vor dem Fenster.

Ursula raschelte mit dem Papier. »Möchten Sie jetzt Zeichnung Nummer zwei sehen?« fragte sie.

»O ja. Obgleich ich mir nicht vorstellen kann, wie man
Ihren ersten Vorschlag noch verbessern kann.« Ihre Augen
schweiften unruhig über Ursulas Skizze, ohne irgendwo länger zu verweilen.

»Wahrscheinlich ist es so, weil ich in einer – nun ja, armen
Stadt im Norden aufgewachsen bin. Der einzige schöne
Fleck, den ich sah, war der Park. Dort gab es eine riesige Blu-
menuhr, die, ich erinnere mich noch ganz genau, mit den Jah-
reszeiten die Farben wechselte. Stundenlang habe ich diese
Uhr betrachtet.« Sie lächelte, drückte ihre Zigarette in einem
Aschenbecher aus Messing aus und versuchte, sich auf Ursu-
las zweite Skizze zu konzentrieren.

»Auch sehr hübsch«, sagte sie. »Könnten wir hier die
Blaukissen pflanzen? Und vielleicht die guten, alten Salvien
hier? Was meinen Sie?«

Ich meine, daß unter irgendeinem dichten Busch eine
Taube mit blutiger Brust vor sich hin stirbt. Oder vielleicht ist

sie schon tot, kalt, zerfleddert. Federn und Fleisch, einst in luftiger Höhe, jetzt nur noch ein blutiger Haufen auf der Erde.

Ich meine, daß der Schmerz bereits nachgelassen haben wird, wenn ich schließlich Martin von Mrs. Robbins' kleinen Vorlieben und dem unbefriedigenden Plan erzählen werde.

»Ich meine, das ist eine wunderbare Idee«, sagte sie. »So sollten wir es versuchen.«

Ursula holte einen roten Stift aus ihrer Tasche und zog zum Entzücken ihrer Kundin eine Linie mit kleinen roten Blumen an dem Weg entlang, den sie entgegen Mrs. Robbins' Instruktionen kurvig angelegt hatte. Die Tatsache, daß Mrs. Robbins, die so sehr auf ihre Salvien fixiert war, die Kurvenlinie nicht bemerkte, war für Ursula der Triumph schlechthin eines ansonsten schrecklichen Vormittags.

An diesem Abend kam Thomas, zu Rachels Überraschung, um sechs Uhr nach Hause. Sie hatte ihn erst am nächsten Tag erwartet. Eigentlich wollte er die Nacht außer Haus verbringen.

Zunächst war sie darüber verärgert. Sie hatte vorgehabt, sich ein Stück im Fernsehen anzusehen und um halb zehn ins Bett zu gehen. Jetzt mußte sie sich statt dessen um das Essen kümmern, den Tisch decken und sich einen Gesprächsstoff überlegen. Aber Thomas war so guter Laune, daß ihre Verärgerung innerhalb kürzester Zeit verflogen war. Er schlug sogar vor, mit ihr auszugehen. Ausgehen, Thomas? Was konnte passiert sein? Rachel sollte einen Tisch bestellen, wurde beschlossen, während er ein Bad nahm und sich umzog.

Artig rief sie elf Restaurants an, die alle vollbesetzt waren. Schließlich hatte sie in einem teuren Restaurant in der Fulham Road Glück. Ihre Bemühungen hatten so lange gedauert, daß letzten Endes für sie keine Zeit mehr blieb, sich umzuziehen. Eilig bürstete sie ihr Haar und legte einen aufwendig gearbeiteten Wildledergürtel – ein Geschenk von Thomas zu ihrem letzten Geburtstag – um die Taille. Die unerwarteten Ereignisse des Abends verbesserten ihre Laune schlagartig. Sie lachte, als Thomas die Wagentür für sie öffnete, im Restaurant ihren Arm nahm und außerordentlich besorgt war, daß sie die richtigen Speisen wählte. Sie hatte schon immer seine guten Manieren bewundert.

Bei geräuchertem Lachs und Farfalle berichtete Thomas vom bedeutendsten Ereignis des Tages, dem Aufspüren von R. Cotterman. Er erzählte ihr von seinem Vorhaben, die Künstlerin aufzusuchen und weitere Bilder zu kaufen.

»Wo wohnt sie denn, diese Lady?« fragte Rachel.

»In Norfolk. An der Küste. Ich fahre am Mittwoch ganz früh hin und bin dann rechtzeitig zum Abendessen in Oxford zurück.«

»Du kommst aber in der Gegend rum.« Bewunderung sprach aus ihren Worten. »Warum wartest du nicht bis zum Wochenende?«

»Dauert mir zu lang.«

»Ich habe dich schon seit Jahren nicht mehr so aufgeregt gesehen.«

»Nein.« Er überlegte. »Ich bin eben ein alter Narr, manchmal.«

Rachel schüttelte den Kopf. Sie lächelten beide.

»Und welcher Generation, glaubst du, gehört deine Künstlerin an?«

»Ihre Tochter muß Ende Zwanzig sein, also gehe ich davon aus, daß sie ziemlich alt ist.«

»Mein Alter, ungefähr?«

»Älter, denke ich. Jetzt, da ich weiß, daß Cotterman kein Mann ist – irgendwie habe ich mich immer noch nicht daran gewöhnt –, stelle ich mir eine alte Dame vor. Aber eigentlich will ich nur so viele Bilder wie möglich ergattern ...«

Thomas überredete seine Frau zu einer Zabaglione und brachte sie mit den neuesten Geschichten über seinen Chef und dessen Versuche, französisch zu sprechen, zum Lachen. Rachel wußte nicht, wie ihr geschah. Womit hatte sie es verdient, so gut behandelt zu werden? Sie amüsierte sich und trank sich einen kleinen Schwips an. Im Auto legte sie dann, überrascht über sich selbst, ihre Hand auf Thomas' Oberschenkel und dankte ihm für das unerwartete Abendessen. Er beugte sich zu ihr und küßte sie auf die Wange. Ob er wohl …? Er nahm ihre Hand weg, um den Gang einzulegen, und sie fuhren freundlich schweigend nach Hause.

Thomas schenkte sich ein großes Glas Whisky ein. Auf dem Weg nach oben sagte er, den Arm um ihre Schulter, daß er noch für kurze Zeit in sein Atelier gehen und dann ins Bett kommen würde. Er sei ziemlich müde, fügte er noch hinzu. Vor dem Schlafzimmer blieben sie stehen und schmiegten sich spontan aneinander. Rachel war ein klein wenig schwindlig. Sie legte ihren Kopf an seine Schulter. Thomas streichelte ihn ungeschickt mit der freien Hand.

»Ich bin ein ziemlich mieser Ehemann«, sagte er.

»Unsinn.«

»Manchmal steht ein Mann eben am Scheideweg.«

Ohne weitere Erklärungen löste er sich von Rachel und ging langsam in sein Atelier hinauf. Er schaltete nur eine Lampe an, setzte sich auf einen hohen Hocker und betrachtete das Cotterman-Bild. Er fühlte sich leicht betrunken, sehr ruhig und voller guter Absichten. Erstaunt stellte er fest, daß er sich nach dem katastrophalen Tagesbeginn ziemlich schnell wieder aufgerappelt hatte. Der Zerfall einer Phantasie war doch immerhin weniger schmerzlich als der der Realität, dachte er. Und auf dem Nachhauseweg im Auto hatte er dann lange und gründlich nachgedacht.

Er war zu der Überzeugung gekommen, daß es an der Zeit war, damit aufzuhören, jungen Mädchen nachzusteigen und sich dabei lächerlich zu machen. Statt dessen wollte er sich mehr seiner Frau widmen. Schließlich hatten sie im Laufe der Jahre eine gewisse Verbundenheit miteinander entwickelt, und das war keinesfalls zu unterschätzen. Sie meckerte nicht, nicht viel, und obwohl sie sich hatte gehen lassen, konnte sie noch ziemlich hübsch aussehen, wenn sie sich Mühe gab. Heute abend hatte sie im milden Licht des Restaurants richtig gut ausgesehen, und es war wirklich rührend gewesen, wie sehr sie sich über diese seltene Gelegenheit, auszugehen, gefreut hatte. Vielleicht sollte er so etwas öfter machen. Vielleicht sollte er insgesamt etwas netter zu ihr sein, sich etwas mehr um sie kümmern, mehr Interesse an ihrem Leben und ihren Gedanken zeigen. Nun, zu spät war es ja Gott sei Dank noch nicht. Morgen würde er damit anfangen. Mit irgendeiner außergewöhnlichen Geste. Vielleicht würde er ihr eine Tasse Kaffee ans Bett bringen, um ihr zu zeigen, daß es ihm ernst war mit dem Scheideweg. Besser noch wäre natürlich, heute damit anzufangen. Dort weitermachen, wo sie aufgehört hatten.

Thomas stand auf und trank sein Glas leer. Aber er war verdammt müde nach so wenig Schlaf letzte Nacht, der Fahrerei, der ganzen Aufregung mit der üblen Miß Bernsteinhaar, noch mehr Fahrerei, und dann noch der Energie, die er einsetzen mußte, um beim Abendessen seinen neuen Plan kundzutun. Er gähnte. Außerdem hatte er eigentlich gar keine Lust. Immer das gleiche Problem mit den guten Vorsätzen. Sie ließen sich in einigen Bereichen gut umsetzen, in anderen dagegen wieder gar nicht. Wenn sich etwas nicht auf Kommando wiederbeleben ließ, dann war es körperliches Begehren. In den letzten fünf Jahren, zwischen den einzelnen Freundinnen, hatte Thomas pflichtbewußt mit seiner Frau geschlafen, allerdings immer nur aus einem einzigen, schändlichen Grund: damit sie sich nicht über seine völlige Abstinenz wundern würde. Da Rachel nie etwas von ihm verlangte, unterblieben selbst diese seltenen Vorkommnisse schließlich ganz ... Es mußte jetzt fast ein Jahr sein, wenn er es sich recht überlegte. Vielleicht sollte er es deswegen heute abend wirklich ernsthaft versuchen. Quasi wie eine symbolische Handlung.

Rachel saß im Bett und las. Sie schaffte es immer, jedes Bett gemütlich aussehen zu lassen, selbst unpersönliche Hotelbetten. Sie arrangierte die Kissen immer so um sich herum, daß sie wie auf Wolken gebettet aussah.

Als Thomas aus dem Bad kam, hatte Rachel ihr Buch beiseite gelegt und ihre Brille abgenommen. Er sah, daß sie ein Spitzenjäckchen trug, so ein Ding, wie es seine Mutter als alte Dame zum morgendlichen Frühstück anhatte. Darunter, es war nicht zu übersehen, war sie nackt. Eine Brustwarze war durch eines der Spitzenlöcher gedrungen. Sehr ungewöhnlich. Was das bedeutete, war ihm nicht so ganz klar, zumal sein Kopf etwas benebelt war.

Rachel lächelte. Thomas begann sich auszuziehen. Er stellte sich dabei sehr ungeschickt an. Deshalb war es ihm peinlich, beobachtet zu werden. Rachel ließ ihn nicht aus den Augen. Sehr irritierend. Aber er bat sie absichtlich nicht, wegzusehen, weil er fürchtete, sie könnte fragen, warum. Er hängte seinen Anzug auf, legte sein Hemd und seine Krawatte ordentlich über einen Stuhl. Er trödelte absichtlich herum, in der Hoffnung, Rachel würde es leid werden, ihm zuzusehen. Fehlanzeige. Er zog seine Socken vor seiner Hose aus, wie sie es ihn vor vielen Jahren gelehrt hatte. In stürmischen Jugendjahren, als sie sich alles sagten, wirklich *alles*, und es auch verstanden, hatte sie ihm gesagt, es gäbe einen sicheren Weg, die Begierde einer Frau abzutöten – ihr nackt entgegenzutreten und die Socken dabei anzulassen. Thomas hatte das nie vergessen. Bei all seinen Eskapaden war er dieser Grundregel seiner Frau treu geblieben und hatte damit so manche junge Dame erstaunt, die es nicht so genau nahm und es eilig hatte. Jetzt schindete er noch immer Zeit, rollte seine blaugrünen Acrylsocken zu einer Kugel zusammen und warf sie an die Decke. Rachel lachte. Offensichtlich gab es kein Entkommen. Noch ein allerletzter, durchaus erfolgversprechender Versuch, sie von ihren Vorstellungen abzubringen. Thomas hatte die Unterhose noch an und stand auf. Er klopfte sich auf den dicken Bauch. Vielleicht schreckte sie das ab. Sie hatte in letzter Zeit nicht viele Gelegenheiten gehabt, zu sehen, wieviel er zugenommen hatte.

»Warum ziehst du deinen Pyjama nicht an?« fragte sie.

Viele Antworten schossen ihm durch den Kopf, keine kam

über seine Lippen. Er schauderte. Da der Raum ziemlich warm war, sah das allerdings auch nicht sehr überzeugend aus. Eine Weile stand er stumm da, dann ließ er seine Unterhose auf den Boden gleiten. Auf dieses Zeichen hatte Rachel gewartet. Sie erhob sich aus ihren Kissen und zog ihr Jäckchen aus. Ihre schweren Brüste lagen auf der Zudecke. Fasziniert starrte Thomas sie an. Es war einige Zeit her, daß er sie gesehen hatte.

»Komm schon«, sagte sie.

Thomas kam zum Bett und unterdrückte ein Gähnen. Er kletterte hinein und machte das Licht auf dem Nachttisch auf seiner Seite aus. Ehe er Zeit hatte, sich den nächsten Schritt zu überlegen, hatte sich Rachel schon an ihn geschmiegt. Ihre nackten Schultern berührten sich. Sie berührte ihn unter der Bettdecke. Selbst in dieser Situation sah Thomas ihre Hand vor sich, wie sie aus dem seifigen Abwaschwasser herauskam oder wie sie Messer und Gabel auf dem Tisch hinlegte. Ihre Berührung war eher friedvoll als erotisch. Müdigkeit überkam ihn, so köstlich wie warmer Sirup. Nur wachzubleiben würde schon ein enormer Kraftakt sein.

Aber seine guten Manieren, zusammen mit seinen guten Vorsätzen, veranlaßten ihn, eine letzte Anstrengung zu machen. Er schob sich in Rachels Arme und küßte sie zärtlich. Ihre Beine lagen ineinander verschlungen. Er spürte, wie sie sie anspannte. Wie sie hoffte. Er streichelte ihre Brust. Sie füllte seine ganze Hand. Sie wand sich. Er fuhr mit der Hand über ihre gut gepolsterten Rippen. Wie merkwürdig sich das anfühlte nach Gillians knochiger Gestalt. Insgesamt eine ganz neue Landschaft, seine Frau, in der er sich erst wieder zurechtfinden mußte ... Wenn er so nah bei ihr lag, erinnerte ihn das an das Sofa in seinem Kinderzimmer, auf das er sich immer zusammengerollt gekuschelt hatte. Es war genauso friedlich, ohne jegliches Drängen ... Seine Hand war auf Rachels Bauch liegengeblieben. Alle guten Vorsätze der Welt schafften es nicht weiterzumachen. Schläfrigkeit lullte ihn ein. Er spürte Rachels Lippen auf seinen geschlossenen Augenlidern. Schon gut, schon gut, schlaf nur, schlaf nur. Wie verständnisvoll sie war.

Er hörte nicht, wie sie das Licht ausmachte, noch, wie sie von ihm wegrückte. Auch von den Tränen merkte er nichts, die ihr im Dunkeln über die Wangen liefen.

Beim Frühstück am nächsten Morgen murmelte Thomas hinter seiner Zeitung hervor: »Tut mir leid, Herzchen.« Dann schwieg er wieder wie immer. Er brach früh auf und küßte Rachel auf beide Wangen, anstatt wie sonst nur auf eine – vielleicht doch wieder ein Hinweis, daß ein weiterer Versuch am Scheideweg möglich war.

Rachel, wieder im Bett, lächelte vor sich hin. Irgendwann hatte der Schlaf ihre Enttäuschung überdeckt. Eigentlich hatte sie heute morgen nicht das geringste Verlangen nach Thomas verspürt – wäre er in diesem Augenblick zurückgekommen und hätte versucht, sie mit wiedererlangter Manneskraft zu verführen, dann hätte sie ihn gebeten, davon abzusehen. Statt dessen war eine altbekannte Zuneigung wieder aufgeflammt, ein angenehmes Gefühl des Seelenfriedens, der Sicherheit. So ganz anders als die Leere, die Spannung und die Verwirrung, die sie sonst quälten. Thomas würde sie nie verlassen, was immer auch passierte. Er war ein Mann mit Ehrgefühl und Hang zur Gewohnheit. Letzten Endes würden ihn praktische Erwägungen dazu bringen, bei seiner Frau zu bleiben, ehe er die Anstrengungen einer Veränderung auf sich nahm.

Also war es irgendwie ein glücklicher Morgen.

Irgendwie. Aber ... Aber was?

Rachel versuchte das vage Gefühl des Unbehagens in ihrem Innern zu analysieren. Es hatte etwas mit Ruhelosigkeit zu tun, eine vage Vorstellung von Kompensation, die ganz anders war als ihre heimlichen, einsamen Schlaforgien. Alles sehr unklar, und vielleicht sogar gefährlich, wenn man sich näher damit befaßte. Eigentlich hatte sie auch keine Lust, ihre etwas irritierenden Gedanken in den Griff zu bekommen. Sie legte die ungelesene Zeitung beiseite und schlief ein.

Zwei Stunden später wachte sie mit dem unangenehmen Gedanken auf, daß sie sich jetzt würde beeilen müssen, um das Mittagessen für ihre Schwester vorzubereiten.

Ihre Schwester Anne, jünger als Rachel, war eine tüchtige Feministin, Ehefrau, Mutter und Geschäftsführerin einer Agentur für Arbeitsvermittlung. Rachel fand sie ermüdend. Sie hatten wenig Gemeinsamkeiten, trafen sich aber aus einer Art schwesterlichen Verpflichtung heraus ein paar Mal im Jahr zum Mittagessen und tauschten Weihnachtsgeschenke aus.

»Du bist aber ziemlich blaß, Rachel«, bemerkte Anne. Kaum hatte sie die Küche betreten, mußte man sich schon über sie ärgern. Mit Argusaugen musterte sie mißbilligend das gemütliche Durcheinander in der Küche, die so ganz anders aussah als ihre eigene.

»Mir geht es aber gut«, rechtfertigte sich Rachel.

»Ich meinte auch nicht, daß etwas nicht in Ordnung ist.«

»Ist es auch nicht.«

»Ich habe ja nicht gesagt ...«

So einen schlechten Start hatten sie öfter. Die Lage würde sich nach einem vegetarischen Salat – Anne war kürzlich eine strenge Vegetarierin geworden, ein weiterer Reibungspunkt zwischen den beiden Frauen – und einigen Gläsern Wein bessern. Anne erging sich dann in einem langen Monolog über ihr neues Fitneßprogramm und ihr Vorhaben, zu den Grünen zu gehen. Rachel stocherte in den geriebenen Karotten herum. Sie mochte Anne nicht. Die goldgeränderte Brille, das krisselige Haar, der hellgraue Jogginganzug, der verbissene Versuch, nicht attraktiv auszusehen – einfach schauerlich. Und dann diese Selbstgerechtigkeit, ihre herablassende Einstellung zu Rachels nichtssagendem Leben.

Beim Kräutertee (»weißt du, ich trinke nie Kaffee; ach Gott, wenn die Leute nicht soviel Kaffee trinken würden, dann wären wir ein gesünderes Volk«) widmete sie dann endlich Rachel ihre Aufmerksamkeit.

»Und wie sieht's bei dir aus?«

»Alles bestens, wie ich schon gesagt habe. Keine großen Ereignisse. Jeremy gefällt es in Cambridge, Helen liebt Durham, keine großen …«

»Thomas?«

»Thomas?«

»Wie geht es ihm?«

»Ihm geht es auch gut.« Es war einfach lächerlich. Anne interessierte es überhaupt nicht, wie es ihnen ging. »Er malt an den Wochenenden. Und kauft Aquarelle.«

»Ah.« Mit der Spitze ihrer grauen Zunge fuhr Anne über ihre scharf geschnittenen, farblosen Lippen. »Hör zu«, fuhr sie fort, »ich möchte dir einmal etwas sagen. Was dich betrifft.«

»Oh?«

Anne nestelte an der Goldkette an ihrem Hals. Selbst jetzt, da es peinlich wurde, gab sie sich tüchtig. »Also gut. Raus damit.« Sie hustete. »Rachel, ich finde, du solltest dir einen Liebhaber nehmen.«

In dem Bruchteil der Sekunde, die ihr zum Antworten blieb, rechnete sich Rachel aus, daß sie jegliches Gefühl aus ihrer Antwort heraushalten mußte.

»Warum?«

Anne sah ihrer Schwester in die Augen und stieß einen schmerzvollen Seufzer aus.

»Es würde dein Leben verändern«, sagte sie.

Rachel war immer der Meinung, es sei reine Zeit- und Energieverschwendung, beleidigt zu sein, und kämpfte auch immer tapfer dagegen an. Aber jetzt spürte sie, wie sich alles in ihr sträubte. Sie richtete sich auf.

»Was für ein absurder, unverschämter Vorschlag«, preßte sie schließlich heraus. »Ich habe noch nie einen Liebhaber gehabt, und ich will auch jetzt keinen haben. Wie man immer so hört, komplizieren sie alles nur ungeheuer und sind die Verlogenheit nicht wert. Und außerdem, wie kommst du auf die Idee, daß ich einen Liebhaber brauche? Du weißt überhaupt nichts über mein Leben. Ich bin mit Thomas wunschlos glücklich.«

»Du hast ja recht. Ich weiß wirklich nicht sehr viel über dein Leben, und ich bin sicher, daß ihr beide miteinander glücklich seid, wenn du das so sagst. Aber irgendwie habe ich das Gefühl – ich kann mir nicht helfen –, daß du glücklicher sein könntest.«

»Mach dich nicht lächerlich. Jeder könnte glücklicher sein. Seit wann ist kalt berechnete Untreue ein Mittel, eheliches Glück zu erlangen?«

Wieder seufzte Anne, diesmal mit einem Anflug von Ungeduld. »Vielleicht hätte ich lieber sagen sollen *lebensfroher*. So wie du früher warst.«

»Lebensfroher? Thomas sagte immer, ich sei das lebensfroheste Mädchen, das er je kennengelernt hat.«

»Das ist aber schon ziemlich lange her.«

Rachel überlegte einen Augenblick schweigend. Sie war fest entschlossen, sich von einer solchen Unverschämtheit nicht aus der Ruhe bringen zu lassen.

»Jugendliche Ausgelassenheit würde in meinem Alter ziemlich albern wirken. Ich gebe zu, ich habe nicht so viel Energien wie du. Ich würde nie all das schaffen, was du machst – Schwimmen, Fitneß, ständig Termine. Ich möchte es auch gar nicht.« Sie hielt inne und fuhr dann ruhig fort: »Aber ich denke schon, daß ich noch ziemlich lebhaft bin.«

»Bist du nicht.« Anne schlug mit der Faust auf den Tisch. »Du welkst dahin, wenn du es ganz genau wissen willst. Du ziehst dich in dein privates Schneckenhaus zurück, wo niemand an dich rankommt.«

»Wie kannst du so was sagen?«

»Ich habe es beobachtet.«

»Wir haben uns doch kaum gesehen.«

»Ich habe es trotzdem bemerkt.«

»Das ist nicht wahr.«

»Sieh mal, das soll kein Angriff sein.«

»Es hört sich aber so an.«

»Ich will dir doch nur helfen.«

»Eine sehr eigenartige Hilfe – eine Aufforderung zum Ehebruch. Also, ich muß schon sagen. Ausgerechnet du, die eifrigste Verfechterin der Monogamie …«

»Menschen ändern sich.«

»Ändern?« Rachel wurde ein wenig neugierig.

»Ich werde es dir erzählen, aber nur, um meinen Vorschlag zu unterstützen. Seit wir uns das letzte Mal getroffen haben – wann war das, vor sechs Monaten? –, habe ich mich ein wenig mit mir selbst beschäftigt. Ich wollte sehen, ob ich etwas hinter all dem hektischen Getue finde. Wollte herausfinden, wer ich eigentlich bin.«

»O Gott, nicht diese Masche«, antwortete Rachel verächtlich.

»Mach dich ruhig über mich lustig, wenn du willst.« Anne war eingeschnappt. »Ich kenne deine Aversion gegen jede Art von Wahrheit, also werde ich dich auch nicht mit meinen Entdeckungen langweilen. Aber so viel muß ich dir doch sagen: Die Menschen, an die ich mich gewandt habe – und ja, das sind Leute, die du liebend gern verachtest –, haben herausgefunden, daß ein Teil von mir sich danach sehnt, befreit zu werden, ein Teil, der nach Selbstverwirklichung strebt.«

Rachel verzog das Gesicht. »Sieh mal, ich bin sicher, daß dir das alles sehr viel gibt«, sagte sie eindringlich, »und das freut mich für dich. Aber ich kann damit absolut nichts anfangen. Ich finde, teure Egotrips sind etwas für humorlose und schwache Leute. Sie sind eine wirklich ziemlich schlecht durchdachte Modeerscheinung – viel schlechter für die Menschen als Kaffee«, fügte sie mit einem Lächeln hinzu, das Anne nicht erwiderte. »Wenn doch diese wirklich gesunden Menschen endlich aufhören würden, jedes Gefühl zu zerreden, und einfach ihr Leben lebten …«

»Du lebst dein Leben allerdings auch nicht«, schaltete sich Anne ein.

Beide schwiegen lange Zeit.

»Wenn du es dir recht überlegst«, fuhr Rachel schließlich,

etwas milder gestimmt, fort, »all die interessanten Menschen in der Geschichte, die bedeutenden Männer und Frauen, denen wir nacheifern, haben sich und andere nicht mit introspektiven Erkenntnissen gelangweilt. War es nicht Nietzsche, der gesagt hat: ›Mich selbst finden? Da müßte ich ja davonlaufen.‹ Natürlich habe ich nichts dagegen, wenn man nach seiner Seele sucht. Das haben Menschen schon immer getan. Erst in den letzten zwanzig Jahren ist die Schau nach innen auf einen so trivialen, kommerziellen Tiefpunkt abgesunken – vor allem durch Menschen, die keinen rechten Lebensinhalt mehr haben …«

»Hör bitte sofort damit auf«, schrie Anne. »Solch kurzsichtiger Unsinn macht mich richtig wütend. Und außerdem bestehe ich darauf, dir von meinen Erfahrungen zu erzählen, ehe ich gehe.«

»Na gut, schieß los.«

Anne atmete mit großer Geste tief durch. Hier effektive Kontrolle, da blinde Vorurteile.

»Wie du weißt, führe ich eine gute Ehe. Ich liebe meine Kinder, und ich liebe meine Arbeit. Ich schätze mich glücklich, genug Energie, viele Freunde und ausreichend Geld zu haben. Alles ganz wunderbar, einfach super, toll.«

»Ja, und?«

»Das war nicht genug, habe ich herausgefunden.«

»Gütiger Gott! Was willst du eigentlich noch?«

»Ein kleines Abenteuer, um das Glück zu vervollkommnen. Es war eine tolle Sache.«

»Ich kann es nicht glauben«, wunderte sich Rachel. »Ausgerechnet du?«

»Die … Leute, die mich beraten, finden, daß diese kleinen, sündigen Abenteuer die Ehe durchaus beleben. Das Adrenalin, das produziert wird, überdeckt die Schuldgefühle. Das kann nicht schlecht sein. Man muß etwas für sich tun, um sein Leben zu bereichern. Angewandter Egoismus kann sehr nutzbringend sein.«

»Ich finde das erschreckend, eine unmoralische Empfeh-

lung«, sagte Rachel. »Was sind das für Leute, die solche Vorschläge machen?«

»Du würdest es nicht verstehen. Deswegen sage ich es dir
auch nicht. Und es ist in Ordnung, wenn man sich an bestimmte Regeln hält. Niemand muß darunter leiden, wenn es
das ist, was dir Sorgen macht. Andrew weiß Bescheid. Er hat
seine eigenen bedeutungslosen Flirts hie und da.«

»Das ist nichts für uns«, lehnte Rachel ab.

»Vielleicht doch. Ich wette, Thomas erlaubt sich hin und
wieder eine kleine Abwechslung.«

»Tut er nicht.«

»Ich sage ja nur, daß es bei manchen Menschen funktioniert. Bei uns tut es das. Ich habe mich noch nie so gut gefühlt.
Ganz sicher ist es einen Versuch wert. Vielleicht bekommen
deine Wangen dann ein wenig Farbe.«

Rachel schüttelte den Kopf. Ihr war übel. Sie stand auf und
wollte, daß Anne jetzt ging. Es war an der Zeit, daß dieses
schreckliche Mittagessen ein Ende fand. Auch Anne stand
auf. Sie legte eine Hand auf die Schulter ihrer Schwester.

»Tut mir leid, wenn ich dich schockiert habe. Aber es gibt
Zeiten, da wird einem schlagartig bewußt, daß man an einem
Scheideweg angelangt ist.« Rachel verzog das Gesicht. »Und
Zeiten, in denen es sich lohnt, eine neue Richtung auszuprobieren. Wenn das nicht funktioniert, nun, dann hat man wenigstens nichts verloren. Aber es lohnt sich, ein wenig her-
umzuexperimentieren. Ehrlich. Besser experimentieren als
langsam vor sich hinzuwelken. Danke für das Mittagessen.«

Anne verließ die Küche in ihrem häßlichen Jogginganzug
so lautlos wie ein Geist. Rachel sah ihr durch das Fenster nach,
wie sie federnd die Stufen hinuntersprang, so großspurig,
selbstbewußt, anmaßend, unattraktiv. Plötzlich waren der
Schock und die Unverschämtheit, die Anne ausgelöst hatte,
wie weggeblasen. Rachel mußte lachen. Ihre drahtige Schwester mit den krisseligen Haaren und den häßlichen Trainings-
anzügen, den eng zusammenstehenden Zähnen und den nach
Zwiebeln riechenden Fingern sollte Scharen von Liebhabern

anziehen? Was für ein absurder Gedanke! Fast auf makabre Weise komisch. Wie um alles in der Welt …?

Rachel eilte den Weg hinunter.

Anne saß bereits am Steuer ihres Fiesta und schürzte ihre bleichen Lippen. Sie kurbelte das Fenster herunter.

»Ja?« Die mißtrauischen Augen waren zu schmalen Schlitzen verengt.

»Woher kriegst du diese Männer?«

Endlich lachte auch Anne. Es war ein langes, blubberndes Lachen, das die schiefen Zähne auf den blutleeren Lippen tanzen ließ. Spucke sammelte sich in den Mundwinkeln.

»Herrje!« brachte sie schließlich hervor. »Das ist das geringste Problem. Signalisiere einfach deine Bereitschaft, und sie kommen scharenweise. Glaub mir.« Sie schloß das Fenster und fuhr winkend davon.

Signalisiere deine Bereitschaft – daß ich nicht lache, dachte Rachel.

Sie ging ins Haus zurück. Ihr geruhsamer Nachmittag war endgültig dahin. Jetzt hatte sie nur noch eins im Sinn: sich in ihr Bett zu verkriechen.

Fünf Minuten später lag sie in den angenehm kühlen Laken, hatte den Kopf in ihr riesiges weiches Kissen vergraben und schloß die Augen. Im Halbschlaf ging ihr unvermittelt ein Gedanke durch den Kopf. Bereitschaft zu signalisieren wäre vielleicht doch keine so schlechte Idee, ehe man ganz dahinwelkt, dachte sie. Dann erlöste sie der Schlaf davon, konkrete Pläne schmieden zu müssen.

Mary hatte sich fest vorgenommen, zu Hause nicht über den Tod nachzudenken. Das war ein Aberglaube, den sie vor Jahren zum erstenmal in die Praxis umgesetzt hatte, als die Gedanken an den Tod immer häufiger kamen.

Am Montagmorgen fuhr sie die paar Meilen an den Strand und parkte beim Golfplatz. Zwei alte Damen legten ein brillantes Spiel hin. Sie waren die einzigen Spieler und trugen form- und farblose Anoraks, dazu bunte Socken an geraden, dünnen Beinen als klägliche Farbtupfer. Auf dem Kopf hatten sie beide das gleiche Angorahütchen, das ihr Haar zu scharlachroter Gischt aufbauschte. Mein Jahrgang, dachte Mary. Denken sie an den Tod, wenn sie sich den Ball zurechtlegen, ihr Ziel anpeilen und mit blaugeäderten Händen die Augen vor dem Wind schützen?

Unbemerkt von ihren Altersgenossinnen überquerte Mary den Golfplatz. Sie stieg die Dünen hinauf, bahnte sich einen Weg zwischen rauhem Gras und Stechginster. Oben angekommen sah sie auf das Wasser und den leeren Küstenstreifen hinunter. Es war Flut. Sie spürte die Sonne durch ihren dicken Pullover. Auf dem Weg nach unten machte jeder kleine Stein, jede kleine Muschel im scharfen Morgenlicht einen klar umrissenen Schatten. Eine einzelne Möwe schwebte über ihr, stieg hoch und kam wieder herunter, wie von einer unsichtbaren Schnur gezogen. Wie oft würde sie das alles noch erleben dürfen, fragte sie sich. Gut, daß sie es nicht wußte.

Mary war heute morgen hierher gekommen, um darüber nachzudenken, wie es mit Bill nach ihrem Tod weitergehen sollte. Das war ein Thema, das ihn schreckte. Deshalb hätte sie es auch ihm gegenüber nie erwähnt. Für Bill war jede Erwähnung des Todes der Inbegriff von schlechtem Geschmack. Er war nicht gewillt, sich in irgendeiner Form damit zu befassen. Mary fragte sich, ob andere Ehepaare darüber redeten, was passieren würde, wenn einer von ihnen stirbt. Oder war das ein Thema, an dem in den meisten Familien nicht gerührt wurde? Behielten Millionen von Ehemännern und Ehefrauen wie sie ihre Ängste für sich?

Während sie darüber nachdachte, sah Mary einen großen, unglücklich aussehenden Mann rutschend und stolpernd über die Dünen auf sich zukommen. Er ruderte wild mit beiden Armen. Als er näherkam, sah sie, daß sie ihn nicht kannte. Er war übergewichtig und unpassend in einen viel zu engen Tweedanzug gezwängt. Sein Gesicht war rot und glänzte. Mary sah sich um. Außer ihr keine Menschenseele in Sicht. Was ermangelte diesem geplagten Fremdling? (Sie liebte das

Wort »ermangeln«, das heutzutage nicht mehr sehr oft zur Anwendung kam.) Sie lächelte, mehr zu sich selbst als zu ihm, und blieb stehen.

Wenige Meter vor ihr erwiderte er ihr Lächeln.

»Was für ein wunderschöner Morgen.« Er sah auf seine Uhr. »Ich bin ein wenig früh dran. Dachte, ich könnte die Zeit damit überbrücken, ein wenige frische Seeluft zu schnuppern. Ich wußte nicht, daß es so weit ist, über den Golfplatz und über die Dünen.«

»Ja. Da kann man sich leicht täuschen.«

»Eigentlich will ich zum Head Cottage. Bin ich da richtig?«

Mary lachte. »Das ist oben an der Straße, auf der Sie gekommen sind, dann die erste links. Ein kleiner Weg, der in Richtung der Marsch führt ...«

»Danke. Danke. Ich habe den kleinen Weg übersehen. Aber ich werde es finden.« Er war immer noch außer Atem. »Ich möchte zu der Malerin R. Cotterman.« Wieder sah er auf seine Uhr.

»Wir sind seit langem mit ihr befreundet«, sagte Mary. »Und sie ist unsere Lieblingsmalerin. Wir sammeln ihre Bilder seit vielen Jahren.«

»Wirklich? Was für ein Zufall, was für ein Zufall! Ich bin gerade im Begriff, ein Sammler ihrer Bilder zu werden, hoffe ich. Also, ich muß jetzt los. Danke für die Auskunft.«

Er kämpfte sich über den Strand zurück, einen Fuß ängstlich vor den anderen setzend. Mary fragte sich, woher er wohl gekommen war und was ihm sein offensichtliches Unbehagen bereitete. Bei flüchtigen Begegnungen ist es oft diese Unwissenheit, die uns hilflos macht. Fast niemals kommt man dazu, herauszufinden, woher die andere Person kommt – aus welchem Geistes- und aus welchem Lebenszustand. Die Begegnungen laufen ziemlich nebelartig ab, die Bedeutung der ausgesandten Signale wird oft nicht wahrgenommen oder mißverstanden. Deshalb ist die Kunst der Kommunikation selbst auf sehr oberflächlichem Niveau voller Geheimnisse, die nie gelüftet werden und immer Objekt der Spekulation bleiben.

Mit solchen Gedanken im Kopf folgte Mary den Fußstapfen, die der Mann hinterlassen hatte. Eigenartigerweise hatte er ihr Mitleid und ihre Neugier erregt. Wer war er? Bill würde wissen, ob Cotterman einen reichen Käufer erwartete … Sie würde ihn fragen. Oder sie würden sie heute abend auf einen Drink herüberbitten und sie bei dieser Gelegenheit fragen.

Als Mary am Parkplatz angekommen war, sah sie, wie der Mann mit hoher Geschwindigkeit in einem Mercedes wegfuhr. Sie winkte ihm. Er schien sie nicht zu bemerken. Sie sperrte ihren eigenen kleinen Wagen auf und ließ sich auf den Fahrersitz fallen – in die vertraute, nach Hund riechende Wärme. Die Frage von Bills Leben nach ihrem Tod war wie weggeblasen. Der seltsame Besucher hatte Leben in ihren ruhigen Alltag gebracht, ein kleines, unerwartetes Kribbeln. Sie freute sich darauf, Bill beim Mittagessen – Hackfleischauflauf, Rosenkohl und Reispudding – danach zu fragen. Was sie ihm nicht sagen würde, war, daß der Fremde gerade im richtigen Augenblick gekommen war, um sie von ihren trübsinnigen Gedanken abzulenken, und in ihr ein angenehmes Gefühl der Neugierde auslöste.

Thomas fuhr den Weg zur Marsch hinunter. Er war so schmal, daß die Büsche die Seiten seines Wagens streiften. Er war in einem erregten Ausnahmezustand, einmal wegen des bevorstehenden Treffens und dann wegen seiner Stippvisite an den Strand. Dort hatte er mit eigenen Augen gesehen, daß die Atmosphäre in Cottermans Bildern auf wunderbare Weise aus ihren einfachen, melancholischen Aquarellfarben strömte. Er war ganz schwach vor Ehrfurcht.

Das Haus war ein kleines Norfolk-Gebäude aus Ziegel- und Bruchsteinen. Grober Kies begrenzte das natürlich wachsende Gras und den Eingangsbereich vor der Tür. Thomas brauchte Ewigkeiten, um den Wagen zu parken. In welchem

Winkel auch immer er ihn hinstellte, er schien viel zuviel Platz einzunehmen. Als er sich schließlich für eine Ecke entschieden hatte und die Tür abschloß – die unausrottbare Gewohnheit des Londoners –, stellte er mit Unbehagen fest, daß der Wagen in dieser abgeschiedenen Gegend ziemlich vulgär wirkte. Hätte er doch Rachels alten Fiesta genommen!

Es gab weder eine Glocke noch einen Klopfer an der Tür – die Tür, deren brauner Anstrich so ausgebleicht, voller Blasen und vernachlässigt war, daß sie Thomas an eine Hintertür erinnerte. Er klopfte mit der Faust. Stücke brüchiger Farbe blätterten ab und fielen zu Boden. Er versuchte es noch einmal. Stille. Nichts. Lange Stille.

Ungeduldig drückte er die Türklinke. Die Tür öffnete sich in einen Raum, der die gesamte Fläche des Hauses einnahm. Eine geraume Zeit blieb er da stehen, wo er war, die Arme schlaff herunterhängend, und nahm nur die Vielzahl der Gegenstände und Gerüche, die auf ihn einströmten, in sich auf. Dabei fühlte er sich nicht als peinlicher Eindringling, sondern war von einer intensiven Erleichterung beseelt, dort angekommen zu sein, wo er immer schon hinwollte, ohne den Ort vorher jemals gesehen zu haben. Ein seltsames, wunderbares Besitzgefühl erfüllte ihn, als er die Tür hinter sich schloß und sich weiter in den Raum wagte.

Er bewegte sich vorsichtig in einem dichten Dschungel aus Tischen, Stühlen, Staffeleien, Bildern, Büchern, Zeitungen, Zeitschriften, Pflanzen, Gummistiefeln mit angetrocknetem Dreckrand, Pullovern, Teekannen, Kerzen, wahllos nebeneinanderstehenden Weinflaschen, ungeöffneten Briefen, Gläsern mit Malerpinseln und zahllosen Kästchen mit vielbenutzten Farben. In einer Ecke des Raums stand ein alter Aga-Herd, gelblich wie alte Zähne. Eine bauchige Kaffeekanne machte sich darauf breit. Ihr verhaltenes Blubbern war das einzige Geräusch in der Stille. Zwei Gerüche – konträr, aber doch ineinanderfließend wie Eisenbahngleise, die sich in der Ferne treffen – erfüllten den Raum: verbrannter Toast und Terpentin. Tränen stiegen in Thomas' Augen. Er verstand nicht, was ihn bewegte. Es war eine Art Wiedererkennen, das ihn gleichzeitig stark und schwach machte.

Er ging zum Fenster, das sich fast über die ganze Länge des Raums erstreckte. Im Gegensatz zu dem Chaos im Haus bot sich vor dem Haus die erhabene Einfachheit von Marsch, fernen Dünen und unendlichem Himmel an. Thomas überlegte, wie man eine solche Szenerie zu einem Bild verarbeiten könnte: Umbra, Ockergelb, Cadmiumgelb, Windsorgelb, gebranntes Siena, Tiefblau, Saftgrün – die Namen in seinem Farbkasten schossen ihm durch den Kopf. Keiner kam jedoch an das »vom Licht des Himmels« durchtränkte Farbenspiel heran, das er vor sich sah. Wie sollte man nur auf einem Bild die frische Klarheit eines Maihimmels einfangen, auf dem sich einige vorwitzige Wolken zusammenballten. Ganz hinten am Horizont kräuselte sich eine Wolkenreihe wie ein vielversprechender Petticoat … Wie konnte ich jemals, dachte Thomas. Immer noch verwundert sah er nach unten auf den Weg.

Dort sah er eine kleine Gestalt in einem gelben Regenmantel und einem Südwester, der in der Sonne glänzte. Sie trug einen Skizzenblock unter dem Arm. Aus einer Tasche ragten Pinsel. Sie ging sehr gerade und langsam, als hätte jeder einzelne Schritt für sie eine besondere Bedeutung. Dort, wo Thomas am Fenster stand, blieb sie stehen. Sie winkte und lächelte ihm zu, als hätte sie erwartet, ihn hier zu sehen. Ihr Hut war nach vorn gerutscht und verdeckte ihre Augen. Aber Thomas sah, daß ihre Hand klein und braun war, fleckig wie ein Vogelei. Nachdem sie ihn betrachtet hatte, ging sie weiter, genauso wie vorher, nicht im geringsten beunruhigt von einem Fremden, der einfach unerlaubt ihr Haus betreten hatte.

Wenige Augenblicke später hörte Thomas Schritte hinter sich und eine Stimme, die offensichtlich wenig gebraucht wurde, aber trotzdem voller Fröhlichkeit war.

»Ich nehme an, Sie sind Mr. Arkwright?«

Thomas drehte sich um und sah etwas, was wie eine Miniaturausgabe eines Lebensretters aussah und fast verschwand in dem gelben (Indisches? Cadmium?) Regenmantel und dem passenden Südwester, der immer noch über den Augen hing.

»Es tut mir leid ... ich ... hoffe, es macht Ihnen nichts aus.«

»... ich bin froh, daß Sie hereingekommen sind. Ich lasse immer die Tür offen, in der Hoffnung.«

In der Hoffnung auf was?

Mit einer forschen Handbewegung schob R. Cotterman den Hut nach hinten. Er fiel hinter ihr zu Boden. Ihr kleines, spitzes Kinn ruhte auf dem hohen, steifen Kragen des Regenmantels, der seine Farbe auf ihrer Haut wie goldene Butterblumen reflektierte. Ihre Wangen waren sandfarben und von Millionen winziger Linien durchzogen – Linien, die so fein waren, daß sie unsichtbar wurden, wenn ihr Gesicht im Schatten war.

Ihre Augen waren schmale, helle Topasringe um riesige, schwarze Pupillen herum – so hell, daß sie fast so transparent wie der Himmel wirkten.

Thomas' Wahrnehmung arbeitete mit Lichtgeschwindigkeit. Er wollte etwas von seinen Gefühlen rüberbringen. Aber nichts erschien ihm adäquat. Außerdem war die Zeit nicht geeignet dafür.

»Ich war früh dran, weil ich nicht zu spät kommen wollte«, sagte er.

»Was sagten Sie, Mr. Arkwright?«

R. Cotterman zog den Reißverschluß ihres Regenmantels auf. Er schnitt durch das glänzende gelbe Material wie Draht durch den Käse.

»Leider bin ich durch einen kleinen Irrtum ein wenig schwerhörig. Sie müssen schon ein wenig lauter reden.«

In diesem Augenblick verliebte sich Thomas in Rosie Cotterman – unsterblich, ekstatisch und mit einem Anflug von Demut. Es war ein ihm unbekanntes, eigenartiges, greifbares Gefühl, das seinen ganzen Körper durchströmte und so von ihm Besitz ergriff, daß er seine Hände massieren mußte, um das steife Gefühl, als trüge er neue Handschuhe, loszuwerden.

»Möchten Sie einen Kaffee, Mr. Arkwright? Ich habe immer einen fertig gebrüht, für den Fall.«

»Bitte.«

»Und für mich, wenn ich zurückkomme. Ich liebe es, wenn das Haus nach frischem Kaffee duftet.«

Sie ging zum Ofen und wich dabei geschickt allen gefährlichen Gegenständen aus. Sie verschwand fast in ihrem übergroßen schwarzen Pullover. Ohne stehenzubleiben, fischte sie aus der Unordnung auf dem Tisch Kaffeebecher, holte eine Schachtel Zigaretten aus ihrer Jeanstasche und schob sich eine vorwitzige Haarsträhne mit dem Handrücken aus der Stirn. Thomas beobachtete wie in Trance jede Bewegung. »Aber dieser neue Geruch – riechen Sie das? Gut, finden Sie nicht? Das beste Terpentinöl, das man an der Ostküste kriegen kann, das können Sie mir glauben. Allerdings ist es nichts für mich. Ich habe dieses Wochenende ein Experiment gewagt – Öl. Ein Porträt meiner Tochter Serena. Sie haben sie in der Galerie kennengelernt. Ein hoffnungsloser Fall. Ich kann es einfach nicht. Und will es auch nie mehr versuchen. Malen Sie vielleicht auch, Mr. Arkwright? Zucker? Milch?«

Thomas hörte einen leicht südirischen Tonfall.

»Ja, bitte, ein wenig. Zucker, meine ich. Keine Milch. Ich male, aber ich bin kein Maler.«

»Setzen Sie sich doch bitte. Machen Sie sich einfach einen Stuhl frei. Hier. Da ist noch Platz auf dem Tisch. Aber achten Sie darauf, vor dem Fenster zu sitzen. Ich will Ihnen ein paar Bilder zeigen, wenn Sie wirklich deswegen gekommen sind. Und wir genehmigen uns dazu ein Glas Wein und Shrimps auf Toast. Sie müssen nach dem langen Weg ja hungrig sein, Mr. Arkwright.«

Nachdenklich, als sei er sich seiner Bewegungen nicht ganz sicher, setzte sich Thomas an den Tisch vor das Fenster, wie es ihm aufgetragen worden war. Rosie Cotterman setzte sich neben ihn.

»Überall nur Stilleben, nicht wahr?« Sie deutete auf die Unordnung auf dem Tisch. »Irgendwie entwickeln diese

Dinge ein Eigenleben, ordnen sich selbst neue Standorte zu. Aber ich male sie nie. Ich male nie im Haus.«

Thomas sah noch einmal hin und verstand, was sie meinte. Die Aufteilung der Dinge, die vielen Möglichkeiten der Komposition. Dann betrachtete er ihr Gesicht. Die Sonne leuchtete auf die schönen und die weniger schönen Dinge darin.

»An was denken Sie wohl gerade? Trotz des offiziellen Anzugs sehen Sie gar nicht wie ein Geschäftsmann aus, Mr. Arkwright.«

Rosie Cotterman lachte. Ihr Lachen war so zauberhaft, ihr Gesicht so hübsch zerknittert, daß Thomas' Herz doppelt so schnell schlug. Auch er lachte.

»Meine Gedanken haben, ehrlich gesagt, gar nichts zu tun mit dem Grund für meinen Besuch hier. Ich bin gekommen, um alle Ihre Bilder zu kaufen.«

»Alle?«

»Was immer Sie mir geben.«

»Und woran haben Sie gedacht? Ihre Augen waren so weit weg.«

Thomas fühlte, wie er rot wurde. »Ich dachte über Schönheit nach«, sagte er. »Über deren Einfachheit. Die einfachen Verbindungen zwischen Auge, Mund, Nase, Wange. Sie ist so offensichtlich, wenn man sie sieht, daß man sich nicht vorstellen kann, warum sie so selten vorkommt.«

»Ach, ja. Ich achte nicht so sehr auf Gesichter. Ich höre eher auf Stimmen und sehe mir die Landschaft an.« Die bescheidene Rosie Cotterman hatte keine Ahnung, daß es ihr eigenes Gesicht war, das Thomas zu seinen Gedanken inspiriert hatte. »Also, zu Shrimps auf Toast sagen Sie doch sicher nicht nein, Mr. Arkwright, oder?« Sie stand wieder am Ofen. »Sie müssen etwas in den Magen kriegen, ehe Sie zurückfahren.«

Thomas' Hände waren nicht mehr steif wie neue Handschuhe. Der beschleunigte Herzschlag durchwärmte seinen ganzen Körper. Noch nie in seinem ganzen Leben war er so glücklich gewesen. Er fühlte sich wie zu Hause, zog sein enges

Jackett aus, knöpfte sich die Weste auf und lockerte seine Krawatte. Rosie Cotterman lächelte ihm beifällig zu.

»Das ist schon viel besser. Ein wenig lockerer. Können Sie das bitte öffnen?«

Sie reichte ihm eine staubige Flasche Rotwein, mit ihren Fingerabdrücken auf den Seiten. Und zwei Gläser, in denen sich der Himmel in einem Miniaturbogen spiegelte. Thomas wühlte zwischen den Dingen auf dem Tisch nach einem Korkenzieher und machte sich dann mit den ungenauen Bewegungen eines Träumers daran, die Flasche zu öffnen.

»Wir brauchen einen Drink, um das Geschäftliche richtig abzuwickeln. Ich habe keinerlei Geschäftssinn. Sie müssen mir behilflich sein, Mr. Arkwright. Ich verlasse mich da ganz auf Sie.«

»Wie wäre es, wenn Sie mich Thomas nennen würden? Lassen Sie Mr. Arkwright weg, wenn wir ernsthaft ins Geschäft kommen wollen.«

»Also gut, Thomas.« Sie überlegte mit leicht zur Seite geneigtem Kopf eine Weile. »Thomas. Ich hatte einmal einen Freund, einen Thomas. Ein guter, schlichter Name.«

Sie nahm zwei verkohlte Toasts aus dem Ofen und eine Schüssel mit Shrimps aus einem vorsintflutlichen Kühlschrank. »Aber zuerst wollen wir unser Lunch essen, meinen Sie nicht? Bevor wir zum Geschäftlichen kommen. Wir haben ja jede Menge Zeit, oder nicht?«

Thomas lächelte und schüttelte dabei unmerklich mit dem Kopf. Er brachte es nicht übers Herz, ihr zu sagen, daß er in wenigen Stunden aufbrechen mußte. Der Gedanke war ihm unvorstellbar. Er nahm einen Schluck Wein und beschloß, an den unvermeidlichen Aufbruch nicht zu denken. Als Kind hatte er sich immer eingeredet, daß Glücksmomente ewig dauerten.

Zwei Stunden und zehn Minuten später (sein Instinkt für Pünktlichkeit hatte ihn quälend verfolgt) war Thomas auf dem Weg zurück nach London. Auf dem Rücksitz seines Wagens lagen drei Bilder von Rosie Cotterman. Er hatte darauf bestanden, mehr dafür zu bezahlen als den Galeriepreis, nachdem er sie davon überzeugt hatte, daß er sich sonst vorkäme, als würde er ihre Unbedarftheit mißbrauchen. Er hätte gern noch mehr Bilder gekauft, hatte aber Angst, habgierig zu erscheinen. Außerdem hatte er so Gelegenheit, noch viele Besuche in Norfolk zu machen.

Er fuhr langsamer als sonst. So konnte er seinen Besuch noch einmal im Geist an sich vorüberziehen lassen. Sie hatten bei Shrimps und Wein über Malerei und Farben geplaudert, über den Himmel von Norfolk, der sich ständig veränderte und so unberechenbar war. Nachdem das Mittagessen vorüber war – wann genau das war, konnte sich Thomas nicht erinnern –, hatte Rosie ein Bild nach dem anderen zur Begutachtung für ihn hochgehalten. Er hatte die schwierige Wahl so schnell wie möglich getroffen, einen Scheck ausgeschrieben und ihn gefaltet in einen Becher gesteckt. Sie tranken noch einen Kaffee und aßen Schokoladenkekse. Um zwanzig nach zwei knöpfte Thomas seine Weste wieder zu. Dann fragte er, was sonst noch in dem Haus war.

Sobald er die Frage ausgesprochen hatte, bedauerte er seine Indiskretion. Er klang bestimmt zu aufdringlich, so, als könne er es nicht erwarten. Aber Rosie fand offensichtlich nichts Verdächtiges an dieser Frage. Sie führte ihn über eine Wendeltreppe nach oben in das Schlafzimmer, das ebenso groß war wie das Atelier unten. Das Doppelbett war ungemacht. Es stand so, daß man auf die Marsch hinaussehen konnte und von oben her durch ein Dachfenster Licht hereinkam – »damit man die Sterne sehen kann«. Auf dem Boden lagen überall Stapel von Büchern. Es gab keinen Frisiertisch, keine Anzeichen von Make-up-Utensilien, keinen Spiegel und keine glitzernden Pantoffeln. All die Dinge, die man sonst im Schlafzimmer einer Frau vorfand. Auf dem Boden lagen unter anderem ein gestreifter Männerpyjama und eine kleine Haarbürste. Thomas, vom ausgezeichneten Rotwein bestärkt, fand das Ambiente ausgesprochen anregend. Ganz kurz schoß ihm der Gedanke durch den Kopf, daß er Rosie in das ungemachte Bett ziehen und fortan ein neues Leben beginnen sollte. Aber das war es nicht, was er wollte – noch nicht. Von dem Augenblick an, als er sie gesehen hatte, wußte er, daß es ihm nicht vorrangig darum ging, sie zu verführen. Die ungewohnte Situation verwirrte ihn. Aber eines war ihm in seiner Verwirrung durchaus klar. Wie ein blinkender Leuchtturm im Nebel stand das Wort Liebe vor ihm. Etwas Großes, Reines, das auch entsprechend angegangen werden mußte. Außerdem verspürte er kein quälendes körperliches Verlangen – nur ein Begehren, viel stärker, viel ungeheuerlicher. Ein diffuses, unsagbares Sehnen, sich ganz dieser ungewöhnlichen Frau hinzugeben.

Rosie stand mit dem Rücken zu Thomas und sah aus dem Fenster. Sie sagte etwas über den seltsamen Gegensatz, der immer ihr Leben bestimmt hatte – die Unordnung, in der sie lebte, und die absolute Klarheit der Dinge, die sie zu malen versuchte. Thomas legte eine Hand auf ihre Schulter. Er hoffte, sie würde die Geste als eine des Verständnisses verstehen, nicht als plumpe Annäherung. Und das tat sie auch. Mit mütterlicher Bestimmtheit klopfte sie seine Hand und nahm sie dann weg. Sie schlug vor, nach unten zu gehen und Tee zu trinken. Aber Thomas, dessen Pflichtgefühl seiner Frau gegenüber immer dafür gesorgt hatte, daß seine Schandtaten über Jahre hinweg nie aufgedeckt wurden, drängte jetzt zum Aufbruch. Rosie Cotterman tat nichts, um ihn zurückzuhalten. Im Gegensatz zu den sorgfältigen Verpackungskünsten ihrer Tochter steckte Rosie die drei Bilder in eine Plastiktüte und trug sie zum Wagen. Kein Wort über ein weiteres Zusammentreffen. Nur ein kurzer, höflicher Kuß auf die Wange. Beim Wegfahren hatte Thomas zurückgeblickt und gewunken. Aber Rosie hatte nicht mit leicht verzerrtem Gesicht dort gestanden, wie es die meisten Frauen, die er kannte, getan hätten. Sie war gegangen und hatte die Tür hinter sich zugemacht. Vielleicht hatte sie herausgefunden, daß es zu den Grundregeln des Alleinlebens gehörte, Besucher, sobald sie gegangen waren, zu vergessen. Besucher? Wer besuchte Rosie?

Während er langsam zurückfuhr, war ihm klar geworden, daß sie trotz des angeregten Gesprächs nichts Privates ausgetauscht hatten. Rosie hatte keine Fragen über seine Frau, seine Kinder, seine Arbeit oder sein sonstiges Leben gestellt. Und er war ebenso zurückhaltend gewesen, hatte lediglich über Maler und Gemälde gefragt. Aber es war ihm auch nicht so vorgekommen, als hätte sie diese Fragen unterdrückt. Thomas meinte, sie wären ihr einfach nicht in den Sinn gekommen. Vielleicht gehörte auch das zu der Strategie des Alleinlebens: Wenn Besucher kommen, dann ist es interessanter, etwas über ihre Leidenschaften zu erfahren als über ihr Leben.

Wie auch immer, jetzt bedauerte Thomas, daß er nicht mehr wußte. Plötzlich wollte er unbedingt ein paar grundlegende Dinge wissen. Wer war Serenas Vater und wo war er? Gab es noch andere Kinder? Einen Liebhaber? Familie in Irland? Als er die Londoner Peripherie erreichte, fühlte er sich ausgesprochen unbehaglich. Fragen über Fragen quälten ihn. Was für ein Narr er gewesen war! Und doch hätte er die gemeinsamen Stunden nicht anders verbringen wollen. Sie hatten nur über Dinge gesprochen, die sie beide angingen. Und genau das hatte den Reiz dieser Begegnung ausgemacht. Allzuoft, dachte Thomas, verlief das Kennenlernen von neuen Frauen nach einem abgedroschenen Muster. Man tauschte ein paar autobiographische Fakten aus (in seinem Fall waren sie ziemlich zurechtgestutzt), und dann folgte eine lange Zusammenfassung der Gefühlswelt des Mädchens. Eigentlich sehr langweilig, eine Beziehung so zu beginnen. Viel lohnender war es für zwei Menschen, sich langsam, Schritt für Schritt einander zu nähern, sich allmählich ein Bild zu machen, wie man es bei einem guten Buch macht. Aber die meisten Frauen, fand Thomas, waren heutzutage auf sofortige Zuneigung und Bindung aus. Sie suchten ungeduldig nach einem Mann, und wenn sie einen gefunden hatten, konnten sie es nicht erwarten, die Sache voranzutreiben. Sie begriffen nicht, daß das

Wesentliche an einer Romanze ist, sich Zeit zu nehmen. Und so würde es mit Rosie sein, die er liebte … Langsam.

Thomas sah auf die Uhr im Auto. Wenn er sich nicht beeilte, würde er zu spät dran sein, und das wollte er bei seiner Frau um jeden Preis vermeiden. Selbst jetzt, da er hingerissen war von Rosie, hielt er an der eisernen Regel fest, nicht unpünktlich zu sein. Das wollte er immer beibehalten. Vielleicht eines Tages nicht mehr. Er fuhr schneller und lächelte vor sich hin. Heute abend würde es einer besonderen Anstrengung bedürfen, seine Geistesabwesenheit zu verbergen.

Ralph Cotterman hatte sein tägliches Schreibpensum abgeschlossen. Er nahm seinen Tee mit in den Garten und setzte sich auf einen Gartensessel, mit dem Rücken zu der vernachlässigten Rabatte. Ursula hatte ihn gebeten, sie neu bepflanzen zu dürfen, aber er hatte ihr Angebot immer abgelehnt. Als er einmal versuchte, seine eigensinnige Weigerung zu analysieren, fand er heraus, daß er wohl die Vorstellung nicht ertragen konnte, jeden Tag etwas vor Augen zu haben, das sie für ihn gemacht hatte. Ihre Abwesenheit wäre dann noch unerträglicher. Seine Argumentation war allerdings nicht wasserdicht: Es gab ein großes Foto von Ursula (mit den Kindern) an seiner Badezimmerwand, eine ständige Erinnerung. Aber die Irrationalität in seinem Kopf blieb, und die Rabatte blieb auch so, wie sie war. Fast nie wurde darin das Unkraut gejätet, und sie war inzwischen wirklich kein schöner Anblick mehr. Ralph hatte mit Gartenarbeit einfach nichts im Sinn.

Den Tee in einer Hand, das Schreibzeug in der anderen, die Sonne angenehm auf dem Rücken, betrachtete Ralph den Schreibblock auf seinen Knien. Wenn er nicht arbeitete oder die Knoxes oder Farthingoes besuchte – angenehme Unterbrechungen, die keiner Analyse bedurften –, verließ er sich auf seine eigenen Aufzeichnungen, mit denen er sich sein einsames Leben strukturierte. Ohne große Begeisterung schrieb er jetzt: »Mutter anrufen, Ida anrufen.«

Ida war ein Mädchen, das er letzte Woche beim Kauf von

Postkarten im Ashmolean-Museum kennengelernt hatte. Eigentlich wußte er nicht mehr so recht, was ihn dazu bewogen hatte, sie ins Kino einzuladen – es war sonst nicht seine Art, einfach Mädchen aufzugabeln. Aber sie war offensichtlich wie er allein an diesem Abend. Es war Freundlichkeit, nichts weiter. Sie hatten sich den *Club der toten Dichter* angesehen und danach in einem indischen Restaurant zu Abend gegessen – wieder einfach Freundlichkeit. Ralph glaubte, es wäre unhöflich gewesen, sie hungrig in das Wohnheim zurückgehen zu lassen. Und dann war der Abend gar nicht so schlecht verlaufen. Ida, die eigentlich ziemlich hübsch war, hatte, durch den Film angeregt, ernsthaft mit ihm über das Bildungswesen diskutiert und dann von ihrer Abschlußarbeit über Wagner erzählt. Wie viele aus ihrer Generation nahm sie einfach alles viel zu ernst. Ralph fand das ermüdend. In Idas Ansichten gab es kein Fünkchen Humor. Man mußte höllisch aufpassen, um alles mitzukriegen, was sie sagte, und höflich darauf reagieren zu können. Deshalb war es für ihn eine große Überraschung, als er sich am Eingangstor ihres Wohnheims sagen hörte, sie sollten sich nächste Woche wieder einen Film zusammen ansehen. Er würde sie anrufen. Sie schien erfreut zu sein.

Jetzt, da die Zeit dafür gekommen war, sträubte sich etwas in ihm dagegen. Er würde an der Pforte eine Nachricht hinterlassen – irgendeine überzeugende Entschuldigung. Und sich dann nicht mehr melden. Es hatte keinen Sinn. »Ursula anrufen«, schrieb er als nächstes. »Katze? Frances anrufen.« Nach einer Weile strich er die letzte Zeile wieder durch.

Dann wurde die Liste schnell länger: Sachen, die er besorgen mußte, eine Zugabfahrt, die nachzusehen war, die Arbeit eines amerikanischen Professors, die er lesen mußte. Er trank seinen Tee aus, stellte den Becher auf das Gras und fuhr mit der Hand durch die Gänseblümchen. Die Blütenblätter waren schon fast geschlossen, der Rasen nur noch ein gedecktes Weiß. Erst jetzt fiel Ralph auf, daß es ziemlich kühl geworden war, nachdem die Sonne hinter dem Maulbeerbaum ver-

schwunden war. Er ging ins Haus, um seine Mutter anzurufen.

»O Ralphie, ich hatte so einen netten Nachmittag«, sagte
Rosie Cotterman. Ein durchaus ungewöhnlicher Gesprächs-
anfang. Für gewöhnlich war sie sehr sparsam mit Informationen über ihr Leben. »So ein netter Mann war hier. Ein Geschäftsmann, denke ich. Hat ein paar Bilder gekauft. Wann
kommst du? Bald?«

»Bald. Großes Ehrenwort.«

Ralph verbrachte ganz gern ein Wochenende bei seiner
Mutter. Er schlief dann in einer Pension, nicht auf dem Sofa in
ihrem Atelier, und hielt sich den ganzen Morgen von ihr fern,
solange sie arbeitete. Dann aßen sie in einem Pub zu Mittag,
machten einen langen Strandspaziergang und kehrten zu
Fischeintopf und Rotwein in ihr Marsh Cottage zurück. (Vor
Jahren hatte sie fünf Dutzend Kisten Rotwein als Abschieds-
geschenk von einem französischen Liebhaber bekommen, der
Weinbauer war.)

»Und wie sieht's bei dir aus?«

»Gut«, sagte Ralph.

»Sehr ausführlich ist das aber nicht, Liebling.«

»Wahrscheinlich habe ich das von dir geerbt.«

Rosie lachte. »Hast du inzwischen eine Ehefrau für dich
gefunden?«

Die Frage kam regelmäßig wieder. Sie gab sich Mühe, sie
jede Woche ein wenig anders zu formulieren. Heute war es
eher scherzhaft gemeint. Ein andermal war es ihr durchaus
ernst.

»Noch nicht, Mutter.« Ralph enttäuschte seine Mutter
schon viele Jahre und war an ihre entsprechende Reaktion inzwischen gewöhnt.

»Ich hoffe, du siehst dich wenigstens um, Ralphie.«

»Tu ich, tu ich.«

»Es muß in Oxford doch jede Menge Frauen geben.«

»Ja, doch.«

»Aber sie laufen dir nicht über den Weg?«

»Nicht die richtigen, nein.«

»Irgendwann klappt es, ganz sicher.« Daran glaubte sie wirklich. Ihr Sohn konnte in dieser Richtung nicht so anders sein als sie, so gutaussehend, gescheit und insgesamt begehrenswert, wie er war. »Aber ansonsten geht alles seinen normalen Gang, oder?«

»Ziemlich viel zu tun. Ich bekam eine Einladung zu einem Ball bei den Farthingoes. Frances sagte, sie würden dich auch einladen.«

»Ach ja, habe ich zerrissen. Aber Serena geht hin.«

»Du solltest auch kommen. Es macht dir sicher Spaß.«

»Bezweifle ich. Außerdem, wie sollte ich ans andere Ende der Insel kommen?«

»Ich könnte dich abholen, oder Bill und Mary könnten dich bringen. Du kannst bei mir wohnen. Wir könnten zusammen hingehen.«

»Bis dahin wirst du eine Frau haben, Ralphie. Das würde mich überhaupt nicht wundern.«

»Eher unwahrscheinlich.«

»Ich überlege es mir noch mal.« Es entstand eine lange Pause. »Dieser Mann, ein gewisser Mr. Arkwright, hat einen wirklich guten Preis gezahlt. Drei Bilder. Und er kommt wieder, weil er noch mehr haben will.«

»Gut. Freut mich für dich. Und das nach all dem, was du in der Galerie verkauft hast.«

»Dort hat er meine Bilder ursprünglich gesehen. Ich glaube, er ist ein wenig traurig. Die Bilder munterten ihn auf. Ich muß weitermachen, Liebling. So viel zu tun.«

»Ich rufe dich wieder an, wie immer. Auf Wiederhören, Mutter.«

Als nächstes – Ursula. Ralph machte es sich in der Hoffnung auf ein langes Gespräch in einem Lehnstuhl gemütlich. Er überlegte sich immer sehr genau, wann er Ursula anrufen konnte, um sie nicht zu einer ungünstigen Zeit zu stören. Die Kinder müßten jetzt ihre Hausaufgaben machen, und eigentlich dürfte er sie jetzt bei keiner Hausarbeit stören.

Ursula hob erst nach einer ungewöhnlich langen Zeit ab.

»Wie geht es der Katze?« fragte Ralph. »Ich habe ein ziemlich schlechtes Gewissen.«

»Die Katze? Oh, die Katze.« Pause. »Es hat ein kleines Drama gegeben. Ich bin am ersten Morgen schier ausgerastet, als ich sah, wie sie eine Taube tötete. Ich habe versucht, den Vogel zu retten, aber die Katze ist weggelaufen. Bis jetzt ist sie noch nicht zurückgekommen … Es tut mir leid. Sarah hat sie geliebt. Vielleicht kommt sie ja wieder.«

»Vielleicht versucht sie ja, den Weg zu euch zurückzufinden.« Ralph kaute an seinem Kugelschreiber. »Wie hat Sarah es aufgenommen? Das schnelle Verschwinden.«

»Sie ist untröstlich. Das kannst du dir ja vorstellen. Weint sich in den Schlaf. Verdammte Katze. Ich weiß nicht, wie ich sie trösten soll.«

»Gib ihr noch ein oder zwei Tage, und wenn sie dann nicht zurückgekommen ist, werde ich …«

»Bitte bring uns keine mehr.«

»Nein.« Ralph seufzte. »Gut. Es tut mir leid. Was gibt es sonst Neues?«

»Nichts. Hör mal, ich habe es furchtbar eilig. Wir sollen um Viertel nach sieben in St. Crispin's sein, und ich muß den Kindern noch das Abendessen machen. Ich rufe dich an, sobald es in Sachen Katze etwas Neues gibt.«

»Danke.«

Ich rufe dich an, sobald es in Sachen Katze etwas Neues gibt. Die Worte klangen so deutlich in Ralphs Ohren, daß er meinte, Ursula wäre hier im Zimmer. Wieder seufzte Ralph. Es gab Zeiten, da waren das Junggesellendasein und das Alleinleben alles andere als angenehm. Vielleicht hatte seine Mutter recht. Vielleicht sollte er wirklich seine Gefühle nicht weiter an Ursula verschwenden und sich nach einer Frau umsehen.

Er stand auf und ging mit schwerfälligen Schritten in die Küche. Ob das Tiefkühlfach wohl etwas barg, worauf er zum

Abendessen Lust hatte? In diesem Augenblick fiel ihm ein, daß er Geburtstag hatte. (Wieso hatte seine Mutter das vergessen? Sie vergaß ihn immer.) Er war zweiundvierzig. Ein Mann mittleren Alters. Er holte sich ein Glas. Sein Geburtstag war ein Grund, die Flasche guten Whisky aufzumachen, die ihm Ursula letzte Weihnachten geschenkt hatte. Er erinnerte sich an ihre rosigen Wangen nach dem ungewohnten Genuß von Champagner zum Mittagessen. Sie trug einen orangefarbenen Papierhut auf dem Kopf. Sie küßte ihn überschwenglich am Weihnachtsbaum. Die Kinder lachten. Für den Bruchteil einer Sekunde waren sie so nah beieinander, daß Ralph kurz davor war, seiner Phantasie zu erliegen, und sich rasch von ihr losreißen mußte, damit sie die Reaktion seines Körpers nicht spüren konnte.

Er öffnete die Flasche, goß sich den Whisky ein, und weil es sein Geburtstag war, erlaubte er sich, weiter in Erinnerungen zu schwelgen.

Mary ging über das Feld zu der umgestürzten Balsampappel. Es war Abend. Die Angst, die sie heute morgen befallen hatte und von der sie dann durch Rosie Cottermans seltsamen Besucher abgelenkt worden war, war nicht wiedergekehrt. Die düsteren Gedanken an Bills Leben nach ihrem Tod waren wie weggeblasen. Sie war nach Hause zurückgekehrt und war ganz erpicht darauf, Rosie anzurufen, die sie schon seit einiger Zeit nicht mehr gesehen hatte, um zu hören, ob sie erfolgreich ein Geschäft abgeschlossen hatte. Beim Mittagessen hatte es für sie und Bill kein anderes Gesprächsthema gegeben als ihre eigenartige Nachbarin. Das merkwürdige einsame Leben, das sie führte, wie wenig sie nach all den Jahren über sie wußten, wie außerordentlich zielstrebig sie wirkte. Als Bill am Nachmittag wieder zu seinem Baum zurückkehrte, wollte Mary vorsichtshalber nicht sofort anrufen, damit sie nicht mitten in die Verkaufsverhandlungen reinplatzen würde. Allerdings wollte sie schon sehr gern wissen, was da drüben vor sich ging. Da sie nie selbst für ihren Lebensunterhalt hatte aufkommen müssen, freute sie sich immer besonders mit, wenn eine ihrer Freundinnen finanziellen Erfolg hatte. Schließlich wartete sie mit dem Anruf bis nach dem Tee. Rosie, die ausnahmsweise gesellig aufgelegt war, nahm die Einladung zu einem Drink an. Es gäbe ohnehin etwas zu feiern, sagte sie. Der merkwürdige Mann aus London hätte drei Bilder für einen erklecklichen Preis erworben.

Auf dem halben Weg über das Feld spürte Mary eine Leichtigkeit des Herzens und eine Freiheit des Geistes, die ihr oft zwischen ihren Angstanfällen wie vom Himmel gesandt zufiel. Wie immer in solchen Augenblicken dachte sie über die lebensverkürzende Wirkung ihrer Weltuntergangsstimmungen nach. »Ist das Leben, das wir nicht kennen, all die quälenden Gedanken wert, die unser Gehirn zerfressen?« fragte sie sich. Fast fünfzig Jahre lang hatte sie Bill über Balzac reden hören. Aber *ihr* Mann war Tschechow. Tschechow hatte genau diese Frage gestellt. Was wäre wohl seine Antwort gewesen, fragte sie sich. Ganz sicher nein. Jeder vernünftige Mensch würde es ablehnen, sein Gehirn mit quälenden Gedanken an den Tod zu zermartern. Es war ein ungesundes Sichgehenlassen, dem wir uns nicht hingeben sollten. Und doch … wie war das zu schaffen? In freien Augenblicken wie diesem war Mary fest entschlossen, das nächste Mal diesen Gedanken nicht zu erliegen. Aber die Anfälle trafen sie unvorbereitet. Sie krochen in ihr hoch und ergriffen von ihr Besitz, noch ehe sie die Kraft gesammelt hatte, sie abzuwehren. Und war sie einmal in ihrem Würgegriff gefangen, war sie hilflos. Die Befreiung erfolgte nur durch die Zeit (manchmal nach Stunden, manchmal nach Tagen) oder durch eine überraschende Ablenkung, wie beispielsweise die Begegnung mit dem Mann heute morgen am Strand. Eine gezielte Ablenkung – Kochen, Lesen, Gartenarbeit – half hingegen nichts, obgleich sie natürlich all diese Dinge weiter verrichtete, unabhängig davon, wie schwer der Anfall war.

Die Fähigkeit, trotz ihrer Anfälle ganz normal weiter zu funktionieren, war etwas, was Bill nicht sehen konnte, dachte sie. Sie war sich sicher, daß er von ihrem Kummer nur eine sehr vage Vorstellung hatte. Gelegentlich hatte sie einen Versuch gewagt, es zu erklären, aber eigentlich war es jetzt dafür zu spät. Außerdem fand sie das Thema zu diffus, zu töricht und zu beschämend, als daß sie es beschreiben konnte. Nicht einmal dem Mann, der es am ehesten verstehen würde. Es war das einzige Geheimnis, das sie vor ihm hatte. Indem sie es für sich behielt, glaubte sie, ihm viele Jahre Sorgen um ihre Person erspart zu haben. So hatten sie ein Eheleben gehabt, das in seinem beständigen Glück seinesgleichen suchte.

Mary bog um die Ecke. Ein paar Meter vor ihr stand Bill mit dem Rücken zu ihr und hielt die Motorsäge an einen kleinen Ast. Neben ihm lagen Holzscheite ordentlich aufgeschichtet. Mary mußte über seine typische Akkuratesse lächeln. Die Scheite würden auf einem Anhänger zum Schuppen gebracht werden müssen, aber für Bill war das kein Grund, sie zunächst mal nur auf einen Haufen zu werfen. Er hatte ganz strenge Vorstellungen, wenn es um Zeit und Symmetrie ging.

Der Holzstoß war noch ziemlich klein. Mary überlegte, immer noch lächelnd, wie viele Stunden Bill jetzt schon an dem Baum gearbeitet hatte. Schnelles Sägen war nicht seine Stärke, oder vielleicht gefiel es ihm ja auch so gut, daß er möglichst lange etwas davon haben wollte. Mary sah ihm weiter zu. Sein dickes, graues Haar kräuselte sich über den Kragen des Pullovers, den sie vor langer Zeit für ihn gestrickt hatte. Seine kräftigen Schultern hoben und senkten sich rhythmisch. Die Beine steckten in losen Cordhosen. Um das Gleichgewicht besser halten zu können, hatte er die Knie leicht angewinkelt. Was für eine vertraute Kraft von ihm ausging, dachte sie. Und dann wußte sie, ganz plötzlich, daß er ohne sie zurechtkommen würde. War es der ordentlich aufgeschichtete Holzstoß, der sie davon überzeugte? Sie sah ihn als Symbol der Disziplin, die sein Leben beherrschte, eine Disziplin, die der Tod seiner Frau nicht brechen konnte. Bill war stark genug, nicht nur nach ihrem Tod weiterzuleben, sondern sich auch weiterhin am Leben zu freuen. Der Gedanke spendete ihr in der kühlen Abendluft Trost.

Mary wußte, daß er keine Ahnung hatte, daß sie hinter ihm stand. Er konnte sie bei dem Motorgeräusch der Säge nicht hören. Sie hatte irgendwie ein schlechtes Gewissen, heimlich in die kleine Welt seiner Lieblingsbeschäftigungen eingedrungen zu sein. Bevor sie in sein Blickfeld trat, drehte er sich plötzlich um. Überrascht hielt er die Säge nach oben und stellte dann den Motor ab. Die plötzliche Stille war unendlich.

»Sieh dir das an.« Er lachte und zeigte auf den Holzstoß.

»Wunderbar.«

»Geht allerdings ziemlich langsam. Der arme, alte Baum.« Er stieß mit dem Schuh gegen den Baumstamm. »Du bist doch nicht gekommen, um mich zu holen, oder? Um halb sieben, sagte ich, würde ich zurück sein.« Die von ihm bestimmte Zeit.

»Rosie kommt um sechs vorbei. Sie bleibt nicht lang. Hat zu viel zu tun. Sie hat einen ganzen Arbeitsnachmittag verloren, weil ein Mann kam und ihr drei Bilder abkaufte.«

»Ah.«

Bill nahm ein Holzscheit hoch und inspizierte das weiße Holz und die rauhe Rinde. Er legte es auf den Stoß und suchte so lange einen geeigneten Platz, wie ein Maurer, der den nächsten Stein in einer Mauer plaziert. Als das zu seiner Zufriedenheit geschehen war, sah er noch einmal auf die Uhr.

»Dann sollte ich wohl lieber jetzt mit dir zurückgehen.«

Er sagte es leichten Mutes. Die Entscheidung war für ihn mit keinem Opfer verbunden. Die selbst bestimmte Uhrzeit war zu seinem eigenen Nutzen. Wenn es für seine Frau bequemer war, war er immer gern bereit, sie zu ändern.

»Ich fange morgen dafür früher an«, sagte er. »Hoffentlich hat Rosie einen guten Preis bekommen.«

Er bot Mary den Arm an. Sie hakte sich unter. In der klaren Stille des Abends kehrten sie in ihr Haus zurück.

Alles hatte sich gegen Ursulas Plan verschworen, sich besonders viel Zeit für das Umziehen zu nehmen. Ben hatte sich vor dem Klavierüben drücken wollen. Sie hatte fünf Minuten opfern müssen, um ihm seine Tonleitern abzutrotzen. Beim Abendessen hatte Sarah plötzlich wieder einmal zu weinen angefangen, diesmal direkt in ihre Heinz-Gemüsesuppe hinein.

»Wo ist meine Katze? Sie ist bestimmt tot, und euch allen ist das völlig egal.«

Schließlich hatte dann noch Ralph angerufen und ein längeres Gespräch erwartet, gerade als sie sich nach oben stehlen wollte.

Jetzt saß sie an ihrem Frisiertisch und sah kritisch in den Spiegel. Wie immer wollte sie sich besondere Mühe geben, wenn sie zum Abendessen ins College ging. Die Tatsache, daß die Frauen der anderen Professoren keinen besonderen Aufwand trieben, spornte sie zusätzlich an. Das Kleid, das sie ausgewählt hatte, war jadegrün und betont einfach. Natürlich würde sie damit zu elegant sein, denn jedes Seidenkleid war zu elegant für derartige Treffen. Aber das kümmerte sie herzlich wenig. Das Make-up war fertig – sie war wahrscheinlich die einzige, die so etwas Frivoles wie Wimperntusche benutzte. Das Haar hatte sie so voluminös wie nur möglich aufgebauscht, um sich gegen die brave Dauerwellenriege abzusetzen. Jetzt ging es nur noch um den Schmuck. Mit trotzigem Stolz wählte sie zwischen künstlichem Edelsteinschmuck. Sie wählte lange Ohrringe und eine Brosche in Form einer Lyra. Außer Martin würde das ohnehin niemand bemerken. Der Durchschnittsprofessor war in puncto Äußerlichkeiten ebenso gleichgültig wie seine Frau. Ihr jedoch bereitete das Tragen von Schmuck Vergnügen.

Sie steckte sich die Brosche an und überprüfte den Sitz im Spiegel. Dort sah sie Sarah, die in der Tür stand.

Sie hielt die Katze im Arm.

»Sie ist zurückgekommen«, sagte das Kind. »Sie ist plötzlich auf das Küchenfenster gesprungen. Da habe ich sie her-

eingelassen. Sie war ganz ausgehungert. Ich habe ihr Milch gegeben. Ist sie nicht eine brave Katze?«

Sarah kam auf ihre Mutter zu und blieb neben ihr stehen.
Der Katze schien es nicht mehr auf dem Arm zu gefallen. Sie
streckte steif alle viere von sich und sah auf den Boden.

»Sag doch, Mama, ist sie nicht brav?«

»Sehr«, antwortete Ursula.

»Freust du dich denn gar nicht? Hast du dir keine Sorgen
gemacht? Wir dürfen sie nie wieder weglaufen lassen.«

»Nein. Auf keinen Fall.«

Dann tauchte Martin im Spiegel auf. Ursula sah, wie er ihr
verzweifeltes und dann Sarahs lächelndes Gesicht betrachtete.

»Was ist denn hier los?« fragte er.

»Die Katze ist wieder da«, erklärte Ursula.

Sie machte sich daran, ihre Ohrringe anzulegen. Tausend
kleine Reflexe tanzten, hell wie Mondsteine, an ihrem Hals.
Ihre Gedanken schwirrten wirr umher.

Martin ging zu seiner Tochter und küßte sie auf den Kopf.

»Na, da bist du aber froh«, sagte er und war auf diese Weise
loyal zu Tochter und Ehefrau. »Aber ich bin spät dran und
muß mich beeilen. Bring du die Katze zurück in die Küche
und – ich weiß nicht – an ihren Platz.«

»Der Korb steht noch da«, sagte Ursula.

»Gut.« Sarah trollte sich. »Aber eins muß klar sein. *Ich*
habe sie gefunden, deshalb darf *ich* ihr auch einen Namen
geben. Sie soll Katze heißen. KATZE.«

»Ein schöner Name«, stimmte Martin zu und schloß die
Tür hinter ihr.

Ursula seufzte. »O Gott«, sagte sie.

»Dummes Katzenvieh.«

»Ich hasse sie.«

»Vielleicht haben wir Glück, und sie läuft wieder davon.«

»Ralph ist ein Narr.«

»Der arme, alte Ralph. Er möchte es immer allen recht
machen.«

Ursula stand auf und drehte sich zu Martin um, der seine Krawatte aufmachte. Er taxierte sie von oben bis unten, eher amüsiert als ernst.

»Wenn mehr Ehefrauen so aussähen wie du«, sagte er, »gäbe es sicher eine einmütige Abstimmung, daß die Frauen öfter als einmal pro Semester zum Essen eingeladen werden.«

Ursula lachte. Martin nahm sie in den Arm, küßte sie auf die Augen und streichelte mit der Hand über ihr glänzendes Haar. Die Katze war vergessen.

Thomas fuhr auf der M40. Er fühlte sich unwohl in seiner Smokingjacke. Es war die, die für den Ball bei den Farthingoes noch gereinigt werden mußte. Zu Hause hatte er gerade Zeit gehabt, sich umzuziehen. Er war nicht mehr dazu gekommen, Rachel die Bilder zu zeigen oder ihr die wenigen Dinge mitzuteilen, die er beschlossen hatte ihr zu sagen. Er schwebte selig über den Dingen, und deswegen ging alles ein wenig langsamer. Seine Finger waren klamm an diesem frostigen Tag. Rachel beschwor ihn, sich zu beeilen. Auf dem Weg zum Auto band er sich noch die Fliege. Davon und von seinem Glückszustand ganz in Anspruch genommen, hatte er sich nicht in der Lage gefühlt, sich auf irgendwelche Details zu konzentrieren. Und doch drang durch den Nebel seiner Seligkeit irgend etwas – irgend etwas sehr Ungewöhnliches – zu ihm durch. Etwas Ungewöhnliches an Rachel.

Jetzt, da es auf der Straße ziemlich leer war, hatte er Zeit, seinen Verdacht zu überprüfen. Er sah verstohlen zur Seite. Tatsächlich, er hatte recht. Sie sah sehr merkwürdig aus.

»Du hast dich aber ganz schön aufgetakelt, oder?«

Rachel strich sich über das Haar. Scharlachrote Fingernägel stachen ihm ins Auge.

Der erste Schritt zu den Signalen der Verfügbarkeit war ein Besuch bei ihrem Friseur gewesen. Seit Jahren war sie nicht mehr bei Giorgio gewesen und genoß es, sich in dem Salon mit braunem und goldenem Ledermobiliar verwöhnen zu lassen. Nach drei Stunden hatte sie ihr Haar zu einem koketten edwardianischen Knoten hochgebauscht. Weiche Löckchen an den Ohren schmeichelten ihrem Gesicht. Oh, wie verführerisch, hatte Giorgio gesagt.

»Ich war nur mal beim Friseur, zur Feier des Tages.«

Aber es war nicht nur die Frisur. Thomas sah sie noch einmal an. Sie trug einen goldglänzenden Rock – Weihnachtsfummel, würde er sagen –, und das schwarze Samtoberteil hatte einen tiefen V-Ausschnitt, der den Brustansatz freizügig sehen ließ.

»Also, die Frauen in Oxford ziehen sich nicht so elegant an«, sagte er verwirrt.

»Na und? Ich bin nicht aus Oxford. Früher hast du es gern gesehen, wenn ich mich schön angezogen habe. Du hast mich immer ermuntert, mehr Geld für Kleidung auszugeben.«

»Wahrscheinlich bin ich nicht daran gewöhnt, daß du meine Vorschläge beherzigst. Hast das schon länger?«

»Nein. Erst seit heute nachmittag.«

Rachel klopfte auf ihren goldenen Rock. Goldblitze schossen in Thomas' Augen. Warum um Himmels willen konnte sie nicht das übliche schwarze Kleid anhaben? Dieser Goldplunder war ganz und gar unpassend für ein Oxford-College.

»Und vielleicht hast du auch bemerkt«, fuhr Rachel fort, »ich habe auch die Ohrringe aus der Schublade geholt.«

Die Ohrringe, so viel wußte er noch, waren die einzigen, die er ihr jemals geschenkt hatte. Ein Hochzeitsgeschenk. Große Rubine, in Gold und Diamanten gefaßt. Sie hatte sie seit Jahren nicht mehr aus dem Banksafe geholt.

»Gütiger Himmel«, ereiferte er sich. »Wo glaubst du eigentlich, daß wir hingehen? Zum Bürgermeister?«

Rachels Schweigen bedeutete ihm, daß er sie beleidigt hatte.

»Aber keine schlechte Idee. Warum solltest du sie auch nicht tragen, wenn es eine Gelegenheit gibt.«

Verstimmt rutschte Rachel auf ihrem Sitz hin und her. Nägel, Goldrock und Ohrringe blitzten in der Abendsonne, die durch die Windschutzscheibe strahlte.

»Und dein Nachmittag? Erfolgreich?« Nachdem Rachel die Kritik ihres Mannes einigermaßen verdaut hatte, war sie wieder ruhig und fröhlich.

»Sehr. Drei Bilder. Einfach wunderbar.«

»Und wie war diese Rosie Cotterman?«

Thomas überlegte sehr lange. »Ziemlich merkwürdig«, antwortete er dann. »Exzentrisch könnte man vielleicht sagen. Lebt allein in der Marsch.«

»Jung?«

»O nein. Ziemlich alt.«

»Wie alt?«

»Schwer zu sagen.«

»Ungefähr?«

Warum nur wollte sie unbedingt Rosies Alter wissen? Er selbst hatte noch nie drüber nachgedacht.

»Mitte Fünfzig vielleicht. Oder sogar schon sechzig.«

Eine eigenartige Vorstellung. Er hatte sich noch nie für eine Frau über dreißig interessiert. Rachel war die älteste Frau in seinem Leben.

»Also nicht so alt. Obwohl ich mir nicht einmal mit meinen fünfundvierzig vorstellen kann, sechzig zu sein.«

Es wurde wieder still im Wagen. Da Rachel generell nicht so viel Interesse an den Bildern hatte, war das Thema Rosie momentan offensichtlich abgeschlossen. Thomas kehrte in Gedanken wieder an die kurzen, unauslöschlichen Stunden mit ihr zurück: zu ihrer Stimme, ihren Händen, ihren topasfarbenen Augen. All das hatte in seinem Kopf einen Zustand der verzauberten Verwirrung geschaffen. Es war ein Wunder, daß sein Körper weiterhin in der Lage war, einen Wagen zu lenken.

Rachel lächelte auf dem Beifahrersitz vor sich hin. Sie dachte, wie lustig es war, daß Thomas' Vorfreude sich ausschließlich auf den Genuß guten Weines konzentrierte. Das war ganz eindeutig an dem Glanz in seinen Augen zu sehen. Sie selbst hatte ganz andere Dinge im Kopf. Ein Universitätslehrer sollte es sein, ein Professor, mit dem sie gelegentlich zum Mittagessen gehen konnte und über Bücher, Gedichte und Universitätspolitik sprechen konnte, genau wie damals, als sie in den unteren Semestern war – nur viel ruhiger das Ganze. Mehr wollte sie eigentlich gar nicht. Keine emotionale Verstrickung, kein Sex, keine Leidenschaft, keine Romanze. Kompliziert sollte ihr Leben nämlich dadurch um Himmels willen nicht werden. Nein. Alles, was sie wollte, davon war sie fest überzeugt, war Gesellschaft. Würde sie bei einem Abendessen in St. Crispin einen geeigneten Kandidaten finden?

Realistisch gesehen, war das eher unwahrscheinlich. Aber als Thomas auf der Magdalenenbrücke schneller fuhr, schöpfte Rachel neue Hoffnung. Vielleicht als Tribut an Thomas' jugendliche Fahrweise. Die letzten Sonnenstrahlen tauchten den Turm in ein Gold, das ihrem Rock ebenbürtig war.

Der Senior Common Room, in dem sich die geladenen Gäste versammelten, um Drinks einzunehmen, war architektonisch ein schöner Raum: Tonnengewölbe, hübsches Gesims, tiefe Fensterlaibungen. Vor einigen Jahren hatte selbst der kurzsichtigste Fellow zugeben müssen, daß eine Renovierung dringend vonnöten war. Dieser Beschluß hatte fast ebensoviel Staub aufgewirbelt wie weiland die Verfügbarkeit von Kontrazeptiva in den Toiletten der Anfangssemester. Damals waren viele Fellows gezwungen, ihre ziemlich verstaubte Moral nach langem Ringen endgültig über Bord zu werfen. Außenstehende, die glaubten, die Geister der Fellows müßten sich Erhabenerem widmen als Wandfarben, wären baß erstaunt über die hitzigen Diskussionen gewesen, die sich entfachten, nachdem der Vorstand den Antrag auf Renovierung verabschiedet hatte. Ihre Annäherung an so unbekanntes Terrain wie Inneneinrichtung war notwendigerweise sehr vorsichtig. Man kam überein, das Ganze auf Ausschußebene zu entscheiden. Ein so undemokratischer Vorschlag, wie einen kompetenten Fachmann zu engagieren, war undenkbar.

Und so kämpften die Fellows mit unterschiedlichen Geschmäckern und einem völlig neuen und verwirrenden Thema. Schon bald wurde klar, daß es sehr schwer war, einen einstimmigen Entschluß zu fassen, mit einer einzigen Ausnahme: Niemals, wirklich absolut niemals sollten die Ehefrauen das Recht bekommen, mitzuentscheiden. Als dieser Vorschlag gemacht wurde, gab es eifriges Kopfnicken und verstohlenes Lächeln von weisen Männern. Sie alle dachten an ihre Häuser in North Oxford mit all dem überflüssigen Tand. Nein, so etwas wollten sie nun wirklich nicht im Common Room haben. Keine Ehefrauen. Eine großartige Idee!

Danach versuchten sie praktisch zu denken. Ihrer Natur gemäß gingen sie das Problem akademisch an. Ein Fellow brachte eine Farbkarte mit, auf der tausend verschiedene Farben vorgestellt wurden. Mit großer Feierlichkeit machte die Karte die Runde. Jeder Fellow machte Kreuzchen bei verschiedenen Tönen von Gelb, Creme, Rostrot, Blau, Grün, Grau und Braun. Sorgfältig wurden die dazu gehörigen Codenummern notiert. Man kam überein, weitere Recherchen anzustellen – was, worüber und von wem, wurde nicht spezifiziert. Kein einziges Vorstandsmitglied wäre auf die Idee gekommen, anzudeuten, daß dieser Ansatz zur Problemlösung unpraktisch war. Sie lösten die Versammlung auf, allesamt hinlänglich verwirrt und mit müden Augen ob der vielen Farben.

Etwa drei Monate später hatte man sich, wenn auch nicht einstimmig, für einen Apricotton entschieden. Einige der jüngeren, aufmüpfigeren Mitglieder, die das banale Thema allmählich leid waren und hofften, die Vorstandssitzungen würden sich nicht immer nur um Diskussionen über Sonnengelb oder Mondblau drehen, hatten vorgeschlagen, ein neutrales Weiß wäre ein Kompromiß, gegen den keiner etwas einwenden könnte, und damit wäre die Sache endgültig vom Tisch gewesen. Weiß! Der Rektor war empört aufgesprungen und hatte lautstark seine Mißbilligung kundgetan. Sie hätten doch schließlich nicht viele Stunden mit wertvoller Diskussion über die zukünftige Wandfarbe im Common Room zugebracht, um jetzt mit dem albernen Vorschlag einer weißen Wand abzuschließen. Er betrachtete die Anregung als Affront auf ihre Intelligenz. Seine leidenschaftlichen Worte brachten ihm Zustimmung von den inzwischen ziemlich ermüdeten älteren Mitgliedern. Und so entschied man sich für Codenummer 12/4 M, königliches Apricot.

Was die mühsam um Einigung ringenden Fellows nicht in Betracht gezogen hatten, war, daß ein winziges Farbmuster herzlich wenig damit zu tun hat, wie eine Farbe sich auf einer großen Wandfläche macht. Als der Maler fertig war, waren sie überrascht, etwas ganz anderes auf der Wand vorzufinden, was ziemlich weit von dem Apricot entfernt war, das sie ausgesucht hatten. Was war das eigentlich für eine Farbe, die schließlich nach all den Geburtswehen herausgekommen war? Keiner konnte sie auf Anhieb benennen. Der Lateindozent nannte sie Sub-Rosa. Der schwule Quästor meinte, es wäre ein errötendes Rosa. Andere schworen, es wäre Herbstrostrot, Cremebeige, Sandrosa, Magnolie, Chocolat-au-lait (der Französischdozent) … Die Phantasienamen der Farbkarte hatten ihre Spuren hinterlassen. Man kam zu keinem gemeinsamen Schluß, was nun die Wände zierte, jedoch fanden alle, daß es in keiner Weise beleidigend war. Es war eine sichere Sache, nichts Kontroverses. Man war es zufrieden. Keiner hatte den Nerv, weitere Nachforschungen anzustellen und noch einmal abzustimmen.

Nachdem die Wände nun eine undefinierbare Farbe hatten, konnte man sich den Vorhängen zuwenden. Inzwischen ödete die Fellows die Beschäftigung mit den banalen Dingen des Lebens an. Laune und Toleranzgrenze waren auf einem absoluten Tiefpunkt angelangt. Bei einer Besprechung in ziemlich gereizter Atmosphäre wurde der Antrag auf Kontrastfarben oder Ton in Ton abgelehnt. Schließlich machten die ehrenwerten Vorstandsmitglieder geschlossen eine Fahrt zu einem kleinen Vorhanggeschäft in Summertown. Dort hatten sie zwar bald ein dickes Buch in Händen, mußten jedoch gleichzeitig feststellen, daß sie dieses Buch keinen Deut näher an eine Entscheidung zwischen Hunderten von Baumwollstoffen, Chintz, Damast, Samt und pflegeleichtem Satin brachte. Die drei Mitglieder, die sich nicht im nächsten Pub bei einem Drink erfrischten, wollten auch hier kein Risiko eingehen. Sie entschieden sich für rostroten Cordsamt.

Dieser wurde zu läppisch schmalen Vorhängen verarbeitet, die nicht ganz bis zum Boden gingen (trotz des enormen zur Verfügung stehenden Budgets) und auf modernen Kiefernholzstangen aufgehängt wurden, die überhaupt nicht zu den großzügigen Proportionen des Raums paßten. Aber sie lagen Hunderte von Pfund unter dem veranschlagten Budget, so daß man über optische Unzulänglichkeiten hinwegsehen konnte.

Jetzt ging es nur noch um die Möblierung und die Beleuchtung. Völlig entnervt kam man überein, einem der künstlerisch veranlagten Fellows, der in den sechziger Jahren an einer Kunstgalerie beteiligt gewesen war und wußte, wo man schwarze Ledersofas mit Stahlrahmen preiswert kriegen konnte, freie Hand zu lassen …

Martin hatte diese Geschichte von Timothy Lovat gehört, einem Fellow in St. Crispin's, der heute abend ihr Gastgeber sein würde. Martin hatte sie in aller Ausführlichkeit an Ursula weitergegeben. Er wußte, wie sehr sie ihr gefallen würde. Jetzt stand sie mit einem Glas minderwertigem Sekt in der Hand da und genoß die Abendsonne, die durch die Fenster hereinfiel. Genußvoll betrachtete sie das wunderschöne Gewölbe und dachte: Was für eine Verschwendung!

Dann wandte sie sich den Fellows und deren Gästen zu. Die Männer in Schwarz sahen eigentlich recht distinguiert aus, wenn man einmal von den Schuppen auf den Schultern absah, derer sie sich nicht bewußt zu sein schienen. Viele hatten außerdem altersunabhängige Unzulänglichkeiten – Augenfehler, Haare trocken wie Heu, rotblau verfärbte Wangen und Nasen. Ursula mutmaßte, daß das der Preis eines Gelehrtenlebens war – den ganzen Tag über Bücher gebeugt und abends viergängige Menüs und reichlich Wein. Nichtsdestotrotz mochte sie diese Lehrer. Ihre Weltentrücktheit, ihre Gelassenheit, wenn es um unwichtige Dinge wie Kopfschuppen ging. Sie fand das irgendwie liebenswert. Ihren Verstand konnte sie ohnehin nur uneingeschränkt bewundern, auch wenn die meisten die erstaunlichen Dinge, die in ihren Köpfen vorgingen, nicht an andere weiterzugeben vermochten. Ursula hatte so manchen Abend zwischen Metaphysik und Altgriechisch, Philosophie und Geschichte des Mittelalters, Altenglisch und Mathematik verbracht. Sie hatte herausgefunden, daß ein Tischnachbar, sobald er das Unterrichtsfach ihres Mannes herausgefunden hatte und wußte, in welchem College er lehrte, sehr viel gelöster war. Dann war es nicht schwierig, ihn in eine Diskussion über sein eigenes Lehrfach zu verwickeln.

Martin stand neben ihr und lächelte. »Die üblichen«, sagte er.

»Die üblichen.«

Die üblichen waren die Ehefrauen.

Ein einziger Blick genügte, um der Entscheidung des Colleges, die Frauen nur so oft einzuladen, daß es nicht unhöflich wirkte, volles Verständnis entgegenzubringen. Es war keine temperamentvolle, attraktive Gruppe. Eigentlich vermittelten die meisten eher den Eindruck, daß es kein leichtes Los war, die Frau eines Akademikers zu sein. Jahrelanges stilles Leiden unter dem selbstsüchtigen, verbohrten Verhalten ihres Ehemannes hatte sie resigniert und lustlos gemacht. Die meisten waren nur mit den Pflichten einer Ehefrau und Mutter betraut: Kinder, Schule (ein besonders beliebtes Gesprächsthema untereinander) und Wohltätigkeitsarbeit. Die Lehrerinnen und Akademikerinnen unter ihnen waren weniger eingeschüchtert, tendierten allerdings dafür zu militantem und aggressivem Verhalten. Der gemeinsame Nenner für beide Gruppen war die Gleichgültigkeit, was Kleidung anbetraf. Von wenigen Ausnahmen abgesehen, waren ihre Kleider langweilig oder häßlich. (Ursula erinnerte sich, daß einmal eine Ehefrau bei einem Weihnachtsessen ein Sportshirt, grauen Flanellrock und Wanderschuhe anhatte, und das bei Kerzenlicht, wunderschönem Tafelsilber und exquisiten Weinen in einem Festsaal aus dem sechzehnten Jahrhundert.) Außerdem war es üblich, unfrisiert, ungeschminkt und mit behaarten Beinen in fleischfarbenen Strumpfhosen zu kommen. Jedes Bemühen um ein ansprechendes Äußeres schien als frivol zu gelten. Der Aufwand war nicht der Mühe wert, und Attraktivität wies auf einen Mangel an Ernsthaftigkeit hin. Ursula machte diese Einstellung wütend. Schon oft hatte sie Martin gefragt, warum Universitätslehrer sich solche Frauen aussuchen. Er glaubte, die meisten von ihnen seien so in ihre Arbeit vergraben, daß sie es gar nicht merkten – genauso, wie sie auch nicht merkten, wenn auf den Tischen alte Brötchen standen oder Salz, Pfeffer, Kerzen und Blumen ganz fehlten. Wenn man so völlig auf ein Thema fixiert ist, bleibt die Ästhetik oftmals auf der Strecke.

Ursula ließ ihren Blick über die Frauengruppe schweifen und suchte nach einer Ausnahme. Unscheinbar wie weibliche Vögel standen sie neben ihren Männern. Nur eine war anders. Sie stand am Fenster und sprach mit Professor Pruddle, dem Rektor von St. Crispin's. Diese Frau war nicht die Frau eines Universitätsprofessors, sondern ein Gast. In ihrer Unschuld hatte sie sich um ein ansprechendes Äußeres bemüht.

Das Ergebnis war liebenswert exzentrisch – ein winterliches Kleid in Gold und Schwarz, wunderschöne Ohrringe, eine edwardische Frisur mit grauen Strähnen. Sie war eine hübsche Frau, jenseits ihrer Blütezeit, fest gebaut, rund, weich, mit einer aristokratischen Nase, hohen Wangenknochen und gelbbraunen Augen, die zu ihrem Haar paßten. Wenn sie den Professor anlächelte, erschien ein Grübchen auf einer Seite ihres Mundes. Wer mochte sie wohl sein, dachte Ursula? Ein seltenes Geschöpf, wie es im Senior Common Room nicht oft zu bewundern war.

Der Mann neben ihr starrte in die Ferne, ohne auch nur die leiseste Anstrengung zu machen, dem Gespräch zu folgen.

Seine Smokingjacke spannte über der Leibesfülle. Die dichten Wimpern ließen ihn jugendlich erscheinen und paßten irgendwie gar nicht zu den Pausbacken und der feingeschnittenen, aber ängstlich besorgt gekräuselten Stirn. Auch über ihn machte sich Ursula ihre Gedanken.

»Genug herumgeschaut«, sagte Martin und nahm sie am Arm.

Die Gäste bewegten sich in Richtung Tür. Plötzlich stand der Mann mit dem abwesenden Blick in der Menge neben ihr. Sie sahen sich an und lächelten dann beide höflich. Er trat einen Schritt zurück und bedeutete Ursula damit, sie solle zuerst durch die Tür gehen. Sie schwebte an Martins Arm die Treppe hinunter. Ihr Seidenrock rauschte.

»Wer ist Pruddles Gast?« flüsterte sie.

»Keine Ahnung.«

»Hoffentlich sitze ich neben ihm. Ich mag sein Gesicht.«

»Da muß ich dich enttäuschen. Ich habe nachgesehen. Du hast Timothy und PPE. Ich habe den Rauschgoldengel.«

»Na ja«, antwortete Ursula. Sie war nicht enttäuscht, denn anders als Rachel war sie nicht mit besonderen Erwartungen hergekommen.

Vorfreude verleiht jedem Ambiente den Glanz der Verzauberung. Als Rachel hinter Pruddles schuppenübersäten Schultern in den Saal ging, kam es ihr vor, als betrete sie einen magischen Ort. Er war so ganz anders als der, an den sie sich von ihren Anfangssemestern her erinnerte. Sie blickte zu der Bogendecke hinauf, von wo die Porträts ehemaliger Rektoren gleichmäßig düster herabblickten. Die schrägen Strahlen der Abendsonne warfen ein gelbliches Licht durch alle Fenster. Als die Studenten sich von ihren Sitzen erhoben und viele Stuhlbeine scharrten, während die Dozenten zu ihrer Speisetafel gingen, war sie wieder eine von ihnen – allesamt ziemlich freudlose junge Frauen: kein Wein auf ihren Tischen. Und jetzt stand sie einigermaßen aufgeregt neben Pruddle, der ein lateinisches Tischgebet sprach. Als sie sich setzte, machte sich die Stoffülle des Goldrocks selbständig und sprang zwischen die schäbigen Falten von Pruddles Robe.

»Es tut mir leid«, stammelte sie und stieß den Stoff weg, als sei er ein lästiger Hund.

Pruddle hatte nichts gemerkt. Er tauchte mit einem riesigen Löffel in eine Schüssel mit dünner Graupensuppe und fischte nach ein paar Graupen. Rachel nahm ihren Löffel. Sie betrachtete die Frau, die ihr gegenüber saß. Zu kleinen Löckchen gekräuseltes weißes Haar, eng am Kopf anliegend. Scharlachroter Lippenstift im blassen Gesicht, über den Mund hinaus verschmiert. Kleinstädtisches Make-up, dachte Rachel. Die Farbklecks-Schule, wie sie in städtischen Parks vielfach zu bewundern war. Die Knopfaugen der Frau waren auf Rachels Brustansatz fixiert. Rachel lächelte und legte ihren Löffel wieder ab. Sie brachte es nicht fertig, die Graupensuppe zu probieren.

Gleich, dachte sie schwelgend, würde sie sich zu dem wunderschönen Mann an ihrer Linken wenden, den sie im Common Room sofort bemerkt und gehofft hatte, neben ihm sitzen zu dürfen. Aber während er einer Frau mit randlosen Brillengläsern und blutleerem Mund zu seiner Linken zuhörte und Pruddle weiter lustlos in seiner Suppe rührte, betrachtete sie die Speisetafel ein wenig genauer und bemerkte, wie öde sie eigentlich war. Die Illusion, die sie noch vor einigen Minuten hatte, zerplatzte wie eine Seifenblase.

Die dunklen Eichenbalken waren gänzlich ohne Schmuck. Auf der ganzen Länge gab es nur viermal Salz- und Pfefferstreuer. Nur wenige Privilegierte konnten sie erreichen. Zwei silberne Kerzenleuchter standen so weit voneinander entfernt wie Telegraphenmasten. Keine Blumen. Keine kleinen Teller zur Ablage. Keine Servietten. Nichts, das von den Reihen von Glasern an jedem Platz hätte ablenken können, die für den Wein bereitgestellt waren.

Rachel betastete die steinharten Brötchen und wunderte sich, daß die großen und weisen Männer am Tisch offensichtlich nichts von diesen Unzulänglichkeiten bemerkten. Sie beugte sich ein wenig nach links, um den Namen auf der Karte vor dem ehrwürdigen Professor zu lesen. Dr. Martin Knox, stand da. Sofort wandte er sich ihr zu.

»Mrs. T. Arkwright? Pruddles Gast?«

Rachel nickte. Wie ein Blitz schoß ihr das Bild eines Stakkahns durch den Kopf, an dessen Ende er stand und den er unter romantisch herunterhängenden Weidenzweigen hindurch lenkte. Sie mußte über das Klischee lachen, genoß es aber trotzdem.

»Pruddle weiß sich immer mit exotischen Gästen zu umgeben«, sagte Martin. »Sie kommen von überall her, nur nicht aus Oxford.«

Rachel errötete. Noch einmal klopfte sie auf ihre glänzende, ungehörig herumspringende Rockfülle. Diesmal machte sie sich an Dr. Knox' Oberschenkel zu schaffen, was ihm auch sofort auffiel.

»Die Frauen der Universitätsprofessoren trauen sich niemals, etwas so Auffallendes zu tragen«, bemerkte er lächelnd. »Sie sind wie graue Mäuse, was ihre Kleidung angeht. Sie sollten mal die Meinung meiner Frau dazu hören.«

Meine Frau. Die Worte zeigten wenig Wirkung. Schließlich war sie ja auch nicht auf Untreue aus. Sie wollte eigentlich nur mit einer kleinen Reaktion auf ihre Signale belohnt werden.

»Welche ist denn Ihre Frau?« fragte sie.

Martin nickte zu Ursula am anderen Ende der Tafel hin. »Die mit dem blauen Kleid.«

Rachel betrachtete das ernste Gesicht, das wilde Haar, den pflichtbewußt aufmerksamen Blick auf ihrem attraktiven Gesicht, während sie dem Fellow links von ihr zuhörte, einem verschrumpelten Mann mit pilzfarbenem Gesicht.

»Ich würde das Meergrün nennen«, sagte Rachel. »Es ist wunderhübsch.«

Eigentlich hätte sie sich denken können, daß ein so gutaussehender Mann wie Dr. Knox nicht ohne Frau war. Sie nahm einen Schluck Sherry. Aber seine Nichtverfügbarkeit, nicht einmal für ein romantisches Mittagessen in einem Boot, spornte sie nur noch mehr an. Sie konnte ruhig ein bißchen frivol sein. Ganz zufällig, ohne daß ihr etwas daran lag, könnte sie ihn vielleicht sogar rumkriegen.

»Es ist irgendwie komisch – mit den Farben«, sagte sie. »Nie können wir dem anderen beweisen, wie wir eine Farbe empfinden. Ich meine, Ihr Rostrot bezeichne ich vielleicht als Braun. Ich habe noch nie verstanden, warum immer wieder von olivfarbener Haut gesprochen wird, Sie vielleicht? Oliv ist ein Grünton. Die Menschen haben doch keine olivfarbene Haut. Und doch ist das ein vielbenutztes Klischee geworden. Die Menschen hinterfragen es nicht mehr, sie gehen einfach davon aus, der andere wüßte schon, was damit gemeint ist. Dann gibt es da noch das Pfirsichrosa. Als ob ein Pfirsich rosa wäre! Und Apricot – eine Beleidigung für jede Aprikose, es sei denn, sie kommt aus der Dose. Die Menschen benutzen solche Beschreibungen, weil sie zu faul oder zu phantasielos sind, um sich genauer zu artikulieren. Aber wahrscheinlich ist es nicht möglich, da absolut präzise zu sein, weil Farbe eine so subjektive Sache ist …« Sie hörte sich selbst vor sich hin plappern, die Worte sprudelten nur so aus ihr heraus, nur damit sie den nicht verfügbaren Universitätsprofessor nicht das fragte, was sie eigentlich wissen wollte.

»Ich denke, Sie haben recht«, stimmte Martin vorsichtig zu. Er machte nicht den Eindruck, als hielte er sie für unmöglich oder für verrückt – oder für unwiderstehlich. »Ich kann mich nicht erinnern, jemals darüber nachgedacht zu haben. Das ist ein Thema, über das sich meine Frau sehr ereifern kann.« Er lächelte bei dem Gedanken. Rachel leerte ihr Sherryglas in einem Zug.

Die unberührte Suppe wurde abgetragen – mit einem kleinen Stirnrunzeln des Kellners, wie sie bemerkte. Statt dessen bekam sie einen großen, kalten, weißen Teller, in dessen Mitte sich ein bunt schillerndes Fischfilet wie eine Bandage um sich selbst wand. Darüber war ein spärlicher Klecks weiße Sauce drapiert, auf der wiederum ein einzelnes sägeförmig gezacktes Karottenstück lag, das Rachel an die Schablonen erinnerte, die die Kinder im Geometrieunterricht verwendeten. Sie trank ihren Weißwein sehr schnell und dachte dabei an den stellvertretenden Küchenchef, dessen möglicherweise illustre Karriere damit begonnen hatte, daß er in einer Collegeküche Karotten zu lustigen Formen geschnitten hatte.

»Und noch etwas Seltsames«, hörte sie sich sagen. Die Worte sprudelten nur so aus ihr heraus. »Ist Ihnen schon einmal aufgefallen, wie Kinder ihre Augen von einer Seite zur anderen rollen, ohne dabei den Kopf zu bewegen, wenn sie etwas betrachten wollen? Erwachsene hingegen bewegen den ganzen Kopf, als wären ihre Augen statisch. Ich glaube, das kommt davon, weil wir mit zunehmendem Alter immer steifer werden.«

Diesmal wurde sie mit einem Lächeln belohnt, das ihr galt und nicht dem Gedanken an seine Frau. Martin drehte den Kopf gerade so weit zu ihr, daß sie seine übertrieben umherrollenden Augen sehen konnte. Rachel lachte.

»Ja, das ist mir auch schon aufgefallen, muß ich sagen. Und eigentlich mache ich sogar ganz bewußte Übungen für die Augen, um sie zu trainieren. Ich halte ohnehin sehr viel davon, alle Körperteile zu trainieren, damit sie nicht einrosten.«

Die Zweideutigkeit der Aussage, wenn man sie hören wollte, jagte Rachel eine Gänsehaut über Rücken und Arme.

»Da haben wir etwas gemeinsam«, flüsterte sie leicht beschwingt und trank ein zweites Glas Wein.

»Eigentlich schon zwei Dinge: Wir mögen den Fisch nicht.«

Martin hatte einen Bissen probiert und den Teller dann zur Seite geschoben. Rachel hatte ihn gar nicht erst versucht.

»Nein.«

»Das St. Crispin's ist nicht gerade für sein Essen berühmt.«

»Zu meiner Zeit waren Merton und Balliol die großen Stars.«

»Sie haben Ihr Grundstudium hier gemacht?«

»Schon ein paar Jährchen her.«

Sie hatte keine Lust, auf die banale Konversation abzurutschen. Der mißmutige Kellner nahm ihr den Fisch weg und stellte ihr einen Teller mit einem Klumpen in der Mitte hin, aus dessen Gestalt man unmöglich ablesen konnte, ob es sich um Fleisch oder Wild handelte. Der Anblick der rötlichen Begleitsauce zwang Rachel, mit dem Rotwein zu beginnen – den sie normalerweise nie trank –, um sich Mut anzutrinken. Versilberte Platten mit Gemüse wurden in bestimmten Abständen serviert. Rachel konnte halb zerfallene Kartoffeln erkennen, im Wasser schwimmenden Lauch, dem jegliches Leben aus dem Leib gekocht worden war, und blaßgrüne Erbsen, die alle kleine Dellen hatten. Das Herumreichen der Beilagen hatte den natürlichen Fluß des Gesprächs mit dem Doktor unterbrochen. Rachel spürte Panik aufkommen. Die Zeit lief ihr davon. Pruddle würde sich ihr jeden Moment zuwenden. Sie stocherte in dem Fleisch herum und sprach, ohne aufzusehen.

»Ist die ohnehin schon komplizierte Kunst der Ehe noch schwieriger, wenn man ein Universitätsprofessor ist?«

Sie bemerkte, daß Martin sie neugierig ansah. Sie spürte, daß er die Gewichtigkeit der Frage einzustufen versuchte, und sie nahm an, daß er deren Ernsthaftigkeit einfach ignorieren und sie leichten Mutes beantworten würde.

»Ich bin mir nicht ganz sicher, ob ich verstehe, was Sie meinen«, sagte er.

»Diese Besessenheit von einem Thema, die Gewissenhaftigkeit, wenn es um Vorlesungen, Seminare, Vorbereitungsmaterial – und um Studenten geht. Da muß sich doch eine Frau zwangsläufig wie auf dem Abstellgleis vorkommen. Und viele Akademiker, die ich kenne, können nicht einmal abschalten, wenn sie nach Hause kommen. Sie kommen heim, trinken eine Tasse Tee, und ab geht's wieder nach oben an den Computer für den Rest des Abends. Fühlen Sie sich schuldig?«

»Nein«, antwortete Martin.

»Das ist selten«, wunderte sie sich. »Ihre Frau muß eine der wenigen glücklichen sein.«

Sie beobachtete, wie er die Augen noch einmal in Richtung Ursula schweifen ließ.

»Es ist sehr schwierig, das richtige Maß zu finden«, antwortete er. Offensichtlich hatte er ernsthaft über ihre Bemerkung nachgedacht. »Man muß auf einen Cocktail aus Schuldbewußtsein, Kompromissen, Opferbereitschaft und ständig wechselnden Prioritäten gefaßt sein. Nicht so ideal, eher schon ein ständiger Balanceakt, zu dem beide Parteien ihr Scherflein beitragen müssen ...«

»... Sie sprechen so abstrakt«, bemerkte Rachel mit etwas belegter Stimme. »Was meinen Sie damit – auf praktischer Ebene?«

Ihre Hand rutschte am Messer ab, als sie versuchte, das Fleisch, oder was immer es war, zu schneiden. Martin seufzte, und sie wußte, daß er abgeschaltet hatte. Er war eigentlich nicht an dem Thema interessiert. Wie die meisten Männer wollte er nicht so gern über die Feinheiten des Ehelebens reden. Und Einzelheiten würde er schon gar nicht preisgeben. Er brauchte ihr Mitgefühl nicht. Selbstgefällig, blasiert, irritierend charmant – sie verschwendete ihre Zeit.

»Es tut mir leid«, entschuldigte er sich. »Analysen des häuslichen Lebens sind nicht meine Stärke. Ich kann mich sehr glücklich schätzen, Ursula zu haben. Wir arbeiten nicht an unserer Beziehung. Bei uns geht es mehr nach Gefühl. Scheint für uns zu funktionieren.«

Rachel trank ihr zweites Glas Rotwein aus, verteilte die inzwischen erstarrte Soße auf dem Teller, damit es so aussah, als hätte sie etwas gegessen, und beschloß, ihren letzten Trumpf auszuspielen – Schmeicheleien.

»Sie scheinen ein sehr guter Ehemann zu sein«, murmelte sie.

Fast unmerklich zog Martin sich von ihr zurück. Ihre Wangen brannten.

»Unsinn«, protestierte er scharf.

Und dann kam der Augenblick, der Rachel am nächsten Morgen in ihrem verdunkelten Zimmer immer und immer wieder unter Tränen durch den Kopf ging.

Martin wandte sich ihr zu und sah sie fest an. In seinen Augen lag Ungeduld.

»Mir scheint, Mrs. Arkwright, daß Sie gern etwas sagen möchten, aber nicht recht wissen, wie. Warum rücken Sie nicht einfach mit der Sprache raus?«

Rachel sah ihn starr vor Schreck an. Blut schoß ihr in die Wangen, Tränen flossen über ihr Gesicht. Sie haßte ihn ob seines Wahrnehmungsvermögens und seiner mangelnden Sensibilität, weil er ihre Hoffnungen so grausam zerstört hatte und auf so höfliche Weise gleichgültig war.

»Wie könnte ich«, flüsterte sie, und der weiße Arm zwängte sich wie auf ein Stichwort hin zwischen sie, um den nicht angerührten dritten Gang abzuräumen.

Mit niedergeschlagenen Augen – und fest die Knie umklammernden Händen – sah Rachel, wie Pruddle über ihren Rock fuhr und vorsichtig ihre Fingerknöchel berührte.

»Meine liebe Rachel«, sagte er, »ich hoffe, es gefällt Ihnen bei uns. Ich habe Sie sträflich vernachlässigt. Wie geht es Ihnen, und wie geht es dem lieben Thomas?«

Verärgert wandte sich Rachel Pruddle zu, konzentrierte sich auf ihn und auf seine Fossiliensammlung. Erdbeeren aus der Dose, schamhaft unter Baiser versteckt, und Blätterteigtörtchen mit Dörrpflaumen und Speck wurden aufgetragen. Sie sah sich immer noch außerstande, etwas zu essen. Sie trank jedoch weiter: viele Gläser Bordeaux und ausgezeichneten Château d'Yquem. Die Singstimmen, die tropfenden Kerzen, der Steinboden unter ihren anschwellenden Füßen – alles verschmolz zu einem diffusen Traum, in dem es keine Schmerzen mehr gab. Es kam nur noch zu einem einzigen Vorfall, ehe sie und Dr. Martin Knox endgültig getrennte Wege gingen, und an den würde sie sich immer und ewig erinnern.

Für Pruddle war es an der Zeit, wieder aufzustehen und ein weiteres Gebet zu sprechen. Als Rachel auch aufstehen wollte, spielte ihr freigeistiger Goldrock ihr wieder einen Streich. Er blähte sich über Martins Oberschenkel wie ein kleiner Fallschirm auf. Benebelt, wie sie war, wollte sie den Stoff mit flinker Hand zusammenraffen und faßte dabei direkt die Hand des Fellows. Für den Bruchteil einer Sekunde fühlte sie die Wärme seiner Finger, ehe sie ihre Hand entsetzt zurückzog. Martin war höflich genug, zu lächeln, aber sie wußte seinen Blick genau zu deuten – es war ein Blick des Mitleids.

»*Benedicto benedicatur*«, murmelte Pruddle.

Am anderen Ende des Tisches faltete Thomas die Hände über seinem Bauch und neigte den Kopf. Es war ein langes Abendessen gewesen. Abscheuliches Essen, wie gewöhnlich. Lediglich der Wein war ziemlich gut gewesen, aber seltsamerweise hatte er wenig Lust zu trinken verspürt. Er hatte sich angemessen mit den beiden bleichsüchtigen Damen rechts und links von ihm unterhalten, die sehr erpicht darauf waren, über die Fortschritte ihrer Kinder in der Schule zu sprechen. Gelegentlich hatte er sich einen Blick auf die phantastische Frau in einem pfauenblauen Kleid auf der gegenüberliegenden Seite erlaubt. Nicht, daß er in seinem derzeitigen Zustand der glückseligen Liebe für Rosie Cotterman Interesse an einer anderen Frau gehabt hätte. Sie sah nur einfach wie eine Frau aus, die sich durch die Lieblingsbeschäftigung ihres Ehemannes offenbar nicht verletzt fühlte. Er hätte gern neben ihr gesessen. Sie konnte nur die Frau des gutaussehenden Mannes an Pruddles Tischende sein, mit dem Rachel sich angeregt zu unterhalten schien.

Nachdem das Gebet gesprochen war, suchte Thomas pflichtbewußt Blickkontakt mit seiner Frau. Ob sie wohl genausogern so bald wie möglich aufbrechen wollte wie er? Die Ereignisse des Tages forderten ihren Tribut. Er unterdrückte ein Gähnen und scharrte leise auf dem Boden, in der Hoffnung, einen Krampf im Fuß zu lösen. Rachel, so viel konnte er von hier aus sehen, war scharlachrot im Gesicht und sah nicht besonders glücklich aus. Als sie sich vom Tisch weg bewegte, stolperte sie, und der galante Pruddle bot ihr daraufhin seinen Arm an. Irgendwo tief vergraben unter seinem überwältigenden Glücksgefühl spürte Thomas einen Anflug von Besorgnis. Rachel, die kaum jemals mehr als ein Glas Wein trank, hatte es womöglich für unhöflich gehalten, das Angebotene abzulehnen. Sie war gerade heute abend insgesamt in einem ganz eigenartigen Zustand: die ungewöhnliche Frisur, das unpassende Kleid, die Ohrringe aus dem Banksafe. Alles sehr merkwürdig. Er eilte zu ihr.

Aber es gab kein schnelles Fortkommen inmitten einer sich langsam dem Ausgang zuschiebenden Menge. Direkt vor ihm war die Frau in Blau stehengeblieben, um auf den gutaussehenden Fellow zu warten, der Rachels Tischpartner gewesen war. Als sie nebeneinander waren, legte er kurz einen Arm um die Schultern seiner Frau und beugte sich zu ihr, um ihr etwas ins Ohr zu flüstern. Sie lachten beide und gingen dann ohne Hast weiter. Ihr intimer, privater Augenblick in der Öffentlichkeit erinnerte Thomas an die frühen Tage seiner eigenen Ehe. Er beneidete sie darum.

Als er schließlich Pruddle und Rachel eingeholt hatte, hatten sie den Innenhof auf dem Weg zum Common Room schon halb durchquert. Rachel hatte, trotz der Unterstützung durch Pruddles Arm, leichte Schlagseite. Ihr goldfarbener Rock leuchtete im Licht des Vollmonds und bauschte sich in der sanften Brise.

»Ist alles in Ordnung?«

»O mein lieber Thomas.« Ein Anflug von Erleichterung huschte über Pruddles altes Gesicht. Er blieb stehen, Rachel klammerte sich an seinen Arm. »Schön, daß Sie da waren. Sie kommen doch noch zum Kaffee, oder?«

Thomas sah Rachel prüfend an. Sie schien ihn nicht wahrzunehmen.

»Du siehst ziemlich gut aus, altes Haus«, sagte er. Er klopfte ihr leicht auf das Hinterteil. Der Goldrock stellte unter seiner Hand seine Nackenhaare auf und knurrte leise protestierend.

»Das tut sie wirklich«, stimmte Pruddle zu.

Rachel versuchte ein zaghaftes Lächeln. Thomas nahm ihren anderen Arm.

»Du solltest ein wenig Kaffee trinken«, sagte er.

Das wankende Trio war jetzt allein im Innenhof und machte sich auf den Weg zum Common Room. Während sie sich unbehaglich schweigend fortbewegten, fiel Thomas auf, daß sein Kopf zu einer zweigeteilten Leinwand geworden war. Auf der einen Seite lief das Hier und Heute ab, durchaus keine angenehme Sache. Wegen des widrigen Benehmens seiner Frau würde er sich die nächste Stunde sehr stark zusammennehmen müssen, um einen guten Eindruck auf Pruddle zu machen. Dazu hatte er nicht die geringste Lust. Auf der anderen Seite der Leinwand waren ganz groß und strahlend die Gedanken an Rosie Cotterman, die er mit einer erschreckenden Plötzlichkeit und Kraft liebte. Die Tatsache ihrer Existenz, viele Meilen entfernt, gab ihm die Kraft, seine angetrunkene Frau mit liebevoller Geschicklichkeit die Treppen hinaufzumanövrieren.

»Der gute, alte Thomas«, stammelte Pruddle. Er hing bedenklich nach vorn über, als sie das Treppenende erreicht hatten. Thomas, der wenigstens das Geländer als Stütze hatte, zog seine Frau zu sich, damit Pruddle vom größten Teil ihres beträchtlichen Gewichts befreit war.

»Reiß dich zusammen«, zischte er, zu leise, als daß es Pruddle hören konnte.

»Noch eine«, flüsterte Rachel gehorsam und verfehlte dabei eine Stufe.

Auf der schmucklosen Treppe blitzten ihr Rock, ihre Ohrringe und ihre Augen fast ein wenig herausfordernd. Bei aller Absurdität doch ziemlich spektakulär, dachte Thomas und hatte für einen Augenblick die Vision, daß Pruddles Vorgänger wohlwollend von den Porträts herabblickten.

Dort, wo Toby Farthingoe im Wald kampierte, nicht weit von seinem Haus entfernt, war der hell leuchtende Mond wenig hilfreich. Zweige und dichtes, frisches Blattwerk ließen nur ganz wenig Licht bis zum Boden durch. Aber Tobys Augen, die an die hell-dunkel gefleckte Nacht gewöhnt waren, entging nichts.

Es war eine gute Nacht gewesen. Er war um halb elf hergekommen und hatte es sich in einer wasserdichten Jacke auf dem Zeltboden gemütlich gemacht. Sein italienischer Koch, der davon überzeugt war, daß seine nächtlichen Ausflüge in die Wälder nicht der Dachse wegen, sondern wegen anderer, geselligerer Geschöpfe stattfanden, hatte ihm genug Sandwiches für zwei Personen gegeben – Prosciutto auf französischem Brot – und eine Thermoskanne starken schwarzen Kaffees. Der Korb stand neben ihm, doch war er so fasziniert von den Geräuschen und Gerüchen der Nacht, daß er keinerlei Hunger verspürte.

Er hatte vorgehabt, über einen schwierigen Teil seines Computerprogramms, das er gerade schrieb, nachzudenken. Den ganzen Tag hatte er sich mit dem Problem herumgeschlagen, bis schließlich sein müder Geist abgedriftet war. Er erinnerte sich an die Zeit, als sein Interesse an den Dachsen begonnen hatte. Er mußte etwa zehn Jahre alt gewesen sein, als er eines Tages hörte, wie sein Vater, ein leidenschaftlicher Amateur-Naturkundler, seiner Mutter gegenüber äußerte, er wünsche sich zu Weihnachten einen schönen, neuen Rasierpinsel. Er mußte auf jeden Fall aus Dachshaar sein, mit einem anderen könne er sich nun wirklich nicht rasieren. Als der Pinsel da war, sah Toby ihn sich ganz genau an. Sein Vater zeigte ihm, wie fein so ein Haar aufgebaut war – unten weiß, in der Mitte schwarz und an der Spitze wieder weiß. Der Gesamteindruck eines Dachshaars, erklärte der Vater, sei grau. Aber in der Bewegung changiert es in verschiedenen dunklen Tönen – die perfekte Tarnung für die Nacht. Toby war fasziniert und begleitete seinen Vater auf seiner nächsten Expedition zur Dachsbeobachtung. Es wurde eine der aufregendsten Nächte seiner Kindheit – das erste Mal nachts im Freien, weit entfernt von der Sicherheit des Hauses, dem seltsamen Rascheln in den Büschen ausgeliefert, dem Ruf des Käuzchens, dem Schrei des Fasanen, dem Rauschen der Bäume, dem Knacken der Äste und den klettenartigen Brombeerausläufern, deren Dornen gelegentlich im Mondlicht zwischen den Schatten sichtbar waren. Angst mischte sich mit Vorfreude. Ganz nah hatte er sich an seinen Vater herangedrückt. Den Fuß in einen geheimnisvollen Laubhaufen vergraben, hatte er schweigend sein Pfefferminzbonbon gelutscht.

»Horch auf die Geräusche der Nacht, Junge«, hatte sein Vater nur ein einziges Mal geflüstert. »Und halt die Augen offen.«

Toby tat, wie ihm geheißen, und wurde belohnt. In gerade mal einem Meter Entfernung trat ein alter Dachs aus dem Unterholz, hob seinen Kopf und schnüffelte in die Luft. Toby konnte jede Einzelheit seines schwarzweißen Kopfes sehen. Das wissende, von einem breiten schwarzen Ring umgebene Auge, die Ohren mit den weißen Spitzen, die bebende schwarze Nase … Toby hielt den Atem an. Das Tier sah ihn an und ging dann ruhig und unaufgeregt in die tieferen Schatten zurück. Zitternd suchte Toby nach der Hand des Vaters. Er erinnerte sich, wie sehr er den Dachs um seinen Einklang mit der Nacht beneidete. Er bewunderte die Vorsicht und die Unerschrockenheit in der dunklen Welt des Waldes. Auf einmal war auch seine eigene Angst verschwunden.

Nach dieser ersten Nacht in den Wäldern war die Dachsbeobachtung zu einer Leidenschaft geworden. Allmählich wurde ihm klar, daß auch er eine nächtliche Kreatur war, die nur in der Nacht wirklich glücklich und friedvoll sein konnte. Während andere ihr Heil in Gott, der Kunst, der Sonne oder der Gesellschaft von Familie und Freunden suchten, war sein Revier die Nacht in der freien Natur. Niemals verspürte er Angst, nie war es ihm unheimlich, nicht einmal bei Sturm oder Regen oder leise gefrierendem Schnee. Und es war jedesmal von neuem aufregend, einen Dachs zu sehen. Das war heute abend nicht anders gewesen. Eine Dächsin war aus dem Gebüsch gekommen – Toby wußte, daß ihr Bau nicht weit entfernt war –, gefolgt von ihren drei Jungen. Sie rastete und sah dabei so resigniert aus wie eine Mutter, die mit ihren Kindern einen langen Weg zum Spielplatz gekommen war. Die Jungen spielten wie kleine Kätzchen, knufften sich, legten sich auf den Rücken, zeigten ihre silbrigen Bäuche und wagten sich dann allmählich in einen größeren Umkreis. Manchmal konnte man ihre gestreiften kleinen Gesichter im Mondlicht aufleuchten sehen. Wie so oft bedauerte Toby, daß ihn die Computer von seinem ursprünglichen, sehnlichsten Berufswunsch weggeholt hatten. Er hatte immer Tierfilmer werden wollen. Wenn man Geduld hatte, waren die Gelegenheiten unendlich.

Nachdem die Jungen, brav einem nicht sichtbaren Signal gehorchend, der Mutter gefolgt waren, wandte sich Toby dem Kaffee und den Sandwiches zu. Es war ein außergewöhnliches Schauspiel gewesen, und er wußte, daß nichts nachkommen würde. Er aß und trank und legte sich auf den Zeltboden. Die Schläfrigkeit, die ihn immer in den Stunden vor dem Tagesanbruch befiel, würde sich demnächst einstellen. Aber noch war er hellwach. Er beobachtete die Wolken auf dem kleinen Stückchen sichtbaren Himmels und dachte an Frances. Er hatte wie immer Gewissensbisse. Die ganze letzte Woche hatte er tagsüber an dem neuen Computerprogramm gesessen. Nachts hatte er Entspannung bei seinen nächtlichen Exkursionen gesucht. Er hatte sie vernachlässigt. Daß auch sie mit der Organisation der Einladung viel zu tun hatte, war keine Entschuldigung. Sie sah ihn jeden Tag verwundert an, wenn er sich nach dem Abendessen mit einem Kuß verabschiedete, um zu gehen. Nie hatte sie sich beklagt, und sie hatte auch nicht auf seinen schrecklichen Vorschlag, mit ihm zu kommen, reagiert. Aber er wußte, daß es sie kränkte, daß er nicht bei ihr blieb.

Nun war sein spezielles Bedürfnis, das nichts mit Frances zu tun hatte, durch eine wunderbare Nacht befriedigt. Was blieb, war ein grundsätzliches Bedürfnis nach ihrem Körper. Hier, an seiner geheimen Zufluchtsstätte, hätte er ihre Anwesenheit eigentlich gar nicht so gerne gehabt, andererseits reizte ihn die Vorstellung, mit ihr im Bett zu sein. Gerade jetzt überkam ihn der Wunsch danach besonders stark. Von einer unangenehmen Unruhe befallen, packte er seine Decke und den Korb und eilte den vertrauten schmalen Weg zum Haus zurück. Als er aus dem Wald heraustrat, sah er, daß Mond und Himmel blaß schimmerten.

Leise öffnete Toby die Schlafzimmertür. Frances schlief tief. Er stand neben dem Bett und sah sie an. Einer ihrer langen Arme hing heraus, das ziemlich scharf geschnittene Profil war abgemildert durch das lange Haar, das, wie immer, hinter das verletzte Ohr gestrichen war. Die silbrige Narbe an ihrem Ohrläppchen glitzerte. Vorsichtig zog Toby die Decke zurück. Frances war nackt. Sie hatte wahrscheinlich die absurde Idee aufgegeben, daß ein Seidennachthemd ihn in Versuchung bringen könnte. Er betrachtete die runde Brust, die von einem Arm unförmig abgequetscht wurde, und ihren kindlichen Nacken.

Toby riß sich das Hemd vom Leib und öffnete den Gürtel seiner Hose. In seiner drangvollen Eile machte er sich nicht einmal die Mühe, die Hose auszuziehen, sondern warf sich, so eingeengt wie er war, auf seine Frau und riß sie mit Gewalt aus dem Schlaf in einen überraschten, verwirrten Wachzustand.

Am Morgen war das Bett neben Frances wieder leer. Unter der Bettdecke fand sie seine zerknitterten Hosen und war sich nicht sicher, ob sie lachen oder weinen sollte.

Als Rachel am nächsten Morgen aufwachte, stand Thomas mit einer Tasse Kaffee an ihrem Bett. Höchst ungewöhnlich!

»Ist alles in Ordnung mit dir?« fragte er.

Schmerzliches floß wellenförmig durch ihren Kopf. Ihr war übel. Durch die halbgeschlossenen Augen sah sie, daß Thomas besorgt dreinblickte.

»Mit geht es gut. Warum fragst du?«

»Du warst gestern abend ziemlich angesäuselt.«

»Ich konnte nur einfach nichts von dem Zeug runterkriegen. Dieses Essen …«

»Ah. Das muß es gewesen sein.«

Thomas zog die Vorhänge halb zurück, achtete aber dabei
darauf, daß die Sonne seine Frau nicht blendete. Wie aufmerksam, dachte sie und tastete auf dem Nachttisch nach der
Schachtel Aspirin. Was war über ihn gekommen?

»Vielen Dank für den Kaffee. Gehst du dann?«

»Noch nicht. Ich muß oben noch etwas nachsehen.«

Rachel war diese Vorstellung so unangenehm, daß ihre
Kopfschmerzen schlagartig schlimmer wurden. Sie sehnte
sich danach, allein im Dunkeln zu sein und zu wissen, daß
sonst niemand im Haus war. Dann würde sie die Ereignisse
des letzten Abends noch einmal Revue passieren lassen und
versuchen, ihre Schmach zu verarbeiten. Dazu mußte sie absolut ungestört sein. Thomas stand an der Tür.

»Brauchst du sonst noch was? Ich schaue vorbei, ehe ich
gehe.«

»Nein. Brauchst du nicht. Ich glaube, ich werde gleich wei-
terschlafen.«

»Na, gut. Bis heute abend dann.«

Thomas warf ihr eine Kußhand zu. Er war froh, entlassen
zu sein. Rachel bemerkte, ehe sie die Augen wieder schloß,
daß er irgendwie innerlich aufgekratzt schien. Vielleicht
fühlte er sich moralisch überlegen. Er hatte, ganz anders als
sonst, wenig getrunken. Und sie, ebenso untypisch, zuviel. Er
triumphierte. Und sie fühlte sich von unsichtbaren Steinen
auf den Boden einer tiefschwarzen Grube gezogen.

Über sich konnte sie Thomas' schwere Schritte hören. Auf
und ab, auf und ab. Was tat er nur? Noch mehr verwirrt,
schluckte sie drei Aspirin und trank den Kaffee. Dann fiel sie
in ihre dicken Kissen zurück und ließ den Tränen freien Lauf.
Lange Zeit weinte sie leise vor sich hin. Sie wimmerte, fühlte
sich beschämt, erniedrigt, gedemütigt. Wäre sie nicht so erschöpft gewesen, hätte sie vielleicht die Sache weniger ernst
genommen. Verfügbarkeit signalisieren, also wirklich! Was

für eine absurde Idee! Wie hatte sie auch nur im entferntesten glauben können, eine Chance zu haben, daß jemand auf ihre Signale reagieren könnte? Vor allem in der Riege verknöcherter Universitätsprofessoren. Sie muß wirklich nicht ganz bei Trost gewesen sein, war mit ihren albernen Phantasien über das Ziel hinausgeschossen, hatte all das viele Geld ausgegeben und sich schließlich in Grund und Boden blamiert. In diesem Augenblick konnte sie der ganzen Sache nicht ein Fünkchen Humor abgewinnen. Vielleicht würde sie die Sache in ein paar Jahren gelassener sehen und sogar darüber lachen können. Momentan mußte sie es durchstehen und konnte nur versuchen, die schreckliche Erniedrigung wegzustecken.

Endlich verstummten Thomas' Schritte. Die Tränen waren versiegt, und Rachel zwang sich, an die schlimmste Situation des gestrigen Abends zu denken. Ihre Hand, die den Rock zusammenraffen wollte, streifte versehentlich Dr. Knox' Hand. Sie wußte, daß er nicht der Meinung war, die Geste sei unbeabsichtigt passiert. In dem zeitlosen Augenblick, in dem ihre Finger ineinander verschlungen waren, durchfuhr Rachel ein Schock der Glückseligkeit. Obwohl sie vom Wein ein wenig benebelt war, spürte sie es ganz deutlich. Am liebsten hätte sie seine Finger länger festgehalten. Mehr als alles, was sie sich seit Jahren gewünscht hatte, wollte sie die Hand des gutaussehenden Dozenten festhalten.

Das waren die Tatsachen.

Sie hatte sich ihnen gestellt, jetzt sollten sie für immer begraben werden. Der Schlaf würde das erledigen.

Rachel schlief ein. Ihr war warm und behaglich, und die Kopfschmerzen waren am Abklingen.

Als sie am späten Vormittag aufwachte, war sie voller Schaffenskraft. Sie zog sich rasch an und nahm das goldschwarze Kleid vom Bügel. Der heimtückische Rock bauschte sich vor ihr, als sie ihn nach unten trug. Das Gold wirkte schrecklich aufdringlich in der Vormittagssonne, wie ein billiger Anstrich. Sie ging zum Kamin im Wohnzimmer, wo gelegentlich an Winterabenden entgegen den behördlichen Bestimmungen ein Holzfeuer angezündet wurde, und nahm die gestrige Zeitung, die auf dem Sofa lag. Einzeln knüllte sie Seite für Seite zusammen. Auf der leeren Feuerstelle lagen einige verkohlte Stücke Papier oder Karton, die zu dick waren, um in feine Asche zu zerfallen. Das Zeitungspapier sollte die Grundlage für das Feuer bilden, oben drauf stopfte sie das Kleid. Das Samtoberteil fügte sich gehorsam, aber der goldene Rock, widerspenstig bis zum letzten, bauschte sich vor ihr auf und quoll über die Ränder der Feuerstelle. Wenn sie es zurückstieß, kam es an einer anderen Stelle wieder hoch. Rachel kämpfte mehrere Minuten lang mit dem aufsässigen Rock. Dazu schrie sie dem Stück Stoff, das sich wieder und wieder aufbäumte, Unflätigkeiten entgegen. Plötzlich war der Kampf entschieden. Schlaff hing der Stoff an den Seiten der Feuerstelle und hatte sich in sein Schicksal ergeben.

Zitternd entzündete Rachel ein Streichholz und hielt es an das Papier. Rasch stiegen Flammen auf. Da das vertraute Knistern von Holz fehlte, wirkte das Feuer beängstigend. Und die Flammen züngelten erschreckend hoch, einige bis auf das Kaminsims hinauf. Rachel wich zurück. Fasziniert sah sie zu, wie sich orangefarbene Flammen in den goldenen Stoff hineinfraßen, sich wieder trennten und dann weiterfraßen, sich gegenseitig verzehrend.

Sie wußte nicht, wie lange sie so dastand und den Flammen zusah. Als das Feuer schließlich erstarb, blieb ein riesiger Haufen Verkohltes zurück. Noch immer waren winzige Goldränder an gekräuselten Stofflöckchen zu sehen. Es roch nach verbrannter Chemie. Später würde sie die Feuerstelle reinigen und die verkohlten Reste in die Mülltonne werfen. Aber jetzt war sie hungrig und fühlte sich ausgelaugt. Endlich war der Hunger zurückgekehrt.

Rachel kochte sich ein Ei, bestrich sich dicke Scheiben hausgemachtes Brot mit Butter und schnitt es in Streifen. Sie setzte sich und genoß ihr Mittagessen. Danach würde sie in ihr Bett zurückgehen und ihr gewohntes Mittagsschläfchen halten. Die Unterbrechung der Routine gestern war der Beginn der Katastrophe gewesen.

Sie war glücklich in ihrer ruhigen Küche. Die Normalität kehrte wieder in ihr Leben ein.

Thomas kannte das ganz besonders aufregende Gefühl, wenn eine Frau in sein Leben trat. Diesmal war es um ein Vielfaches stärker, weil die Frau so ganz anders war als all die anderen. Das war keine unbedeutende kleine Affäre. Er hatte sich in sie verliebt. Diese Erkenntnis hatte ihn fast die ganze Nacht wachgehalten, während Rachel schnarchend neben ihm geschlafen hatte. Bei Morgengrauen war er aufgestanden und hatte sich, was äußerst selten vorkam, sein Frühstück selbst gemacht. Und es hatte sogar ausgesprochen Spaß gemacht. Die Eier mit Speck waren gut gelungen. Und ehe die Zeitung geliefert wurde, hatte er die Zeit sinnvoll genutzt, indem er eine Postkarte an Rosie aufgesetzt hatte. Die Wortwahl war ihm sehr wichtig. Überhaupt wollte er in Zukunft derartige Aktionen sehr überlegt angehen. Er wollte sie keinesfalls in Schrecken versetzen oder sie mit seinen Gefühlen überwältigen. Es würde einen harten Kampf von seiner Seite erfordern, seine übliche Sturm-und-Drang-Haltung abzulegen. Aber er war entschlossen, ihn zu führen und zu gewinnen. Vorsichtig, gemächlich, zurückhaltend – so würde er vorgehen, bis der richtige Moment gekommen war.

Um acht Uhr brachte er Rachel eine Tasse Kaffee. Frischen Kaffee aufzubrühen wäre an diesem Morgen allerdings eine allzu aufwendige Geste gewesen, also erhitzte er den Kaffee, der noch von gestern in der Kanne war.

Mit sich zufrieden, betrat er leise das Schlafzimmer. Rachel sieht ziemlich ungenießbar aus, dachte er. Aber es hatte auch wenig Sinn, der alten Dame böse zu sein. Sie benahm sich in der Öffentlichkeit nicht oft daneben. Ihr weinseliger Auftritt gestern hatte ihn überhaupt nicht berührt. Nur sein Körper war anwesend gewesen, alles andere war weit weg von St. Crispin's, den Fellows, ihren schrecklichen Ehefrauen und seiner angetrunkenen Frau, die ein Kleid trug, das wie ein Blitz leuchtete.

Nachdem er den Kaffee abgeliefert hatte, war er in sein Atelier geeilt. Dort ging er eine Weile auf und ab und betrachtete die drei neuen Aquarelle, die auf seinem Schreibtisch aufgestellt waren. Niemals, beschloß er, würde er sie unten irgendwo aufhängen. Sie gehörten ihm, von Rosie speziell für ihn ausgesucht. Sie wollte, daß er genau diese haben sollte. Er betrachtete sie einzeln nacheinander, ließ sich mitreißen in den hellen Himmel und den fernen, erdentrückten Sand, bis die Umgebung, in der er sich befand, aufhörte zu existieren. Immerhin war er sich durchaus bewußt, daß sein Herz unnatürlich laut schlug und seine Hände durch das Adrenalin, das durch seinen Körper schoß, schwitzten und zitterten. Schließlich setzte er sich an seinen Schreibtisch, irritiert von dem stechenden Geruch seines eigenen Schweißes und den feuchten Achseln unter seinem sauberen Hemd. Er sehnte sich nach dem Kinderzimmersofa seiner Jugend, nach Armen, die ihn festhielten, nach tröstenden Worten. Aber da das Objekt seiner Liebe so weit weg war und zudem nichts von seinem Bedürfnis wußte, gab es keine Tröstung. Er nahm den Kopf in die Hände, rieb sich die Augen, stöhnte laut, um seinen drängenden Gefühlen, die ihn so früh am Morgen in diesen absurden Zustand versetzt hatten, Erleichterung zu verschaffen. Normalerweise war er nämlich früh am Morgen am tatkräftigsten.

Schließlich nahm er unter äußerster Willensanstrengung einen Stapel Postkarten aus einer Schublade, Karten, die er in Kunstmuseen auf der ganzen Welt erstanden hatte. Beim Durchsehen stieg bei dem Gedanken an eine intime Handlung mit der Geliebten wieder die Erregung in ihm hoch und verlieh ihm Kraft. Seine erste Wahl war *Einsamkeit*: Sérusiers schmerzvolles Landmädchen vor einer Gebirgslandschaft. Er schrieb die Karte, aber das Ergebnis war so voller Fehler und Kleckse wie die Arbeit eines Schulanfängers. Macht nichts, dachte er, Sérusier war ohnehin nicht der Richtige für Rosie.

Das war nicht ihre Form von Einsamkeit. Sie hätte die Karte womöglich als Zeichen irrigen Mitleids gedeutet. Rasch zerriß er sie in kleine Stücke.

Eine Stunde später hatte sechs weitere Postkarten das gleiche Schicksal ereilt. Aber das fertige Produkt, das er endgültig abschicken würde, war auch dabei. Er hatte sich letztlich für ein Selbstbildnis von van Gogh entschieden, auf dem der Künstler genau den gequälten Gesichtsausdruck wiedergegeben hatte, der Thomas' Seelenzustand entsprach. Eigentlich mußte Rosie die Symbolik verstehen. Auf die minimalistische Wortwahl war er besonders stolz: *Könnte ich bitte wegen weiterer Bilder kommen*, hatte er geschrieben, *und Sie wiedersehen? Vielen Dank für gestern, Thomas.*

Er klebte eine Briefmarke auf die Karte und steckte sie in seine Brieftasche. Vorn an der Ecke würde er sie einwerfen. Nachdem das erledigt war, fühlte er sich besser. Was als nächstes passieren würde – ob Rosie sich bei ihm melden oder er es nicht mehr aushalten und sie anrufen würde –, er wußte es nicht. Er würde sehr sorgfältig über den nächsten Schritt nachdenken müssen. Aber jetzt mußte er zunächst einmal die Spuren beseitigen: den Stapel von zerrissenen Postkarten. So etwas sollte ein Mann nicht einfach in den Papierkorb werfen, egal, wie unwahrscheinlich es sein mag, daß seine Frau neugierig den Abfall durchwühlt. Natürlich konnte er die Fetzchen auch in seiner Jackentasche ins Büro mitnehmen und sie dort in den Papierkorb werfen, wenn seine Sekretärin gerade nicht hinsah. Aber selbst das wäre ein Risiko, das er nicht eingehen wollte. Verbrennen war die einzig sichere Methode. Nun gut, das sollte kein Problem sein. Rachel schlief ganz offensichtlich. Er würde ungestört sein. Das Feuer würde eine Sache von Sekunden sein.

Leise schlich sich Thomas nach unten. In der hohlen Hand balancierte er die zerrissenen Postkarten. Er warf sie in die leere Feuerstelle, und zündete sie mit zitternder Hand an. Ohne die Hilfe von Zeitungspapier wollten die Glanzpapierstücke nicht so recht Feuer fangen. Thomas sah ungeduldig zu. Er blickte auf die Uhr. Um zwölf hatte er eine Besprechung. Jetzt war es halb zwölf. Oben hörte er Schritte. Rachel mußte endlich aufgewacht sein.

Verzweifelt stocherte Thomas in den brennenden Postkarten herum, um sie dazu anzuregen, in Asche zu zerfallen. Aber die Flammen waren zu schwach. Das Feuer erlosch ganz und hinterließ verdächtig aussehende angekohlte Löckchen. Er hatte keine Zeit mehr, einen zweiten Versuch zu starten. Thomas stellte den Ofenschirm vor das Feuer und merkte sich, daß er im Oktober der erste sein müßte, der ein Feuer anmachte. Aber Betrug rächt sich: Er verließ das Haus in einem Zustand unzivilisierter Panik.

Zwei Minuten später konnte er schon wieder lächeln. Er stand am Briefkasten an der Straßenecke und wünschte sich von ganzem Herzen, er könnte selbst die Postkarte sein. Da stehe ich nun, an diesem sonnigen Morgen, sagte er sich, ein Mann mittleren Alters, der hart arbeitet, einigermaßen intelligent ist und im allgemeinen als normal eingestuft wird, und wünsche mir nichts sehnlicher, als eine Postkarte zu sein ... Ich möchte in der Dunkelheit von Leinensäcken befördert, durch Sortiermaschinen gewirbelt und schließlich, mit dem Gummiband des Postboten zusammengehalten, ausgetragen werden, bis ich schließlich durch den Türschlitz geworfen, aufgehoben, gehalten, gelesen und von *ihr* intensiv studiert werde. Er warf die Karte in den Briefkasten. Der Neid auf deren bevorstehende Reise verursachte ihm körperliche Schmerzen.

Frances Farthingoe stand in dem aschgrauen Salon im Haus ihrer Schneiderin und betrachtete ihr Spiegelbild.

Sie war so sehr mit den Vorbereitungen für die Party beschäftigt gewesen, daß bis jetzt noch keine Zeit gewesen war, über ihr eigenes Kleid nachzudenken. Einen Tag lang war sie in London zum Einkaufen, aber es war eine absolute Zeitverschwendung gewesen. Das Kleid, das ihr vorschwebte, war einfach nicht dabei. Sie probierte ein Dutzend teurer Kleider in grellen Farben an, die entweder zu steif oder zu weich waren, mit Perlen, bestickt oder gar mit Federn besetzt. Allen fehlte jedoch das gewisse Etwas. Deprimiert, wie sie war, kam ihr eine Idee. Auf dem Nachhauseweg sah sie vor ihrem geistigen Auge genau das, was sie wollte – ein Kleid im Meerjungfrauen-Look.

Bei der eigenen Party sollte die Gastgeberin etwas Spektakuläres tragen. Und genau so etwas hatte sie im Sinn – trägerlos, Silberpailletten, eng bis zum Knie (insgeheim hatte sie sich zurechtgelegt, daß so ihre kurvenreiche Figur am besten zur Geltung kommen würde), dann ausgestellt wie mit einer Schleppe, ein Frou-Frou aus mehrfarbigem gefältelten Organza … Die Vorstellung verschaffte ihr enorme Erleichterung.

Eines Abends, nachdem Toby in den Wald gegangen war, machte sie eine Zeichnung. Sie fuhr wieder nach London, diesmal, um einen geeigneten Stoff zu finden. Sie hatte Glück. Der Stoff, den sie fand, war nicht nur mit Pailletten bestickt, sondern auch mit Perlen und wellenförmig aufgenähten Glastropfen. Bei genauer Betrachtung hatte man den Eindruck von Wasser und Wellen … Was den italienischen Organza betraf, so fand sie einen, in den ein winziges Muschelmuster auf einem nebelgrauen Hintergrund eingewebt war. Die Götter schienen ihr heute wohlgesinnt. Um das zu feiern, hatte sie sich bei Selfridges einen Schokoladen-Milchshake genehmigt. Ganz allein saß sie da, nuckelte an ihrem Strohhalm und war mit sich und der Welt zufrieden, wenn sie an das Aufsehen dachte, das ihr Kleid verursachen würde.

Jetzt betrachtete sie sich kritisch. Die Mittagszeit war nicht der ideale Zeitpunkt, die Wirkung eines Abendkleids zu beurteilen, aber sie ahnte durch das gedämpfte Licht, das durch die Netzvorhänge hereinfiel, was herauszuholen war.

Miß Hubbard, eine Schneiderin, die einmal für einen großen Couturier am Berkeley Square gearbeitet hatte und jetzt in Northamptonshire lebte, kniete zu ihren Füßen. Sie steckte Nadeln in den geschwungenen Saum, aus dem einmal der gefältelte Chiffon hervorquellen sollte. Etwa zwanzig

Stecknadeln klemmten zwischen ihren schmalen Lippen, für sie keineswegs ein Hindernis, eine Fülle von Meinungen zu äußern. Momentan jedoch arbeitete sie schweigend.

Frances sog lautlos die stickige Luft ein. Der Geruch von Ringelblumen und gekochtem Kohl vermischte sich zu einem schwer definierbaren Modergeruch. An der Wand über dem Gasofen hing eine Uhr, deren Zifferblatt unter einem Häubchen aus Eichenholz-Sonnenstrahlen hervorstrahlte. Neben einem Schränkchen mit Glastieren hing ein Kalender an der Wand, dessen ländliche Szene den Monat März des Jahres 1987 anzeigte, den Monat von Miß Hubbards ehrenvoller Pensionierung. Frances mochte den schlichten Stil der Inneneinrichtung, er zeugte vom guten Geschmack der Schneiderin. Sie fühlte sich in diesem Raum sicher, den sie seit drei Jahren zu verschiedenen Jahres- und Tageszeiten besucht und dabei wohlwollend die Umsetzung ihrer Skizzen in wunderschöne Kleider miterlebt hatte. Der große Tisch, an dem auf mysteriöse Weise die Kleider entstanden, mit den vielen Maschinen, Stoffen, Maßbändern und Rollen von Farbmustern, hatte etwas Beruhigendes an sich. Es gab keinen Grund, die alleinlebende Miß Hubbard zu bemitleiden. Sie liebte ihre Arbeit. Sie war ihr Leben.

»Also wissen Sie, Mrs. Farthingoe, wir leben in einer geschichtlich interessanten Zeit, wenn Sie mich fragen. Leider kriege ich nicht alles im Radio mit. Wir haben bei Radio Four hier ziemlich oft Störungen, aber ich halte mich gern auf dem laufenden ...« Wenn sie sprach, bewegten sich ihre Lippen nicht, wie bei einem Bauchredner, nur die Nadeln wippten auf und ab, ein mit Nadeln gespickter Fächer um ihren Mund. »Ich mache den Saum hier nur ein kleines bißchen höher, denke ich, und dann diese Ozonsache, wissen Sie. Also, wenn ich Enkel hätte, würde ich mir schon Sorgen machen. Ich kaufe jetzt umweltfreundliche Putzmittel, aber wissen Sie, finden Sie nicht auch, daß fünfzehn Shilling für eine Rolle Küchenpapier ziemlich übertrieben ist, also ich weiß nicht.«

Die Stimme plätscherte friedvoll an Frances vorbei, ohne sie in ihren eigenen Gedanken zu stören. Sie dachte daran, daß sie bei ihrer letzten Anprobe noch in Ralph Cotterman verliebt gewesen war und sich das Kleid damals eigentlich nur für ihn hatte machen lassen. Jetzt, da diese nutzlose Leidenschaft endlich ein Ende gefunden hatte, konnte sie sich auf ihre Liebe zu Toby und ihre Schuldigkeit ihm gegenüber konzentrieren.

Es war nicht leicht, sich von Toby ermutigt zu fühlen, aber sie war entschlossen, ihr Bestes zu tun und die Jahre, in denen sie ihre Energien anderweitig eingesetzt hatte, nachzuholen. Seine höfliche Distanziertheit war schwer zu durchdringen. Jetzt, da die alten Tage der Eifersucht vorbei waren, fühlte sie sich manchmal recht hilflos, wenn sie versuchte, an ihn heranzukommen. Und doch war es offensichtlich, daß er sie immer noch begehrte, auch wenn sie ihn in anderer Hinsicht enttäuschte. Letzte Nacht, als sie es am allerwenigsten erwartete – eigentlich hatte sie sich damit abgefunden, daß er sich den Rest des Sommers bei seinen Dachsen aufhalten würde –, war er zurückgekehrt, wild, ungeduldig, leidenschaftlich. Zugegeben, es war eher unglücklich verlaufen. Nachdem er sie aus dem tiefsten Schlaf gerissen hatte, war ihre Reaktion nicht so heißblütig gewesen, wie sie hätte sein können. Und es war sehr traurig gewesen, daß er am frühen Morgen schon wieder weg war – ja sicher, die Arbeit. Toby fing gern sehr früh mit der Arbeit an ... Frances fuhr sich mit dem Finger über eine empfindliche Stelle am Hals. Vielleicht würde er ja heute abend wiederkommen. Vielleicht hatte er die Nase voll von Dachsen.

»So.« Miß Hubbard rutschte auf den Knien nach hinten und spuckte die restlichen Stecknadeln auf den Teppich. »Was meinen Sie?«

Frances verlagerte ihr Gewicht und stemmte eine Hand in die Hüfte. Sie sah sich am Abend der Party, ehe die Gäste kamen, die Treppe hinunterschweben, um sich Toby zu zeigen. Das Kleid war für ihn, es sollte eine Botschaft überbringen.

»Wunderschön«, sagte sie.

»Sie werden die Schönste auf Ihrem eigenen Ball sein, wenn Sie mich fragen.«

»Ach, niemals.«

»Sie haben immer noch die Figur dafür. Andere könnten sich das nicht erlauben.«

Frances zuckte leicht zusammen bei dem Wort »immer noch«. Wie alt sah sie wohl aus? Die Schatten unter ihren Augen waren nicht immer da. Es war eine ungewöhnliche Nacht gewesen.

»Hoffentlich«, antwortete sie.

»Denken Sie an meine Worte. Haben Sie Mr. Farthingoe erzählt, was wir hier vorhaben?« Miß Hubbard zupfte den Rock zurecht, so daß die Pailletten aufblitzten.

»Es soll eine Überraschung werden«, erklärte Frances.

»Die Augen werden ihm herausfallen«, versprach die Schneiderin und nahm die Stecknadeln heraus.

Das Kleid sank in seiner ganzen Glitzerpracht zu Boden. Einen Augenblick lang sah Frances ihre nackte Haut und die blassen Brüste – bangend, hoffend.

Am Morgen, nachdem Rosie Cotterman Bill und Mary Lutchins besucht und die guten Neuigkeiten erzählt hatte, blieb Bills Uhr stehen. Und wie es der Zufall wollte, auch die Küchenuhr. Erst als er das Radio einschaltete, um die Nachrichten zu hören, die schon vorüber waren, wußte er, daß er seinen Zeitplan nicht eingehalten hatte. Genau gesagt, hinkte er eine ganze halbe Stunde nach. Er hatte um acht Uhr fünfundvierzig bei der Arbeit sein wollen.

Auf seinem eiligen Weg über das Feld zu dem umgestürzten Baum schmolz das Unbehagen über seine Verspätung ziemlich bald in der warmen Sonne dahin. Eine angenehme westliche Brise würde seine Arbeit erleichtern. Schon bald stieg ihm der vertraute Geruch der Balsampappelblätter in die Nase – süßlich, frühlingshaft und am intensivsten im Mai. Der umgestürzte Baum war noch nicht tot, und würde er ihn nicht kleinschneiden, würde er noch lange vor sich hin sterben, dachte Bill.

An seinem Arbeitsplatz angelangt, setzte er sich erst einmal auf den Holzstoß aus den größeren Ästen, um sich einen Plan zu überlegen. Zuerst wollte er die Blätter von den kleineren Zweigen entfernen und diese als Kleinholz zurechtlegen. Eine leichte Arbeit und zugleich eine Pause vom Lärm der Säge. Nächste Woche, dachte Bill, würde er sich an den Stamm machen können. Den ganzen Baum aufzuarbeiten würde sehr lange dauern, weil er sehr langsam arbeitete. Aber er hatte ja Zeit, so viel Zeit, wie er wollte.

Er betrachtete den etwa zwanzig Meter langen Stamm, der sich eine lange Schneise in das hohe Gras geschlagen hatte, und erinnerte sich an den Tag, als er ihn zusammen mit Mary gepflanzt hatte. Vor nicht einmal zehn Jahren. Damals hatten sie ihn mit einem Gummistreifen an einem stabilen Stützpfahl Halt gegeben. »Da muß schon ein gewaltiger Sturm kommen, um den umzublasen«, hatte Bill damals bemerkt. Aber dieser letzte Sturm war mit unglaublicher Kraft über das Land hereingebrochen, und es sollten noch weitere ähnlich starke folgen. Bill betrachtete die anderen Bäume, die er mit so viel Sorgfalt gesetzt und gepflegt hatte. Angst kroch in ihm hoch.

Er stand auf, bückte sich, zupfte ein Blatt ab und rieb es zwischen den Fingern. Ein kräftiger Duft stieg auf und mit ihm die Erinnerung an den Baum im Laufe eines Vegetationsjahres. Zu Beginn des Frühjahrs gab es die langen, spitz zulaufenden, bronzefarbenen Knospen, die nur rochen, wenn man das klebrige gelbe Wachs herausdrückte. Es folgten stumpfbraune Kätzchen (der Baum war männlich) und dann die überraschend gelbgrünen Blätter im Mai. Im September wurde der Geruch schwächer, die Blätter färbten sich zu einem dunklen Gelb mit rostfarbener Äderung. Die Unterseite der Blätter hingegen war weiß, als wäre sie ständig gefroren. Im Wind des Spätherbsts gaben die gelbweißen Blätter ein spektakuläres Schauspiel gegen den leuchtenden Abendhimmel ab. Bill hatte unzählige Male dagestanden, den Anblick ganz für sich allein genossen und den Geruch der Herbstfeuer von den Obstwiesen eingesogen. Im Winter waren dann die unordentlich stehenden Zweige in der Krone zu sehen, die sich starr vor Kälte in den Himmel reckten. Nun war es vorbei mit den Jahreszeiten für den Baum. Bill stieß mit dem Schuh gegen den Stamm und warf das Blatt weg.

»Wie kommen Sie denn voran?«

Bill drehte sich um. Mr. Yacksley, der Postbote, stand da, ohne Tasche und ohne Fahrrad.

»Morgen, Jack. Ziemlich langwierige Angelegenheit.«

»Sieht so aus. Ich könnte Ihnen abends vielleicht immer ein paar Stunden helfen. Obwohl meine Frau doch diese Probleme mit den Gelenken hat.«

»Das wäre nett. Ich bin mit der Säge nicht mehr so schnell, wie ich es einmal war.«

»Wir werden alle langsamer, Mr. Lutchins. Mein Fahrrad ist manchmal schwer wie ein Elefant. Wir sind seit siebenunddreißig Jahren verheiratet.«

»Ich hoffe, Mrs. Yacksley …«

»Das wird schon wieder.«

»Ich habe aber immer noch Spaß daran. Mary und ich sind auch schon ein paar Jährchen verheiratet.«

»Ich war bei Ihrer Hochzeit Chorleiter, erinnern Sie sich? Das war wirklich ein großer Tag, wirklich ein großer Tag.«

Beide Männer schauten den Baum eine Weile schweigend an. Dann betrachtete Mr. Yacksley den Holzstoß und lächelte.

»Einen hübschen Holzstoß haben Sie da aufgeschichtet. Wirklich akkurat.«

Bill lächelte auch. Jack Yacksley war wahrscheinlich der einzige Mensch, den er kannte, der die ausgeklügelte Architektur seines Holzstoßes schätzte.

»Danke.«

»Ich bin nur schnell rübergekommen, um zu sagen, daß wir uns heute abend bei der Besprechung auf einen regelrechten Kampf gefaßt machen müssen.«

»Ach ja?«

»Der Vikar möchte diesmal abstimmen lassen. Ich sagte gestern zu ihm: Herr Vikar, Sie haben alle älteren Leute im Umkreis von mehreren Meilen verloren mit Ihrem komischen Zeug. So kennen wir das nicht, Herr Vikar, habe ich gesagt. Es schien ihn nicht zu kümmern.«

»Nein.«

»Er sagte, er hat für den Sonntagabend diesen Gitarristen eingeladen – statt der Predigt. Er meint, die Leute würden in Strömen kommen.«

»Ich nicht.«

»Ich auch nicht. Können wir also heute abend auf ein paar starke Worte von Ihnen hoffen, Mr. Lutchins?«

»Worauf Sie sich verlassen können.«

»Ich muß meine Runde weitermachen.« Mr. Yacksleys graue Augen unter den buschigen weißen Augenbrauen sahen zum Himmel. »Ein guter Tag für diese Holzarbeit …«

Der Postbote trottete den Weg zurück, den er gekommen war. Bill sah ihm nach, bis er verschwunden war. Er und Jack Yacksley waren beide Kirchenratsmitglieder und hatten viel gemeinsam. Sie kämpften zusammen für die Erhaltung traditioneller Gottesdienste in der Kirche und verabscheuten die massive Entweihung, die stattfand, seit der junge Vikar gekommen war, dessen Frau Tequilapartys auf dem Friedhof veranstaltete. Jeden Sonntag weigerten sie sich ostentativ, wenn es hieß, jeder solle seinem Nachbarn die Hand schütteln. Als der Vikar bei der Christmette alle aufgefordert hatte, sich zu küssen, hatten die beiden Rebellen angewidert und unter lautstarkem Protest die Kirche verlassen. Viel hatten sie damit nicht gewonnen, denn der Vikar hatte bereits gleichgesinnte junge Leute im Kirchenrat um sich geschart, und so waren die wenigen älteren in einer verschwindenden Minderheit. Aber sie beharrten auf ihrem Standpunkt und verlangten einen Gottesdienst pro Monat nach dem alten Ritus, bei dem dann – der Vikar schien davon keine Notiz zu nehmen – doppelt so viele Leute in der Kirche waren.

Jack Yacksley teilte auch Bills Liebe zu Bäumen. Mit Interesse hatte er die Entwicklung von Bills Baumpflanzungen verfolgt und war der erste gewesen, der nach dem Sturm sein Mitgefühl ausgesprochen hatte.

Bill bückte sich und brach den ersten dünnen Ast ab. Der Luxus des Pensionszeitalters, dachte er, besteht darin, daß das Schicksal von ein paar Bäumen und das Schicksal einer alten Kirche einen Großteil deiner Zeit von früh bis spät in Anspruch nehmen. Mit vielleicht weniger als einem Jahrzehnt noch verbliebener Lebenszeit befaßte er sich immer weniger mit der Zukunft der Welt im allgemeinen. Die Prioritäten hatten sich verschoben. Das Blickfeld war eingeschränkt. Das Zersägen eines Baumes und die Liebe zu der Ehefrau konnten einen voll und ganz in Anspruch nehmen.

Toby Farthingoes Büro, umgebaut aus zwei Dachkammern, sah ganz anders aus als alle anderen Räume in diesem Haus. Er hatte auf absoluten Minimalismus bestanden. Weiße Wände, unaufdringliche graue Gummifliesen auf dem Boden. Durch ein Dachfenster sah man auf einen der hohen, schwarzen Äste einer Zeder. Selbst an sonnigen Tagen war das Licht von draußen eher spärlich, und die Lampen waren ständig angeschaltet. In den Bücherregalen standen Software-Handbücher und Wörterbücher. Ein Faxgerät, ein Fotokopierer und zwei Telefone standen ordentlich auf einer Reihe von weißen Metallkästen. Das einzige Möbelstück mit abgerundeten Formen war eine weiche Ledercouch. Sie war Tobys Lieblingsplatz zum Nachdenken oder wenn er sich ein paar Zahlen notierte. Keine Fotos, keine Bilder, keine Dekorationsgegenstände oder sonstige unnötige Ablenkungen.

Auf dem riesigen Arbeitstisch stand Tobys Neuerwerbung – eine teure, aufwendige Spark Workstation, auf der er gerade das symbolische Manipulationsprogramm MACSYMA installiert hatte. Es brauchte dreißig Megabytes Speicher von seiner Festplatte – wie gut, daß er noch siebzig Megabytes übrig hatte – und befreite mit seiner unglaublichen Vielseitigkeit seinen kreativen Geist von der Pedanterie und der drögen Fronarbeit des konventionellen Programmierens. Er konnte dem Spark seine geheimsten Gedanken anvertrauen und dessen Elektronik als Erweiterung seines Gehirns, dessen ungeheure Kapazität und Geschwindigkeit als intellektuelle Sklaven seines Geistes einsetzen. Seiner Phantasie waren ansonsten durch die langsamen, spärlichen und verschlungenen Wege seiner Rechenkünste sehr enge Grenzen gesetzt. Auf beiden Seiten des Computers war viel freie Schreibtischfläche, die er – eine besondere Marotte von ihm – leer haben wollte. Wenn er etwas schreiben mußte, ging er mit einem Schreibblock zu seiner Couch, anstatt sich auf dem Tisch auszubreiten.

Toby fühlte sich zu diesem Raum, der so ganz anders war als die übrigen Zimmer, so unwiderstehlich hingezogen wie zu seinen nächtlichen Exkursionen in den Wald. Die unabdingbare Stille, das Gefühl des Eingeschlossenseins in einer Kapsel (zu der kein anderer Zutritt hatte) waren seine Labsal, seine Zuflucht. Manchmal verbrachte er acht oder neun Stunden hier, gelegentlich auch einen Großteil der Nacht. Und oft ohne großen Durchbruch, wie er freimütig jedem gegenüber, der sich für seine Arbeitsmethoden interessierte, zugab. Während die traditionell ausgebildeten Software-Ingenieure ein neues System lernten, indem sie sich mit dem komplizierten Handbuch auseinandersetzten, zog Toby es vor, sich hinzusetzen und es auszuprobieren. Er spielte gerne damit herum, warf dem System abartige Probleme hin, um zu sehen, wie es reagierte. Kurz, er experimentierte eben. Im Augenblick war ihm MACSYMA noch ein absolutes Rätsel, und er hatte täglich seinen Spaß damit, dessen Komplexität zu erforschen. Bislang war er ein Jahrzehnt lang mit einer weitaus einfacheren Software zufrieden gewesen. Mit ihr hatte er das Glück gehabt (Frances schrieb es seinem Superhirn zu), die Komplexität von Flugbuchungen zu revolutionieren. Eigentlich war er durch Zufall draufgekommen. Eines Tages hatte er über seine frühere Arbeit nachgedacht, in der er versucht hatte, den Geheimnissen der Symmetrie auf die Spur zu kommen. Und dabei hatte es plötzlich Klick gemacht. Einige simple geometrische Ideen, die Essenz all dessen, was er bislang gelernt hatte, würden lineares Programmieren endlich leicht zu handhaben machen. Vorbei würden die Tage sein, in denen Crays und andere Supercomputer Tage mit der Simplexmethode brauchten. Ihm war ein Weg eingefallen, der mitten durch die Simplexmethode ging, ohne endlos am Rande entlangzuschlängeln, immer auf der Suche nach besseren Scheitelpunkten, wie ein englischer Tourist an der Küste von Málaga auf der Suche nach einem schöneren Strandabschnitt. Dieser Augenblick war der seines Triumphs gewesen. Im Moment der Entdeckung hatte er nicht an Geld gedacht. Vielmehr hatte ihn ein einsames Gefühl des Glücks und des Triumphs durchströmt. Die Geldgier kam erst später. Am nächsten Morgen – als ihm klar wurde, daß er seine Entdeckung an die großen Fluggesellschaften verkaufen konnte. Da wußte er, daß er reich sein würde. Die dann jährlich eingehenden Lizenzzahlungen erstaunten ihn immer wieder.

Seit dieser Entdeckung hatte Toby sich vielseitig betätigt. Er hatte an einem Programm gearbeitet, das die Diagnose von Kinderkrankheiten revolutionieren könnte – es wurde noch nicht überall eingesetzt, aber immerhin schon in einem Krankenhaus in Oxford. Derzeit faszinierte ihn ein Programm, das die Börsenkurse exakt vorhersagen konnte. Hatte die Börse eine innere Dynamik, die sich Toby erschließen könnte? Würde es ihm jemals gelingen, in den verwirrenden, hektischen Daten der *Financial Times* ein zusammenhängendes Muster zu erkennen? Würde sich irgendwann einmal eine einfache Struktur, eine gewisse Vorhersehbarkeit, von Turbulenzen einmal abgesehen, herauskristallisieren, die für ihn verständlich war? Er dachte an seine Entdeckung der Mehrwertigkeiten von Gewichten vor einigen Jahren und war der festen Überzeugung, daß alles möglich und nichts unverständlich war. Und jetzt mit diesem phantastischen neuen Ding, das vor ihm stand, war er plötzlich sicher, daß die Wahrscheinlichkeit größer geworden war. Und sollte er Erfolg haben, würde das zu einem historischen Wandel in der Finanzwelt und zu einem weiteren Vermögen für ihn führen ...

An dem Morgen, als sich seine Frau vor dem Spiegel der Schneiderin drehte und wendete, saß Toby an seinem kahlen Schreibtisch und schrieb das Ablaufdiagramm, das er auf der Couch hingekritzelt hatte, in Programmieranweisungen um. Er lehnte sich zurück und wartete, bis der Computer durch Milliarden von Befehlen raste, die er in wenigen Minuten aufgeschrieben hatte. Bei zehn Millionen von Befehlen pro Sekunde würde das Ganze für den Computer eine Sache von Minuten sein. Wie gerne dachte er bei solchen Gelegenheiten an die Hunderte von menschlichen Rechnern, die ihr ganzes Leben rechnen müßten, um das zu erreichen, was er seinem Sklaven in wenigen Minuten abverlangte. Nie nahm er diesen Fortschritt für selbstverständlich hin. Das Wunder der Technik beeindruckte ihn tagtäglich – eine Tatsache, die er Kollegen gegenüber nur sehr ungern zugab, war doch das Schreiben von Software für sie so etwas Banales wie der Griff zum Telefonhörer.

Gemütlich lehnte er sich zurück und horchte auf das sanfte Klicken des elektronischen Gehirns. Fasziniert starrte er auf das kleine blinkende Licht, das den eifrigen »Denkprozeß« anzeigte. Voller Vorfreude wartete er darauf, daß sein Sklave die Antwort, die er von ihm erwartete, auf dem Bildschirm anzeigte. Dieser Augenblick, den er Dutzende Male am Tag erlebte, war immer spannend. Diesmal jedoch mochte der Computer das nicht tun, was man von ihm verlangt hatte.

»Unschön, ausgesprochen unschön«, murmelte er laut vor sich hin und tippte »C13«, um so die Matrix, die er zuvor kreiert hatte, wiederherzustellen. Wie pedantisch Computer doch waren, dachte er oft – wie absolut allergisch sie auf den kleinsten Fehler reagierten, was sie, bei aller Bewunderung für ihr Können, auch wieder so irritierend machte. Irgendwie dumm sogar ... Eines Tages wollte er einen Chip für ein Computersystem mit Fehlertoleranz entwerfen. Und, was noch nützlicher wäre, ein System mit automatischer Musterwiedererkennung ...

Aber an diesem Morgen schwirrten in Tobys Kopf nur Kurven und geometrische Linien umher. Wenn er bei dem Optimierungsproblem, an dem er arbeitete, nur einen kleinen Baustein zu der großen Lösung finden würde, wäre der Vormittag gerettet. Er versuchte auf der Tastatur eine bestimmte Transzendente als Parameter zu definieren ... Einen Augenblick später hatte sich nach einem Tastendruck auf dem Bildschirm alles zu einer Reihe von langgezogenen Schleifen arrangiert, scharf gestochen wie eine geometrische Blume, fast genauso, wie er es sich vorgestellt hatte.

Toby war zufrieden mit dem, was er auf dem Bildschirm sah. Und doch beunruhigte ihn irgend etwas, während er das Ergebnis konzentriert betrachtete. Es war wieder einer jener Momente, die ihn von Zeit zu Zeit so unvermittelt überkamen, wenn eine Lösung auf dem Bildschirm ihn an das wirkliche Leben erinnerte und er sich vorstellte, daß damit eine Botschaft verbunden war. Wenn der Moment vorüber war, verwarf er diesen Verdacht immer wieder ärgerlich. Aber immerhin überlegte er und versuchte eine Übertragung auf menschliche Bereiche.

Die Blume auf dem Bildschirm signalisierte eine Warnung. Widerwillig holte er seine Gedanken von der technisch raffinierten Softwaresprache in die unartikulierten Niederungen des Bewußtseins zurück. Er überlegte sich, daß er die Geduld seiner Frau lange genug auf die Probe gestellt hatte. Sein mangelndes Interesse an der Party, seine verletzende Gleichgültigkeit gegenüber ihren Problemen und seine nächtliche Abwesenheit waren unverzeihlich und mußten ein Ende haben. Obwohl sie in vieler Hinsicht dämlich und gewöhnlich war, tolerierte sie immerhin seine Unzulänglichkeiten, und irgendwie liebte er sie auch (obgleich das, verglichen mit den früheren Zeiten der Eifersucht, nicht sehr aufregend war). Er wollte sie nicht verletzen und auch nicht verlieren. Zu spät hatte er erkannt, daß sie ihm nie das bieten konnte, was er von einer idealen Frau erwartete. Aber dafür hatte er einen Ausgleich in seiner Arbeit, Freude an seiner Tochter und höchstes Vergnügen an den friedvollen Nächten im Wald. Eines Tages würde er vielleicht jemanden finden, dessen Schweigen Verständnis bedeutete und nicht mangelndes Interesse. Große Chancen rechnete er sich allerdings nicht aus. In der Zwischenzeit gelobte er vor sich selbst Besserung. In den letzten Monaten vor dem Ball würde er am Tag und auch nachts Einsatz zeigen. Schließlich wollte er den Fortbestand der Ehe, auch nachdem er nun mal unbesonnen in sie eingestiegen war.

Gut, Warnung verstanden. Tröstende Stille. Schatten eines dicht verzweigten Zedernastes auf dem Boden. Die vertrauten Dinge, Formen, Räume um ihn herum waren beständige Größen, die ihm Zuversicht gaben. Toby hatte sich entschieden. Er drückte eine Taste. Die trügerischen Kurven waren verschwunden, auf der Festplatte des Computers als Serie von Nullen und Einsen abgespeichert, solange er sie dort haben wollte. Der zweifache Zweck war an diesem Vormittag erfüllt.

»Wie kommst du voran, Liebling?« fragte Toby. »Wie weit bist du?«

Frances sah verstohlen hoch, um die Echtheit seines Interesses besser einschätzen zu können. Die Qualität des Weins hatte ihr verraten, daß von seiner Seite Reue angesagt war. Aber sie durfte die Situation jetzt nicht ausnutzen und auch sein Interesse nicht überbewerten.

»Oh, wundervoll. Wirklich sehr gut. Noch ein paar Problemchen, aber das bekomme ich in den Griff. Ganz wenige Absagen. Alles läßt sich sehr gut an.«

»Schön.«

»Mit Einzelheiten will ich dich nicht belasten.«

»Aber das tust du doch nicht.«

»Vielleicht doch, trotz deiner guten Vorsätze. Das Risiko will ich lieber nicht eingehen.«

Toby lächelte. »Übrigens habe ich meinen Beitrag schon erledigt. Alle Getränke sind bestellt.«

»Wunderbar.«

»Sogar einen besseren Champagner, als ich ursprünglich vorhatte.«

»Tobes, du bist einfach süß. Wirklich super.«

Sie beobachtete ihn, als Luigi ein perfektes Schokoladensoufflé hereinbrachte. Als Ausdruck eines stummen Protestes hatte sie geraume Zeit keine Soufflés mehr servieren lassen.

»Oh, was sehen meine erstaunten Augen!«

»Das hatten wir schon lange nicht mehr.« Sie hoffte, er würde verstehen, was sie damit sagen wollte.

»Einfach phänomenal.« Toby holte sich ein großes Stück von der bezuckerten Oberschicht auf den Teller und dazu einen dicken Löffel von der weichen, luftigen Schokoladenmasse. »Mein letztes Mahl auf Erden werden zwei Schokoladensoufflés sein.«

Frances lehnte sich zurück und lächelte. Seit ewigen Zeiten hatte sie ihren Mann nicht mehr so glücklich gesehen. Er zeigte seine Begeisterung normalerweise nur sehr sparsam. Es war richtig schön, zu sehen, wie er Freude an etwas hatte, auch wenn es nur ein Schokoladensoufflé war. Frances nahm sich nur eine kleine Portion, damit er sich später ermuntert fühlen sollte, den Rest aufzuessen.

»Ich dachte, außer dem Perrier sollten wir eine größere Menge Eiskaffee vorrätig haben. Heutzutage wollen viele Leute nicht unbedingt etwas Alkoholisches«, begann sie vorsichtig.

»Gute Idee.«

»Meinst du das wirklich?«

»Natürlich.« Toby sah von seinem leeren Teller auf. »Wie oft habe ich auf Partys schon nach Eiskaffee gelechzt«, log er.

»Jetzt bist du aber zu weit gegangen.«

»Wie meinst du das?«

»Du lügst. Du hat noch nie auf einer Party auch nur einen Gedanken an Eiskaffee verschwendet.«

Toby seufzte. »Na ja, vielleicht habe ich ein bißchen übertrieben. Ich wollte dich nur ermutigen. Du hast immer so gute Ideen.«

»Danke«, antwortete Frances. Sie spürte, daß sie an einem gefährlichen Engpaß angelangt waren. Das Thema Party mußte sofort gewechselt werden. »Warum ißt du nicht das Soufflé auf?«

Toby ließ sich nicht lange bitten. »Wenn du meinst …«

»Natürlich.«

Während er die feine Porzellanschüssel mit dem silbernen Löffel auskratzte, wurde sich Frances der bedrückenden Atmosphäre bewußt, die über dem Eßzimmer lag. Manchmal wünschte sie sich wirklich, sie hätten keine Dienerschaft und würden abends in der Küche essen. Toby würde den Salat anmachen, und sie würde am Herd stehen. Manchmal waren ihr diese steifen Mahlzeiten in dem von Zedern verdüsterten Eßzimmer, in dem es nach Möbelpolitur und Pfeffer roch, wirklich zuwider.

Worüber könnten sie jetzt reden? Worüber redeten Leute, die seit fünfzehn Jahren verheiratet waren, Abend für Abend, wenn sie zu zweit beim Essen saßen? Über Kinder, die Hypothek, Alltagsprobleme, Pläne, Arbeit? In ihrem Fall definitiv niemals über die Arbeit. Frances hatte einmal erklärt, daß ihr alles, was mit Computern zusammenhinge, absolut unverständlich war. Also behielt Toby – vielleicht, weil er sie nicht langweilen wollte – diesen Teil seines Lebens ganz für sich.

»Ich muß dir den Brief von Fiona zeigen, der heute morgen gekommen ist«, sagte Frances. Sie wußte, wie dröge sie klang.

»Ach ja?«

»Sie ist offensichtlich ausgezeichnet in Englisch, dafür um so schlechter in Mathematik.«

»Ach, um sie brauchen wir uns keine Sorgen zu machen. Sie ist insgesamt ganz gut in allen Fächern.« Toby kratzte die letzten Reste Schokolade von seinem Teller. »Und zur Party? Kommt sie?«

»Natürlich. Das läßt sie sich nicht entgehen. Ich habe ihr gesagt, es gibt nur eine einzige Bedingung: keine Jeans.«

Toby lachte. Er mochte die burschikose Phase seiner Tochter.

»Ich kann mir nicht vorstellen, daß sie sehr viel Spaß mit uns hat. Lauter Gruftis.«

»Nun, sie will kommen, und ich habe ihr es erlaubt.«

»Also gut.«

»Ich sehe mir die Nachrichten an«, sagte Frances. »Ich habe deinen Schlafsack waschen lassen. Er ist im Wäscheraum.«

Toby sah seine Frau an, als sähe er sie zum ersten Mal. »Ich brauche ihn heute nacht nicht«, sagte er schließlich. »Ich habe Glück gehabt. In den letzten Nächten habe ich so viele Dachse gesehen, daß ich es mir jetzt leisten kann, einige zu verpassen.«

Frances, die diese Entscheidung irgendwie erwartet hatte, war jetzt aber durch seine Ankündigung doch einigermaßen verwirrt. Sie fühlte sich plötzlich weich, formbar, geschmeidig.

»O Tobes, du darfst wirklich nicht denken, daß es mir was ausmacht, wenn du Dachse beobachten …«

»Ich glaube nicht, daß es dir sehr viel ausmacht. Komm, ich sehe mir mit dir die Nachrichten an.«

Er verließ den Raum vor ihr. In der Bibliothek goß er ihr einen Drink ein, setzte sich neben sie auf die Couch und legte eine Hand auf ihr Knie.

Der heutige Abend, dachte Frances, würde für sie beide einen kleinen Gewinn bringen. Dann würde sich Toby wieder von ihr zurückziehen. Jetzt, da sie sich von Ralph befreit hatte, widerstrebte ihr dieses Auf und Ab. Aber sie wußte, daß sie nichts dagegen tun konnte. Und außerdem waren Ebbe und Flut in einer Ehe doch wohl besser als stehendes Gewässer. Also hatte sie sich mit dem ewigen Kreislauf des

Kommens und Gehens, Kommens und Gehens in ihrer kleinen, gleichförmigen Welt abgefunden. Es war ihre Art, sich mit der Kluft, die jeden Menschen von dem anderen trennt, abzufinden, und es funktionierte ganz gut.

Frances hielt ihr Whiskyglas mit beiden Händen und hörte den Nachrichten zu. Sicherlich hatte Toby keine Ahnung, wie ungeduldig sie auf das Ende der Nachrichtensendung wartete.

Am ersten Tag der Trimesterferien Anfang Juni fuhr Ursula die Kinder zu Martins Mutter nach Dorset. Sie ließ sie nicht gern weg, auch wenn es nur für ein paar Tage war. Aber sie waren genauso wie sie gerne auf dem Land, und so war ein langes Wochenende auf der Farm ihrer Großmutter allemal besser, als in Oxford zu bleiben. Sarah war nur etwas zögerlich, die Katze zurückzulassen, hatte aber schließlich eingesehen, daß Katzen gern an einem festen Platz bleiben. Sie mitzunehmen würde sie unglücklich machen, erklärte Ursula, ein Argument, dem Sarah sofort Verständnis entgegenbringen konnte. Und so wurde die Katze zurückgelassen, mit von Sarahs Tränen zusammengeklebtem Brustfell. Gelangweilt vom theatralischen Getue des Kindes, leckte sich die Katze ihr Fell sorgfältig sauber.

Seit ihrer Rückkehr nach dem Abendessen in St. Crispin's hatte sich die Katze friedlich, aber reserviert verhalten. Sie brachte es fertig, nahezu alles, was um sie herum vorging, völlig zu ignorieren. Unberührt von Ereignissen, nicht interessiert an Futter oder Milch. Ein liebloses, auf sich selbst bezogenes Geschöpf, ganz und gar versunken in seine eigene Gedankenwelt. Stundenlang konnte sie in ihrer Lieblingshaltung als Porzellankatze auf der Anrichte reglos dasitzen und in die Luft starren. Oder zusammengerollt auf der Fensterbank, die Vögel im Visier, die sie aber jetzt hochmütig verachtete. Nichts deutete auf weitere geplante Tötungen hin. Offenbar immun gegen jede Versuchung, bewegten sich nicht einmal die Barthaare, wenn Tauben provokativ über den Rasen stolzierten.

Zu Sarah war die Katze höflich, ließ sich hochnehmen und streicheln, reagierte jedoch nie mit irgendwelchen Anzeichen des Wohlbefindens oder der Zuneigung. Als Ursula allein ins Haus zurückkam, gab es keinerlei Begrüßung. Meist verließ die Katze mit feindselig hoch erhobenem Schwanz den Raum und kehrte erst zurück, wenn die Kinder aus der Schule kamen. Die gegenseitige Abneigung und der Argwohn zwischen Ursula und dem Tier waren tagtäglich zu spüren. Aber Ursula behielt ihr ungutes Gefühl für sich. Sie war immer der Ansicht gewesen, ein Ehemann sollte nur mit wichtigen Dingen behelligt werden. Würde sie Martin jetzt mit ihrem tagtäglichen Kleinkram belasten, würde sie sich sehr schnell seine Sympathien verscherzen. Im breiten Spektrum ihrer Ehe nahm die Katze keinen sehr hohen Stellenwert ein. Also sagte sie nichts. Außerdem wollte sie Sarah nicht die Freude verderben. Die Katze war jetzt nun einmal da. Und Ursula konnte nur versuchen, das Beste daraus zu machen.

Heute hatte sie ohnehin anderes im Kopf. Sie wollte sich etwas Gutes gönnen, als Entschädigung dafür, daß die Kinder nicht da waren. Als sie sie bei der Großmutter abgeliefert und sich vergewissert hatte, daß sie dort glücklich waren, fuhr sie nach Marlborough, um dort auf dem Markt einzukaufen. Das war immer ein besonderes Vergnügen. Gemüse, Obst und Fisch waren frisch und billig. Die Standbesitzer waren freundlich. Und ihr spezieller Freund war der Metzger, der ihr die schweren Taschen zum Wagen trug und sie mit hausgemachten Würsten beschenkte. Im Gegensatz dazu war das Einkaufen in Oxford ein Greuel. Unfreundliche, gleichgültige Ladenbesitzer, zu hohe Preise für schlechte Qualität, sehr viele ganz gewöhnliche Dinge überhaupt nicht im Angebot. Sie hatte schon vor langer Zeit resigniert. Der Preisvorteil wurde zwar in etwa wieder aufgehoben durch das Benzingeld, aber dafür war es um so angenehmer, erstklassige Nahrungsmittel zu kaufen und von freundlichen Leuten bedient zu werden. Diesmal wählte sie Seeteufel, Somersetbrie und Jerseysahne, die zu den frühen Erdbeeren paßte. Heute abend würden

Martin und sie seit langer Zeit wieder einmal allein sein, und sie wollte sich ganz besonders viel Mühe mit dem Abendessen machen.

Aber ehe sie nach Oxford zurückkehrte, wollte sie noch bei einer Farm in der Nähe von Pewsey vorbeischauen. Auf ihre Anzeige in einer Zeitschrift hin hatte ihr die Frau eines Farmers geschrieben, sie hätte »jede Menge alten billigen Schmuck auf dem Dachboden«, den sie gern verkaufen wollte, wenn Ursula vorbeikommen und sich die Sachen ansehen wollte. Ein ganz besonders aufregendes Angebot für Ursula, dem sie nicht widerstehen konnte – in einer ungewöhnlichen Umgebung nach schönen Dingen stöbern.

Sie fand das Farmhaus am Ende eines langen Weges in einer Senke zwischen sanft ansteigenden Hügeln. In der Zufahrt parkten etwa ein Dutzend Autos. Es war ein ungepflegtes Haus mit einem vernachlässigten Garten. Aber die Grundstruktur des Hauses, ehedem hübscher Regency-Stil, war schlicht und angenehm klar. Die Möglichkeiten, die es bot, erweckten eine wehmütige Sehnsucht in Ursula. Ehe sie läutete, blieb sie einen Augenblick an der Tür stehen und versuchte sich auszumalen, was man daraus machen könnte … Sie sah nach unten und bemerkte, daß sie inmitten rosa und blauer Blütenblätter aus Papier stand. Was für aufwendige Konfetti, dachte sie und hob eines der perfekt gestalteten Rosenblätter aus Papier auf. So ganz anders als der Schrott, der heutzutage über den Ladentisch verkauft wurde. Was wurde hier gefeiert?

Die Tür öffnete sich, ehe Ursula geklopft hatte. Mrs. Green, die Farmersfrau, lächelte sie an. Sie trug ein Baumwollkleid, das mit hundertblättrigen Rosen bedruckt war. Ihr lockiges Haar hatte sie mit einem pinkfarbenen Plastikkamm zurückgesteckt.

»Es tut mir leid, wir sind mitten in einer Hochzeitsfeier«, sagte sie, »aber ich wollte Ihnen deswegen nicht unbedingt absagen. Es mußte alles ziemlich schnell gehen mit der Hochzeit, wenn auch nicht aus den sonst üblichen Gründen.« Sie lachte.

Ursula trat in einen Vorraum, in dem es stark nach Hund roch. Silbrige Hufeisen hingen an einer Schnur über dreckstarrenden Regenmänteln, die sich auf einer Hakenreihe bauschten. An der uralten Tapete hingen verblichene Bilder von Preisbullen, Schafböcken und Fußballmannschaften. Weitere Hufeisengirlanden, an Geländer und Hutständern befestigt, trafen sich an der Deckenbeleuchtung, wo sie mit einer blauen Schleife zusammengebunden waren. Weiter hinten waren Stimmen und Gelächter zu hören, und auf dem Akkordeon spielte jemand *Danny Boy.*

»Ich habe das Zeug in das Gästezimmer getan. Das macht Ihnen doch hoffentlich nichts aus«, sagte Mrs. Green und ging nach oben vor. »Suchen Sie sich aus, was Ihnen gefällt, und lassen Sie sich Zeit dabei. Dann kommen Sie runter auf ein Stück Kuchen und einen Drink. Horace und June möchten Sie auch kennenlernen.«

Sie zeigte Ursula das Zimmer, entschuldigte sich noch mal und schloß die Tür hinter sich.

Ursula blieb erst einmal ein paar Augenblicke ruhig stehen. Hier oben hörte man die Geräusche des Hochzeitsfestes nur ganz gedämpft. Deutlicher als das Singen und Lachen war das Blöken der Schafe, das durch das offene Fenster hereindrang.

Das Zimmer war einfach und ordentlich. Gewachster Holzboden, der ganz schwach nach Lavendel roch, weiße Wände, Baumwollvorhänge, ein schmales Messingbett mit rosa Chenilledecke. Auf dem Tisch daneben lagen eine Bibel und alte Ausgaben von *Woman's Own* und *Farmer's Weekly.*

Unter dem Fenster stand eine kleine Schubladenkommode. Darauf hatte Mrs. Green zwei geöffnete Kartons gestellt, aus denen vergilbtes Küchenpapier quoll. Ursula ging, seltsam aufgeregt, zu den Kartons. Aber ehe sie die Schätze auspackte, wollte sie auf die Hügel der Downs hinuntersehen. Eine kleine Schafherde, im Wind wogendes Getreide, Bäume, die in der Weite des Horizonts lediglich wie verschmierte Fingerabdrücke zu sehen waren. Die Aufgeregtheit, die sie empfand, hatte eher etwas mit der Örtlichkeit zu tun als mit dem Inhalt der Schachteln, die vor ihr standen. Sie hatte das Gefühl, diesen Landstrich zu kennen, ihn immer schon gekannt zu haben. Sie wußte es sofort. Das war der Ort, den sie schon vor langer Zeit hätte finden sollen, der Ort, an dem sie den Rest ihres Lebens verbringen wollte.

Sie wickelte eines der Schmuckstücke aus. Es war eine Similimondsichel, in geschwärztem Silber gefaßt. Sie legte sie auf ihre Handfläche. Die kleinen Steine funkelten, um so mehr, als Tränen in ihren Augen aufstiegen. Sie schniefte, lächelte und versuchte sich zusammenzunehmen. Ralph würde lachen, wenn sie ihm gestand, daß sie wieder eine ihrer »Mutter-Erde-Krisen«, wie er sie immer scherzhaft nannte, gehabt hatte. Diesmal würde sie jedoch nicht nur Ralph von den starken Gefühlen erzählen, die sie so unerwartet überkommen hatten, sondern auch Martin. Heute abend war die perfekte, seltene Gelegenheit. Vielleicht konnte sie ja ganz dezent andeuten, wie es wäre, die ungeliebte Stadt zu verlassen und sich nach so etwas umzusehen.

Eine halbe Stunde später hatte sich Ursula entschieden – Halsketten, Armbänder, Broschen in Stern- und Mondform aus Markasit, Jett, Mondstein, Ebenholz und Granat –, die alle an ein ruhigeres Zeitalter erinnerten, als Kunsthandwerker ihr Leben in spartanischen Werkstätten verbrachten, um in mühevoller Kleinarbeit bunte Glassplitter zu Vögeln und Blumen zu schleifen, die dann auf jungfräulichen Seidentüchern an sonntäglich steifen Busen getragen wurden. Das Kaufen und Verkaufen solcher Schätze war eine von Ursulas Nebenbeschäftigungen, obwohl ihr in letzter Zeit klar geworden war, daß ihr Geschäftssinn versagte und sie sich von immer mehr dieser schönen Stücke nicht mehr trennen mochte.

Unten warf sie einen vorsichtigen Blick in die Küche. Ein großer, dunkler Raum, der bis auf einen schwarzen Herd und einen Mikrowellenherd, die ziemlich unpassend an die graubraunen Wände gestellt worden waren, nicht modernisiert und renoviert war. Weitere Hufeisengirlanden an Schränken, Anrichten und Kühlschrank. Der große Holztisch bog sich unter Speisen und Getränken: riesige Schweinefleischpasteten, Wurstbrötchen, Salate, hausgemachtes Brot, Kuchen und Biskuitauflauf. Dazu Bier, Apfelwein in Korbflaschen und Ingwerwein. Pfeifenrauch vermischte sich mit dem Geruch von süßem Chutney. Ein alter Mann saß am Kamin und spielte *Daisy, Daisy* auf dem Akkordeon. Einige Gäste sangen, die restlichen machten sich über die kläglichen Versuche lustig. Die geröteten Gesichter verrieten, daß die Feier schon einige Zeit im Gange sein mußte.

Mrs. Green bemerkte Ursula und winkte sie herein.

»June und Horace möchten Sie auch kennenlernen«, sagte sie. »Gleich hier.« Sie führte sie zum Fenster, wo das Brautpaar nebeneinander auf geraden Stühlen saß. Sie waren beide weit über achtzig. »Beide über fünfzig Jahre verheiratet gewesen, beide verwitwet«, flüsterte Mrs. Green. »Das ist meine Großtante June, Tantchen, das hier ist Mrs. Knox. Sie ist gekommen, um sich den billigen Schmuck vom Dachboden anzusehen.«

»Sehr schön«, antwortete die Braut, die ganz und gar nicht verwundert schien, daß während ihrer Hochzeitsfeier eine geschäftliche Transaktion über die Bühne ging. »Meine Mutter hat das Zeug gesammelt. Wie schön, daß es jetzt wieder eine junge, hübsche Person tragen wird.«

Sie reichte Ursula die Hand, die sich anfühlte wie ein kleines, antikes Seidenpolster, das mit blauen Seidenvenen bestickt war. Das Blau der Venen paßte zu dem ihres Wollkleids, das an Hals und Saum wie ein Kinderkleid mit Langetten umhäkelt war. Auf dem Kopf trug sie ein Barett mit blauen Kornblumen, und an ihrer Halskette baumelte ein silbernes Hufeisen.

Sie zog ihre Hand zurück und fuchtelte mit ihrem Ringfinger vor Ursulas Nase herum. Dabei lachte sie schelmisch. »Das ist der Ring, den ich von dem anderen habe«, sagte sie. »Konnte ihn um keinen Preis der Welt runterkriegen. Also hat sich Horace einen Ring erspart, stimmt's, Horace?« Sie zupfte ihren frisch Angetrauten am Ärmel.

»Horace, das hier ist Mrs. Knox«, sagte Mrs. Green und wandte sich an Ursula. »Sie sagen doch nicht nein zu einem Stück Kuchen und einem Glas hausgemachtem Wein, oder?«

»Gerne. Vielen Dank.«

Horace streckte Ursula seine große, knochige Hand mit den geröteten Gelenken entgegen.

»Sehr schön«, sagte er. »Setzen Sie sich ein wenig zu uns. Mit all den anderen haben wir schon gesprochen.«

Horace war stramm wie ein Soldat in Nadelstreifenanzug, Weste, mit Taschenuhr und einer gelben Nelke im Knopfloch. Sein weißes Haar stand von seinen markanten Schläfen senkrecht nach oben. Seine lebhaften Augen zwinkerten ständig die immer wiederkehrenden Tränen weg. Er deutete mit seinem Stock auf einen Stuhl. Ursula zog ihn sich heran und setzte sich neben ihn.

»Wissen Sie, meine Liebe«, sagte June lächelnd und sah dabei Horace an, als hätte sie sich in ihr Schicksal ergeben, einen Mann zu haben, für den Flirten zur zweiten Natur geworden ist, »er ist jetzt mein Mann.« Sie kicherte ungläubig.

»Das weiß sie doch, du Dummchen.« Horace tätschelte die Hand seiner Frau. »Sie ist doch einer der Hochzeitsgäste.«

»Eine richtig schöne Hochzeit«, bemerkte June und sah sich um.

Horace beugte sich zu Ursula. »Die Wahrheit ist, daß wir beide so sehr ans Verheiratetsein gewöhnt waren, daß wir auch so weitermachen wollten. Sie und Jack hatten neunundvierzig Jährchen auf dem Buckel. Und ich bin zweiundfünfzig Jahre neben Edith hergelaufen. Freunde fürs Leben, das waren wir. Als dann unsere Partner den Löffel abgaben und wir auf einmal lose herumliefen, dachten wir, warum eigentlich nicht? Jack und Edith wären erfreut gewesen.«

»Ganz bestimmt«, pflichtete ihm June bei. »Jack und Edith hätten das gleiche getan, wenn sie die ersten gewesen wären.«

»Man gewöhnt sich an das Eheleben«, ergänzte Horace. »Und dann fehlt einem etwas, wenn es nicht mehr da ist.«

»Genau so ist es«, sagte June.

Mrs. Green kehrte mit einem großen Stück Hochzeitskuchen und einem Krug Ingwerwein zurück. Der Kuchen war mit Brandy durchtränkt, der Wein süß und scharf. Ursula mußte niesen.

»Also eine Mußheirat.« Horace warf den Kopf zurück und lachte fröhlich. »Ich sagte zu June: Wenn du mich nicht nächste Woche heiratest, altes Mädchen, hast du deine Chance verpaßt.«

June errötete. »Diese Chance wollte ich wirklich nicht verpassen«, sagte sie.

»Ja, und das war es dann. Meine Großnichte Dora hat das dann hopplahopp arrangiert, und wir hatten eine wunderschöne Trauung in der Kirche.«

»Wir konnten nicht mehr warten«, fügte June hinzu. »Horace, diese Musik geht mir auf die Nerven. Bitte doch Andy, ein Wiegenlied zu spielen.«

»Man hört einfach nichts mehr bei der Musik, das ist es«, stimmte Horace zu und winkte dem Akkordeonspieler mit seinem Stock. Dieser nahm keine Notiz von ihm. »Nicht einmal die Hänflinge.« Er schloß die Augen. Seine Frau tätschelte ihm die Hand. »Es geht doch nichts über die Hänflinge um diese Jahreszeit«, murmelte er mit immer noch geschlossenen Augen.

Nachdem sie sich von Mrs. Green und ihrem Mann noch zu weiteren Köstlichkeiten hatte überreden lassen, kündigte Ursula ihren Aufbruch an. Mrs. Green versicherte ihr im Vorraum, es interessiere sie nicht, was Ursula mitgenommen hatte. Wenn sie nicht gekommen wäre, hätte sie das Ganze zum Flohmarkt gegeben. Ursula versuchte ihr klarzumachen, daß einige der Stücke dreißig oder vierzig Pfund wert seien.

»Geben Sie mir hundert, wenn Sie unbedingt wollen«, stimmte Mrs. Green schließlich lächelnd zu. »Das deckt die Kosten der Hochzeit.«

Ursula schrieb einen Scheck. Es gefiel ihr, für ein Fest zu bezahlen, an dem sie selbst auch ihren Spaß gehabt hatte. Mrs. Green ging mit ihr zum Wagen.

»Sie können sich glücklich schätzen, hier zu leben«, sagte Ursula.

»Ach, ich weiß nicht. Ich habe hier mein ganzes Leben verbracht. Im Winter ist es ziemlich hart. In einigen Jahren werden wir hier unsere Zelte abbrechen und alles verkaufen. Mein Mann möchte sein Leben in Spanien beenden, in der Nähe unserer Tochter.«

»Würden Sie mich benachrichtigen, wenn es soweit ist? Wir hätten gern … eine Option.«

Auf dem Nachhauseweg überlegte Ursula, wie sie Martin die Erlebnisse des heutigen Tages am besten näherbringen konnte. Dieses seltsame Gefühl, daß sie schon immer in dieses Haus und zu diesen Menschen gehört hatte. Nachdem Mrs. Green in das Haus zurückgegangen war, hatte sich Ursula langsam im Kreis gedreht und dabei versucht, sich jede Facette der Landschaft einzuprägen. Dann hatte sie das Lied des Hänflings gehört, das Horace wegen der Hochzeitsmusik entgangen war, und ein Schauer war ihr trotz des warmen Sonnenscheins über den Rücken gelaufen.

Das Traurige am Eheleben ist, daß man nie ganz die Erlebnisse des anderen mitfühlen kann, dachte sie. Andererseits wären sie wahrscheinlich nicht passiert, wenn der andere dabei gewesen wäre. Oft fallen sie uns zu (von Gott? von irgendwoher?) und geschehen, damit wir sie dem anderen zuteil werden lassen können – zur Unterhaltung oder zur Erbauung. Wäre Martin dabei gewesen, wäre das Ganze anders verlaufen. Er wäre ungeduldig geworden, weil sie sich beim Aussuchen des Schmucks so viel Zeit gelassen hatte. Horace und June hätten es schwieriger gefunden, sich mit ihnen beiden zu unterhalten, anstatt nur mit Ursula. Ganz in eine neue Welt einzutauchen ist für *einen* Menschen leichter als für zwei gemeinsam. Aber nun war sie mit dem Problem der Berichterstattung behaftet. In diesem Fall würde es besonders schwierig sein, Martin die Bedeutung der unverhofften Hochzeit klarzumachen. Und sicherzugehen, daß ihre Erzählung nicht gefühlsbetont und geschönt ausfiel. Oder gar ins Lächerliche abrutschte. Sie war entschlossen, ihre Worte sorgfältig zu wählen. Je nach seiner Reaktion wollte sie die Trumpfkarte erst ganz zum Schluß aus dem Ärmel ziehen – Mrs. Greens Plan, das Anwesen zu verkaufen.

Zu Hause angekommen, trug Ursula ihre schweren Einkaufstaschen in das stille Haus. Die Küche, die sie heute früh unaufgeräumt gelassen hatte, wies noch alle Spuren der Kinder auf. Ein einzelner Schuh, ein Lineal, eine kleine dunkelblaue Bomberjacke, die um eine Kanne kalten Tees gewickelt war. Sie sehnte sich nach Martin, er würde allerdings erst in einigen Stunden nach Hause kommen. Aber bis dahin gab es auch noch genug zu tun: aufräumen, die Kinder anrufen, ein besonderes Abendessen vorbereiten, ein Bad nehmen.

In der Küche war es warm und stickig. Der Sommerjasmin roch fast ein wenig zu stark. Ursula öffnete das Fenster über dem Spülbecken und sog gierig die frische Luft ein. Draußen auf dem Rasen sah sie die Katze, den Bauch flach auf dem Boden, die Hinterbeine angewinkelt, den Schwanz leicht hin und her schwingend. Sie hatte eine Amsel im Visier, die auf den Boden im Schatten eines Fliederbaums einhackte.

»Nein!« schrie sie und rannte in den Garten.

Die Katze drehte sich kurz zu ihr um, fauchte sie an und rannte davon. Unter lautstarkem Protest flatterte der Vogel auf und flog davon. Ursula stand ruhig da, schockiert und erleichtert. Dann sah sie die Katze die Terrasse entlangschleichen. Sie sprang auf das Fenstersims und verschwand in der Küche.

Mit klopfendem Herzen kehrte Ursula ins Haus zurück. Sie war unschlüssig. Vorsichtig trat sie durch die Küchentür, aufmerksam, angespannt.

Die Katze saß auf der Anrichte – nicht an ihrem angestammten Platz, sondern auf dem obersten Regal, unbeweglich zwischen zwei Gläsern mit getrockneten Bohnen. Sie sahen sich an. Ursula fand den direkten Augenkontakt unangenehm.

»Du schreckliches, abscheuliches Tier«, schimpfte sie laut und fühlte sich gleich besser.

Die Katze legte ihren Kopf zurück und sah mit starrem Blick auf sie hinunter. Einfach ignorieren, dachte Ursula. Das war wirklich das beste – einfach ignorieren. Sie soll merken … Mit dem Rücken zum Tier begann sie einen Korb auf dem Tisch auszupacken. Eine Sekunde später spürte sie knochige Beine, die auf ihrer Schulter das Gleichgewicht zu halten versuchten. Dabei gruben sich Krallen in ihre Haut.

Ursula schrie vor Schmerz auf und drehte den Kopf. Eine Sekunde lang sah sie gefletschte Zähne und ein Stückchen rosarote Zunge in Großaufnahme vor ihrem Gesicht. Die Katze fauchte sie mit kalten, bösen, wilden Augen an. Als Ursula um sich schlagend versuchte, das Tier loszuwerden, rissen die Krallen tiefe Wunden in ihren bloßen Arm. Das Fell verwischte die Blutstropfen zu fedrigen Tätowierungen. Dann fiel die Katze, immer noch fauchend, mit gesträubten Nackenhaaren auf den Tisch. Ursula wich zurück. Zutiefst erschrocken fuhr sie mit den Fingern über den verletzten Arm.

Blitzschnell überlegte sie. Noch hatte sie keinen festen Plan, aber sie griff sich instinktiv einen leeren Weinkarton vom Tisch. Die Katze machte einen Buckel und stellte den Schwanz steil in die Höhe. Ursula stülpte den Karton über sie. Das Tier jaulte markerschütternd auf, kratzte wie wild an den Kartonwänden und schoß in seinem dunklen Gefängnis hin und her. Ursula drückte den Karton fest nach unten, damit die Katze ihn nicht hochheben und entkommen könnte. Gleichzeitig überlegte sie fieberhaft, wie sie das Tier sicher verwahren sollte, bis sie zum Telefon kommen konnte … Martin. Plötzlich hatte sie eine Idee. Sie nahm einen der Einkaufskörbe und stellte ihn auf den Karton. Die beiden anderen Körbe schob sie fest gegen die Seitenwände. Zwar jammerte und kratzte die Katze weiter, und der Karton bewegte sich auch immer ein wenig, aber es bestand nicht mehr die Gefahr, daß das Tier entkommen könnte.

Ursula trat ein paar Schritte zurück und betrachtete das unbeholfene Gefängnis, das sie geschaffen hatte. Sie sah Blut auf ihrem Rock und auf dem Boden. Die Katze jammerte jetzt herzzerreißend – es hörte sich schrecklich an.

»O Martin«, rief sie aus. Tränen liefen ihr über die Wangen, noch ehe sie darüber nachgedacht hatte, wie sie sie zurückhalten konnte. In diesem Augenblick hörte sie die Eingangstür und eilige Schritte.

Sie drehte sich um und sah Ralph, einen Ausdruck ungläubigen Entsetzens auf dem Gesicht.

»Was um alles in der Welt …«

»Die Katze.«

»Die Katze?«

Selbst in ihrem aufgelösten Zustand fiel ihr auf, daß eine Strähne von Ralphs dünnem, trockenem Haar von einem Windstoß oder seinem eiligen Schritt verweht worden war. Noch nie war ihr aufgefallen, wie dünn …

»Sie hat dich angegriffen?«

Ursula nickte. Das Blut klebte an ihren Fingern.

»Geh hier raus, Liebes. Ich mach das schon.«

Noch nie hatte sie ihn so entschlossen reden hören. Sie mochte es, wenn jemand in einer Krise wußte, was zu tun ist. Ohne ein weiteres Wort rannte sie aus dem Raum. Ralph schlug die Tür hinter ihr zu.

Martin fehlten die Kinder genausosehr wie Ursula, wenn sie einmal nicht da waren, was allerdings nicht so häufig vorkam. Heute allerdings wußte er, daß es ihnen ausgezeichnet gehen würde, und so mußte er sein ohnehin überfrachtetes Gehirn nicht noch mit Gedanken an die Kinder belasten. Er wurde bei seiner Arbeit viel zu oft vom Alltag des Universitätslebens abgelenkt. Und so hatte er einiges nachzuholen, wenn er jemals den Abgabetermin für seinen Bericht über Arbeitspotential und wirtschaftliche Entwicklung, den er im Auftrag der Weltbank schreiben sollte, einhalten wollte. Er freute sich auf einen jener seltenen Tage, an denen er weder etwas mit den Studenten zu tun hatte noch mit irgendwelchem Verwaltungskram, den er als Senior Tutor machen mußte. So konnte er sich voll auf einen beeindruckenden Stapel von Zeitschriften konzentrieren, die schon bereitlagen. Den heutigen Abend wollte er, befreit von allen väterlichen Pflichten, in Ruhe und Frieden zu Hause verbringen und lesen.

An manchen Tagen fand Martin die trockene Materie, mit der er sich im Rahmen seiner Forschungsarbeit beschäftigen mußte, ziemlich mühsam. Nur unter Einsatz seiner gesamten Willenskraft schaffte er es, dranzubleiben. Die Nachhaltigkeit von empirischen Schlußfolgerungen zu erreichen war eine unendliche Schinderei – eine Erfahrung, die alle Wirtschaftswissenschaftler am Anfang ihrer Karriere machen. Abkürzungen auf dem Weg zum Endergebnis sind zu riskant, weil dabei unter Umständen der ganze Aufbau zusammenbricht. Um zu vernünftigen Ergebnissen zu kommen, mußte er sich zunächst durch Unmengen von wissenschaftlichen Berichten und deren Datenanalysen kämpfen. Was dabei Martins Adrenalinspiegel hoch hielt, war die Gewißheit, daß sich ganz plötzlich in seinem Kopf aus den Erkenntnissen anderer Wissenschaftler eine eigene Idee herauskristallisierte, die so aufregend war, daß er eine Weile innehalten und ruhig die Auswirkungen durchdenken mußte, ehe er sich daranmachte, die Beweisführung zu Papier zu bringen. Wenn andere Kollegen solche Höhenflüge hatten, war er immer sehr gewissenhaft und schnell mit seiner Anerkennung. Das erste, was er heute morgen getan hatte, war, einen Glückwunsch an einen Kollegen zu schreiben, dessen kürzlich veröffentlichte ökonometrische Studie bewiesen hatte, daß kognitive Fertigkeiten mehr Erwerbsvermögen haben als alle anderen Variablen. Während er über den Innenhof ging, empfand er eine fast spürbare Freude an der Brillanz seines Freundes. Dieser hatte bemerkenswerte Datenblöcke erstellt, deren Analyse eine beliebte Hypothese der Soziologen widerlegte. Nicht die

Anzahl der Schuljahre war der beste Anzeiger für Erwerbsvermögen, auch nicht ein angeborenes Talent des Kindes, sondern die kognitiven Fertigkeiten, die es in der Schule gelernt hatte …

Martin suchte sich in dem Durcheinander auf seinem Schreibtisch einen Platz und schrieb einen begeisterten Glückwunschbrief. Jetzt, da er richtig schön Zeit hatte, tat er etwas, was er schon seit einer Woche tun wollte. Er sah nach, ob in einem Buch über Bildungsentwicklung in Afrika eine Referenz auf eine seiner früheren Arbeiten über Erwerbsprofile in Simbabwe zu finden war. Und er fand sie. Das war ein guter Anfang. Die Erfolgserlebnisse eines Wirtschaftswissenschaftlers bestehen darin, seine Arbeiten in anderen wissenschaftlichen Zeitschriften zitiert zu sehen und zu wissen, daß bei Konferenzen darüber diskutiert wurde. Martin hatte diese Erfolgserlebnisse gelegentlich. Sie gaben ihm neuen Auftrieb, das nächste Projekt in Angriff zu nehmen.

Er machte sich eine Tasse Kaffee und stand einige Augenblicke lang in der stillen Unaufgeräumtheit des Raumes. Anderen mochte es hier chaotisch erscheinen, für ihn hatte alles absolut seine Ordnung. Er konnte jederzeit jedes Dokument sofort finden. Er kehrte zu seinem Schreibtisch zurück. Die Sonne zeichnete scharfe Umrisse auf alle Gegenstände, die dünne Staubschicht schimmerte wie Frost. Es konnte kaum einen perfekteren Arbeitsplatz als einen angenehmen Raum in einem Oxforder College geben, dachte er wie so oft und vermied den Gedanken an ein Leben anderswo, wie Ursula es sich wünschte.

Er blätterte einige Zeitschriften durch – *World Development, Economic Development and Cultural Change, Population and Development Review* – und merkte sich, welche Artikel er später genauer lesen wollte. Es drängte ihn, sein neues Projekt anzugehen, zumal er gestern in der Zeitschrift *Journal of Development Studies* einen Artikel gefunden hatte, der Beweise für einen Zusammenhang zwischen Gesundheit von Mutter und Kind und geschwisterlicher Lenkung anführte –

das Ergebnis seiner eigenen Arbeit würde sehr stark von Studien abhängen, die genau auf diesem Konzept aufbauten. Um sich in dieses Thema zu vertiefen, hatte er bislang fast sechzig wissenschaftliche Arbeiten lesen müssen, und dabei waren das noch lange nicht alle.

Martin nahm seinen Füller. Neben der Begeisterung für dieses Projekt hatte er noch viele andere im Kopf, die ihn ablenkten. Ungeduldig wartete er auf den Ausdruck der neuen Daten, die er aus Kenia mitgebracht hatte. Würden sie seine Hypothese bestätigen? Außerdem war er fasziniert von einer Studie über nach Alter gestaffelte Erwerbsprofile, die der hochgeschätzte W. Rosenberg in Brasilien erstellt hatte – der Bericht lag vor ihm, und er brannte darauf, sich näher damit zu befassen. Aber er war auch fest entschlossen, sich durch nichts von seiner eigenen Theorie ablenken zu lassen. Deshalb nahm er den Bericht zur Hand, der ihn gestern so interessiert hatte.

Sieben Stunden später klappte er sein Notizbuch zu. Er war so sehr in seine Arbeit vertieft gewesen, daß er vergessen hatte, zum Mittagessen zu gehen. Er stand auf und streckte seine müden Glieder. Er war gut mit seiner Arbeit vorangekommen und hatte auch heute keinen Grund, eilends aufzubrechen. Eigentlich hätte er bis in den Abend hinein weitermachen können. Aber nach einer so langen und intensiven Konzentrationsphase war der Gedanke, nach Hause zu gehen und in aller Ruhe mit Ursula Tee zu trinken, zu verlockend. Die weitere Suche nach optimalen Lösungen konnte bis morgen warten, beschloß er, mit der etwas selbstgefälligen Zufriedenheit eines Menschen, der weiß, daß sein Tagwerk einen kleinen, aber positiven Beitrag zum großen Gesamtbild geleistet hat. Mit einem Finger fuhr er über den Staub auf dem einzigen freien Stückchen auf seinem Schreibtisch und dachte dabei daran, daß er nie genau wußte, bei welchem Licht er am liebsten arbeitete, vormittags oder nachmittags. Dann stapelte er die Zeitschriften nach seinem persönlichen Ordnungsprinzip auf. Er war mit sich selbst zufrieden.

Nachdem Ursula das Blut von ihren Händen und Armen gewaschen hatte (die Kratzer waren nicht tief) und sich umgezogen hatte, kehrte sie in die Küche zurück. Ralph saß am Tisch und las Zeitung. Der Karton und die Katze waren verschwunden. Die Einkaufstüten und die Körbe standen ordentlich am Boden aufgereiht.

»Was hast du mit ihr gemacht?« wollte sie wissen.

»Das soll dich überhaupt nicht mehr kümmern.«

»Sie hat dich nicht verletzt?«

»Nein. Sie hat all ihre Wut an dir ausgelassen.«

»Wo ist sie jetzt?«

»Gut aufgehoben auf dem Rücksitz in meinem Wagen. Weißt du, ich werde einen neuen Besitzer im Dorf finden, einen Katzenliebhaber. Es tut mir leid, daß ich sie überhaupt hierhergebracht habe. Aber sie ist jetzt weg. Am besten sprechen wir gar nicht mehr darüber.« Er wirkte immer noch sehr entschlossen.

»Sarah wird am Boden zerstört sein.«

»Erzähl ihr, was passiert ist, und sie wird es verstehen. Nächstes Mal versuche ich es mit einem jungen Hund.« Er lächelte und stand auf. »Tee? Ich habe schon Wasser aufgesetzt.«

Ursula nickte. Schweigend sah sie ihm zu, wie er geschickt mit der Teekanne hantierte und mit einer Selbstverständlichkeit ihre zwei Lieblingsbecher aus der Anrichte holte, als wäre er bei sich zu Hause.

»Ist alles in Ordnung? Was machen die Kratzer?«

Ralph kam zu ihr, nahm ihren Arm und begutachtete die langen rosafarbenen Kratzer. Sie waren leicht geschwollen.

»Mir geht's gut.« In Wirklichkeit fühlte sie sich ganz zittrig. »Es war mehr der Schreck. Ich weiß nicht, was ich getan hätte, wenn du nicht gerade gekommen wärst. Wieso bist du eigentlich genau im entscheidenden Moment hier aufgetaucht?«

»Du kennst mich doch. Ich bin immer da.« Vorsichtig fuhr er mit einem Finger über die Kratzer.

»Du warst seit Ewigkeiten nicht mehr hier, wenn ich es mir recht überlege.«

»Über eine Woche. Du hast es also bemerkt?« Er lächelte still vor sich hin. »Aber ich habe immer an dich gedacht.«

»O Ralph, du denkst immer an uns. Vielen Dank jedenfalls.«

Ursula lag in seinen Armen, dahingeschmolzen vor Erleichterung, dankbar für seinen Trost und seinen Schutz. Schuldbewußt dachte sie an ihre Schroffheit ihm gegenüber – wie brüsk und ungeduldig sie manchmal zu ihm war. Seltsam, daß ihm das nie etwas auszumachen schien. Nichts konnte seine Hingabe erschüttern, und obwohl sie gelegentlich wünschte, er würde nicht so oft auftauchen, war und blieb er ihr engster Vertrauter. Sie spürte, wie er leicht zurückwich. Die Nachwirkungen des Schocks hatten sie seltsam schläfrig gemacht – sie wollte ihn noch nicht loslassen. Den Kopf gegen seine Schulter gelehnt und die Arme lose um seinen Hals geschlungen, stand sie da und spürte, daß er nicht so ruhig und entspannt war. Seine Hand lag unruhig oder furchtsam auf ihrem Hals. Seine Wange an ihrer Stirn war heiß.

»Was ist los?« fragte sie.

»Nichts. Gar nichts.«

Einige Augenblicke lang blieben sie stumm in der unglücklichen Position stehen.

Martin betrat leise den Raum und sah seine Frau an Ralph hingegossen, der ihr über das Haar streichelte. Er stutzte nur den Bruchteil einer Sekunde. Ralph, der mit dem Gesicht zu ihm stand, löste sich sanft von Ursula.

»Wird hier gerade die Frau eines anderen verführt?« sagte er in einem Ton, der nicht an eine solche Möglichkeit glaubte. Er lächelte.

»Eher getröstet«, erklärte Ralph. »Als ich herkam …«

»Die Katze, Martin«, unterbrach ihn Ursula. Sie wirbelte herum und warf sich ihrem Mann an den Hals.

Ralph durchfuhr ein Stich, als er sah, wie sie die gleiche Position jetzt bei ihrem Mann einnahm.

»Sie hat mich angegriffen, das schreckliche Biest. Schau mal!« Sie hielt ihren Arm hoch.

»Es tut mir leid, es tut mir leid.« Martin küßte ihre Stirn, wiederholte unbewußt Ralphs Geste von vor wenigen Minuten, jedoch mit einer anderen Ängstlichkeit. »Aber du bist nicht ernsthaft verletzt?«

»Eigentlich nicht. Und Ralph hat sich um das Tier gekümmert. Sie ist für immer weg. Ich hätte sie ohnehin nicht mehr länger ertragen können. Da war auf beiden Seiten von Anfang an eine Feindseligkeit. Ich wußte, daß es irgendwann einmal einen Racheakt geben würde – entweder von meiner Seite oder von der Katze …«

Martin ignorierte Ralphs Tee und holte eine Flasche Wein aus dem Kühlschrank. Sie setzten sich alle drei um den Tisch herum. Ursula erzählte die Geschichte des Angriffs noch einmal von Anfang an. Jetzt, nachdem sie sich beruhigt hatte und sicher war, kam ihr die ganze Absurdität des Vorfalls zum Bewußtsein. Noch einmal vergegenwärtigte sie sich die galante Rettung und die beruhigende Tatsache, daß die Katze nicht zurückkommen werde. Bald war die fröhliche Stimmung ihres erfolgreichen Tages wieder zurückgekehrt. Nach zehn Minuten konnte sie schon wieder lachen. Martin schlug vor, daß Ralph zum Abendessen bleiben sollte. Ursula zögerte kaum merklich, ehe sie zustimmte. Sie hatte sich so sehr auf einen Abend mit Martin allein gefreut und wollte etwas ganz Besonderes kochen. Aber das war ja wohl ein ziemlich egoistischer Wunsch. Ralphs Hilfsbereitschaft und sein mitfühlendes Wesen mußten belohnt werden. Nach schwachem Protest konnte er zum Bleiben überredet werden.

Ursula war ein wenig verwirrt über die Aufmerksamkeit, die ihr zuteil wurde, und bereitete den Mönchsfisch viel einfacher zu, als sie ursprünglich geplant hatte. Dann setzten sie sich zu einem fröhlichen Abendessen zusammen. Beim Erdbeerdessert kam nach und nach die Geschichte von der Hochzeit in Wiltshire heraus. Martin und Ralph fanden Gefallen an ihrem Bericht und drängten sie nach weiteren Details. Es war lange nach Mitternacht, als Ralph schließlich aufbrach, nicht ohne noch einmal sein Verständnis für den Bräutigam zu betonen, der bedauert hatte, einen Tag lang den Gesang des Hänflings versäumt zu haben.

Als er gegangen war, war es zu spät, um die Sache mit dem Farmhaus zu erwähnen … Ursula wußte, daß es ganz besonders auf den richtigen Augenblick ankam, wenn sie Martins Interesse dafür, geschweige denn seine Zustimmung gewinnen wollte. Die Chance, die der heutige Abend geboten hätte, war vertan. Aber immerhin würde sie es sich für ein andermal aufheben. In den kommenden Wochen würde sie intensiv darüber nachdenken und ihm dann die Idee nahebringen.

Martin bestand darauf, den Abwasch erst am nächsten Morgen zu machen. Er habe es morgen nicht eilig, zur Arbeit zu kommen, und umarmte seine Frau mit erkennbarer Absicht, ehe sie nach oben gingen.

Ralph fuhr langsam nach Hause. Die Katze protestierte in ihrem Karton auf dem Rücksitz. Ralph ließ sich davon nicht beirren, zumal er in Gedanken noch immer bei den kostbaren Augenblicken war, in denen er Ursula im Arm halten durfte. Er versuchte, nicht an die Freude in ihren Augen zu denken, als sie Martin sah, und auch nicht daran, wie glücklich ihre Ehe insgesamt zu sein schien. Und schon gar nicht daran, was sie gerade in diesem Augenblick machten.

Irgendwo auf der Straße zwischen Oxford und seinem Haus fand er sich damit ab, daß er nie eine andere Frau finden würde, die er so lieben würde wie Ursula. Den Gedanken, sich mit weniger zufriedenzugeben, verwarf er ebenso. Also würde er unverheiratet bleiben und sich mit einem Leben in Einsamkeit zufriedengeben.

Bill dachte nicht oft an die Zeit zurück, als er das Museum in Yorkshire betrieb. Obgleich es schöne Jahre waren, stand doch immer im Hintergrund die Idee, den Lebensabend auf dem Land zu verbringen. Jetzt war er hier und tat, was er schon immer wollte – ein ruhiges Pensionärsdasein führen. Nur selten dachte er zurück an frühere Zeiten.

Aber an einem Morgen Anfang Juni, an dem er endlich damit beginnen wollte, den Stamm der Balsampappel zu zersägen, kamen Erinnerungen hoch. Seine erste Pflicht jeden Morgen, lange bevor das Personal kam, war, in jedem Raum ein Fenster zu öffnen, in der Hoffnung, daß der Geruch der Zentralheizung und des Fußbodenwachses sich bis Mittag verflüchtigen würden. Was natürlich nie der Fall war, aber er mochte es, wenn ein Lüftchen die abgestandenen Gerüche der Nacht vertrieb. Außerdem genoß er die Stille der frühen Stunde, das Gefühl, daß er das einzige menschliche Wesen im ganzen Gebäude war. Er wanderte zwischen den Glasvitrinen umher und sichtete seine ungleichartige Sammlung: Feuersteine, alte Münzen, Töpferscherben, Pfeilspitzen, Teile von Lederschuhen, einige nicht besonders bemerkenswerte Überreste aus der Eisenzeit und so weiter. Es war keine besonders geordnete Sammlung, aber sehr populär, weil alles aus der Gegend stammte. Touristen und Schulkinder aus den Nachbarstädten schienen Gefallen daran zu finden, daß die Fundsachen von den Feldern und Ruinen in der Umgebung kamen. So wußten sie, daß auch ihr Wohngebiet geschichtsträchtig war, und konnten die Zeit in die richtige Perspektive rücken.

Eine von Bills Neuerungen war die Sammlung von bäuerlichem Arbeitsgerät. Er war stolz auf die Räume, in denen alte Milchkannen, Pflugscharen und unendlich schweres Zaumzeug gezeigt wurden. Bei seinem ersten Rundgang war das immer der Teil des Museums, den er sich bis zuletzt aufhob. Hier stellte er sich immer die Plackerei vor, die die Landarbeiter mit dem Reinigen der Pferdegeschirre oder der großen Sensen hatten. Er nahm die alten hölzernen Butterlöffel, in die vierblättrige Kleeblätter eingeschnitzt waren, in die Hand und stellte sich das Milchmädchen mit den aufgedunsenen

Fingern vor, wie sie glänzende Butterklumpen in Form bringt und auf den Fächern im Butterraum aufreiht. Diese Bilder gaben ihm immer wieder Rätsel auf. Was um Himmels willen mag so einem Milchmädchen wohl durch den Kopf gegangen sein? Diese Gegenstände des täglichen Lebens machten ihn neugierig, wie das Leben damals wohl abgelaufen sein mag, und er bedauerte, seinen Wunsch, Historiker zu werden, aufgegeben zu haben, als er in die Navy eintrat.

Ehe der Arbeitstag in seinem Büro begann, blieb Bill noch eine Weile in dem kleinen Raum (in dem früher die Haushalts- und Landwirtschaftsbücher aufbewahrt wurden – eine faszinierende Materie), den er widerwillig in einen kleinen Erfrischungsraum hatte verwandeln lassen. Zweifellos zogen die Postkarten und Erfrischungen mehr Besucher an als die alten Bilanzen. Schulklassen drängten sich mit ihren Getränken und Keksen um die Kunststofftische, und der Verkauf von Postkarten (vor allem der alten in Sepia) und von Plastikmodellen von Pferdefuhrwerken, einschließlich eines muskulösen Bauern aus Plastik, war bemerkenswert. Der Gewinn war immer ganz beachtlich, und Mrs. Ludd, die für den kleinen Laden verantwortlich war, hatte ihr gutes Auskommen mit den zwanzig Prozent, die sie bekam. Außerdem hatte sie ein besonderes Talent, auch die umtriebigsten Schulkinder unter Kontrolle zu halten.

Bill saß dann allein an einem der blauen Tische, die wie Enteneier gesprenkelt waren, und dachte, mit dem Plastikbecher Kaffee aus dem Automaten in der Hand (Mrs. Ludd würde ihm um elf Uhr zum zweiten Frühstück richtigen Kaffee aufbrühen), über sein Leben im Museum nach. Was konnte er mit seinem sehr begrenzten Etat noch tun, um mit den »Geschichten aus der Vergangenheit« mithalten zu können, die derzeit die große Touristenattraktion waren. Er wußte, es würde der Zeitpunkt kommen, wenn das Museum sich moderner Marketingmethoden bedienen müßte, um zu überleben. Dann würde es für ihn an der Zeit sein, zu gehen. Wachsfiguren und Light-shows, »authentische« Gerüche aus

Duftdüsen und Kopfhörer, die Geschichte wie von einem Reiseleiter heruntergeleiert präsentierten, damit konnte er nichts anfangen. Eines Morgens, während er in dem kleinen Museumscafé saß, so erinnerte er sich, nahm er eine von Mrs. Ludds Papierservietten (die sie in großen Mengen in einem Billigladen kaufte) und schrieb »roter Filz« darauf. Er hatte die Idee, die kleineren Ausstellungsstücke auf einem leuchtendroten Untergrund anstatt auf dem sandfarbenen zu präsentieren, und sie so attraktiver erscheinen zu lassen. Leuchtende Farben kamen offensichtlich bei den Besuchern besonders gut an. Aber später verwarf er die Idee wieder. Er war sich nicht so sicher, daß eine Investition in roten Filz eine ideale Lösung wäre …

Als Bill die Säge in den Stamm der Balsampappel senkte, war er froh, diese Sorgen nicht mehr zu haben. Sobald die erste Holzscheibe auf dem Gras lag (blaß wie eine Zitronenscheibe), waren alle Gedanken an das Museum verflogen.

Beim Mittagessen kamen sie jedoch noch einmal kurz zurück.

»Ich dachte heute«, sagte er zu Mary, »weiß der Himmel, wie ich draufkam, an die Zeit, als ich glaubte, roter Filz wäre die Lösung unserer Probleme. Erinnerst du dich noch?«

Mary lachte. Sie gab ihm eine zweite Portion überbackenen Blumenkohl. Er mochte warmes Essen, selbst an heißen Tagen.

»Natürlich. Das war keine besonders gute Idee von dir.«

»Was wohl aus dem alten Museum geworden ist?«

»Du solltest lieber nicht daran denken.«

»Das sollte ich wirklich nicht.«

Sie schwiegen beide und versuchten, von dem Gedanken loszukommen.

»Rhabarberpie«, kündigte Mary schließlich an und ging zum Herd.

»Rhabarberpie? Wie lieb von dir! Du verwöhnst mich. Hör zu, kannst du nicht vor dem Tee zu mir kommen? Ich möchte dich mit dem geschnittenen Holz beeindrucken. Ich habe heute vormittag ordentlich Dampf gemacht. Ein ziemlich imposanter Stoß.«

»Gut. Ich komme gern.«

Er hatte es eilig, wieder zu seiner Arbeit zurückzukehren, und lehnte deshalb eine zweite Tasse Kaffee ab. Er stand auf und umarmte seine Frau – das gehörte zum täglichen Ritual nach dem Mittagessen, nicht jedoch nach dem Frühstück.

Als Mary sich von ihm löste, sah sie, daß einige Fussel von ihrer rosafarbenen Jacke an der rauhen Wolle seines Pullovers hängengeblieben waren.

»Du nimmst Teile von mir mit«, sagte sie und zupfte die Fussel von seiner Brust.

Bill lächelte und fragte, wie sie ihren Nachmittag verbringen würde.

»Es ist zu heiß zum Unkrautjäten«, sagte sie. »Ich denke, ich werde mich in den Schatten setzen und mein Buch lesen. Und vielleicht dabei einschlafen.«

»Gute Idee. Du hältst ein kleines Nickerchen, und dann kommst du, um mich zu holen.«

Bill machte sich auf den Weg. Er hatte das liebe Gesicht seiner Frau so deutlich vor Augen, als ob sie vor ihm stünde. Er dachte – wie er es schon millionenmal in ihrem langen gemeinsamen Leben getan hatte –, wie sehr er bedauerte, daß er ihr nie die Ängste nehmen konnte, die sie manchmal so übermächtig befielen. Nie hatte er die richtigen Worte gefunden, um ihr zu sagen, daß er ihre Qualen nachvollziehen konnte. Und daß er mit ihr schweigend mitlitt. Er konnte nur hoffen, daß sie instinktiv sein hilfloses Mitgefühl ahnte. Jetzt etwas zu sagen würde sich eher zerstörerisch auswirken. Am liebsten wäre ihm gewesen, daß das Schweigen darüber in gegenseitigem Einverständnis geschah und daß das für den Rest ihres gemeinsamen Lebens auch so bliebe.

Als Bill das Feld überquerte, zupfte er einen weiteren rosafarbenen Fussel von seinem Pullover und schnippte ihn mit den Fingern weg. Zögerlich wie eine Schwanenfeder segelte er zu Boden. Dann zog er seinen Pullover aus und warf ihn aus ziemlicher Entfernung auf den Baumstamm. Erfreut stellte er fest, daß er genau an der Stelle gelandet war, auf die er gezielt hatte – der Schuljunge in mir, dachte er. Er peilte oft bestimmte Ziele an: mit dem Kieselstein auf eine entfernte Welle, ein Stöckchen (für Trust) zu einer bestimmten Stelle auf dem Rasen.

Bill suchte sich den dicksten Teil des Baumstamms aus und begann mit der Arbeit. Bis zum Nachmittagstee würde er einen guten Festmeter geschafft haben. Mary würde stolz auf ihn sein.

Er nahm die Motorsäge und schaltete sie ein. Inzwischen hatte er sich an das Geräusch gewöhnt und auch an das zusätzliche Aufheulen, wenn das Holz besonders hart war. Die Sonne brannte heiß auf seine Schultern, und der Geruch der noch verbliebenen Balsamblätter war in der Hitze besonders intensiv. Wenn er sich doch bloß nicht so tief hinunterbeugen müßte, um zu sägen, dachte er, aber er konnte ja schließlich nicht den Baumstamm hochheben. Es würde anstrengend für seinen Rücken werden, aber doch zu schaffen.

Bevor er sich zurechtstellte, um den ersten Schnitt zu machen, sah er, wie sich eine Lerche in den strahlend blauen Himmel hinaufschraubte. Bei dem Lärm der Säge konnte er ihr Lied nicht hören, aber er fragte sich, wie er wohl von dort oben für den Vogel aussehen mochte – ein alter Mann, der einen umgestürzten Baum zersägt.

Er beugte sich nach vorn und spürte den Aufprall des vibrierenden Sägeblatts auf der Rinde. Dann ein höllischer Schmerz in der Brust. Süß riechendes Gras, so hoch wie ein Baum, kitzelte ihn im Gesicht. Sein Schrei verhallte ungehört im Lärm der Säge.

Mary wachte langsam aus einem traumlosen Schlaf auf. Das Licht durch die Strohkrempe ihres Hutes, den sie über die Augen gezogen hatte, war nicht mehr so flimmernd. Es mußte also später Nachmittag sein. Sie warf den Hut auf den Boden. Dort lag er neben dem Buch *Love in the Time of Cho-*

lera, worin sie gelesen hatte, ehe sie eingeschlafen war. Die rosafarbenen Hutbänder bewegten sich leise im Wind.

Die Sonne stand schon sehr schräg am Himmel. Mary setzte sich auf und fröstelte. Sie zog ihre Jacke enger um die Schultern und sah auf ihre Uhr. Entsetzt stellte sie fest, daß es schon nach fünf Uhr war. Sie hatte, was selten vorkam, zwei Stunden geschlafen und war jetzt ziemlich spät dran. Bill hatte sich sicher schon gewundert, wo sie blieb, warum sie nicht, wie versprochen, gekommen war. Eine unbestimmte Angst befiel sie. Er sollte doch nicht so lange in der Nachmittagshitze arbeiten. Andererseits war er stark und gesund, und die Arbeit an dem Baum gefiel ihm so sehr, daß sie fürchtete, er würde in ein tiefes Loch fallen, wenn er endlich damit fertig war.

Eilends durchquerte Mary den Garten und öffnete das Tor, hinter dem das Feld begann. Als sie das Tor schloß – bemoostes Holz, das würde die nächste Arbeit sein, die Bill in Angriff nehmen mußte –, flog ein Schwarm Admirale aus dem Schmetterlingsstrauch auf. Sie sah ihnen nach, bis sie sie nicht mehr erkennen konnte, kleine Flämmchen wie bei einem Feuerwerk am hellichten Tag. Ach, hätte Bill das doch auch gesehen! Der Schmetterlingsstrauch war der erste Baum gewesen, den sie gepflanzt hatten, um sicherzugehen, daß sie immer Schmetterlinge im Garten haben würden.

Auf dem Feld konnte sie in der Ferne bereits das jaulende Kreischen der Säge hören. Sie würde es als störend empfinden, den ganzen Tag dieses Geräusch zu hören, aber Bill schien es nicht zu stören. Mary bog um die Ecke, sah die diversen Holzstöße und dann Bill, der wie eine Brücke mit dem Gesicht nach unten über dem Baumstamm lag. Sie begann loszurennen.

Zuerst dachte sie, er sei am Leben, aber ohne Bewußtsein. Seine Schultern, an denen sie ihn hochzuziehen versuchte, waren von der Sonne sehr warm. Aber er war unendlich schwer. Sie konnte ihn überhaupt nicht bewegen. Sie versuchte, die Hand unter sein Herz zu schieben, aber er schien an dem Baum festgeklammert zu sein. Immer wieder rief sie seinen Namen. Wenn sie doch bloß diese schreckliche Motorsäge abstellen könnte! Wie von Ferne sah sie ihre eigenen Handlungen in einem kleinen Kristall unermeßlicher Zeit – die Zeit, die von manchen als bewußte Gegenwart betrachtet wird. Sie hatte die Hoffnung noch nicht ganz aufgegeben. Um Bill ins Gesicht sehen zu können, mußte sie sich niederknien und das lange Gras, das sein Profil verdeckte, zur Seite biegen. Jetzt sah sie, daß er es war, der als erster gestorben war.

Eine Stunde später sah Mr. Yacksley, der in Arbeitskleidung und mit einer Axt bewaffnet des Weges kam, daß Mrs. Lutchins ihm vom Fenster aus zuwinkte. Ihre Geste wirkte seltsam steif, dachte er. Einen Augenblick später war er nahe genug, um den Schock in ihrem kreidebleichen Gesicht und die müde heruntergesunkenen Mundwinkel zu sehen.

»Bill ist tot«, sagte sie.

»Gott im Himmel. Wo ist er?«

»Bei dem Baum.«

»Und ich wollte ihm gerade helfen.«

»Der Arzt ist unterwegs. Der Krankenwagen, glaube ich.«

»Ich bleibe bei Ihnen. Sie müssen sich setzen, Mrs. Lutchins.«

»Schon gut. Bitte gehen Sie lieber zu ihm.«

Mr. Yacksley sah unendlichen Schmerz in ihrem hübschen Augen.

»Mach ich«, sagte er.

Er nahm seine Axt und machte sich auf den Weg über das Feld. So ungern er diesen Weg auch antrat, er wußte, daß er jetzt eine echte Aufgabe hatte. Er würde den Rest des Baums kleinschneiden und das Holz für den Winter zum Haus bringen. Das war der letzte Dienst, den er seinem alten Freund erweisen konnte. Zweifellos würde Bill Lutchins auf seinem Logenplatz im Himmel Freude daran haben, wenn er sah, daß ein anderer alter Mann den Baum zersägte und Brennholz für den Winter daraus machte.

Das Begräbnis, eine Woche später, fand an einem schönen Tag statt. »Blitzblank gefegter blauer Himmel«, sagte Mr. Yacksley an jenem Morgen zu seiner Frau. Sie konnte nicht mit ihm kommen, ihre Arthritis war in den letzten Wochen so schlimm geworden, daß sie fast unbeweglich war. Viele Kirchenmitglieder und Freunde aus der Umgebung erwiesen ihm die letzte Ehre, und Mr. Yacksley konnte zu Hause berichten, daß der ganze Weg zur Kirche gesäumt war mit Blumengebinden und Kränzen.

Er und Mrs. Lutchins – die erstaunlich gefaßt war – hatten sich sehr viel Mühe gegeben, ein Begräbnis zu arrangieren, wie es Mr. Lutchins gefallen hätte. Sie lehnten alle Modernisierungsvorschläge des Vikars ab und bestanden darauf, daß es keine Predigt geben sollte. Mr. Lutchins hatte mit den Versuchen des Vikars, die Predigt zu verweltlichen, noch nie etwas anfangen können. Die Rache des Vikars war ein indigniertes Gesicht, als er das Kirchenschiff hinunterschritt. Er leierte die wunderschönen alten Gebete mit einer gequälten Stimme herunter, die eher zum Verlesen der Tagesordnung einer Ratssitzung paßte. Aber er war eigentlich noch nie ein Mensch gewesen, der mit schönen Worten gut umgehen konnte, und viele seiner Zuhörer wußten ganz genau, daß er bestimmt froh war, einen Quertreiber wie Mr. Lutchins los zu sein.

Mrs. Lutchins saß ganz aufrecht zwischen ihrer Tochter und ihrem Schwiegersohn und vergoß keine sichtbare Träne.

Auf dem Friedhof war es nach der kühlen Kirche unangenehm heiß. Freunde und Verwandte hatten sich um das frische Grab versammelt, in das gerade der Eichensarg abgesenkt worden war. Mr. Yacksley stand zwischen den beiden Enkeln. Der Junge, in grauen Flanellhosen und einem marineblauen Blazer, zupfte den Postboten am Ärmel.

»Ich wußte gar nicht, daß Opa so lang ist, wenn er daliegt«, sagte er.

»Das kann einen wirklich erschrecken, da hast du recht«, flüsterte Mr. Yacksley. Das kleine Mädchen auf seiner rechten Seite trat unruhig von einem Fuß auf den anderen. »Es dauert nicht mehr lange«, versicherte er ihr.

»Hoffentlich. Ich habe meinen kleinen Hund im Wagen gelassen. Er wird sich verlassen fühlen. Er ist ein Cavalier King Charles Spaniel«, fügte sie hinzu, während ihr eine Träne auf die Wange tropfte. Ob sie wegen ihrer eingesperrten Hündin oder wegen ihres Großvaters weinte, wußte Mr. Yacksley nicht zu sagen.

Es roch intensiv nach Meer. Und nach frischer Erde und künstlichen Gardenien. Letzteres kam in einer wahren Duftwolke von Rosie Cotterman. Sie schien die Rolle als trauernder Zaungast zu genießen, dachte Ursula, die sie beobachtete. Sie trug einen schwarzen Samtmantel und dazu einen aufgeplusterten Samthut, der besser zu einem Staatsbegräbnis in der St. Paul's Cathedral gepaßt hätte als in diese ländliche Umgebung. Da kam wieder die Schauspielerin durch – Ursula hatte gehört, daß sie eine kurze, unbedeutende Karriere als Schauspielerin gehabt hatte, ehe sie sich der Malerei zuwandte. Jetzt stand sie mitten auf der Bühne als die starke Freundin und Nachbarin. Die Mundwinkel waren heruntergezogen, doch die wunderschönen Augen waren trocken. Aber vielleicht bin ich gemein, dachte Ursula, vielleicht ist mir nur jeder Gedanke recht, der mich von der Vorstellung meines im Sarg liegenden Vaters ablenkt.

»Erde zu Erde«, tönte der Singsang des Vikars, und sie zuckte zusammen.

Martin wußte, was sie ärgerte, und nahm ihren Arm. Er sah auf die andere Seite des Grabes zu den Kindern und war stolz auf sie. Sie hatten darauf bestanden, mitzukommen – vorausgesetzt, sie könne ihren Hund mitbringen, hatte Sarah erklärt. Vielleicht war es keine so schlechte Idee, sie die Rituale des Todes schon in jungen Jahren miterleben zu lassen.

Es hatte reichlich Tränen gegeben, als sie erfuhren, daß ihr Großvater gestorben war, aber sie hatten sich bald wieder gefangen. Jetzt war Sarah unruhig, das wußte Martin ganz genau, weil sie zu ihrem Hund zurück wollte. Und Ben kramte in den Süßigkeiten in seiner Tasche herum, weil er es nicht erwarten konnte, zum Haus zurückzugehen und etwas zum Essen zu bekommen. Der alte Postbote, dem der Sonntagsanzug mit der schwarzen Krawatte so gut zu Gesicht stand, legte die Disziplin eines alten Soldaten an den Tag. Kerzengerade stand er da, die Kriegsauszeichnungen blitzten an seiner Jacke, die Fäuste waren fest zusammengeballt. Eine kleine Mulde in seiner Wange ließ ahnen, wie sehr er sich zusammenreißen mußte, und ein herausspitzendes Taschentuch zeigte seine Umsicht. Seltsamerweise war es eher die Würde, die Mr. Yacksley an den Tag legte, als der unfaßbare Anblick des Sarges, die Martin Tränen in die Augen trieb.

Mary Lutchins sah von alledem nichts. Wie in Trance sah sie auf den häßlichen Sarg und konnte es nicht fassen, daß Bill als erster gestorben war. Gleich nachdem sie ihn gefunden hatte, hatte ihr diese Erkenntnis viel Kraft verliehen, von der sie jetzt immer noch zehrte. Für den Rest ihres Lebens war sie diese Sorge los, die sie jahrelang gequält hatte. In der Zukunft sah sie Leichtigkeit und die Schmerzlichkeit des Verlustes – Erleichterung inmitten von Kummer.

Sie war froh, daß es ein so schöner, warmer Tag war. Das hätte Bill gefallen. Er hätte Spaß gehabt an Rosie Cottermans theatralischem Aufzug und hätte sich wie immer über die Widerwärtigkeit des Vikars aufgeregt. Aber das waren jetzt dumme, irrelevante Gedanken. Im Augenblick mußte sie sich auf die Gebete konzentrieren und versuchen, den unmöglichen Tonfall des Vikars auszublenden. Dann würde sie sich überlegen, ob sie genug Gurkensandwiches vorbereitet hatte. (Also, wenn sie keine anderen Probleme hatte!) Achtzig Trauergäste waren zum Tee in ihr Haus eingeladen.

»Möge der Herr uns gnädig sein«, winselte der Vikar und

schob den Ärmel seiner Robe zurück, um auf die Uhr zu sehen.

»Möge der Herr uns gnädig sein«, antwortete Mary mit fester Stimme im Chor mit den anderen Trauernden.

Als er nach zehn Tagen noch immer keine Antwort von Rosie Cotterman auf seine Postkarte bekommen hatte, konnte Thomas vor Unruhe kaum noch an sich halten. Er sah den Sommer vor sich, ohne Rosie, und verfiel fast in Panik. Was sollte aus den Sommerurlaubsplänen werden, aus der teuren Villa in Portugal, in die sie mit den Kindern und deren unmöglichen Freunden fahren wollten. Helen hatte angedroht, ihren neuen Freund aus Durham mitzubringen, der offensichtlich »in Sozialwissenschaften machte«. Letztes Jahr verbrachten sie und ihr Jazztrommler, wenn sie nicht gerade über die teuer erkaufte Hitze klagten, die Zeit am Pool und unterhielten sich in kodierten Seufzern über Milton, mit dem sie sich beide gerade beschäftigten. Diese zeitaufwendige Tätigkeit bedeutete, daß es ihnen nicht möglich war, Rachel zu helfen. Ohne zu klagen, arbeitete sie bis zum Umfallen, so daß ihr Arzt nach der Rückkehr in England feststellte, sie befände sich in einem akuten Erschöpfungszustand. Jeremy bemängelte wie immer nur das fehlende Bier und behielt im übrigen seinen seltsamen Schlaf-Wach-Rhythmus bei – Aufstehen am Nachmittag, Zubettgehen bei Morgengrauen –, so daß sie sehr wenig von ihm sahen. Dieses Jahr hatte er angekündigt, er werde ein Mädchen namens Aida mitbringen, von dem Thomas nichts wußte, das er sich aber nur allzugut vorstellen konnte.

Ihm graute abgrundtief vor den drei Wochen in Portugal. Der Gedanke, so weit von Rosie entfernt zu sein und keine Ahnung zu haben, was sie gerade fühlte, machte ihn krank. Er fühlte sich hundeelend und aß sehr wenig. Um sich überhaupt aufrechtzuerhalten, kehrte er zu seiner alten Gewohnheit zurück, um die Mittagszeit etwas zu trinken. Und dann leerte er jeden Abend eine ganze Flasche Wein.

Es war wohl sein Stolz, mutmaßte er, der ihn daran hinderte, eine weitere Postkarte an Rosie zu schreiben oder sie anzurufen. Diesmal war er entschlossen, langsam vorzugehen. Bloß nicht mehr die unangemessene Eile wie beim letzten Mal. Von Ungeduld zerfressen, litt er zehn lange Tage. Dann hielt er es nicht mehr aus. Er beschloß, zu ihr zu fahren, sie einfach zu überraschen.

Schon auf der Fahrt wurde er einerseits ruhig, andererseits war er sehr aufgeregt. Was immer auch passieren würde, er würde einfach noch einige Bilder kaufen und dabei Rosies Gesellschaft genießen. Ganz vorsichtig würde er auch einige Vorschläge für zukünftige gemeinsame Unternehmungen machen, die ihr hoffentlich gefallen würden. Vielleicht eine Fahrt nach Aldeburgh im Herbst – nichts, das sie erschrecken würde, aber ein Plan, auf den er sich freuen konnte, während er die Wochen in Portugal durchlitt. Vor allem anderen wollte er einfach mit ihr zusammen sein.

Thomas hatte sich diesmal passender angezogen. In dem offenen Hemd und den Cordhosen fühlte er sich in seinem Mercedes wohl und konnte während der Fahrt auf dem breiten Motorway seinen Gedanken nachhängen. Nur wenn er an sich herunterschaute und seinen Bauch sah, empfand er Unbehagen. Also sah er auf die Straße.

Wie beim ersten Mal kam er etwa um die Mittagszeit an. Er betrat das Haus und fand es leer vor. Nichts hatte sich verändert. Die kreuz und quer umherstehenden Gegenstände, Malsachen und Bilder kamen ihm wundervoll vertraut vor – wieder war das Gefühl, nach Hause gekommen zu sein, an den Ort, wo er geboren war, einfach überwältigend. Schon etwas mutiger als beim ersten Besuch, bahnte er sich einen Weg durch das Mobiliar zum Fenster und betrachtete den makellosen Himmel und die unendliche Weite von federköpfigen Gräsern der Marsch. Es konnte nicht mehr lange dauern, bis sie in ihrem gelben Ölzeug den Weg heraufkommen, ihn sehen, erstaunt und schließlich erfreut schauen würde. Aber es verging eine halbe Stunde, und sie war immer noch nicht gekommen. Vielleicht hatte sie sich ein paar Sand-wiches als Mittagessen mitgenommen, dachte Thomas be-dauernd. Er würde warten müssen, bis das Licht schwächer wurde. Aber das machte auch nichts. Von ihren Dingen um-geben, hatte er nichts dagegen, den ganzen Tag hier auf sie zu warten.

Er begann sich die neuen Bilder anzusehen. Einige waren nachlässig an die Wand gepinnt, andere lagen in einem Stapel auf dem Tisch. Von einem wußte er jetzt schon ganz genau, daß er es unbedingt haben mußte – er würde jeden Preis dafür zahlen. Der Strand war lediglich in heller Farbe angedeutet, dazu ein wellenförmig zerflossenes Blau als Himmel. Nur Himmel und Meer. Keine Gestalt in der Ferne, kein Vor-gebirge, kein Schiff, keine Düne. Nichts zerstörte die ehr-furchtgebietende Leere. Rosie Cotterman versteht das Wesen des Alleinseins, dachte er.

Thomas legte das Bild auf den Stapel und spürte, daß ihm ein Schauer über den Rücken lief, wie immer vor wichtigen Entscheidungen. Und dann wußte er es. Er, Thomas Ark-wright, Sonntagsmaler ohne Talent, würde es nie wieder ver-suchen.

Das Vergnügen, es zu versuchen und danach zu streben, war nur sehr gering, wenn man kein Talent hat. Seine eigenen Versuche waren lächerlich, waren es immer schon gewesen. Stümperhaft, trocken, wellig, unfachmännisch. Warum hatte er nur all die Jahre hindurch seine Zeit damit vergeudet? Sein Motiv war natürlich die Flucht gewesen. Aber während die Zeit in seinem Atelier ihm zu dieser Flucht verholfen hatte, hatte sie gleichzeitig auch eine Art Gefängnis ge-schaffen – seine eigenen Grenzen. Daraus gab es kein Ent-kommen.

Diese Wahrheiten, die Thomas an diesem wunderschönen Morgen in Norfolk durch den Kopf gingen, lösten eine tiefe Melancholie in ihm aus. Die freudige Erwartungshaltung war völlig weg. Seine ganz private Entscheidung, die niemanden sonst auf der ganzen Welt interessierte, machte ihn körperlich unbeholfen. Schwerfällig ließ er sich auf den größten Stuhl fallen und horchte in die Stille.

Nach einer Weile nahm er eine Flasche Rotwein vom Tisch und studierte das eindrucksvolle Etikett. Er hatte jetzt fast zwei Stunden gewartet und brauchte unbedingt etwas zu trinken. Rosie hatte bestimmt nichts dagegen, wenn er sich bediente. Er füllte Rosies ungewaschenes Glas mit dem dunklen Wein. Er schnüffelte, schwenkte es und nippte dann genußvoll. Aber er war auch hungrig. Fast zum Umfallen. Der Kühlschrank war bis auf ein kleines Stück verschrumpelten Camembert auf einem Unterteller leer. Langsam knabberte er daran und spülte den etwas ekligen Geschmack immer mit einem Schluck Wein hinunter. Nach einem zweiten Glas – die Flasche war jetzt fast leer – nahm er sich fest vor, für Ersatz zu sorgen. Die üblichen Verdauungsbeschwerden begannen sich bemerkbar zu machen. Thomas rülpste, legte den Kopf in den Nacken und schloß die Augen. Kurz darauf war er eingeschlafen.

Es war nachmittags, als ihn das Geräusch der Eingangstür aufweckte. Noch ziemlich verschlafen, registrierte er das Weinglas in seiner Hand und seinen stechend riechenden Schweiß. Rasch stellte er das Glas auf seinen Platz zurück und drehte sich um. Eine Frau in Schwarz sah ihn an.

Immer noch ein wenig benommen, glaubte er für einen Augenblick an einen edwardianischen Geist. Die Gestalt trug einen weiten, umhangartigen Mantel und einen großen Schlapphut aus Samt mit mickrigen Straußenfedern, die erschöpft herunterhingen. Dann lächelte die Erscheinung, und er wußte, daß es kein Phantom war.

»Mr. Arkwright?«

»Thomas.«

»Thomas, natürlich. Ich habe Sie doch nicht erwartet, oder?«

»Nein, ich fürchte, ich bin einfach hergefahren.«

»Ah. Hier tauchen immer Leute einfach so auf. So ist das nun mal.«

»Ich hoffe, es macht Ihnen nichts aus …«

»Überhaupt nichts, wirklich nicht. Schön, daß Sie hier sind.«

»Ich wollte unbedingt noch ein paar Bilder kaufen.«

»Ach wirklich?« Sie nahm den Hut ab und versetzte ihm einen Schlag mit der flachen Handkante. »Ich komme gerade von einem Begräbnis. Bill Lutchins. Ein alter Freund. Eigentlich ein sehr alter Freund. Wir haben miteinander getanzt.« Sie knöpfte einen riesigen Perlmuttknopf des Mantels auf. »Aber er liebte Mary mehr als mich und heiratete sie.«

»Oh, das tut mir leid.«

»Mary war die Frau, die Sie am Strand getroffen haben.«

»Ich erinnere mich.«

»Sie war fasziniert von dem Mann aus London. Arme Mary.«

Thomas nahm den Mantel und legte ihn auf einen Stuhl. Jetzt sah er, daß nur die oberste Kleidungsschicht begräbnistauglich war. Darunter kamen ein altes blaues T-Shirt und schwarze Jeans zum Vorschein.

»Ich hätte Ihnen Bescheid sagen sollen, daß ich komme«, sagte er. »Aber es war eine spontane Entscheidung.«

»Macht überhaupt nichts. Sollen wir uns jetzt eine Flasche Wein aufmachen?«

»Warum nicht?« Thomas hatte immer noch einen etwas dumpfen Kopf. Vielleicht würde ja ein weiteres Gläschen helfen. »Haben Sie meine Postkarte bekommen?«

»Ihre Karte? Ach ja, ich denke schon. Ich selbst habe es nicht so mit dem Schreiben.«

Die Vorstellung eines einseitigen Briefwechsels mit der Frau, die er liebte, gab seiner melancholischen Grundstimmung noch eins drauf.

»Aber es hat Ihnen doch nichts ausgemacht, daß ich geschrieben habe?« wollte er wissen.

»Natürlich nicht. Ich höre gern von Freunden. Vielleicht können Sie mir ja wieder mal schreiben.«

Wenn das so war, dachte Thomas, wäre Portugal vielleicht sogar erträglich.

Er kaufte das Bild, das er unbedingt haben wollte, sowie zwei andere – und blieb gerade mal eine Stunde. Rosie war freundlich, mitfühlend, warmherzig, aber mit ihren Gedanken woanders. Thomas nahm an, daß der Tod ihres Freundes ihr sehr nahegegangen war. Er verwünschte sich, daß er ausgerechnet an so einem Tag gekommen war, und beschloß, sie möglichst bald allein zu lassen und so die Selbstlosigkeit der wahren Liebe zu demonstrieren. Er hatte kein Interesse, an ihrem Kummer teilzuhaben.

»Mary hat einen Leichenschmaus organisiert«, sagte Rosie, »aber ich konnte da nicht hingehen. Ich habe es nicht so mit Festivitäten. Und für eine Totenwache bin ich auch nicht geeignet. Ich bin lieber allein, wenn jemand stirbt.«

Thomas stand auf. »Ich bin schon auf dem Weg«, sagte er. »Es tut mir leid, daß heute …«

»Ach, machen Sie sich keine Gedanken.« Rosie wirkte erleichtert. Ihr Gesicht schien mit unsichtbarem Gold bestäubt zu sein. Thomas traute sich nicht, sie auf die Wange zu küssen, aus Angst, er könnte außer Kontrolle geraten. »Kommen Sie bald wieder und kaufen Sie noch einige Bilder. Wie kann ich einem so guten Kunden widerstehen?«

Sie lachte. Thomas versuchte ebenfalls zu lächeln. Ein Kunde von Rosie Cotterman, das war also momentan sein Status. Bis zum Winter würde sich daran etwas geändert haben. Das wußte er ganz sicher.

Sie verabschiedeten sich mit einem Händedruck. Thomas fuhr nach Hause. Er redete sich ein, er habe Fortschritte gemacht – recht überzeugt war er davon allerdings nicht. Wieder würde er warten müssen. Wie lange würde es diesmal sein? Und was war mit dem Freund, der gerade gestorben war? Wie standen sie in ihrer Jugend zueinander, sie und dieser Bill Lutchins? Und wie lange hatten sie miteinander getanzt?

Rachel erwachte langsam nach einem wunderbaren Nachmittagsschlaf. Die Sonnenflecken auf den zugezogenen Vorhängen bedeuteten ihr, daß es Spätnachmittag sein mußte. Es kümmerte sie nicht mehr. Normalerweise wachte sie um halb fünf auf, trank am Küchentisch ihren Pfefferminztee und las ein Buch. Aber seit dem Abendessen in Oxford war ihre Energie irgendwie verpufft. Die – meist verschlafenen – Nachmittage im Bett waren länger geworden.

Nachdem die enttäuschenden Erfahrungen jenes Abends ein wenig in Vergessenheit geraten waren, konnte sie dem sogar eine lustige Seite abgewinnen. Manchmal mußte sie im Bett über die Absurdität der ganzen Katastrophe lächeln. Sie sollte ihre Verfügbarkeit signalisieren – was für eine Schnapsidee! Immerhin hatte sie schnell gelernt. Es würde keine weiteren Signale mehr geben. Keine erniedrigende Verfügbarkeit mehr. Vielmehr eine Rückkehr zu ihrem eigentlichen Ich. Manchmal gab es auch da kleine Belohnungen. Nichts, was Männer, Sex oder Leidenschaft betraf, aber Glücksmomente, die, wenn es um Liebe ging, von Heiterkeit durchzogen waren. Ohne Liebe wurden sie sehr viel klarer. Sie boten einen Ersatz. Rachel erkannte sie und war dankbar dafür.

Ihre Gedanken wurden vom Schlagen der Eingangstür unterbrochen. Thomas. Was machte er? Rachel wußte, daß sie keine Zeit hatte, das Bett zu machen und sich anzuziehen, ehe er nach ihr sehen würde. Sie fürchtete diesen Augenblick und seine Mißbilligung. Er eilte die Treppe hinauf, ging an ihrer Tür vorbei und weiter hinauf in sein Atelier. Erleichterung. Noch eine Tür, die zuschlug. Dann ungeduldige Schritte, ein seltsames Poltern und Krachen. Was ging vor?

Rachel nutzte ihre Chance. Sie zog sich rasch an, öffnete die Vorhänge und zog das Bett glatt. Dann stand sie einfach da und horchte auf das Rumoren ihres Mannes über ihrem Kopf.

Als sie ihn endlich wieder auf der Treppe hörte, öffnete sie die Schlafzimmertür. Thomas kam langsam Stufe für Stufe herunter. Er schleppte einen riesigen Karton.

»Was machst du denn da?« fragte sie.

»Die Malsachen wegwerfen«, erklärte er.

In dem Augenblick, in dem er stehenblieb, um zu antworten, sah Rachel eine verzweifelte Müdigkeit in seinen Augen. Schweißtropfen standen auf seinen Schläfen. Noch nie hatte sie ihn so traurig gesehen.

»Ich bringe dir etwas zu trinken«, schlug sie vor.

Die Erleichterung darüber, daß er sie nicht im Bett entdeckt hatte, wirkte sich in Wohlwollen aus. Sie goß ihm einen doppelten Whisky ein und wartete, daß er seine Aktivitäten abschließen und zu ihr in die Küche kommen würde. Sie würde nichts sagen, hatte sie sich überlegt. Vielleicht würde er dann, angeregt von ihrer Zurückhaltung, etwas erzählen.

Sie machte sich mit der Zubereitung des Abendessens große Mühe. Thomas, offensichtlich hungrig, aß allerdings sehr wenig. Er erzählte kurz von seinem Tag in Norfolk und dem Kauf weiterer Bilder. Über seine Malsachen sagte er nichts mehr, und Rachel, die ihren Mann kannte, vermied es ganz bewußt, noch einmal nachzufragen.

Am nächsten Tag beim Frühstück sah Thomas wieder einen Bonnard: seine Frau in einem schäbigen Bademantel mit Lichteinfall von hinten, halbtote Rosen, die schlaff in einer Vase hingen. Wieder blendete die Butter ihn in den Augen, und die Buchstaben in der Zeitung verschwammen ihm trotz Brille vor den Augen. Wieder hatte er eine schlaflose Nacht hinter sich. Bei Morgengrauen war er aufgestanden und in seinem Atelier auf und ab gegangen. Dort hatte er eine weitere Entscheidung getroffen, fast so bedeutungsschwer wie die gestrige. Jetzt war er erschöpft von so vielen Entscheidungen und glaubte ganz fest an die Kraft von starkem Kaffee. Als er die dritte Tasse ausgetrunken hatte, legte er die Zeitung nieder und sah Rachel direkt in die Augen.

»Ich habe nachgedacht. Vielleicht wäre es besser, wenn wir getrennte Wege gingen«, sagte er.

Die Schultern seiner Frau hoben sich leicht, und sie stieß einen Seufzer aus. Es war still im Raum.

»Ich habe keinen getrennten Weg zu gehen«, sagte Rachel.

Jetzt hielt Thomas inne. Ihre unerwartete Antwort erlöste ihn von der Notwendigkeit, eine Erklärung abgeben zu müssen.

»Also gut«, hörte er sich selbst sagen. »Es war nur so eine Idee.«

Er nahm die Zeitung, legte sie unordentlich wie immer zusammen und verließ den Raum.

Der Vorschlag einer Trennung tangierte Rachel kaum und war auch schnell wieder vergessen. Sie dachte nur, wie müde Thomas aussah, wie ungewöhnlich mürrisch. Gott sei Dank war der Urlaub in Portugal schon in einigen Wochen. Sie persönlich sah ihm mit Angst und Schrecken entgegen, aber sie wußte, daß die Kinder, so abartig sie sich auch benahmen, bei Thomas eine gewisse Jovialität hervorlockten, wenn sie im Ausland waren. Er brauchte die Sonne. Er arbeitete zuviel. Das ewige Hin- und Hergefahre nach Nottingham, und jetzt schien er auch noch regelmäßig nach Norfolk zu fahren. Einfach absurd!

Rachel blieb am Tisch sitzen. Sie überlegte, was an Arbeit auf sie zukam. Nicht sehr viel. Vielleicht würde sie Thomas' Smokingjacke wegbringen. Bis zum Ball der Farthingoes war es gar nicht mehr so lange hin – der Ball der Farthingoes, bei dem sie ganz und gar unverfügbar sein und nicht das kleinste Signal aussenden würde.

Sie lächelte in sich hinein und dachte an den Luxus, der ihr bevorstand. Nach dem Gang zur Reinigung würde sie sich in ihrem Zimmer einschließen, die Vorhänge zuziehen, sich in die kühle Leinenwäsche kuscheln und den Nachmittag verschlafen.

ZWEITER TEIL

Das Fest

AN EINEM ABEND im September ging Toby Farthingoe in den Garten, um die letzten friedvollen Stunden zu genießen, die ihm vergönnt waren. Hoch am Himmel sammelten sich Mauersegler, noch unschlüssig, wann sie den Flug gen Süden antreten sollten. Die Schatten der Zedern kamen ihm ein wenig tiefer vor als noch vor einer Woche, und einige der Rosen hatten ihre Blütenblätter auf den Boden geworfen. Der Herbst lag in der Luft. Es war die Jahreszeit, die er am meisten liebte, und er wünschte, er hätte die ersten Tage des sich ankündigenden Jahreszeitenwechsels für sich gehabt. Statt dessen brach dieses unselige Fest mit Urgewalt über ihn herein.

Morgen bei Sonnenaufgang würden die ersten Lastwagen vorfahren, und in den nächsten zwei Tagen würde hier Ausnahmezustand herrschen. Toby kannte Frances' umfangreiche Pläne, obwohl er es vermieden hatte, sich alle Einzelheiten anzuhören, und diese Pläne erforderten entsprechende Vorarbeiten. Sie hatte ihn vorgewarnt, daß einige Männer »zu tun haben« würden. »Und wenn ich ganz ehrlich bin«, hatte sie hinzugefügt, »wird es ziemlich drunter und drüber gehen.« Toby sah diesem Drunter und Drüber mit Mißmut entgegen und wünschte sich nichts sehnlicher, als daß die ganze Sache bald vorbei wäre. Warum bloß, fragte er sich zum hundertsten Mal, hatte er sich nur darauf eingelassen, ein Vermögen auszugeben, um dreihundert Gäste mittleren Alters einzuladen, von denen nur ein halbes Dutzend wirkliche Freunde waren?

Die Antwort war wahrscheinlich, daß Frances den Sommer über beschäftigt und bei Laune gehalten werden mußte, damit sie glücklich war und er sich weiter ungestört mit seinen Computern und den Dachsen abgeben konnte. Nie wieder würde er sich dazu herbeilassen. Seine Nachgiebigkeit, so viel war ihm inzwischen klar geworden, entsprang einer Art Selbstschutz und nicht seiner Liebe. Ein ziemlich hoher Preis für den Verlust der Sommerruhe, und außerdem war ein derart extravagantes Fest im derzeitigen wirtschaftlichen Klima schon fast moralisch suspekt. Es war geradezu peinlich, Gastgeber solch verschwenderischen Treibens zu sein. In Zukunft würde Frances ihre Energien auf sinnvollere und weniger teure Projekte konzentrieren müssen. Sie brauchte ständig etwas, um ihre Tage auszufüllen, und jede ihrer Launen hatte ihn eine schöne Stange Geld gekostet. Er wäre um einiges reicher, dachte er mit einem bitteren Lächeln, wenn sie sich einen Liebhaber nehmen würde.

Verwundert stellte Toby fest, daß ihn dieser Gedanke keineswegs eifersüchtig machte. Wie merkwürdig. Wirklich äußerst merkwürdig. Da stand er, wägte die Vorteile eines Liebhabers für seine Frau ab und war kein bißchen eifersüchtig. Vielmehr verspürte er irgendwie sogar den Wunsch, daß es passieren möge. Ein Liebhaber mit guten Manieren (der natürlich wußte, was sich gehörte) würde ihn von der Verpflichtung befreien, sich Frances' ödes Geschwätz und ihre wohlgemeinten, aber dummen Bemerkungen anhören zu müssen. Ein Geliebter, der ihm den Teil von Frances' Leben abnehmen würde, an dem er absolut kein Interesse hatte, wäre wirklich eine große Hilfe. Komisch, daß er noch nicht früher auf die Idee gekommen war. Was ihn selbst betraf, so war es undenkbar, daß er eine andere Frau begehrte – sich nach einer umsah oder eine zu finden versuchte. Die Arbeit war seine Geliebte. Neben der Arbeit brauchte er nichts außer der Behaglichkeit seines dunklen Hauses, den stillen Garten und den Wald. Neuerdings dann noch jemanden, der Frances in einer Art und Weise befriedigte, wie er es nicht konnte.

Toby setzte sich auf eine Gartenbank. Das Fest erweckte echte Hoffnungen. Es sollte sich doch unter so vielen Gästen irgendein passender Mann finden ... Der Gedanke gefiel ihm. Er legte den Kopf in den Nacken und beobachtete die Mauersegler, die am Himmel elegant ihre Kreise zogen.

Frances stand mit verschränkten Armen in Fionas Zimmer und versuchte, ihre zunehmende Verärgerung im Zaum zu halten. Sie hatte momentan wirklich genug am Hals und konnte ein ungezogenes Kind, das den Aufstand probte, nun absolut nicht brauchen. Fiona saß mit ebenfalls verschränkten Armen auf dem Bett und starrte mürrisch auf den Boden. Was für ein reizloses, unscheinbares Kind, dachte sie ein wenig schuldbewußt ob des Eingeständnisses. Eine gröbere Version von Tobys Gesicht. Absolut nichts von ihr geerbt. Vielleicht würde sich das Ganze ja in ein paar Jahren noch ein bißchen rauswachsen, aber gegen die engstehenden Augen ließ sich wohl nichts machen.

»Fiona, ich habe mir große Mühe gegeben, das richtige Kleid für dich auszusuchen«, sagte sie. Es war der dritte Versuch, dem Kind diese Tatsache in verschiedenen Varianten näherzubringen.

»Das hättest du dir sparen können.«

»Ich sage dir, es sieht einfach bezaubernd aus.«

»Ich werde es jedenfalls nicht anziehen. So'n Babykram.«

»Ach, jetzt hör aber auf.« Frances strich den bauschigen Rock glatt – stufenförmige Rüschen aus getupftem Organza. »So etwas tragen spanische Zigeunerinnen. Erwachsene spanische Zigeunerinnen.«

»Da hast du's – ich bin nun mal keine spanische Zigeunerin. Ich würde einfach nur affig darin aussehen.«

»Würdest du nicht.«

»Würde ich doch.«

»Würdest du nicht. Und im übrigen ist die Diskussion hiermit beendet. Ich habe jede Menge wichtiger Dinge zu tun.«

»Hätte ich mir denken können, daß es nicht dazugehört, für mich ein anständiges Kleid zu kaufen.«

»Fiona! Du benimmst dich wie ein verzogener Fratz. Dieses Kleid hat ein Vermögen gekostet. Es ist sehr hübsch, und wir haben keine Zeit, etwas anderes zu suchen. Du wirst also entweder aufhören zu meckern und es tragen, oder du wirst nicht zu dem Fest kommen.«

Es entstand eine lange Pause. Fiona starrte weiter auf den Boden. Dann zuckte sie mit den Schultern.

»Ist mir doch egal, ob ich zu deinem doofen Fest komme oder nicht. Und wenn ich käme, was würde ich da tun? Mit wem würde ich reden? Das Durchschnittsalter der Gäste dürfte hundert sein.«

Frances mußte sich eingestehen, daß sie sich tatsächlich noch nicht sehr viel Gedanken gemacht hatte, was ihre Tochter bei der Party machen sollte. Irgendwie hatte sie so eine vage Vorstellung, daß das Kind mit Mini-Eclairs auf Tabletts herumgehen könnte und artige Sprüche aufsagen sollte.

»Liebes, woher soll ich wissen, was du tun möchtest? Du kennst doch jede Menge Leute. Der eine oder andere würde vielleicht mit dir tanzen …«

»Sehr lustig.«

»Also, vielleicht macht dir das nicht so sehr viel Spaß. Aber du wolltest ja schließlich kommen, und ich denke, es wird ein Erlebnis, das du nicht versäumen solltest. Einfach nur alles sehen.«

Frances sah auf ihre Uhr. Sie mußte den Partyservice vor dem Abendessen anrufen und nachprüfen, ob Luigi genügend Garderobenmarken gekauft hatte.

»Ach!«

»Nun, das liegt bei dir. Aber Papa und ich werden traurig sein, wenn du nicht kommst. Wir möchten dich gern dabeihaben.«

Fiona sah auf. »Du wirst keine einzige Sekunde Zeit für mich haben. Du hättest mich eine Freundin einladen lassen sollen. Darf ich eine Freundin einladen?«

»Du lieber Himmel. Es ist ein bißchen spät, jetzt irgend etwas zu arrangieren. Ich habe keine Zeit, überall herumzutelefonieren ...«

»Mach dir keine Mühe. Ich rufe Jess an.«

»Jess wohnt fünfzig Meilen von hier entfernt, du Dummchen.« Frances sprach mit erhobener Stimme und klang, als würde sie jeden Moment die Geduld verlieren. »Wenn du glaubst, ich hätte jetzt die Zeit, mich darum zu kümmern, wie Jess hierherkommt ...«

»Ich ruf sie an.«

»Das wirst du nicht. Ich verbiete dir, sie anzurufen. Außerdem brauche ich das Telefon dauernd selber.«

»Ach, laß mich doch in Ruhe, Mom, und mach weiter mit deiner Telefoniererei.« Auch Fionas Stimme klang ziemlich gereizt. Sie war nahe daran, in Tränen auszubrechen. Ihre Brille war beschlagen.

»Also gut! Manchmal bist du wirklich das bockigste Kind, das ich je ...«

Frances verließ laut schimpfend das Zimmer und knallte die Tür hinter sich zu.

Sie entfernte sich rasch, um das Geheule nicht mit anhören zu müssen. Bis vor einer halben Stunde war sie freudig erregt gewesen, hatte das Gefühl, alles unter Kontrolle zu haben. Alle ihre Pläne, ihre monatelangen Vorbereitungen, schienen genauso zu gelingen und Gestalt anzunehmen, wie sie es sich vorgestellt hatte ... Und dann kam ihr dieses verzogene Kind dazwischen. Toby würde sich um sie kümmern müssen.

Frances öffnete ein Fenster. Toby saß mit dem Rücken zu ihr auf einer Gartenbank, den Kopf gen Himmel gerichtet. Wahrscheinlich schlief er. Sie rief ihn. Er rührte sich nicht. Sicher konnte er sie gar nicht hören. Zunehmend verärgert, weil ihr die Zeit davonlief, stapfte Frances über das Gras, um ihn aufzuwecken. Er kam immer ganz gut mit Fiona zurecht. War geduldig mit ihr. Er sollte sich jetzt gefälligst auf der Stelle in ihr Zimmer begeben und sie bis zum Abendessen zur

Räson bringen. Das würde sie als einen praktischen Beitrag zur Festgestaltung gelten lassen.

Es war ein warmer Abend. Trotzdem hatte Mary Lutchins Feuer gemacht. Die Scheite der Balsampappel – Jack Yacksley hatte sie fertiggesägt und sie in den Schuppen gebracht – brannten munter vor sich hin. Sie freute sich auf ein weiteres gemütliches Gespräch mit Rosie Cotterman. Rosie hatte ihr mehrfach versichert, mit ihr zu dem Fest zu kommen. Sie hatten die Fahrt ausführlich geplant, und Mary glaubte schon, daß sie sich auf Rosie verlassen konnte. Aber andererseits wußte man bei ihr nie so genau. Manchmal stieß sie Hals über Kopf alle Pläne über den Haufen. So war schon oft einmal eine Verabredung einfach nicht zustande gekommen. Ehe sie heute abend zu Bett ging, wollte sich Mary deshalb noch einmal vergewissern. Sollte Rosie es sich anders überlegt haben, müßte sie rasch eine Alternative finden. Keinesfalls wollte sie die ganze Strecke allein fahren.

»Rosie?«

»Mary, meine Liebe.«

»Ich rufe nur zur Sicherheit noch einmal an.«

»Weswegen?«

»Das Fest. Du kommst doch? Ich wollte nur sichergehen, daß du es dir im letzten Moment nicht anders überlegst.«

»Wie kommst du denn darauf? Natürlich nicht.«

»Gut. Ich hole dich also wie besprochen um elf Uhr ab.«

»Wunderbar. Ralph hat gerade angerufen. Auch er hatte so seine Zweifel, der Dummkopf.« Sie lachte. »Das wird bestimmt lustig. Zwei alte Damen reisen.«

»So ist es in der Tat«, stimmte Mary fröhlich zu. »Ich bringe ein paar Sachen für ein Picknick.«

»Also, da gibt es eine kleine Änderung. Ich denke, wir sollten kein Picknick machen, sondern irgendwo nett einkehren, eine gute Flasche Wein zum Mittagessen trinken und dann langsam weitertuckern.«

»Ich glaube nicht, daß es zwischen Norfolk und Oxford

sehr viele Möglichkeiten gibt«, antwortete Mary, wie sie es schon mehrfach getan hatte. Die Debatte, ob nun Picknick oder Einkehr, ging schon seit Tagen.

»Und zum Tee sind wir dann rechtzeitig bei Ralphie. Ich habe ihm aufgetragen, er soll zusehen, daß Mürbgebäck und Lapsangtee im Haus sind. Er hat's nicht so mit dem Haushalt – er bräuchte halt eine Frau. Danach kannst du dann zu deinen Kindern gehen. Das klingt doch so ganz gut, oder?«

Es war alles schon bis zum Überdruß durchgekaut worden, dachte Mary. Trotzdem wollte sie noch nicht auflegen. Draußen rief ein Käuzchen. Trust knurrte im Halbschlaf. Sie ging immer noch ungern allein nach oben.

»Da fällt mir noch was ein, Rosie«, sagte sie. »Das wollte ich dich schon die ganze Zeit fragen: Was wirst du anziehen?«

Es entstand eine lange Pause.

»Ehrlich gesagt, habe ich daran überhaupt noch nicht gedacht«, gestand Rosie schließlich. »Aber ich glaube, ich habe noch irgendwo ganz hinten im Schrank die Stiefmütterchen.«

»Stiefmütterchen?«

»Du wirst schon sehen. Sie waren einmal etwas ganz Besonderes. Vielen Dank, daß du mich erinnert hast. Ralphie wäre ganz schön sauer gewesen, wenn ich unpassend gekleidet aufgetaucht wäre. ›Du bist einfach ein hoffnungsloser Fall, Mutter‹, sagt er dann, wenn ich etwas vergesse, was ihm wichtig ist.«

Sie lachten beide und wünschten sich gute Nacht. Mary saß zusammengekuschelt in ihrem Sessel und lauschte auf den Ruf des Käuzchens und das Knistern des Feuers. Sie wußte, Rosie kam nur ihretwegen zu dem Fest, und sie war ihr dafür dankbar. Mary wäre auf jeden Fall gegangen, weil Bill es so gewollt hätte (»der Tod des Partners bedeutet nicht, daß man seine Pläne und alten Gewohnheiten ändern muß«), aber natürlich nicht mit so viel Begeisterung. Aber immerhin freute sie sich darauf. Martin und Ralph würden sich ohne Zweifel um sie kümmern, und sie hatte schon immer gern die Rolle des Zuschauers gespielt. Natürlich würde es schmerzlich sein, Bill nicht an ihrer Seite zu haben, aber die Leute bemühten sich eigentlich immer um Witwen. Sie würde sich in eine Ecke verziehen, ihren Schal um die Schultern ziehen – den durfte sie keinesfalls vergessen …

Mary schlief in ihrem Sessel ein.

Beim Frühstück eröffnete Thomas Rachel, daß er über Nacht wegbleiben würde. Spätabends eine Besprechung in Nottingham, und ganz früh am nächsten Morgen ging's weiter. Es wäre unsinnig, nach Hause zu fahren.

In Wirklichkeit konnte er Rosies beunruhigendes Schweigen nicht mehr ertragen. Jeden zweiten Tag hatte er ihr eine witzige, lockere Postkarte aus Portugal geschrieben (ein Vorhaben, das sorgfältigster Planung bedurft hatte, aber unerläßlich gewesen war für seine geistige Gesundheit) und war letztendlich ziemlich niedergeschmettert, als überhaupt keine Reaktion erfolgt war. Heute wollte er sie einfach anrufen, zur Mittagszeit, wenn sie vom Malen nach Hause gekommen war, und seinen Besuch für den Nachmittag ankündigen. Er würde sich für alle Fälle in einem nahe gelegenen Hotel ein Zimmer reservieren lassen, hatte aber das instinktive Gefühl, daß er es nicht in Anspruch würde nehmen müssen.

»Denk daran, rechtzeitig für das Fest bei den Farthingoes zurück zu sein.«

»Verdammt noch mal! Das dämliche Fest! Ich hatte das völlig vergessen. Gegen sieben bin ich zurück – ganz bestimmt.« Es würde also nur einen einzigen Abend und einen Morgen mit Rosie geben. »Kommen die Kinder mit uns mit?«

»Ich weiß es noch nicht.«

»Was soll das heißen, du weißt es noch nicht?«

»Ich weiß nicht, ob sie mitkommen wollen. Helen sagt, sie würde wahrscheinlich mitkommen. Frances hat nichts dagegen, wenn wir Jasper mitbringen. Jeremy glaubt eher nicht, daß er kommt.«

»Das ist ja einfach traumhaft!« Thomas knallte die Zeitung auf den Tisch. »Meine Kinder haben wirklich ziemlich schlechte Manieren, ist dir das klar? Warum hast du ihnen nicht gesagt, sie müßten sich entscheiden, entweder so oder so. Und sich dann schriftlich äußern, wie jeder andere zivilisierte Mensch auch, der zu einem Fest eingeladen ist?«

»Thomas, bitte. Sie sind doch erwachsen. Ich kann ihnen doch nicht vorschreiben, wie sie sich zu verhalten haben.«

»Du hättest sie besser erziehen können.«

»Hör auf, mich anzuschreien. Du hättest dich ruhig auch an der Erziehung beteiligen können.«

Thomas stand auf und zerknüllte die Zeitung, als wollte er ein Feuer entfachen.

»Also, eins kann ich dir sagen: Wenn die Gnädigsten sich herablassen zu kommen und mit uns mitfahren wollen, dann werde ich ihnen in aller Deutlichkeit sagen, was ich von ihrem ungezogenen Benehmen halte.«

»Das wird bestimmt eine lustige Fahrt.«

Rachel holte sich die Zeitung über den Tisch und begann sie geduldig zu glätten. Heftig schwitzend stürzte Thomas aus dem Zimmer.

In einem Anfall von Reue bemühte er sich, von der Tür ganz besonders laut und freundlich »auf Wiedersehen« zu rufen. Rachel, die am Tisch saß und die zerknitterte Zeitung las, fand es nicht der Mühe wert zu antworten.

Die Zeltfirma kam als erste. Frances hörte schon kurz nach sieben das Klappern der Stangen. Sie sah aus dem Schlafzimmerfenster, wie die Männer riesige Stapel ordentlich gefalteter Zeltleinwand über den Rasen trugen. Sie konnte es kaum erwarten, das Zelt aufgestellt zu sehen, Hunderte von Metern grau-weiß gestreifter Stoff, den sie selbst aufgetrieben hatte. Toby schlief, ohne etwas von der Aufregung mitzukriegen. Sie rief ihn, er solle kommen und schauen, worauf er sich nur noch tiefer in sein Bett vergrub und die Decke fest über die Ohren zog. Einen Augenblick lang befiel sie eine gewisse Traurigkeit ob seines mangelnden Interesses, das sie inzwischen, wenn auch noch nicht ganz gleichmütig, hinnahm.

Beim Frühstück ging sie ihre Liste mit dem Zeitplan noch einmal durch. Heute sollte das Zelt aufgestellt werden, der Boden, das Podium für die Band und die filigranen Trennwände (von ihr entworfen und vom ortsansässigen Schreiner angefertigt). Die Elektriker hatten versprochen, bis abends fertig zu sein. Frances hatte sich für das Zelt und den Garten etwas Besonderes ausgedacht. Hunderte von winzigen Glühlämpchen würden sich durch Bäume, Büsche und Hecken ziehen und auch um die Säulen im Haus. Das Ganze sollte aussehen, als würden eine Million Glühwürmchen leuchten. Ein Alptraum von der technischen Seite her, hatte der Elektriker sie gewarnt, aber gleich betont, er würde die Herausforderung durchaus annehmen. Außer zu kontrollieren, daß alles an den richtigen Platz kam, und dafür zu sorgen, daß die Arbeiter ständig mit Tee versorgt wurden, war für Frances heute nicht so viel zu tun. Morgen, wenn die Blumen, das Essen, die Getränke, die Tische und die Stühle kamen, würde sie schon eher gefordert sein.

Im Laufe des Vormittags stand das Gerüst des Zelts. Frances machte eine erste Begehung und legte den Kopf in den Nacken, um die schmucklosen Stützpfeiler betrachten zu können. Ungeduldig stellte sie fest, daß alles so langsam voranging. Dann jedoch fiel ihr ein, daß sie nicht ganz fair war – die Männer arbeiteten sehr schnell, das Zelt nahm erstaunlich schnell Gestalt an. Sie hörte den Anweisungen zu, die sie sich zuriefen, ihren sarkastischen Bemerkungen, die mit geradlinigem Humor gespickt waren. Diese geschickten Arbeiter führten nun das aus, was so lange in ihrer Phantasie herangereift war – sie fühlte sich wie ein Produzent, ein Designer. Vielleicht sollte sie so etwas auch beruflich machen. Wenn dieses Fest vorüber war, lag ein öder Herbst vor ihr. Schon seit einiger Zeit hatte sie in Erwägung gezogen, sich eine Arbeit zu suchen. Vielleicht beim Fernsehen? Oder beim Theater? Viele Ideen schwirrten ihr durch den Kopf, die allmählich Gestalt annahmen ... Immerhin hatte sie Freunde in den Bereichen, in denen sie gern arbeiten wollte. Nächste Woche wollte sie sich schon mal ein bißchen umhören. Natürlich hatte sie keinerlei Ausbildung dafür, aber das war ja auch nicht immer wichtig. Ideen waren gefragt. Und die hatte sie fürwahr. Dutzende. Ein Job! Das wäre doch etwas, worauf sie hinarbeiten könnte, etwas, das ihrem Leben Halt geben würde.

Frances ging in den Garten und schmiedete weiter langfristige Pläne. Ein Schmetterling kreuzte ihren Weg, von der schweren Luft nach unten gedrückt. Ein schlechtes Omen, dachte sie, und betrachtete stirnrunzelnd die graublassen Wolken. An Regen hatte sie eigentlich bislang gar nicht gedacht. In ihrer Phantasie waren die Gäste seit Monaten in einer warmen, klaren Nacht im Garten gelustwandelt, beschienen von einem Mond am wolkenlosen Himmel. Plötzlich beschlichen sie Bedenken. Ihr gesamter Plan würde buchstäblich ins Wasser fallen, wenn es regnen sollte.

In einiger Entfernung spielten Toby und Fiona Krocket auf dem Rasen. Toby war über den Schläger gebeugt und konzentrierte sich auf einen roten Ball. Frances wartete ungeduldig auf den Schlag. Endlich führte er ihn aus. Der Ball schoß über das Gras, verfehlte aber das Tor.

»Mist.« Toby richtete sich auf und massierte sich den Rücken.

»Es wird doch wohl nicht regnen, oder?« fragte Frances.

»Glaube ich nicht.« Es schien ihn allerdings auch nicht sonderlich zu interessieren. »Jetzt du, Fi. Laß dir Zeit.«

Unbeholfen beugte sich Fiona über ihren Schläger und versuchte, es dem Vater gleichzutun.

»Ich finde, es wäre ziemlich lustig, wenn es regnete und alle Leute naß würden«, sagte sie und hielt den Kopf gesenkt, so daß Frances ihr Gesicht nicht sehen konnte.

Frances drehte sich um und ging weg. Auf dem Weg zurück traf sie einen aufgeregt herumfuchtelnden Luigi. Aus den hochgerollten Hemdsärmeln kamen riesige Muskelpakete und dicht behaarte Arme heraus, die ansonsten immer von seiner ordentlichen gestreiften Jacke verdeckt gewesen waren.

»Madam, kommen Sie bitte schnell. Da ist ein Lastwagen angekommen mit lauter Bäumen.«

Die zwei Dutzend Lorbeerbäume, die sie alle höchstpersönlich einzeln in einem Gartencenter ausgewählt hatte, sollten eigentlich erst morgen früh geliefert werden. Aber vorzeitig gelieferte Lorbeerbäume waren genau das Problem, das Frances gerade brauchen konnte – alles war recht, um sie von ihren neuen kreativen Ideen abzulenken, die sie ruhelos machten.

Sie rannte vor dem keuchenden Luigi her. Dabei fiel ihr aber doch wieder etwas ein. Sie wußte, was das erste sein würde, das sie tun müßte, um einen entsprechenden Job zu finden. Sie mußte Ant um Rat fragen. Ant war bislang auch bei der Festplanung ihr treuester Verbündeter gewesen.

Ich halte es nicht mehr aus, dachte Thomas, als er ins Büro fuhr. Wenn ich Rosie nicht bald wiedersehe, breche ich zusammen.

Seine Hände zitterten auf dem Lenkrad, auf seinem frischen Hemd wurden riesige runde Flecken wie Melonenscheiben unter den Armen sichtbar, und das Blut unter seinen Schläfen pochte gegen die Haut, die sich wund anfühlte. Das durch ungeduldiges Warten ausgelöste körperliche Unbehagen war genauso widerwärtig wie das bei Eifersucht, und er konnte es einfach nicht mehr ertragen. Wochenlang hatte er sich jetzt vorbildlich zurückgehalten. Freundliche Postkarten waren ja nun wirklich nicht aufdringlich. Aber jetzt ging es ums Ganze: Entweder es ging etwas voran, oder er würde verrückt werden.

Im Büro versuchte er erst einmal mit einer Tasse Kaffee und der auf niedrige Stufe angestellten Klimaanlage, sein seelisches Gleichgewicht wiederzufinden. Er wartete nicht bis Mittag, sondern wählte ihre Nummer sofort. Es klingelte sehr lange, aber niemand nahm ab. Also gut, das war das Startsignal. Es hatte keinen Sinn, noch länger zu warten. So erregt, wie er war, konnte er ohnehin nichts arbeiten.

Der fast leere Motorway wirkte beruhigend auf ihn. In dem Maße, in dem die mentalen und körperlichen Qualen des Morgens nachließen, nahm die glühende Vorfreude zu. Kurz hinter Newmarket beschlich ihn ein Hungergefühl. Er beschloß, bei der nächsten Gelegenheit eine Kleinigkeit zu essen und Rosie noch einmal anzurufen.

Er fand ein Restaurant im Pseudotudorstil am Rand eines Kreisverkehrs. Er parkte. Die Luftfeuchtigkeit schlug ihm auf dem kurzen Weg zum Eingang unangenehm entgegen. Wieder wählte er Rosies Nummer, wieder hob niemand ab. Das machte nichts, redete er sich ein, während er ein Thunfisch-Sandwich aß und dazu einen Gin Tonic trank: Sie würde ganz bestimmt zur Teezeit zurück sein, wenn sich das Licht veränderte. Er würde sie einfach noch einmal überraschen, würde ihr die sorgfältig ausgesuchte Flasche Rotwein in die Hand drücken und ihr vorschlagen, sie zum Essen nach Wells-on-Sea auszuführen (vielfach empfohlenes Restaurant, Tisch bereits reserviert). Glücklich lächelnd saß er eine halbe Stunde später wieder in seinem Mercedes.

Während er auf der Parkplatzausfahrt wartete, um sich wieder in den fließenden Verkehr einzuordnen, beobachtete er einen kleinen braunen Wagen, der vorsichtig an ihm vorbeifuhr, am Ende der Ausfahrt stehenblieb und sich dann hüpfend vorwärtsbewegte, was der hinter ihm fahrende Kombi mit einem ärgerlichen Hupen quittierte. In dem Augenblick, als der Wagen an seiner Motorhaube vorbeihoppelte, erkannte er, daß die Wagenlenkerin eine weißhaarige alte Dame war, deren Gesicht ihm irgendwie bekannt vorkam. Die Beifahrerin war Rosie.

Mit wild klopfendem Herzen blieb Thomas, wo er war, und ließ den Wagen nicht aus den Augen, der noch eine Runde im Kreisverkehr drehte. Dann bog er ein wenig zu forsch vor einem Lastwagen ab, der auf den Parkplatz wollte. Noch einmal konnte Thomas die alte Dame sehen – die, die er am Strand gesehen hatte – und daneben Rosie. Er sah in den Rückspiegel, aber der Wagen war inzwischen um die Ecke verschwunden. Unfähig, die Zündung abzuschalten oder überhaupt irgend etwas zu tun, saß er einfach nur da und horchte auf den Leerlauf des Motors. Er starrte auf seine untätigen Hände, die das schwitzige Leder des Lenkrads umklammert hielten. Der Fahrer hinter ihm hupte, von irgendwoher kamen Schimpfworte. Nie wäre ihm in den Sinn gekommen, daß er die Ausfahrt blockierte oder der Auslöser für die üblen Schimpfkanonaden war. Er war wie weggetreten. Das Hupen und das Geschrei hinter ihm wurde lauter. Dann klopfte eine behandschuhte Hand gegen seine Windschutzscheibe. Es war ein teurer Handschuh mit Löchern an den Knöcheln. Thomas machte immer noch keine Anstalten, sich vom Fleck zu rühren.

»Ich habe Hähnchen- und Kressesandwiches auf Roggenbrot eingepackt«, sagte Mary. »Ich weiß, daß du gern Roggenbrot magst. Und Speck, Tomaten und ein kleines Schälchen Shrimps. Zwei Pfirsiche und Aprikosen, Walderdbeeren, einen schönen reifen Brie und eine Thermoskanne Kaffee. Wenn du irgendein nettes Plätzchen siehst …«

»Du lieber Himmel.« Rosie hatte die eigenartigen dunklen Bäume betrachtet, die die Straße begrenzten, und bedauerte, ihren Skizzenblock nicht mitgebracht zu haben. »Wir sind fast schon in Newmarket.«

»Schon fast Mittagszeit.«

»Ich glaube, hier irgendwo gibt es ein ganz nettes Rasthaus. Vielleicht kommen wir ja dran vorbei, was meinst du, meine Liebe?«

»Vielleicht«, antwortete Mary geduldig, »aber wenn nicht, ist es auch nicht so schlimm. Ich habe eine kleine Flasche Champagner in der Kühltasche, für alle Fälle. Es gibt doch nichts Schöneres als Champagner in der freien Natur.«

Schweigend tuckerten sie eine Zeitlang weiter. Es hatte ewig gedauert, bis hierher zu kommen. Mary war extrem vorsichtig und bremste jedesmal sofort, wenn ein Wagen am

Horizont erschien. Schneller fuhr sie nur, wenn die Straße absolut leer war, was äußerst selten vorkam.

»Ich muß zugeben, daß ich hier in der Gegend schon ewig nicht mehr war«, sagte Rosie schließlich. »Vielleicht existiert ja das Rasthaus gar nicht mehr. Aber wir können ja auch in ein anderes gehen.«

Mary spitzte die Lippen. Sie war entschlossen, ihr Picknick durchzuziehen. Es würde letztendlich auf einen Kompromiß hinauslaufen. Aber bei diesem Kompromiß mußte ein »déjeuner sur l'herbe« dabei sein. Sie hatte sich so sehr auf diesen Teil der Fahrt gefreut. Wäre Bill dabei gewesen, hätte er sich nicht von Rosies Unsinn beeindrucken lassen, und sie hätte sich mit einem schelmischen Blick aus ihren hübschen Augen gefügt. Aber Rosie hatte im Umgang mit ihren Freunden und Freundinnen schon immer einen eigenen Stil gepflegt.

»Hoffentlich sind unsere Kleider in Ordnung«, sagte Rosie schließlich, als ihr klar geworden war, daß Mary nicht auf ihren Vorschlag eingehen würde.

Sie drehte sich, um einen Blick auf den Rücksitz zu werfen. Satin mit Stiefmütterchenmuster, darunter rubinroter Samt. Mary hatte, wie Rosie dankbar registriert hatte, vorsichtshalber ihr eigenes Kleid unten hingelegt, um Rosies vor Trusts Haaren zu schützen.

»Warum sollten sie es nicht sein?«

Mary schniefte. Rosie machte offensichtlich Ausflüchte. Wie ärgerlich! Sie mußte sich jetzt einfach durchsetzen.

»Wir zuckeln so ein bißchen rum, nicht wahr? Das ist natürlich nicht deine Schuld, meine Liebe. Wir wollen ja nur diesem schrecklichen Verkehr entgehen.«

»Unsinn«, protestierte Mary und trat voll auf die Bremse. Ein paar Meilen weiter bog sie in einen Weg zu einem Getreidefeld ab. »Da wir dein Rasthaus bis jetzt noch nicht gefunden haben, halten wir einfach hier«, erklärte sie bestimmt. »Und wenn wir später noch dran vorbeikommen, können wir immer noch eine weitere Rast einlegen.«

»Wie du meinst«, fügte sich Rosie. Sie war hungrig, freute sich auf den Champagner und war kampfesmüde.

Sie breiteten eine karierte Decke auf dem Boden aus und ließen es sich ohne Hast schmecken. Die diesige Sonne wärmte sie angenehm. Hoch oben am Himmel sangen Lerchen. Rosie hatte das Mahl trotz ihrer Niederlage genossen, war jedoch entschlossen, daß sie jetzt am Zug war. Zu ihrem Entzücken waren sie noch nicht einmal eine Meile weitergefahren – Mary fuhr jetzt nach einem Glas Champagner noch vorsichtiger –, als das Rasthaus auftauchte, das sie gemeint hatte.

»Ein bißchen aufgemotzt worden, aber ja, das ist es«, sagte sie.

»Bist du sicher?« Mary war inzwischen an der Einfahrt zum Parkplatz vorbeigefahren.

»Hundertprozentig sicher. Die haben eine tolle Bartheke aus echtem Mahagoni. Dreh noch mal eine Runde.«

»Also gut.«

Mary hoffte, Rosie würde nicht bemerken, was für ein Alptraum der Kreisverkehr für sie war – rücksichtslose Fahrer, die von allen Richtungen kamen, sie schnitten und an ihr vorbeizogen, ungeduldig, bedrohlich. Aber irgendwie brachte sie es hinter sich und schaffte diesmal sogar die Einfahrt zu dem Rasthaus.

»Sieh doch nur!« rief Rosie plötzlich aufgeregt und raubte Mary das letzte Quentchen Konzentration. »Dort drüben, an der Ausfahrt – der große Mercedes. Mit genau so einem kommt mein Kunde immer. Mr. Arkwright.«

»Ach ja?« Mary wußte, es würde fatale Folgen haben, wenn sie auch nur eine Sekunde woanders als geradeaus sehen würde. »Das heißt natürlich, daß das Lokal sündhaft teuer ist.«

»Ich zahle«, verkündete Rosie großzügig. »Natürlich zahle ich. Vorsicht, da steht ein Kübel mit Geranien.«

Der Wagen blieb auf dem knirschenden Kies stehen. Widerwillig folgte Mary Rosie zum Eingang des vornehm aussehenden Hotelrestaurants. Im düsteren Schummerlicht an einer Barttheke zu sitzen, und sei sie auch aus Mahagoni, war das letzte, wonach ihr an einem wunderschönen sonnigen Nachmittag der Sinn stand. Aber natürlich mußte sie jetzt auch zu ihrem Versprechen stehen und würde sich bemühen, so auszusehen, als ob ihr die ganze Chose Spaß machte. Wäre Bill jetzt hier, würde er Rosie auf die für ihn typische taktvolle Art und Weise von ihrem Plan abbringen. Aber Bill war eben nicht hier und würde es auch nie wieder sein. Mary mußte sich ständig daran erinnern.

Der Himmel wurde zunehmend dunkler. Gegen Abend hingen dräuend schwarze Wolken tief herab. Manchmal schoben sie sich lautlos übereinander, manchmal teilten sie sich und gaben einen grünlichen Himmel frei. Vereinzelt fielen ein paar dicke Tropfen herunter. Es sah ganz nach Sturm und heftigem Regen aus. Zumindest würde die Luft klar sein, dachte Frances. Aber was sollte aus der Party werden?

Sie stand in dem leeren Zelt. Es war in ein düsteres Licht getaucht, fast wie eine Kathedrale. Der Stoff – hellgrau und gebrochenes Weiß – sollte in Verbindung mit den kleinen Glühwürmchenlampen den Eindruck von sich bewegenden Schatten vermitteln. Momentan wirkte es allerdings eher zwielichtig. Die Säulen, die sich zu Bogenwölbungen vereinten, wirkten ohne die Blumen- und Efeugirlanden kahl und nackt, genauso wie die geschnitzten Paravents aus Holz, die die Tanzfläche von den Eßtischen trennten. Das Podium für die Band wirkte ungeschmückt ziemlich öde. Der Parkettboden war noch nicht gebohnert und gewienert. Eine riesige eintönige Fläche, auf die die ganze Nacht der Regen herunterprasseln würde. Würde sich die wunderbare Verwandlung bis morgen überhaupt bewerkstelligen lassen?

Nervös ging Frances mit unter der Brust verschränkten Armen auf der Tanzfläche auf und ab. Durch die offene Seite des Zelts sah sie, daß der Rasen in ein drohendes gelblichgrünes Licht getaucht war. In der Stille konnte sie hin und wieder einen Regentropfen auf dem Zeltdach hören. Dann tauchte unerwartet Antony Cellar auf, dessen Band morgen abend hier spielen sollte. Er trug einen kleinen Kassettenrecorder.

Frances hatte seine Musik vor einiger Zeit im Radio gehört, hielt die Band für optimal geeignet, auf ihrem Fest zu spielen, und hatte alle Hebel in Bewegung gesetzt, den Bandleader zu finden. Sie hatten sich im Frühjahr in einem kärglichen Büro in Soho getroffen und einen Vertrag ausgehandelt. Seither hatte ihr Antony – »nennen Sie mich Ant, so nennt mich jeder«, darauf hatte er bei der ersten Zusammenkunft bestanden – mehrere Kassetten geschickt, und sie hatten sich gelegentlich am Telefon unterhalten. Dabei ging es meist um Musik, gelegentlich erwartete Ant aber auch Mitgefühl für die schändlichen Taten seiner Exfrau. Eine der angenehmen Seiten der Farthingoe-Party, hatte er Frances erklärt, war, daß seine alte Dame, wie er sie nannte, kaum mehr als zehn Meilen von hier entfernt wohnte. So konnten er und seine Jungs das, was von der Nacht noch übrig war, bei ihr verbringen.

Ant Cellar war Ende Zwanzig. Er hatte ein römisches Profil und langes, dickes, lockiges Haar. Neben seiner Vorliebe für die Musik der zwanziger und dreißiger Jahre (die Band verdankte Roy Fox sehr viel) hatte er eine Schwäche für ausgefallene Kleidung. Bei dem Treffen in Soho war er wie eine Figur aus *South Pacific* gekleidet gewesen. Heute abend trug er ein pink- und cremefarben gestreiftes Jackett und cremefarbene Flanellhosen. Er sah wirklich gut aus, auch wenn sein Aufzug manchmal ein wenig lächerlich wirkte.

»Hallo, Frances. Ich dachte mir schon, daß ich Sie hier finden würde.« Er kam ihr über die Tanzfläche entgegen. Der Boden knarzte unter seinen cremefarbenen Lederschuhen. »Ich habe gerade mein Zeug bei meiner alten Dame abgeladen, so daß ich es morgen früh gleich aufbauen kann. Wie geht es Ihnen?« Er legte einen Arm um ihre Schultern und küßte sie auf die Wange.

»Ant! Was für eine Überraschung.«

»Ich habe Ihnen noch eine Kassette gebracht. Mit ein paar neuen alten Titeln drauf, die wir in unser Repertoire aufgenommen haben. Wollen Sie mal hören?« Er steckte die Kassette in den Recorder. Bevor er einschaltete, sah er sich bewundernd in dem Zelt um. »Also, ich muß schon sagen. Das wird einfach phä-no-menal. Toll, Frances.«

»Ach, es ist doch noch lange nicht fertig. Der ganze Blumenschmuck ...«

»Ich sehe es jetzt schon vor meinem geistigen Auge. Einfach umwerfend.«

»Ich fürchte bloß, daß es morgen abend schütten wird und alles buchstäblich ins Wasser fällt.«

»Es wird nicht regnen, glauben Sie mir.«

»Woher wollen Sie das wissen?«

»Ich weiß es eben.« Er setzte eine so ernsthafte Miene auf, daß Frances lachen mußte. »Hier, hören Sie sich das an.« Er schaltete den Kassettenrecorder an. Eine einschmeichelnd nostalgische Melodie ertönte so leise, daß Frances immer noch den jetzt heftiger einsetzenden Regen hörte. »Sie können sich vorstellen, wie das wirken wird. Die älteren Herrschaften werden alle ihrer Jugend ein paar Tränen nachweinen.«

»Genau, ganz genau.«

Frances wiegte sich in ein paar altmodischen Tanzschritten. Ant trat bewundernd einen Schritt zurück.

»Einfach toll«, sagte er.

Der gelb schimmernde Rasen wechselte seine Farbe in das säuerliche Grün von Unterwasserpflanzen. Hier unter dem Zeltdach war die Atmosphäre stickig wie die Luft in einer Scheune. Für Frances, die jetzt schneller tanzte, sah Ant aus, als sei er unter Wasser. Seine Silhouette wurde unscharf. Er bewegte sich auf sie zu, körperlos wie Seegraswedel. Frances blieb stehen. Ihr war schwindlig. Er legte eine Hand auf ihren Arm. Die Musik spielte weiter.

»Sagen Sie mal, meinen Sie, es wäre in Ordnung, wenn der Bandleader mit der Gastgeberin ein Tänzchen wagte? Wenn der Schwof zu Ende geht, natürlich. Nichts Unangebrachtes. Ich mache das manchmal so.«

Frances spürte, daß sie errötete. »Natürlich«, stimmte sie zu.

In diesem Augenblick kam Toby in das Zelt und betrat den Tanzboden, der unter seinem Schritt lauter knarzte als unter Ants.

»Liebling«, sagte Frances, »das hier ist Ant Cellar, der Bandleader.«

»Freut mich.«

Ant schaltete die Musik ab. Die Männer gaben sich die Hand.

»Ich habe eine neue Kassette mit unserer Musik vorbeigebracht«, erklärte Ant.

Toby tastete ihn mit den Augen wie mit einer Suchlampe von oben bis unten ab.

»Gut, gut«, murmelte er dabei.

Es donnerte – ein schauriger Applaus aus dunklen Wolken.

»Es wird schütten«, jammerte Frances.

»Ich habe Ihrer Frau gerade versichert, daß es nicht regnen wird.«

»Ihr Wort in Petrus' Ohr«, antwortete Toby.

»Also, ich muß mich vom Acker machen, Leute. Bis morgen dann.«

Winkend eilte Antony Cellar aus dem Zelt.

Frances sah Toby an und lachte.

»Aber seine Musik ist gut«, sagte sie.

»Schön«, erwiderte Toby. »Du weißt, ich verlasse mich in solchen Dingen ganz auf dich. Das Abendessen ist seit zehn Minuten fertig.«

»Oh, tut mir leid, Tobes.«

Frances hüpfte vor ihm her, die Terrassenstufen hinauf – alle unter dem Zeltdach – und durch die Terrassentüren in das Wohnzimmer.

Toby folgte ihr gemächlichen Schrittes. Sein engster

Lebensraum war ihm unter den Füßen weggezogen worden. Er erkannte sein eigenes Haus und seinen Garten nicht wieder. Ein monströser Eingriff. Er sehnte sich nach dem Wald. Es donnerte wieder, der Regen schlug gegen die Zeltwände. Blödes Fest, dachte er und beneidete die Dachse, die sich in ihren Bau zurückziehen konnten.

Der Donner, der sich aus den dicken Wolken entlud, weckte Thomas aus tiefem Schlaf auf einem Rastplatz in der Nähe von Newmarket.

Er hatte mit dem Kopf auf den Armen, die er gekreuzt über das Lenkrad gelegt hatte, geschlafen. Der Regen peitschte gegen die Windschutzscheibe. Ein quälender Kopfschmerz trübte seine Sinne. Als das häßliche Bild von vor ein paar Stunden langsam wieder zurückkam, wußte er sofort, daß er irgendwie wieder nach London zurückfahren mußte und in seinen Club gehen würde. Er wollte nur etwas zu essen, etwas zu trinken und seine Ruhe, damit er wieder zu sich kommen würde. Es kam nicht in Frage, Rachel etwas von abgesagten Besprechungen zu erzählen. Er mußte allein schlafen, er mußte schlafen, bis ihm eine Lösung einfiel. Und irgendwie mußte er alle seine Energien zusammenraffen, um dem Ball morgen abend bei den Farthingoes durchstehen zu können. Dieses blöde Fest auch noch zu allem Überfluß, dachte er und ließ lustlos den Motor an.

Der Gewittersturm war um Mitternacht vorbei. Am nächsten Morgen glitzerte das Gras, das nicht von dem Zeltbau bedeckt war, in einem opalenen Licht, das späteren Sonnenschein erhoffen ließ. Blütenblätter bedeckten den feuchten Boden der Rosenbeete. Frances' Hoffnungen auf einen schönen Abend kehrten zurück.

Heute hatte sie sehr viel mehr zu tun. Eine Party in dieser Größenordnung zu organisieren, zuzusehen, daß alles perfekt lief, bedeutete, ständig geistige Purzelbäume zu schlagen, um alle unerwartet auftauchenden Probleme zu lösen. Die

Floristin brauchte ein Kopfschmerzmittel, Miß Hubbard, die Schneiderin, die vier Dutzend pinkfarbene Tischtücher angefertigt hatte, verschüttete vor Aufregung über eines ihren Kaffee und stellte sich ganz untypisch ungeschickt an, als es darum ging, kaltes Wasser und ein Bügeleisen zu holen. Eine kleine Panik stieg auch angesichts der wichtigen Frage auf, ob genug Eis bestellt worden war. Und wo war das Schleifenband, das gekauft worden war, um die dünnen Stämmchen der Lorbeerbäume mit Schleifchen zu schmücken? Wir brauchen noch mehr Leitern, Mrs. Farthingoe, wenn die Lämpchen im ganzen Garten verteilt werden sollen. Mrs. Farthingoe, einen Augenblick, bitte ...

Irgendwann flitzte Toby vorbei und sagte, er ginge mit Fiona zum Mittagessen in ein Pub – es wäre doch sicher am besten, wenn sie beide aus dem Weg wären. Ant Cellar, heute in lilafarbenem Satinhemd und Wildlederjeans, kam am frühen Nachmittag mit zwei Helfern vorbei, um die Instrumente aufzubauen und die Mikrofone zu überprüfen. Das Mädchen, das beauftragt war, das Musikerpodium mit Hortensientöpfen zu verschönern, kriegte sich mit dem Bandleader in die Haare. Ihre Pötte würden zuviel Platz wegnehmen, sagte er. Sie hätte den Auftrag, konterte sie. Mrs. Farthingoe, könnten Sie mal bitte ...

Frances hatte keine Ahnung, wie spät es war. Die Sonne stand hoch und brannte ziemlich herunter. Ant und Frances gönnten sich eine Pause im Schatten einer Zeder und teilten sich eine Dose Cola.

»Sieht aus, als würde das 'ne richtig tolle Party«, stellte er fest und legte sich auf seine Ellbogen zurück. Malerisch fielen ihm ein paar Haarsträhnen ins Gesicht. »Sie haben das alles selber organisiert? Oder hatten Sie einen professionellen Partyservice? Mit den Leuten haben wir normalerweise immer viel Ärger.«

»Ich habe alles allein gemacht.« Frances versuchte, bescheiden zu klingen.

»Einfach toll. Wie ich schon gestern sagte – einfach toll. Sie haben offensichtlich ein Händchen dafür und viele gute Ideen.«

»Ach, ich weiß nicht.«

»Glauben Sie mir nur.« Ermunternd drückte er ihren Fußknöchel.

»Aber es freut mich, daß Sie das sagen, denn ich möchte Sie nämlich etwas fragen.« Frances bewegte ihren Fuß nicht. »Ich habe mir überlegt, daß ich gern so etwas beruflich machen möchte, zum Beispiel als Designerin oder als Produzentin oder so. Vielleicht beim Film. Kennen Sie vielleicht irgend jemanden?«

Ant seufzte tief. Schweigend dachte er lange Zeit nach.

»Nun, ja und nein«, sagte er. »Mein Bereich sind Partys und ein paar Musikaufnahmen. Aber ich habe eine Idee.« Er klopfte auf ihr Knie. »Warum organisieren Sie nicht professionell Partys? Extravagantes auf Kosten anderer. Und je mehr Sie verlangen, um so besser, glauben die Leute, sind Sie. Glauben Sie mir.«

Frances schwieg eine Weile und versuchte, die kleine Enttäuschung zu verdauen. Sie hatte sich vorgestellt, Ant hätte ihr was Großartigeres zugetraut als Partys zu organisieren.

»Keine schlechte Idee – zumindest wäre das ein Anfang«, sagte sie schließlich.

»Dabei gibt es natürlich immer die Chance, daß jemand wie Spielberg unter den Gästen ist, der hingerissen ist von Ihrer Arbeit und Sie sofort für seinen nächsten Film engagiert.« Er war so rührend überzeugend. »Sie haben eine Menge drauf, Frances«, fügte Ant hinzu. Er setzte sich hin und drückte die Coladose mit dem Daumen zusammen. »Jedenfalls müssen wir darüber noch mal ausführlicher sprechen. Ich kann Ihnen viele Menschen nennen, die aufwendige Einladungen geben. Könnte ja mal Ihren Namen fallen lassen, einfach sagen, wir arbeiteten gern zusammen.«

Frances lächelte und fühlte, wie sie rot wurde. Sie war froh um den Schatten.

»Das wäre sehr nett«, bedankte sie sich.

»Ich könnte Sie nächste Woche anrufen.«

»Gut. Vielen Dank.«

Dann hörte sie, daß sie dringend im Zelt gebraucht wurde. Sie sah, daß Ant sichtbar tief seufzte. Aber er sprang sofort auf und streckte ihr die Hand entgegen, um ihr hochzuhelfen.

»Bis später dann«, sagte er und sah sie dabei mit einem intensiven Blick an, den sie nicht deuten konnte. »Ich freue mich.«

»Ich habe den ganzen Krempel mitgebracht, Schätzchen«, sagte Rosie Cotterman zu ihrem Sohn, als sie neben ihm den Weg zum Haus entlangging. »Ich habe Arnolds Smaragd-armband, Philips Diamantenhalskette und Michaels Saphir-ohrringe mitgebracht.«

»Du lieber Himmel, Mutter. Wo sind deine Leibwächter? Es ist doch nur ein ländliches Fest.«

»Vielleicht das letzte, zu dem ich gehe. Dann verkloppe ich alles. Serena macht sich nichts aus Schmuck.« In Ralphs trister Küche legte sie ihr Stiefmütterchenkleid über ein Tischende und freute sich, eine Kanne Tee und zwei Tassen am anderen Ende stehen zu sehen. »Oh, was für ein guter Junge du doch bist. Die Fahrt war so lang, Mary ist eine ängstliche Fahrerin, und dann ihre verrückte Idee, irgendwo ein Picknick zu machen.« Sie setzte sich und schenkte Tee ein. »Wenn du nicht – ich bin jetzt wieder beim Schmuck, du verstehst schon –, wenn du nicht bald eine hübsche Frau findest, solange ich die Versicherung noch zahlen kann, werde ich ihn verkaufen müssen, Ralphie. Kann ich mir da Hoffnung machen?«

»Mutter, bitte, fangen wir nicht wieder damit an. Wie ich dir schon immer gesagt habe, ich werde nicht heiraten.«

»Ist das ein endgültiger Entschluß? Das klingt so schrecklich endgültig, Ralphie.«

»Wenn nicht etwas Unvorstellbares passiert, ja.«

»Ich kann mich einfach nicht mit der Vorstellung anfreunden. Ich hätte so gern ein halbes Dutzend Enkel.«

»Das tut mir leid. Da mußt du dich an Serena halten.«

»Serena! Einunddreißig und keinen festen Freund, soviel ich weiß.«

»So ist das eben heutzutage.«

»Eure Generation ist ja wirklich arm dran. Wir scheinen viel mehr Spaß gehabt zu haben. Jede Menge Männer, die einem die Tür aufgehalten und einen nach Strich und Faden verwöhnt haben …«

»Bei dir …«

»Ich war nicht besonders …«

»Ich weiß ganz sicher, daß du es sehr wohl warst. Unwiderstehlich und unbezähmbar.«

»Das sagst du immer, Ralphie!« Rosie lachte fröhlich. »Also, ich habe beschlossen, heute abend mache ich einen letzten Versuch. Ich werde alle Register ziehen, zu jedem jungen Mann, den ich kennenlerne, reizend sein und mich dann für immer in mein Haus zurückziehen.«

Rosie sprang vom Tisch auf, holte ihr Kleid vom anderen Ende des Tisches und hauchte ihrem Sohn dabei einen nach Tee riechenden Kuß auf die Schläfe.

»Es ist genug Wasser im Tank für ein richtig schönes Bad, wenn du möchtest. Ich hatte meines heute früh«, sagte er.

»Ralphie, du bist ein Engel.«

Eine Stunde später fand Ralph seine Mutter im Garten, wo sie Unkraut bei den Stockrosen ausrupfte. Sie stand auf – die Hände voller trockener Erde, das seidige Stiefmütterchenkleid eng an ihrem schmalen Körper anliegend. Überall funkelten Diamanten, und die topasfarbenen Augen waren ausnahmsweise mit Wimperntusche betont. Ralph war einen Augenblick sprachlos. Es war, als würde ihm die Zeit einen Streich spielen. Sie sah genauso aus, wie er sie aus seiner Kindheit in Erinnerung hatte, wenn sie in sein Zimmer kam, ehe sie ausging, um ihm gute Nacht zu sagen – die schönste Frau, die ihm je begegnet war.

»Kann ich so gehen?« fragte sie.

»Du siehst umwerfend aus.«

»Um die Sechzig, Ralphie, das ist dir doch klar?«

»Unglaublich. Mußt du dir nicht die Hände waschen?«

Rosie betrachtete ihre staubigen Finger und zuckte mit den Achseln. Dann klopfte sie die Hände an ihrem Kleid ab.

»Laß uns gehen«, sagte sie und nahm den Arm ihres Sohnes. »Jetzt, wo ich da bin, freue ich mich darauf.«

Er führte sie den lavendelbewachsenen Weg entlang. Am Wagen öffnete er ihr mit übertriebener Galanterie die Tür, mit einer Geste, die sie noch aus ihrer Jugend kannte und an die sie der heutige Abend vielleicht erinnerte.

Im Schlafzimmer der Arkwrights betrachteten sich Thomas und Rachel auf die leicht verwunderte Weise, wie es verheiratete Paare tun, wenn sie sich für ein Fest zurechtmachen. Thomas knöpfte seine Smokingjacke zu, fand sie um die Taille herum viel zu eng und knöpfte sie wieder auf.

»Eingegangen bei der Reinigung«, kommentierte er.

Er nestelte an seinen Manschettenknöpfen und an seiner Fliege herum.

Er war über sich selbst überrascht gewesen, wie gut er das gestrige traumatische Erlebnis verkraftet hatte. Nachdem er in seinem Club zwölf Stunden geschlafen hatte, hatte sich zumindest oberflächlich eine Ruhe bei ihm eingestellt. Momentan konzentrierte er sich darauf, den heutigen Abend einigermaßen gut durchzustehen, obwohl er nicht gern hinging, und nächste Woche einen neuen Anlauf in Richtung Norfolk zu machen.

»Es ist schon eigenartig«, sagte Rachel, »ich erinnere mich, daß ich an dem Morgen, an dem die Einladung von den Farthingoes kam, richtig scharf darauf war, da hinzugehen. Und jetzt habe ich nicht die geringste Lust dazu.«

»Ich auch nicht«, stimmte ihr Thomas zu. »Ich gäbe alles für einen ruhigen Abend.«

»Du siehst auch richtig müde aus.«

»Die ewige Fahrerei.«

Rachel betrachtete sich mit wenig Interesse im Spiegel. In

ihrem Bemühen, jegliches Zeichen von Verfügbarkeit an diesem Abend – und für immer und ewig – zu vermeiden, hatte sie sich wenig Mühe mit ihrem Äußeren gegeben. Kein neues Kleid – das gute, alte schwarze war bequem und würde wenigstens kein Eigenleben entwickeln. Die Haare hatte sie sich selbst gewaschen, und sie trug die Rubinohrringe, weil sie vergessen hatte, sie zur Bank zurückzubringen. Aber ansonsten keinen Schmuck.

»Wir sollten jetzt losfahren.«

Widerwillig stand sie auf. Thomas klopfte ihr auf die Schulter.

»Du siehst ziemlich gut aus, altes Haus«, sagte er.

Rachel strich über den stumpfen Rockstoff. »Ist sicher schon fünfzehn Jahre alt.«

»Gefällt mir besser als das goldene.«

»Das war ein Irrtum.« Sie lächelten beide. »Komm jetzt.«

Thomas folgte ihr im Windschatten des Hyazinthendufts, den sie ausströmte, nach unten. Sie nahm dieses Parfum, seit er sie kannte. Die Vertrautheit war irgendwie tröstlich. Er hatte Glück, dachte er, daß sie seinen dummen Vorschlag, jeder solle seinen eigenen Weg gehen, einfach ignoriert hatte … In den schwierigen Monaten, die vor ihm lagen, wenn er sich um Rosie bemühen würde, würde er froh sein, wenn er immer wieder zu Rachel zurückkommen konnte. Eigentlich konnte er sich ein Leben ohne seine Frau überhaupt nicht vorstellen.

Für Mary Lutchins, eine Frau ohne jede Eitelkeit, war das Umziehen für eine Party ein lästiges Unterfangen, auf das man möglichst wenig Zeit verschwenden sollte. Dennoch war sie lange vor Ursula und Martin fertig. Sie hatte in der Küche ihrer Tochter inzwischen das Teegeschirr abgewaschen, ohne Rücksicht auf ihr altes rubinrotes Samtkleid, und mit Sarahs King Charles Spaniel Flapper gespielt, dessen weiße Haare sich bald wie ein Hermelinbesatz auf dem Rock verteilten. Als Martin in die Küche kam, stand sie vom Boden auf, wo sie den

Welpen am Bauch gekrault hatte, und verkündete: »Ich habe mich entschlossen, mit meinem eigenen Wagen zu fahren.«

»Wie bitte?« Martin war entsetzt über die Ankündigung seiner Schwiegermutter. Er kannte ihre Fahrkünste.

»Ich möchte einfach nur unabhängig sein, wenn es euch nichts ausmacht. Vielleicht möchte ich ja früher gehen. Ich will sicher sein, daß ich gehen kann, wann immer mir danach zumute ist, ohne daß ich irgend jemandem den Abend verderbe.«

»Wir bleiben sicher nicht lange.«

»Vielleicht ja doch. Sicher wird es ein wunderbares Fest. Wie auch immer, ich bleibe dabei.«

»Na gut, wenn du darauf bestehst. Aber laß mich dich wenigstens hinfahren. Ursula kann in deinem Wagen nachkommen.«

»Gut. Damit kann ich leben. Und das heißt auch, daß ich mir jetzt einen kleinen Drink genehmigen kann und später nichts mehr.«

Martin holte ihr ein kleines Glas niedrigprozentigen Whisky. Wie hübsch sie doch im rötlichen Licht der Küche aussah: weich geschminkte Augen, Grübchen, weißes, lockiges Haar. Irgendwie sah sie seit Bills Tod jünger aus. Die unerklärliche Anspannung, die sich immer in ihrem Gesicht abgezeichnet hatte, war verschwunden. Ursula meinte, es war, weil sie einfach von der neurotischen Angst, sie könne vor Bill sterben und ihn hilflos zurücklassen, befreit war. Martin hatte davon nie etwas bemerkt. Natürlich würde Mary mit niemandem über so etwas sprechen, auch nicht mit Ursula.

»Ich hoffe, es wird lustig«, sagte Mary und nahm den Drink. »Eigentlich wollte ich gar nicht kommen. Es war nur, weil das Fest eines der Dinge war, die ich noch mit Bill besprochen hatte, und Bill meinte, an solchen Plänen sollte man auf jeden Fall festhalten … Deshalb habe ich mich entschlossen, mit Rosie hierherzukommen. Ich glaube, es ist die letzte Verpflichtung, die wir gemeinsam beschlossen haben. In Zukunft muß ich die Entscheidungen selber treffen, ohne daß ich es mit jemandem besprechen kann. Ziemlich seltsames Gefühl, daran muß ich mich wohl erst gewöhnen.« Sie lachte und sah aus dem Fenster. »Sieh doch. Da ist Ursula.«

Ursula klaubte im Garten Kissen und Bücher zusammen. Ihr weißes Organzakleid hatte große, schwarze Punkte und einen Rock mit dreistufigen Rüschen. Als sie sich umdrehte, sahen Martin und Mary am Rücken des Kleides riesige pomponartige Knöpfe, wie bei einem Clown.

»Ich sollte ja nichts sagen, weil sie meine Tochter ist«, sagte Mary, »aber, nun ja …«

»Ich habe allen Grund, mir als Ehemann etwas auf sie einzubilden«, stimmte ihr Martin zu.

Ursula winkte ihnen mit der freien Hand zu. Die Sonne blendete. Die Konturen ihres Clownkleids und ihrer wilden Haarmähne verschwammen.

»Ich komme«, rief sie und kam im schimmernden Licht auf sie zu.

»Ich wollte, Bill wäre hier, um sie zu sehen«, sagte Mary. Sie leerte ihr Glas mit angeekeltem Gesicht, so als hätte sie eine bittere Medizin schlucken müssen.

Trotz minutiöser Planung gab es so viele Entscheidungen in letzter Minute zu treffen, daß sie beinahe den Augenblick verpaßt hätte, auf den sie so sehnlichst gewartet hatte: ihren Auftritt am oberen Treppenabsatz. Sie mußte sich mehr, als ihr lieb war, beim Anziehen beeilen. Ein leichtes Zittern machte ihre Finger ungeschickt. An der Frisierkommode stocherte sie wieder einmal an ihren Ohrläppchen herum, um das Loch für die Ohrringe zu finden. Sie war dankbar, daß Toby sich den ganzen Tag nicht hatte blicken lassen. Taktvoll war er ihr aus dem Weg gegangen und hatte Fiona beschäftigt. Er hatte sich frühzeitig umgezogen, das Badezimmer viel ordentlicher als üblich hinterlassen und war jetzt unten, um mit Luigi »die Bar zu inspizieren«. Sie hoffte, er würde unten sein, wenn sie oben auf der Treppe erschien.

Endlich waren die Ohrringe an ihrem Platz. Es waren zwei

glitzernde Wasserfälle, die bei genauerem Hinsehen in Form einer Forelle gestaltet waren. (Was für ein Glücksfall, so etwas zu finden. Frances hatte nicht widerstehen können, sie sofort zu kaufen.) Sie warf ihr Haar zurück und erlaubte sich einen Augenblick der Bewunderung ihres Spiegelbilds. Dann bewegte sie sich in kleinen Trippelschritten über den pfirsichfarbenen Teppich, so wie es eben das Meerjungfrauenkleid erlaubte. Der letzte Augenblick vor dem großen spektakulären …

Frances schob sich langsam bis zum Treppenabsatz vor und lehnte sich über die Brüstung, um nach unten schauen zu können. Von hier oben sah sie die riesige Blumenschale auf dem Tisch, Chrysanthemen in genau dem gedeckten Rosa, wie sie es gewollt hatte. Bei einem Gärtner in Somerset hatte sie sie aufgetrieben. Aber sonst war nichts zu sehen. Keine Spur von Toby. Verdammt noch mal. Wo war er? Frances hatte ihn nicht rufen wollen. Sie wollte, daß er einfach da war. Aber auf der großen Standuhr war es fünf Minuten vor acht – sie mußte ihn also rufen, wenn sie noch einmal alles kontrollieren wollte, ehe die ersten Gäste ankamen.

Toby kam mit Fiona an der Hand aus dem Wohnzimmer. Mit ihrer Tochter hatte sie bei dieser Schlüsselszene nun wieder nicht gerechnet. Nur jetzt nicht anmerken lassen, daß sie dadurch irritiert war.

»Ja?« Toby sah nach oben.

Frances versuchte langsam nach unten zu schweben und sich dabei nicht anmerken zu lassen, wie schwierig es war, sich überhaupt fortzubewegen. Mit einer Hand hielt sie sich am Geländer fest. Der Rock würde auch nicht die kleinste Trittunsicherheit tolerieren. Auf halbem Weg legte sie eine Pause ein.

»Nun?« sagte sie.

Toby rang nach Fassung. Im Gegenlicht der Abendsonne, die durch die aufwendig gestalteten Treppenabsatzfenster hereinfiel, sah er seine Frau in einen absurden Fisch verwandelt. Sie schien in einer Haut aus glitzernden Schuppen, Pailletten und Perlen zu stecken, die sich unten zu einem chiffon-artigen Saum in Form eines Schwanzes weitete ... Konnte es denn wahr sein?

»Mom, was um alles in der Welt ist das?« platzte Fiona heraus.

Toby drückte rasch ihre Hand.

»Liebling«, sagte er und suchte nach einem passenden Adjektiv. »Umwerfend. Komm herunter. Ich möchte sicher sein, daß mir meine Augen keinen Streich spielen.«

Frances lächelte. Nachdem sie so lange die Luft angehalten hatte, atmete sie jetzt hörbar zitternd aus. Offenbar hatte sie den Test bestanden. Toby, der mit seinen Äußerungen eher zurückhaltend war, außer wenn ihn die Eifersucht überkam, war einverstanden. Er fand es wirklich gut, dachte sie. Das konnte sie an seinem erstaunten Gesicht sehen.

Als sie sich schließlich Auge in Auge gegenüberstanden und er sich nicht traute, weiter nach unten als bis zu ihrem Hals zu schauen, fiel Toby auf, daß sie mit ihrem spitzen Kinn gleichermaßen gerissen und schön aussah. Ihr einfach geschnittenes Gesicht, das zu lange Haar, das sie sich auf keinen Fall schneiden lassen wollte, die außerordentlich ordinären Ohrringe, die auf ihren Wangenknochen kleine Lichtreflexe bildeten, die immer sichtbare Narbe auf dem blassen Ohrläppchen ... Er küßte sie kurz auf die Stirn, schuldbewußt ob seiner wochenlangen verschwiegenen Häme, seiner mangelnden Begeisterung und seiner Angst vor diesem Augenblick.

»Ich denke, es läuft alles wunderbar«, sagte er.

Frances, hochbeglückt, fühlte, wie ein kleiner Finger zwischen den kostbaren Pailletten herumstocherte.

»Hör sofort auf!« rief sie. »Fiona!«

Fiona zog die Hand rasch zurück. Sie bekam rote Wangen.

»Tut mir leid«, entschuldigte sie sich. »Ich wollte nur sagen, daß mein Kleid doch nicht ganz so schrecklich ist.«

»Gut.«

Frances war schroff. Nach all dem Wirbel hatte sie nun wirklich keine Lust, ihrer Tochter zu sagen, daß sie hübsch aussah, wenn sie es nicht tat. Das Mädchen war jetzt schon sauertöpfisch, und das würde im Laufe des Abends kaum besser werden. Frances bückte sich und küßte Fiona auf die Wange – eine gestelzt wirkende Geste, wie bei einer Braut, die versucht, pflichtgetreu ihre Zuneigung zu zeigen, aber dabei auf keinen Fall ihr Make-up verschmieren möchte.

»Laß uns noch einmal einen Rundgang machen, ehe die Gäste kommen«, schlug sie vor und nahm Tobys Arm.

Sie gingen in den Salon – Armsessel und Sofas waren an die Wände geschoben, auf den Tischen standen stattliche Liliensträuße, deren strenge Stiele mit duftigen Waldrebenranken aufgelockert waren. Dann weiter durch die offenen Terrassentüren auf die überdachte Terrasse. Dort waren weiße Korbstühle zwischen die Rosenbeete plaziert (Maidens Blush und Félicité Perpetué hatten auf wunderbare Weise den gestrigen Sturm überlebt und nur dekorativ ein paar Blütenblätter auf den Steinplatten verteilt). Die Lorbeerbäumchen, hübsch aufrecht in ihren weißen Töpfen, mit rosa Schleifen um ihre dünnen Hälse, standen wie kleine Wachposten in den verschiedenen Ecken. Von hier aus würde man abends die beste Aussicht auf das Ereignis haben.

»Sieh doch«, drängte Frances und drückte Tobys Arm.

»Ich schau ja«, antwortete Toby.

»Es ist super, Mom«, sagte Fiona. »Obwohl ich es ohne Brille nicht so besonders gut sehen kann.«

Frances tippelte an den Rand der Terrasse und betrachtete den Höhepunkt ihres Werkes. Der auf Hochglanz polierte Parkettboden war auf ihre Anordnung hin mit erheblichem Aufwand mit Inseln angelegt worden, wie Blumenbeete im Rasen, in die Säulen gesetzt wurden. Diese ragten hoch hinauf bis unter das Zeltdach. Sie waren dicht umkränzt mit kleinblättrigem Efeu, der gerade grünlich blühte – in wenigen Tagen würden sich die Blüten schwarz färben. Am oberen Ende der Säulen schwebten riesige Körbe, aus denen zusammen mit anderem Grün lange Brombeerranken flossen (mit leuchtend violetten Früchten) und Schleifen aus rosa Bändern, die zur nächsten Säule hinüberführten. Es hatte also doch funktioniert, dachte Frances. Die Blumendecke war ihr ehrgeizigstes Projekt in letzter Minute gewesen. Die Floristen hatten sich zunächst massiv dagegen ausgesprochen. Sie hielten die Idee für unpraktisch und schlichtweg nicht machbar. Aber sie hatte recht behalten, wie sie letzten Endes auch zugeben mußten. Die Gäste des Farthingoe-Balls würden unter eine Decke aus Bändern und frischem Grün tanzen. Frances hoffte, daß einige von ihnen das auch bemerken würden.

Sie ließ ihren Blick über weitere Triumphe schweifen. Der grau-weiß gestreifte Stoff an den Seiten des Zelts schuf genau den Eindruck, der ihr vorgeschwebt hatte – huschende Schatten vor riesigen Gebinden aus Rosen, Lilien und Chrysanthemen, die mit kunstvoller Nachlässigkeit in cremefarbenen Porzellanamphoren (Ramschware, erstanden beim Verkauf eines Landhauses in Derbyshire, ein weiteres Schnäppchen) aufgestellt waren. Niemand würde ahnen, wie viele Kilometer sie gefahren war, wie oft sie lange und verzweifelt gesucht hatte, um das zu finden, was sie sich vorgestellt hatte, Hunderte von Stunden, in denen sie auch das kleinste Detail intensiv durchdacht hatte …

»Nur ein klein wenig über dem Budget«, sagte sie mit stolzem Blick auf ihr Werk. Sie spürte, daß Toby neben ihr stand.

»Schon gut. Es ist wunderbar.«

Das Musikerpodium war von so viel Grünzeug und rosafarbenen Blumen umkränzt, daß es Toby an eine Shakespeare-Kulisse erinnerte. Einige Musiker stimmten ihre Instrumente.

Der wundersame Klang der Posaune und der Klarinette ließ Frances erschaudern, so wie es das Jagdhorn getan hatte, als sie ein Kind war. Sie bekam eine Gänsehaut. Sie sehnte sich nach der Musik.

Toby war ihr die Treppen hinunter vorangegangen, um die andere Hälfte des Zelts zu inspizieren, wo auf zwei Dutzend runden Tischen alles für das Abendessen vorbereitet war. Frances fehlte der stützende Arm Tobys, und so hielt sie sich an Fionas Schulter fest und humpelte ihm nach. Eine verrückte Sekunde lang überlegte sie ernsthaft, ob sie nicht nach oben flitzen und sich eines der alten Kleider anziehen sollte, in denen sie sich immer wohl gefühlt hatte. Vielleicht war die Idee mit der Nixe ein großer Fehler gewesen. Aber sie wußte, daß dafür wahrlich keine Zeit war. Die Gäste würden schließlich von ihr erwarten, daß sie etwas Neues und ganz Besonderes anhatte. Ganz zu schweigen von Miß Hubbard, die so viel Arbeit in das verfluchte Kleid gesteckt hatte. Sie half heute abend an der Garderobe mit und wäre zu Tode beleidigt, wenn Frances etwas anderes anziehen würde.

Immer noch an die Schulter ihrer Tochter geklammert, tippelte Frances über das Parkett und folgte Toby durch den Bogen zu den Gitterparavents, die den Essensbereich von der Tanzfläche trennten. Dort war die Luft erfüllt von fast sichtbaren, fast greifbaren warmen Düften der Gardenien, Rosen und des Sommerjasmins.

Frances sah mit Wohlwollen, daß Toby wie in Trance zwischen den Tischen stand. Einen Augenblick lang sah er in ihren Augen wie ein kleiner Frosch aus, der sich völlig verwirrt in einem Teich voller Seerosen wiederfindet. Sie mußte lächeln bei dem Gedanken.

»Mom, sie sagten, für jeden der Tische haben sie eine Stunde gebraucht«, sagte Fiona, die jetzt die Hand ihrer Mutter hielt.

Das war bestimmt nicht übertrieben.

Die Tischdecken in gedecktem Rosa waren unter den überladenen Aufbauten fast nicht mehr zu sehen. In der Mitte jeden Tisches stand eine Glasschüssel mit Gardenien und rosafarbenen Rosen, eingerahmt von vier cremefarbenen Kerzen in silbernen Leuchtern. An jedem Platz lagen eine ganze Reihe von silbernen Messern und Gabeln, eingerahmt von dünnstieligen Gläsern. Die cremefarbenen Ablageteller mit dem pinkfarbenen Schlüsselmuster hatte sie in Edinburgh aufgetrieben und dazu die passenden Damastservietten anfertigen lassen. Die Tischkarten waren mit Sepiatinte auf

Urkundenpergament geschrieben. Um auch das perfekt zu machen, hatte Frances sechs Stunden in Kalligraphie genommen.

Jetzt waren sie und Fiona bei Toby angekommen.

»All diese vielen Kleinigkeiten«, sagte er. Frances glaubte Bewunderung in seinen Worten zu hören.

»Das ist es, worauf es ankommt«, sagte sie bescheiden.

Von der anderen Seite der Paravents jammerte eine Klarinette die Tonleiter hinauf und wieder herunter.

»Wir müssen gehen«, fügte sie hinzu.

Dann machten sie sich auf den Rückweg durch den Bogendurchgang auf die Tanzfläche. Das Gitterwerk der Abtrennungen war so dicht mit Blättern und Blumen dekoriert, daß man die Band nur durch den Bogen sehen konnte. Frances hatte sich überlegt, daß die Gäste in der Lage sein sollten, sich trotz Musik und Tanzpaaren in unmittelbarer Nähe unterhalten zu können. Sie hatte durch kleine Lücken im Blattwerk das Kommen und Gehen auf dem Musikpodium beobachtet. Jetzt, da sie wieder auf der leeren Tanzfläche war, sah sie, daß alle Bandmitglieder ihre Plätze eingenommen hatten. Sie trugen weiße Smokingjacken und sahen aus wie Miniaturausgaben des Bandleaders. Mr. Cellar höchstpersönlich, der große Meister, verbeugte sich vor Frances und hob seinen Taktstock. Nach einem großen Tusch erfüllten die Klänge von *The Very Thought of You* das leere Zelt. Frances, deren Nervosität mit einem Schlag verflogen war, lachte laut.

So ein Widerling, dachte Toby, als er Cellars unterwürfiges Lächeln sah. Aber tolle Musik. Das mußte man ihm lassen.

Ant Cellar ließ seine Augen nicht von Frances und lächelte sie an. Sie entfernte sich von Toby und Fiona und wiegte sich in den Hüften. Dabei glitzerten die Pailletten an ihrem Kleid so sehr, daß sie Toby blendeten, der eigentlich nicht hinsehen wollte. Peinlich berührt mußte er miterleben, wie seine Frau ganz allein auf der Tanzfläche ihre Füße geschickt unter dem Rüschenschwanz bewegte und dazu mit den Armen wedelte wie eine Ballettänzerin, die die Kunst der Zurückhaltung nicht gelernt hatte. Der Anblick amüsierte den ekligen Mr. Cellar ganz offensichtlich. Lachend beschleunigte er das Tempo, so daß Frances sich verpflichtet fühlte, ihren schrecklichen Auftritt fortzuführen.

Glücklicherweise kam in diesem Augenblick Luigi – auf eigenen Wunsch als Gondoliere gekleidet, damit jeder seine Position als Kapitän des Personals erkennen sollte – mit wild fuchtelnden Armen und besorgtem Gesicht auf die Terrasse gerannt. Frances brach sofort ihren Auftritt ab. Ant Cellar brachte die Band rücksichtsvoll auf ein Pianissimo herunter.

»Was ist los, Luigi?« Sie war so abrupt stehengeblieben, daß sie beinahe das Gleichgewicht verloren hätte. Eine der bekränzten Säulen gab ihr Halt.

»Mrs. Farthingoe! Die Gäste!« rief der völlig entnervte Luigi. »Sie schon gekommen ...«

Und tatsächlich kam das erste Paar schon hinter ihm her. Eine stattliche Frau in bürgermeisterlichem Satin, die beschlossen hatte, ihre Arme nicht zu bedecken, und ihr friedlich wirkender Ehemann.

Hätte ich mir denken können, daß die doofen Nachbarn als erste kommen, dachte Toby. Er eilte zu ihnen, nachdem er sich ausgerechnet hatte, daß es bei Frances mit ihrer eingeschränkten Bewegungsfreiheit erheblich länger dauern würde. Ant Cellar spielte jetzt *The Lady is a Tramp*. Fiona blieb, wo ihr Vater sie bei dem Bogendurchgang gelassen hatte. Sie beobachtete ihre Mutter, die Meerjungfrau, die leicht daneben zu sein schien und sich schlangenartig über den glänzenden Boden bewegte. Warum um alles in der Welt hatte sie sich entschlossen zu kommen, und wie würde sie die lange Nacht überstehen?

Als sich die dreihundert Gäste zum Abendessen setzten, hatten sie eine Dreiviertel Stunde lang ausgezeichneten Champagner getrunken. Thomas gehörte zu den Menschen, die am

Anfang immer sehr schnell tranken, weil sie wissen, daß es einiger Anstrengung bedarf, sich in einen wohlwollenden Geisteszustand zu versetzen. Nachdem er seinen Platz an einem Ecktisch nahe der Trennwand gefunden hatte, die den Eßbereich von der Tanzfläche abteilte, begann er, die Gäste einer genauen Prüfung zu unterziehen. Eine schreckliche Falle bei diesen Einladungen – ein Abendessen. Hatte einen der Gastgeber an einen schlechten Platz gesetzt, so war man für Stunden dort festgenagelt. Erst nach dem Kaffee konnte man sich wieder frei bewegen.

Seine Laune verbesserte sich gleich ein wenig, als er auf der anderen Seite des Tisches die Frau von dem Oxforder Abendessen sitzen sah – Rachel hatte damals neben ihrem Mann gesessen. Leider war der Tisch zu groß, als daß man sich mit seinem Gegenüber ordentlich hätte unterhalten können, aber vielleicht konnte er ja später ein wenig näherrücken. Zwar hatte er nicht das geringste Interesse an einer neuen Frau, war doch sein Herz so voll von Rosie. Aber sie war eben einfach die weitaus attraktivste Frau am ganzen Tisch ... Welcher Teufel hatte Frances wohl geritten, als sie beschlossen hatte, ihn zwischen die beiden zu setzen, die es sich rechts und links von ihm bequem machten?

Thomas rutschte leicht nach rechts, um die Tischkarte genauer zu betrachten: Marina Folks. Wahrscheinlich Mrs. Folks, nach dem Granatring in einer Fassung aus den fünfziger Jahren zu urteilen. Thomas' Augen wanderten von der Tischkarte langsam nach oben. Mrs. Folks hatte für diesen Abend ein vielfarbiges indisches Kleid mit einem Steppwestchen aus dem gleichen Material ausgewählt – so wie es Anfang der siebziger Jahre sehr populär gewesen war. Selbst Rachel hatte diese Kleider vor einigen Jahren ausrangiert. Er betrachtete ihr weißes Gesicht, die angeklatschten Haare, das kirschrote Lächeln.

»Ich komme aus Wendover«, sagte sie.

Thomas nahm zwei große Schlucke von dem sehr guten Weißwein und dachte dabei über die Bemerkung nach. Ein

Gespräch mit einer völlig fremden Person anzufangen war nie leicht. Mrs. Folks hatte, wie viele andere bei diesem lächerlichen Aufgebot von Menschen mittleren Alters, in dieser Hinsicht überhaupt keine Talente. Es wäre viel einfacher, viel weniger anstrengend und überhaupt viel angenehmer, wenn sie sich in diesem Augenblick in beiderseitigem Einverständnis darauf einigen könnten, daß ihre Bemerkung sowohl der Anfang als auch das Ende des Gesprächs sein sollte. Sie könnten ein Abkommen schließen, daß es absolut nichts brachte, für den Rest des Abendessens miteinander zu sprechen, und dann schweigend ihr Essen weiter genießen.

So aber nahm Thomas einen Löffel von der köstlichen geeisten Minzconsommé und sagte: »Ach ja?«

Seine plumpe Reaktion – sie hatte als Antwort eine ähnliche Äußerung von seiner Seite erwartet – brachte Mrs. Folks total aus der Fassung. Sie bekam rosa Flecken am Hals, die sich mit dem Fuchsienrot in ihrem Kleid überhaupt nicht vertrugen.

»Natürlich ist das ein langer Weg, aber man würde ja wohl jede Entfernung in Kauf nehmen, wenn man zu einer von Frances' Partys eingeladen ist, nicht wahr?«

Thomas sah über den Tisch zu der hübschen Frau aus Oxford. Auch sie schien irgendwie unglücklich plaziert zu sein. Sie tauschten ein kleines, verstecktes Lächeln aus. Später würde er sich ganz bestimmt woanders hinsetzen.

»Ich nehme etwa zweiundsechzig Meilen auf mich«, sagte er. »Vielleicht dreiundsechzig.«

Mrs. Folks kicherte nervös vor sich hin.

»Ziemlich lustig«, könnte sie vielleicht gemurmelt haben.

Aber Thomas hörte nicht zu. Vorsichtig sah er nach links. Eine ungeheure Masse von smaragdgrünem Satin. Er seufzte. Vor einem solchen Hintergrund – wunderschöne Musik, Blumen, die einem schier den Atem nahmen – kam Unvollkommenheit ebenso deutlich zum Vorschein wie Schönheit. Mit allen Fasern seines Herzens sehnte er sich nach dem Unmöglichen: Rosie Cotterman neben sich zu haben, ihre zerbrechliche irische Schönheit, unwiderstehlich im Kerzenlicht. O Gott, Rosie ...

»Kommen Sie von hier?« fragte der smaragdgrüne Satin.

Fiona hätte nicht gedacht, daß sie so sehr im Weg sein würde. Wohin sie auch ging, mußten Serviererinnen mit Spitzenschürzchen, die fünf Teller trugen, zusehen, daß sie sie nicht umrannten oder stießen. Als sie sich geweigert hatte, einen festen Platz an einem der Tische zugeordnet zu bekommen, weil sie nicht die ganze Zeit mit langweiligen alten Erwachsenen zusammensitzen wollte, war ihr nicht klar gewesen, daß sie sich wie auf dem Präsentierteller vorkommen würde als die einzige Person ohne festen Sitzplatz, die nicht zu den dienstbaren Geistern gehörte. Es war schrecklich, wirklich ganz furchtbar. Wenn nur Jessica hätte herkommen dürfen, hätten sie sich verdrücken und etwas unternehmen können. So hatte sie fast zwanzig Minuten gebraucht, bis eine der herrischen Serviererinnen sich bereit erklärt hatte, ihr endlich etwas zu essen zu geben, irgend etwas mit Lachs, der aus dem Teigmantel fiel, und überall Petersilie – sie haßte Petersilie. Und dann mußte sie sich erst wieder ewig um eine Gabel bemühen ... Schließlich schlich sie sich zum Musikerpodium, nur wahrgenommen von den Bandmitgliedern, und setzte sich bei ihnen auf den Boden. Irgendwie wollte sie gern in der Nähe von Ant sein. Er war so cool, mit seinen tollen Haaren und dem weißen Anzug. Auch seine Musik war ganz in Ordnung – vielleicht ein bißchen traurig. Sie sah zu ihm nach oben. Ohne ihre Brille konnte sie ihn nur undeutlich sehen, aber sie wußte, daß er sie anlächelte. Richtig anlächelte. Vielleicht sollte sie die ganze Nacht hierbleiben. Sie erwiderte sein Lächeln. Er jedoch konzentrierte sich auf das Dirigieren und sah sie gar nicht mehr. Auch recht. Sie würde es später noch einmal versuchen. Mit der Gabel stach sie in den Lachs und schob die eklige Petersilie an den Tellerrand. Der Geruch von Millionen Lilien drehte ihr den Magen um. Vielleicht war es aber auch der Lachs. Wenn sie

Glück hatte, könnte sie ein Autogramm von Ant ergattern. Irgendwie.

Frances hatte sich über ihren eigenen Platz in der Tischordnung genauso viele Gedanken gemacht wie über alle anderen Einzelheiten. Zu ihrer Rechten saß ihr Vater, ein Oberst im Ruhestand, links von ihr sein bester Freund, ein tauber alter Herr von gleichem militärischen Rang. Das größte Vergnügen der beiden Herren war es, Erlebnisse aus dem letzten Weltkrieg auszutauschen. Da Frances ständig unterwegs sein würde, würden sie reichlich Gelegenheit dazu haben.

Verwundert stellte sie gerade fest, daß der Löffel an der Oberfläche der gelierten Consommé entlangschlitterte. Frances hatte ohnehin keinen Appetit, probierte nur schnell einen kleinen Löffel und ließ den Rest stehen. Sie klopfte beiden Männern auf die Schulter und flüsterte ihnen ins Ohr, sie wäre gleich wieder da. Sie hörten sie nicht, und außerdem war es ihnen egal.

Frances bahnte sich einen Weg zwischen den Tischen durch. Es fiel ihr schwer, sich dabei nicht wie vorhin zu Ants himmlischer Musik in Tanzschritten zu bewegen. Aber sie beherrschte sich, wollte sie doch nicht noch einmal Tobys mißbilligenden Blick herausfordern. Sie warf lediglich den Kopf hin und her, so daß ihre Haare glänzend mitschwangen wie in der Shampoowerbung. Die Forellenohrringe funkelten Diamantsterne auf ihre Wangen. Auf der Welle von Gardenienduft und nostalgischer Musik schwebte sie von Tisch zu Tisch und drückte hier und da ein paar Hände, die sich ihr beglückwünschend entgegenstreckten. Manchmal beugte sie sich hinunter, um eine Wange zu streifen oder einen nassen Kuß in Empfang zu nehmen und dabei den Anflug eines teuren Dufts hinter dem Ohr zu riechen, der natürlich überhaupt nicht mit dem überwältigenden Duft der echten Blumen mithalten konnte. Man warf sich einzelne Worte zu – Partysteno.

»Frances!«

»Atemberaubend!«

»Danke!«

»Das Kleid!«

»Gefällt's dir?«

»Umwerfend!«

»Meerjungfrau!«

»Meerjungfrau?«

»Dieser Lachs ...«

»Koulibiak ...«

»Spitzenmäßig!«

»Danke! Vielen Dank ...«

Sie ließ sich einfach auf der Welle der Bewunderung, des Lobes und der Glückwünsche weitertragen. Es hatte sich gelohnt – all die Mühe. Es war es wert gewesen. Ant spielte *Night and Day*, wie passend. Seit Monaten hatte sie sich Tag und Nacht mit dem Fest befaßt.

Am letzten Tisch saß Frances Thomas Arkwright. Der arme, alte Thomas. Er war noch ein wenig dicker geworden, krebsrot im Gesicht und verschwitzt. Sie hatte sich sehr sorgfältig überlegt, warum sie Marina Folks neben ihn setzte. Ihr Mann war auch im Brauereiwesen tätig. Vielleicht entdeckten die beiden ja Gemeinsamkeiten. Aber wenn sie sich so in der Runde umsah, hatte sie sich da verkalkuliert. Frances beschloß, ihn mit der Aussicht auf einen Tanz zu ködern. Thomas hatte ihr immer Interesse signalisiert. Aber in diesem Augenblick meldete sich Ralph auf der anderen Seite von Mrs. Folks zu Wort.

»Frances, mein Liebling, du hast dich wieder selbst übertroffen.«

Ralph war leicht betrunken und kämpfte verwirrt mit der Vorstellung, daß es jetzt, da er sich von ihrer Zuneigung befreit hatte, in Ordnung war, sie bei ihrer eigenen Party so anzusprechen. Sie würde wissen, daß es lediglich Bewunderung für ihre fabulöse Partygestaltung war. Er küßte sie auf das Haar.

»Ralphie! Feierst du ordentlich?«

»Ausgiebig!«

»Marina! Schön, dich zu sehen …«

»Frances! Es ist einfach toll …«

»Und Thomas!« Frances streckte einen Arm aus. Sie spürte, wie sich ihr linker Busen leicht aus der Pailletten-korsage heraushob. »Thomas, kennen Sie eigentlich Ralphie?«

»Nein.«

Die Dinge waren ein wenig außer Kontrolle, fand Thomas. Die Glitzerdinger auf Frances' Kleid taten ihm in den Augen weh. Schweißtropfen liefen ihm über Hals und Rücken hinunter. Die Rückseiten seiner Oberschenkel schmerzten auf den Korbstühlen. Sein Hemd schnitt über dem Bauch ein.

»Ralph Cotterman«, sagte Frances.

Die beiden Männer sahen sich an und schüttelten sich über Marina Folks hinweg die Hände.

Thomas schluckte. Im Gesicht seines Gegenübers war irgendwie etwas Vertrautes – die Oberlippe, die Kopfhaltung.

»Sie müssen später mit mir tanzen, Thomas.« Frances schwebte weiter.

»Gern – nicht nur einmal«, versprach Thomas – zu spät.

Sein Mund bewegte sich lautlos, wie bei einem Fisch. Mit klopfendem Herzen bemühte er sich zunächst um Fassung und fragte dann so ruhig wie möglich: »Cotterman? Verwandt oder verschwägert mit Rosie Cotterman, der Malerin?«

Der Mann lächelte. Weichliches Gesicht.

»Meine Mutter«, sagte er.

»Gütiger Himmel.« Thomas spürte, wie das Blut aus seinen Wangen wich. »Ich habe einige Bilder von ihr gekauft …« Er sah, daß Ralph Cotterman sich bemühte, seine Tischkarte zu lesen. Frances hatte in der Eile die Vorstellung nicht beendet. »Thomas Arkwright ist mein Name.«

»Sie sind Mr. Arkwright? Sie hat mir von Ihnen erzählt.«

»Was erzählt?«

»Daß Sie ein sehr großzügiger Kunde sind.«

»Ah.«

Thomas bemerkte, daß Mrs. Folks, die nichts zu dem Gespräch beitragen konnte, eine Silberdose aus ihrer Tasche gezogen und sich die Nase mit einem Wattebausch puderte.

»Sie ist ja auch hier«, verkündete Ralph Cotterman fast ein wenig beiläufig.

»Hier?« Thomas fühlte sich so schwach, daß er befürchtete, ohnmächtig zu werden. »Den ganzen Weg von …«

»Ach, früher wäre ihr keine Entfernung zu weit gewesen, wenn es um eine Party ging. Keine Feier ohne meine Mutter!«

Mrs. Folks machte sich bemerkbar. Deutlich hörbar klappte sie den kleinen Schildpattdeckel zu.

»Als ich jünger war«, begann sie.

»Wo ist sie?«

Thomas sah aufgeregt um sich. Die Gäste, Unmengen von Gästen, verschwammen vor seinen Augen. Ihm war schwindlig.

»Irgendwo«, antwortete Ralph. »Ich weiß nicht genau.«

Thomas versenkte seinen Löffel in die pinkfarbene Mousse mit den köstlichen Erdbeerstückchen. Er mußte etwas essen, zu trinken aufhören, Kräfte sammeln, Haltung annehmen …

»Ich wollte mich ohnehin gerade aufmachen, um meine Pflicht als Sohn zu erfüllen«, erklärte Rosies Sohn. »Der erste Tanz, Sie wissen schon. Sie wird es sehr lustig finden, daß Sie hier sind.«

»Lustig …«

»Könnten Sie bitte mal die Sahne herüberreichen?« Marina Folks' ungnädige Stimme kam von irgendwo ganz entfernt.

… Meine geliebte Rosie. Ich werde mit dir die ganze Nacht tanzen …

Irgendwie schaffte Thomas es, die Sahne weiterzureichen.

Frances hatte sich auch Tobys »place à table« so genau wie ihren eigenen überlegt. Er sollte Rosie Cotterman und Mary Lutchins bekommen. So konnte er auch von Tisch zu Tisch gehen, wenn er wollte, und die beiden konnten sich über den leeren Platz hinweg unterhalten.

Es wäre ihr nie in den Sinn gekommen, daß Toby sich überhaupt nicht unter die Gäste mischen wollte. Seine Vorstellung von einem angenehmen Abendessen war, da zu bleiben, wo er war, und sich an dem Gespräch, dem Essen und dem Wein zu erfreuen. Und so machte er es auch. Seine Tischnachbarn waren zwei schneidige ältere Damen: Mary, süß und tapfer; Rosie, die wilde, schräge Rosie, klug und witzig. Toby genoß den Abend – entgegen allen anderslautenden Vorhersagen.

»Wundervolle, wundervolle Musik«, schwärmte Rosie. Seit dem dritten Glas Rotwein wiederholte sie alle Adjektive, bemerkte Toby. »Da kommen Erinnerungen auf.«

»Und man kann sich trotzdem dabei unterhalten«, bemerkte Mary. »Sehr gut ausgewählt von Frances – die Musik von diesem Cellar.«

»Sehr, sehr gut«, stimmte Rosie zu.

Tobys gute Laune bekam in diesem Augenblick einen Dämpfer. Er sah, wie seine Frau sich zum x-ten Mal zwischen den Tischen durchschlängelte. Das war das dritte Mal während des Essens, daß sie die Runde machte. Ganz sicher gab es jetzt keinen einzigen Gast mehr, den sie nicht persönlich begrüßt und der ihr Kleid nicht gesehen und sich gewundert hatte … Aufmerksamkeitsheischend, wie immer. Warum konnte sie sich nicht ruhig hinsetzen und warten, bis getanzt wurde. Dann aber bekam er fast ein schlechtes Gewissen. Schließlich war es ihre Party, ihr ruhmreicher Abend. Sie verdiente doch wohl die Anerkennung, die sie so verzweifelt suchte.

Diesmal kam sie an seinem Tisch vorbei, was sie vorher vermieden hatte. Handküßchenwerfend schob sie sich mit aufreizendem Gang in seine Richtung.

»Tobes …«

»Alles in Ordnung?«

»Ich glaube schon. Und du?«

Toby legte eine Hand auf ihre Hüfte. Anerkennung wollte

sie – hier in aller Öffentlichkeit. Sollte sie haben. Die Pailletten kratzten an seiner Hand.

»Wundervoll. Großartig. Ausgezeichnetes Essen.«

»O Tobes. Bei mir dreht sich alles.«

In diesem Augenblick verklang der letzte Ton von Ant Cellars Interpretation von *You're the Cream in my Coffee*. Nichts kam nach. Ohne die Hintergrundmusik schienen alle plötzlich ein wenig verunsichert. Verwundert hoben sich die Köpfe – warum hatte die Kapelle aufgehört zu spielen? Nach einer Weile kehrten alle wieder zu ihren Gesprächen zurück. Die Gäste rutschten auf ihren Sesseln hin und her und rührten ihren Kaffee um.

Frances lugte vorsichtig durch den Bogen und sah, daß der Bandleader auf seinem Podium ihr Zeichen gab. Mit hochgezogenen Augenbrauen machte er eine ermunternde Geste mit dem Taktstock. Zeit für einen Tanz, schien er sagen zu wollen. Warum machen Sie nicht den Anfang?

Frances legte eine Hand auf die Schulter ihres Mannes. »Ant meint, wir sollten tanzen«, sagte sie und bedauerte sofort ihren Fehler. Sie hätte Ant nicht erwähnen sollen. Irgendwie hatte sie das Gefühl, daß Toby ihre Begeisterung für Ant nicht unbedingt teilte. Aber zumindest war er aufgestanden. Vielleicht hatte er es ja nicht gehört.

»Gute Idee.« Er versuchte, locker zu wirken. Frances sollte nicht merken, wie verärgert er war. Warum maßte sich dieses Würstchen von Bandleader an, den Ablauf des Festes zu gestalten. Außerdem hatte er keine Lust zu tanzen.

»Komm schon. Bitte. Nur dieses eine Mal.« Frances beobachtete seine Reaktion. »Nur dieses eine Mal, Tobes«, flehte sie noch einmal.

Stocksteif stand er da, eigentlich fest entschlossen, nicht zu tanzen. Aber dann überlegte er sich, daß er seine Frau nicht in aller Öffentlichkeit so blamieren konnte. Es wäre unverzeihlich, ihr den Abend zu verderben, weil er auf einem seiner festen Vorsätze beharrte und grundsätzlich nicht tanzte. Er folgte ihr mit fest geballten Händen und ziemlich grimmigem

Gesicht auf die leere Tanzfläche. Cellar intonierte *The Near-ness of You*. Toby legte einen Arm um die Taille seiner Frau. Alle Augenpaare ruhten auf ihnen. Frances zitterte.

»Mal sehen, ob ich mich noch erinnern kann«, quetschte er schließlich mühsam lächelnd heraus.

Beim Klang der einschmeichelnden Musik entspannte er sich sichtlich. Die Füße bewegten sich instinktiv nach einer Schrittfolge, die er gelernt hatte, als er zwölf Jahre alt war. Sie waren nur sehr kurze Zeit allein auf der Tanzfläche – denn ihr Tanz war das erlösende Signal für die anderen Paare gewesen. Schnell hatten sich ihnen mindestens ein Dutzend Paare angeschlossen.

»Danke, Tobes.« Frances legte ihre Wange einen Augenblick an seine. Er wich zurück. Dankbarkeit für wohlfeiles Verhalten wollte er nicht von ihr.

»Wo ist Fiona?« fragte er, ließ sie los und ging von der Tanzfläche.

»Ich weiß es nicht.« Frances bemühte sich, ihm zu folgen. Es war ihr egal, wo Fiona war. Sie wußte nur, daß sie eine halbe Minute lang das hochgeschätzte Vergnügen hatte, zum erstenmal in fünfzehn Jahren mit ihrem Mann zu tanzen. Das war ein Triumph, über dessen Auswirkungen sie später nachdenken würde. Tobys Zugeständnis, das ihm so schwergefallen sein mußte, machte ihr Hoffnung. Von jetzt an keine Feste mehr, dafür aber eine bessere Ehe. Das Objekt ihres plötzlichen Glücks (eine tief empfundene Zufriedenheit, die vorher in all der Aufregung um das Gelingen des Festes nicht hochkommen konnte) war in der Menge untergetaucht. Frances warf provokativ die Haarmähne zurück. Sie wußte, daß sie sicher war. Aufs neue mit Toby verbunden, konnte sie sich jetzt guten Gewissens in einen neuen Flirt stürzen. Sie würde niemandes Beute sein, sondern einfach nur eine ausgelassene Gastgeberin, die sich des Lebens freute.

Wie schnell sich doch eine gute Stimmung überträgt!

Auf einmal stand Ralph da, lächelte und breitete die Arme aus.

»Tanz mit mir«, sagte er. »Ich möchte der erste in der langen Schlange sein.«

Frances ließ sich in seine Arme sinken. Es war ihr egal, mit wem sie jetzt tanzte. Der liebe Ralph war für den Anfang völlig in Ordnung. Was hätte sie noch vor ein paar Monaten für eine solche Aufforderung gegeben! Jetzt schob sie sich so kunstvoll, wie sie in dem elenden Kleid nur konnte, über das Parkett und fühlte dabei nichts. Sie suchte Toby in der Menge.

Als Toby vom Tisch aufgestanden war, steckten Mary und Rosie die Köpfe zusammen, so wie es Frances vorausgeahnt hatte.

»Ich denke, ich werde jetzt ein wenig herumstreunen«, sagte Rosie. »Alles genau anschauen. Und bestaunen. Es ist einfach so wundervoll, wundervoll.«

»Gut. Soll ich mitkommen?«

»Nein, nein. Du könntest ja inzwischen ein schönes Plätzchen auf der Terrasse suchen, von wo aus wir alles gut beobachten können, und ich komme dann später auch dorthin.«

»In Ordnung«, stimmte Mary zu, »laß dich nicht aufhalten. Wahrscheinlich wirst du auf der Tanzfläche sein.«

Rosie stand auf und füllte sich ihr Glas aus einer Flasche vom Tisch. »Wer um alles in der Welt sollte mit mir tanzen wollen? Vielleicht läßt sich Ralphie zu einem kleinen Tänzchen herbei und, wenn ich Glück habe, vielleicht dein netter Schwiegersohn. Aber damit hat's sich dann auch schon. Diese Zeiten sind vorbei.«

»Unsinn!«

Rosie nippte im Stehen an ihrem Wein und betrachtete die Tänzer.

»All der Aufwand, den Frances getrieben hat«, sagte sie. »Fast eine Schande – diese Frauen. Die Partykleider englischer Frauen …«

»Einige haben sich aber wirklich viel Mühe gegeben.«

»Die meisten sehen aus, als seien sie zum Damenkränzchen eingeladen.« Rosie rümpfte die Nase und lächelte dann plötzlich. »Also, weißt du, wen ich da gerade sehe? Er tanzt mit Ursula. Mr. Arkwright. Thomas Arkwright, mein Kunde, den du am Strand getroffen hast. Was für ein Zufall! Weißt du, er ist sehr reich. Er muß sehr reich sein. Er kauft viele Bilder von mir. Also, ich gehe jetzt. Ralph sagt, es gäbe hier einen sehenswerten Gemüsegarten. Ich sehe mir mal das Obstareal an, meine Liebe. Bis später.«

Rosie ging hocherhobenen Hauptes vom Tisch weg und fächelte sich mit einem kleinen Seidenfächer Luft zu. Lächelnd, mit leicht zur Seite geneigtem Kopf, sah Mary, wie sich ihre Freundin einen Weg durch die Menge bahnte. Die Leute wichen zurück, als sei sie ein Mitglied der königlichen Familie, für das ganz automatisch Platz gemacht wird. Neugierig folgten alle Augen der aufrechten kleinen Gestalt.

Mary wartete, bis sie Rosie nicht mehr sehen konnte, und zog sich dann die Stola enger um die Schultern. Es war niemand mehr am Tisch. Die Weinflaschen waren leer. Sie stand auf und ging in Richtung Terrasse. Jetzt nur nicht an Bill denken, der ihren Arm genommen und sie zwischen den engstehenden Stühlen hindurchgeleitet hätte. Sie summte mit der Musik mit. Es waren wunderschöne nostalgische Melodien, Texte, die sie nie vergessen würde. *They ask me how I feel …* Sie eilte weiter, vorbei an einer Gruppe Frauen, die so verstohlen zu ihr sahen, als wollten sie nicht wahrhaben, was sie sahen – eine alleinstehende alte Dame, die nicht in Begleitung war.

Niemand machte für sie den Weg frei, aber sie schaffte es schließlich auch dahin, wohin sie wollte – in eine Ecke der Terrasse.

Rachel hatte vor dem Abendessen drei Gläser Champagner getrunken und schwebte danach sozusagen ohne Bodenkontakt zu ihrem Tisch. Die ergötzliche Szenerie, die sich ihr darbot, schwankte ein wenig. Nachdem sie auf dem Korbsessel Platz genommen hatte, trank sie zwei Gläser Wasser und nahm sich fest vor, auf Wein ganz zu verzichten. Die Erinnerung an die Nacht in Oxford war immer noch präsent. Um die Wirkung des Champagners abzubauen, aß sie ungewöhnlich viel. Zwei Portionen von jedem Gang – alles ausgesprochen köstlich – und genoß es (auf eine Art und Weise, wie es nur Frauen tun können), an all die Phantasie und die Sorgfalt zu denken, die für die Planung eines solchen Ereignisses vonnöten gewesen waren. Die warmen Brötchen mit Oliven mußte sie auch einmal ausprobieren. Ihr altgedientes schwarzes Kleid war nach dem Essen immer noch bequem, und die Unterhaltung mit Tobys Bruder, die jetzt allmählich versandete, war mühelos dahingeplätschert. Er war ein schweigsamer, wissenschaftlich interessierter Farmer aus Somerset. Seine Antworten auf Rachels Fragen nach dem natürlichen Fruchtwechsel waren ausführlich und äußerst ernsthaft. Sie mußte sich sehr konzentrieren, daß die verführerische Musik, die von der anderen Seite des Zelts herüberlockte, für sie nur im Hintergrund ablief.

Jetzt war die Tanzfläche überfüllt. Durch die Blumen und Ranken des Gitterwerks sah Rachel nur kleine Puzzlestücke von den Tänzern – Bewegungen, die Höflichkeit, Langeweile oder Genuß symbolisierten. Sie sah, daß Thomas mit ziemlich rotem Gesicht die Dame herumschwang, die auch bei Pruddles Abendessen gewesen war. Er war immer an vorderster Front, wenn es darum ging, sich die schönste Dame des Balls zu sichern. Rachel schmunzelte. Manchmal war sie ganz stolz auf seinen Wagemut. Er fackelte nicht lange, wenn es galt, eine unbekannte Frau zum Tanz aufzufordern, vorausgesetzt, sie war hübsch. Seltsamerweise schien er auch nie einen Korb zu bekommen. Dieser Tanz dauerte nach Rachels langjähriger Partyerfahrung mit ihrem Mann nie recht lang, wurde selten wiederholt, und es gab nie auch nur den leisesten Hinweis darauf, daß Thomas an die Frau, die ihm einen Walzer gewährt hatte, später noch einen Gedanken verlor.

Frances – Rachel konnte nicht umhin, es zu bemerken – wand sich mehr, als daß sie tanzte, und zwar in gebührendem

Abstand von einem blassen, hochgewachsenen Mann, dessen Miene eher als peinlich zu bezeichnen war. Rachels Meinung nach war der einzige Fehler der Party Frances' lächerliches Kleid – ein deutliches Signal der Verfügbarkeit, schon, aber auch ein ernsthaftes Hindernis, das Fest zu genießen. Es war offensichtlich, daß Frances mit jedem Schritt Schwierigkeiten hatte. Mit den Hüften wackeln war wahrscheinlich das einzige, was sie damit konnte. Sie tat Rachel leid, zumal sie sich an ihr eigenes Mißgeschick mit dem ungehörigen Goldrock erinnerte. Sie sah, daß Frances ihr mit einer Hand zuwinkte, mit der anderen hielt sie sich an ihrem Partner fest.

»Rachel! Wir haben überhaupt noch nicht miteinander gesprochen. Ich möchte Ihnen Ralph Cotterman vorstellen. Ralphie, das ist Rachel Arkwright, eine langjährige Freundin …« Sie wogte vorbei.

Rachel stand auf. Der Mann, dem sie jetzt plötzlich gegenüberstand, schien nicht gerade begeistert. Aber sie lächelte höflich.

»Ich saß beim Essen neben Ihrem Mann, glaube ich. Er kauft meiner Mutter viele Bilder ab.«

»Stimmt.«

»Möchten Sie gern tanzen?«

»Warum nicht?«

Früher, als sie noch Spaß hatte an Partys, liebte Rachel diesen Augenblick – mit einem neuen Partner die Tanzfläche betreten und abwarten, ob und was dann passierte. Sie raffte ihren Rock zusammen und strich sich eine vorwitzige Haarsträhne aus dem Gesicht. Jetzt war alles klar: Die Wirkung des Champagners war verflogen, die Laune war gut. Sie ging unter dem Torbogen hindurch, spürte das Parkett unter ihren Schuhen und ließ sich einlullen vom betörenden Duft der Lilien und des Jasmins. Sie wandte sich Ralph Cotterman zu und fand sich in seinen steifen, traurigen Armen wieder. Hoffentlich konnte er tanzen, dachte sie, denn etwas anderes würde in diesem Fall wohl nicht passieren.

Ralph sah auf Rachels gelbbraunes Haar herunter. Er hatte

den Arm bequem um ihre rundliche Taille gelegt. Sie war ein süßes, altmodisches Geschöpf mit dem sehnsuchtsvollen Blick einer Frau, die glücklich verheiratet ist, der aber irgend etwas Undefinierbares fehlt. Während sie sich über die Tanzfläche bewegten, kam ihm der Gedanke, daß sie der Typ von Frau war, mit der er gern in einem Sommerhaus gesessen und in friedlicher Stille Bücher gelesen hätte. Dazu hätten sie Lapsangtee getrunken und dem Ruf der Ringeltauben gelauscht, eben eine jener verrückten Vorstellungen, die ihm bis jetzt versagt geblieben waren, von denen er aber immer noch hoffte, daß sie ihm eines Tages mit einem zauberhaften Mädchen widerfahren würden, das dann seine Frau werden würde. Aber so etwas würde nie passieren, weil es ja schließlich Ursula gab. Solange er sie liebte, konnte er keine andere lieben. Das war die nackte Wahrheit.

Nichtsdestotrotz tanzte diese Rachel sehr geschmeidig. Er mochte das Gefühl, ihr warmes Fleisch zu spüren und die Tatsache, daß es ihr nichts auszumachen schien, wenn er schwieg. Sie wogten zu den Klängen von *Blue Moon* wunderschön im Takt und immer höflich auf Abstand. Da gab es keinen Funkenflug. Zusammen bildeten sie eine nutzlose Hülle – zwei Menschen, die nur durch gute Manieren miteinander verbunden waren.

»Ich sehe Ihren Mann mit Ursula Knox tanzen«, bemerkte Ralph schließlich.

»So ist es.«

Sie schien daran nicht sehr interessiert. Ralph versank wieder in seine Gedankenwelt. Als nächstes mußte er mit seiner Mutter tanzen und dann vielleicht mit der guten alten Mary. Danach würde er frei sein für Ursula, wann immer sie frei sein würde für ihn. Die Band spielte einen Charleston. Ralph begleitete Rachel auf die Terrasse.

»Ich muß nach meiner Mutter sehen«, murmelte er. »Weiß der Himmel, wo sie sich rumtreibt. Vielen Dank.«

Er machte sich aus dem Staub. Thomas und Ursula waren auch auf dem Weg auf die Terrasse, so daß Rachel nicht ganz allein dort war. Der Abend war noch zu jungfräulich, um Ursula um den ersten Tanz zu bitten. Er hatte während des Essens nicht mit ihr gesprochen und wollte jetzt auch noch nicht in ihrer Nähe sein. Das war der ideale Zeitpunkt, um seine Pflicht gegenüber seiner Mutter zu erfüllen.

Thomas war nur noch von dem Gedanken beseelt, Rosie zu finden. Dabei bemühte er sich redlich, sich normal zu benehmen. Gleich nach dem Essen hatte er sich neben Ursula Knox gesetzt und es fertiggebracht, mit ihr ganz neutral über ihren gemeinsamen Freund Pruddle zu sprechen. Danach hatten sie einen sehr angenehmen Tanz. Sie gehörte zu denen, die sich gern flott über das Parkett bewegen, also zu den Tänzern, die er sich lieber aus der Ferne ansah, zumal er seinem knappen Hemd und den Hosen nicht trauen konnte. Jetzt war es an der Zeit für den Pflichttanz mit Rachel. Hatte er den erst hinter sich, konnte er sich guten Gewissens auf die Suche nach Rosie machen. Er fand seine Frau gedankenverloren auf der untersten Stufe der Terrasse. Ziemlich hübsch sah sie aus, dachte er, auf eine ganz unorthodoxe Art und Weise. Einen Augenblick lang dachte er an damals, als er sie in Oxford zum erstenmal bei einem Ball gesehen hatte. Sie hatte sich gerade einen Samthandschuh angezogen.

»Möchtest du eine kesse Sohle aufs Parkett legen, altes Mädchen?«

Rachel lächelte ihren Mann an und richtete mit ehefraulicher Fürsorge seine Smokingschleife gerade. »Gern.«

Sie mischten sich unter die Tänzer. Thomas lehnte sich schwer auf Rachels Schulter, als sei sie ein vertrautes Möbelstück. Er ließ die Augen über die Menge schweifen. Wo war Rosie? Rachel betrachtete andere Ehepaare, die ebenfalls lustlos nebeneinander her tanzten und dabei weiter ihren eigenen Gedanken nachhingen. Auch sie sprachen nicht miteinander. Vielleicht gehörte es ja zum verheirateten Leben, daß man sich das bißchen Gespräch, das noch stattfand, für den Nachhauseweg aufhob.

Zu Hause! Rachel schloß die Augen. Sie sehnte sich nach ihrem Bett zu Hause.

Sobald der Tanz vorüber war, sagte Thomas, würde er zur Bar gehen und etwas zu trinken holen. Rachel spürte, daß er weg wollte. Sie rief ihm nach, daß er für sie nichts bringen solle. Er würde jetzt, da er seine Pflicht getan hatte, ohnehin nicht zurückkehren. Was jetzt? Sie wollte eigentlich nur dasitzen und ungestört schauen. Mit niemandem Konversation machen müssen. Aber als sie die Steinstufen hinaufstieg, klopfte ihr jemand auf die Schulter. Sie drehte sich um.

»Wir saßen vor einiger Zeit in St. Crispin's nebeneinander, erinnern Sie sich?«

Rachel sah in Martin Knox' hübsches Gesicht und errötete wie ein Teenager.

»O ja. Natürlich erinnere ich mich.« Als der Champagner noch ihre Sinne benebelt hatte, hatte Rachel Martin irgendwo in der Ferne gesehen und beschlossen, ihm aus dem Weg zu gehen. Wie konnte sie nur so nachlässig sein?

»Ein Tänzchen?« fragte er.

Nein, um keinen Preis der Welt. Es würde sie an Träume von romantischen Bootsfahrten, Picknicks und unschuldigen Möglichkeiten erinnern …

»Gern«, sagte sie.

Die Band spielte *Tea for Two*.

Sie bewegten sich so harmonisch miteinander, daß Rachel glaubte, Martin würde nicht mehr wahrnehmen, wie beschämt und peinlich berührt sie war.

»Es tut mir so leid«, sagte sie schließlich, »wegen des Abends damals.«

»Leid? Warum?« Er schien wirklich nicht zu wissen, was sie meinte.

»Ich habe ein bißchen experimentiert. Und es lief schief.«

»Ich wußte nicht …«

»Und dann war ich für Oxford ganz unpassend angezogen. Dieser schreckliche Rock, der immer zu Ihnen hinübersprang ...« Erinnerte er sich, daß sich ihre Hände berührt hatten?

»Ach das. Das war doch nicht so wichtig.« Martin lächelte freundlich. »Ehrlich gesagt, hatte ich den Eindruck, daß Sie etwas vorhatten. Ich wußte nur nicht was. Was immer es war, es hinderte Sie daran, den Abend zu genießen. Aber vielleicht habe ich mich ja auch getäuscht.«

»Nein«, entgegnete Rachel. »Sie hatten durchaus recht. Vielen Dank, daß Sie so ...«

Sie spürte, daß sie wieder errötete, und kämpfte gegen aufsteigende Tränen. Tränen der Selbstverachtung, die den leeren Raum füllen, den eine rasch zerstörte Phantasie hinterließ. Sie konnte Martins Freundlichkeit auf einmal nicht mehr ertragen. Sie hatte genug von Anstandstänzern – Ralph, Thomas, jetzt er. Wie viele weitere Partner müßten ihre Pflicht erfüllen, ehe der Abend überstanden war?

»Ich muß mich um Ursula kümmern«, erklärte Martin, als sie wieder auf der Terrasse waren. »Vielen Dank. War mir ein Vergnügen.«

»Ganz meinerseits. Danke.«

Rachel lächelte verständnisvoll. Er mußte seine Frau finden, weil sich seine Liebe und seine Energie nur auf sie bezogen. Wie mußte man sich als eine solche Ehefrau wohl fühlen?

Rachel machte sich wieder auf den Weg zu dem leeren Stuhl. Von dort sah sie, daß Martin die Frau, die er gesucht hatte, schon gefunden hatte, und daß sie vorzüglich miteinander tanzten. Ursula wirbelte über die Tanzfläche – die weißen Rüschen und die schwarzen Pompons wippten. Im nächsten Augenblick fand sie sich wieder in den Armen ihres Mannes, und sie tanzten so eng umschlungen, wie zwei Menschen es nur tun können. Thomas war nirgends zu sehen. Rachel sah auf ihre Uhr: halb zwölf. Aber sie war nicht mehr bedrückt über die Stunden, die sie hier noch würde aushalten müssen. Sie hatte eine Idee.

Toby fand Fiona in der Bibliothek. Sie trank Orangensaft aus der Packung und sah sich einen Film im Fernsehen an.

»Ich hab dich überall gesucht«, sagte Toby. »Ist alles in Ordnung?«

»Sicher. Glaubst du, ich könnte ein Autogramm von Ant Cellar bekommen?«

»Warum nicht. Geh zu ihm, wenn er eine Pause macht.«

»Ich finde ihn toll. Gefällt dir das Fest, Papa?«

»Es ist eine wundervolle Party«, antwortete Toby. »Ich schau später noch mal vorbei.«

»Mach dir um mich keine Sorgen. Ich warte nur auf Ant.«

Toby verließ den Raum und ging nach oben.

»Ich weiß schon gar nicht mehr«, flüsterte Ursula in einem der Augenblicke, in denen sie Martin sehr nahe kam, »wie es ist, ohne Ehemann zu einer Party zu gehen.«

»Gegenseitige Sicherheit.«

»Besser.«

Sie huschte mit kleinen lustigen Clownsbewegungen, über die Martin schmunzeln mußte, von ihm weg. Die Band spielte *Ain't She Sweet.* Sie kamen wieder auf Tuchfühlung.

»Ich habe dich mit Thomas Arkwrights Frau tanzen sehen.«

»Sie erschien mir ein bißchen traurig.«

»Er erscheint mir ein bißchen hektisch. Sieh doch, dort drüben ist er. Es sieht aus, als wollte er vor jemandem oder vor etwas fliehen.«

»Oder er sucht etwas«, mutmaßte Martin. »Er wirkt irgendwie panisch.«

Thomas war in Panik. Rosie war nirgends zu sehen. Nirgends. Er hatte das Eßzimmer, die Tanzfläche, die Bar, die Terrasse und die Salons im Erdgeschoß des Hauses abgesucht. Wie war es möglich, daß er sie übersehen hatte? In seiner Verzweiflung war er seinem zuvor gefaßten Entschluß untreu geworden, war inzwischen dreimal an der Bar gewesen und hatte zwei

Gläser Champagner in sich hineingeschüttet. Mit frischer Energie wollte er jetzt den Garten absuchen. Er wußte, daß es ein großer Garten war mit vielen verwinkelten Hecken und Nischen und versteckten Plätzen, aber er war entschlossen, jeden Zentimeter zu durchkämmen, bis er sie gefunden hatte. Sein Hemd war naßgeschwitzt. Mit leicht unsicheren Schritten ging er um die Tanzfläche herum zu einer der Flügeltüren, die in die Seitenwände des Zelts eingelassen waren. Diese Türen interessierten ihn. Sie waren ihm schon aufgefallen, während er sich anhören mußte, welch sagenhaftes Wissen Marina Folks' Mann über Hopfen hatte. Sie wirkten stabil, aber nicht ganz authentisch, irgendwie wie Theaterkulissen. Als er an einer der Glastüren vorbeiging, konnte er nicht umhin, den Holzrahmen mit der Hand zu befühlen. Natürlich hatte er recht gehabt. Das Holz war dünn und von schlechter Qualität. Diese Türen würden einen Zwischenfall nicht überleben. Sollten die Spannschnüre reißen und der ganze Aufbau herunterkommen, dann würden diese Türen wie Streichhölzer abbrechen ... Eine gewisse Symbolik war da nicht wegzuleugnen. Wo war nur Rosie? Thomas stolperte über die Stufe hinunter und begann den Garten zu erforschen.

Mary Lutchins saß in einer Ecke im hinteren Bereich der Terrasse. Wie abgemacht, hatte sie sich einen kleinen Tisch mit zwei Stühlen gesichert. Der nicht besetzte war für Rosie, die schon seit einiger Zeit überfällig war. Mary trank schlückchenweise ihren Eiskaffee (was für eine wundervolle Idee, Eiskaffee zu servieren). Unaufhörlich zogen Leute an ihr vorbei – in das Haus hinein und wieder heraus, nach vorn und nach hinten auf die Terrasse auf dem Weg zur Tanzfläche. Einige lächelten ihr unsicher zu. Die meisten bemerkten sie nicht einmal. So ist es also, wenn man alt ist, dachte sie. Man wird auf einer Party quasi unsichtbar und kann dann in aller Ruhe seine Rolle als Zuschauer genießen. Sie fand Gefallen daran – an den wunderschönen Blumen, dem spektakulären Zelt und der nostalgischen Musik. Wie gut, daß sie nicht abgesagt hatte! Natürlich wäre es mit Bill noch viel schöner gewesen, aber Mary war erstaunlich glücklich so für sich allein. Martin kam ihr mit ausgestreckten Händen entgegen. Er war immer so rücksichtsvoll. Einen besseren Schwiegersohn hätte sie sich nicht wünschen können. Natürlich würde sie gern das Tanzbein schwingen, besonders, da immer noch keine Spur von Rosie zu sehen war. Vorausgesetzt, die Kapelle würde etwas Langsameres spielen. Danach würde sie Rosie suchen. Sie hatte das Gefühl, sie wüßte genau, wo sie suchen müßte.

»Ja, gern, allerdings nur ein kleines Tänzchen«, sagte sie zu Martin und nahm seine Hand.

Toby schloß die Tür seines Zimmers und schaltete das Licht an. Wenn die Fenster geschlossen waren, konnte er hier oben überhaupt nichts hören. Die Party dort unten existierte nicht. Heilige Ruhe. Der Halbmond schwebte, scharfkantig konturiert, hoch oben am Firmament.

Toby setzte sich an seinen Schreibtisch. Der vertraute Ledersitz seines Sessels fühlte sich kühl an unter seinen Schenkeln. Er schaltete den Computer an und drückte eine Taste. Die Ausgaben für die Party erschienen auf dem Bildschirm. Die absurde Endsumme war zweimal unterstrichen. Toby starrte auf die Zahlen. Einfach grotesk, diese Zahlen. Aber es war nicht wichtig. Sie ergaben keinen Sinn.

Er drückte eine andere Taste. Eine vertraute geometrische Blume erschien anstelle der Zahlen. Plötzlich war es ihm eingefallen ... einfach unglaublich. Er drückte weitere Tasten. Zahlen tanzten über den Bildschirm. Jetzt wuchs sein Interesse. Seine Finger flogen über die Tastatur. Er mußte diese Eingebung sofort verarbeiten – es war eine Sache von ein paar Augenblicken, höchstens zehn Minuten. Es mußte sein. Außerdem würde ihn keiner vermissen.

Thomas genoß die frische Luft. Er keuchte, klopfte sich gegen die Brust und stolperte auf die niedrigen, weit ausladenden Zweige einer großen, schwarzen Zeder zu. Als er bei dem Baumstamm angekommen war, blieb er stehen und sah zurück. Ein leichter harziger Geruch stieg ihm in die Nase – eine ungeheure Erleichterung und so angenehm frisch nach all den schweren Düften von Jasmin, Lilien und was sonst noch allem. Vor ihm breitete sich eine kitschige Märchenlandschaft aus: Winzige Weihnachtslämpchen an den Hecken und Zweigen, brennende Fackeln an den Wegkreuzungen, kleine Kohlenpfannen neben den Gartenstühlen. Frances hatte wirklich an alles gedacht, das mußte man ihr lassen. Mußte Toby ein Vermögen gekostet haben, aber Toby war ja auch ein sehr reicher Mann.

Das Zelt war von hier aus ein riesiger leuchtender Klotz von prähistorischen Ausmaßen, aus dem die Musik zum Glück sehr schnell verflog. Einige Paare kamen strahlend aus den Pseudo-Fenstertüren. Niemandem stand der Sinn nach dem dunklen Schatten der Zedern. Thomas hatte den Platz ganz für sich allein. Er versuchte, sich eine vernünftige Strategie zurechtzulegen. Doch immer wieder überfiel ihn Panik. Es bestand ja schließlich die Gefahr, daß Rosie das Fest verlassen würde, ehe er sie gefunden hatte. Er mußte weitersuchen.

Nach einer Weile kam er zu einem Weg mit Schlackenschüttung, der nur vom Mond beleuchtet war. Hier gab es keine Lämpchen an den Hecken, was bedeutete, daß dieser Teil des Gartens nicht für Besucher gedacht war. Als er um die Ecke bog, wußte er auch, warum. Er befand sich im Nutzgarten, der auf drei Seiten von einer hohen Ziegelmauer umgeben war.

Er stieg zwischen Beetreihen mit Kohl und blassem Salat herum, bewunderte die ordentlich geschnittene kniehohe Buchsbaumbegrenzung und den unkrautfreien Boden. Instinktiv zog es ihn zum Obstgarten ganz hinten. Hörte er dort Stimmen?

Er blieb stehen und lauschte. Ein kühler Luftzug strich ihm über die erhitzte Stirn. Die Musik war immer noch zu hören, aber nur noch ganz gedämpft und sehr weit weg. Tatsächlich

Stimmen! O Gott, platzte er mitten hinein in das Schäferstündchen eines reifen Pärchens?

»Rosie?« rief er.

Stille.

Dann auf einmal Bewegung bei den Himbeeren. Ein Rascheln und Knacken. Gelächter. Mädchenhaftes Kichern, um es genau zu sagen. Was um alles in der Welt ...?

Thomas sah zu, wie die wacklige Tür eines Drahtzauns geöffnet wurde. Rosie kam als erste heraus, einen Fächer in einer Hand und eine Handvoll Himbeeren in der anderen. Ihr folgte die weißhaarige Frau, die Thomas am Strand getroffen hatte und die den Wagen im Kreisverkehr gelenkt hatte – Rosies Freundin.

»Ich glaube, es ist Mr. Arkwright«, rief Rosie. »Thomas, mein Lieber, Sie haben uns in flagranti erwischt. Nicht mehr viel übrig, aber wir haben sie gefunden. Mary, dies hier ist Thomas, der Bilderkäufer. Er hat uns erwischt.«

Wieder kicherndes Gelächter, zwei hübsche Gesichter im Mondschein. Thomas bekam kaum Luft.

»Möchten Sie eine Himbeere kosten?«

Rosie stand neben ihm und steckte ihm eine in den Mund. Dabei küßte sie ihn auf das Ohr, oder war es der Hals – er konnte es nicht genau sagen, der kleine, feuchte Augenblick war so schnell verflogen. Sie lachte immer noch.

»Also. Sie wird Ihnen ganz sicher schmecken. Sie werden uns nicht verraten, nicht wahr? Sie werden den Farthingoes doch nichts sagen, oder? Aber jetzt sollten wir zurückgehen und uns ein wenig auf die Bank setzen.«

»Ich nicht, Rosie, wenn es dir nichts ausmacht«, sagte Mary. »Es ist ein bißchen kühl geworden. Ich gehe auf die Terrasse zurück und halte dir wieder einen Stuhl frei.«

»Gut, Mary, tu das. Mr. Arkwright – Thomas – möchte vielleicht ein paar geschäftliche Dinge mit mir besprechen. Danach komme ich dann auch.«

Mary sah den immer noch unbeweglich dastehenden Thomas an und lächelte. Ihr Blick erlöste ihn aus seiner Erstarrung, und er verbeugte sich vor ihr wie ein respektvoller Höfling. Dann sah er, wie sie den Weg, den er gekommen war, entlangging und dabei ihre Stola fester um die Schultern zog.

Rosie nahm Thomas' Hand. »Wir setzen uns nur für einen Augenblick, das verspreche ich Ihnen. Ist das nicht ein wunderschön verschwiegenes Plätzchen, das ich da gefunden habe? Es ist wirklich ideal, wenn man etwas Abstand braucht von den Massen, nicht wahr?«

Sie entfernte sich ein paar Schritte und wirbelte herum wie ein kleines Mädchen. Ihr Satinrock schillerte in buntglasfarbenen Blumen, die Thomas nicht benennen konnte.

»Und wie gefällt Ihnen mein Kleid, Mr. Arkwright? Gefallen Ihnen meine Stiefmütterchen? Es ist ein ganz altes Kleid, Sie würden es nicht für möglich halten. Aber wer weiß das schon? Vielleicht ist es ja meine letzte Party.«

Sie kam wieder zu ihm, nahm seinen Arm und fächerte sich Luft zu. Der Boden knirschte unter ihren Füßen. Ein Duft nach Pfirsich und Lavendel lag in der Luft, und Rosies Atem roch nach Himbeeren. Thomas ließ sich hilf- und schwerelos zu der aus Stein gehauenen Bank in Muschelform führen. Wie in Trance setzte er sich. Die rauhe Oberfläche drückte sich durch seine Hose und juckte an der Rückseite der Oberschenkel. Seine Hand, die ihm nicht zu gehören schien, legte sich auf den Satinoberschenkel. Der hübsche Kopf sank auf seine Schulter.

»Ruhm sei Gott im Himmel, Mr. Arkwright ... Thomas, aber warum sind Sie heute abend so still?«

Thomas nahm all seinen Mut zusammen. Er mußte etwas sagen, ehe ihn die Tränen übermannten.

»Es gibt so vieles zu sagen«, erwiderte er nach einer Weile. »Ich weiß nicht recht, wo ich beginnen soll.«

Frances tanzte ununterbrochen. Kaum ging sie mit einem Partner von der Tanzfläche, bat sie schon jemand anderer um den nächsten Tanz. Das Kleid hatte sich durch die Körperwärme, das nahm sie jedenfalls an, ein wenig gedehnt, und die Bewegungen fielen ihr leichter. Sie konnte ihre Hüften jetzt hemmungsloser schwingen und sonnte sich in der Bewunderung, die ihr entgegengebracht wurde. Sie wollte in diesen letzten Stunden alles mitnehmen, was sich ihr bot, denn sie würde nie wieder etwas Derartiges veranstalten. Dies war definitiv die letzte Party, die sie gab.

Jetzt war wieder Ralph an der Reihe. Er wartete auf sie. Sie bildete sich ein, daß er sie halb bewundernd, halb bedauernd ansah. Armer, alter Ralphie. Trotz seiner Behauptung vor einiger Zeit, sie bedeute ihm nichts, wußte sie, daß das nicht die ganze Wahrheit war. Er hatte sie geliebt, liebte sie immer noch, würde wahrscheinlich immer bereuen, daß er sie nicht geheiratet hatte.

Als sie sich auf die Tanzfläche begaben, sah Frances zum hundertsten Mal, daß Ant sie nicht aus den Augen ließ. Sein Blick hatte etwas Billiges, fast Erschreckendes. Mehrere Male hatte er ihr zugezwinkert und ihr fast unmerklich zugenickt. Es war das Signal, daß er sich auf den versprochenen Tanz freute. Frances winkte und lächelte zurück. Der Gedanke an den Tanz irritierte sie eigenartig. Sie dachte daran, während sie mit anderen Partnern tanzte, und der Gedanke an eine bessere Ehe mit Toby, zu der sie gerade noch fest entschlossen war, geriet mehr und mehr in den Hintergrund. Ein wohliger Schmerz machte sich in ihrem Bauch bemerkbar, ein Gefühl, das nichts mit der Nähe zu Ralph zu tun hatte. Sie spürte, daß etwas Wahnwitziges in der Luft lag, in dieser außergewöhnlichen Nacht, deren Ende sie fürchtete.

Ralphs Stunde hatte geschlagen. Er hatte zwischen den Tänzen mit seiner Mutter, mit Mary und der lieblichen Rachel beim Umherschlendern gesehen, daß bereits für das Frühstück gedeckt wurde. Ursula, die auf Partys immer großen Appetit entwickelte, würde bald mit Martin bei Eiern mit Speck sitzen und würde dann nicht gestört werden wollen.

Nachdem er diesen Tanz mit Frances hinter sich gebracht hätte – sie schien irgendwie total überdreht, was ihr aber als Gastgeberin zustand –, würde er Ursula suchen. Er verlangsamte seinen Schritt und blieb dann stehen. Frances küßte ihn auf die Wange. Sie hatte, wie er gesehen hatte, diese Küsse dutzendweise an ihre Tanzpartner verteilt, und er fühlte sich nicht verpflichtet, diesen Kuß zu erwidern. Noch einmal bemühte er sich um einen kontrollierten Gesichtsausdruck, den sie als Bewunderung interpretieren sollte. Hinter dieser Maske war das blanke Entsetzen über ihr Aussehen verborgen.

»Hast du es bemerkt, Ralphie? Ich bin eine Nixe.«

»Nein, habe ich nicht.« Jetzt galt es, noch mehr Verwunderung zu verbergen.

»Versprichst du mir noch einen Tanz, ehe alles zu Ende ist?«

Sie war weg, ehe er sich dazu verpflichten konnte. Als er die Tanzfläche in entgegengesetzter Richtung verließ, schlang sich ein vertrauter Arm um seinen Hals.

»Ralph, du bist mir die ganze Zeit aus dem Weg gegangen!«

Ursula schien überhaupt nicht böse zu sein. Sie stürzten sich in einen wilden Charleston. Dieses wunderbare clowneske Kleid, das mit Ursulas Schritten mithüpfte, schien der Inbegriff von einem Kleid mit Humor zu sein. Die Trägerin sah so unwiderstehlich aus wie nie.

Nach dem Charleston spielte die Kapelle *Dancing on the Ceiling.* Sie fielen sich in die Arme wie alte Freunde bei einem Wiedersehen auf dem Bahnhof. Ralph versank für den Bruchteil einer Sekunde in ihrer Haarmähne, sog den Geruch ihrer Haut auf und spürte ihr Herz, das genauso schnell schlug wie seines, wenn auch aus einem anderen Grund. Dann entzog sich Ursula ihm plötzlich und murmelte irgend etwas über die Party.

»Ich sterbe vor Hunger«, sagte sie unvermittelt. »Laß uns zu Martin gehen. Dort drüben wird etwas zu essen serviert.«

»Momentan möchte ich nichts, glaube ich. Ich bin eigentlich nicht hungrig. Ich seh mich ein wenig im Garten um.«

»Wir halten dir einen Platz frei. Für später.«

Der Tanz war so schnell vorbei, als hätte er nie stattgefunden. Jetzt würde sie den Rest der Nacht mit Martin verbringen. Sollte er überhaupt bleiben? Mit wem sollte er noch tanzen? Wo war seine Mutter?

Ralph sehnte sich nach seinem Zuhause und schlenderte langsam in den Garten.

»Ich bin in Sie verliebt, Rosie, das ist es«, hörte sich Thomas sagen. Sie tippte ihm mit ihrem Fächer leicht auf die Nase.

»Unsinn, mein Lieber. Sie sind in meine Malerei verliebt. Geben Sie es doch zu. Ich weiß es seit dem Augenblick, als wir uns kennengelernt haben.«

»Ihre Bilder bewundere ich, verliebt bin ich in Sie. Hoffnungslos verliebt. Seit Wochen leide ich wie ein Hund, weil ich Sie nicht sehen kann und nicht weiß, was ich tun soll.«

»Na, na, jetzt aber. Beruhigen Sie sich doch.« Rosie sprach geduldig wie eine Krankenschwester zu einem Kind. »Wissen Sie, das ist der Mond. Ich bin da ganz sicher. Die Menschen sagen verrückte Dinge unter dem Halbmond.«

»Es ist nicht der Halbmond, meine Liebe.«

»Also gut, ich glaube es Ihnen, wenn Sie meinen. Vielleicht entspricht es ja der Wahrheit, aber sehr viel können wir da ja wohl nicht machen, oder?«

»Nicht sehr viel«, gab Thomas zu, »nein.« Er betrachtete die silbrig leuchtenden runden Kohlköpfe. Sie tippte ihm noch einmal mit dem Fächer auf die Nase. »Wir könnten höchstens …«

»Nein«, wehrte Rosie ab. »Wir könnten nicht leichtfertig handeln. Aus dem Alter bin ich rausgewachsen.«

»Sie haben recht«, gab Thomas zu.

Sie schwiegen eine Weile.

»Natürlich können Sie mich weiter besuchen«, sagte Rosie schließlich. »Natürlich können Sie das.«

»Natürlich kann ich das.«

»Sie können noch mehr Bilder kaufen.«

»Ich kann noch mehr Bilder kaufen.«

»Aber ich würde mein Leben jetzt nicht mehr ändern, Thomas. Für niemanden. Außerdem haben Sie eine sehr gute Frau, denke ich.«

Thomas erstarrte. »Woher wissen Sie das? Aber ja, Sie haben recht. Sie ist eine gute Frau.«

»Es wäre töricht, eine gute Frau zu verlassen.«

»O Rosie, Sie haben ja keine Ahnung, wie sehr ich Sie liebe. Ich kann es nicht ertragen, nicht bei Ihnen zu sein.«

Er wandte den Blick von den Kohlköpfen ab und sah sie an. Sie betrachtete ihn freundlich verwundert. Er spürte, wie sich seine Brust zusammenschnürte. Tränen stiegen ihm in die Augen. Dann fühlte er einen weichen Mund auf seiner Wange und eine sanfte Hand an der Schläfe.

»Sie sind ein guter Mann, Thomas«, flötete Rosie ihm ins Ohr. »Sie sollten sich nie in eine Frau verlieben, die flatterhaft wie ein Schmetterling ist und die sich nie ändern würde … Hier, weinen Sie doch nicht.«

Taschentuch hin, Taschentuch her. Ein Klaps auf die Wange. Ihre Lippen trafen sich zu einem Hauch von einem Kuß. Thomas glaubte, einen Herzinfarkt zu bekommen und auf der Stelle zu sterben. *Jetzt mehr denn je … ist die Zeit gekommen, zu sterben, ohne Schmerz loszulassen.*

»Ich glaube Ihnen nicht«, stöhnte er. »Ich liebe Sie, Rosie. Ich liebe Sie. Ich liebe Sie.«

Nachdem er sie geküßt hatte, war er bereit zu sterben. Er öffnete die Augen, um ihr das zu sagen, und sah am Ende des verschwiegenen Gartens eine gespenstähnliche Gestalt mit bernsteinfarbenem Haar stehen.

»Meine Tochter«, rief Rosie fröhlich aus. »Serena! Ich habe dich schon überall gesucht.«

Sie winkten sich zu. Thomas schloß die Augen. Die Unterbrechung in diesem Augenblick war ihm unerträglich. Er hörte, wie Rosie aufstand und im Begriff war, ihn hier allein zurückzulassen. Das würde er nicht zulassen, das würde er auf keinen Fall zulassen. Er würde ihr immer auf den Fersen bleiben, sie bis zum Ende der …

»Kommen Sie, Mr. Arkwright, mein lieber Thomas«, sagte sie, »ich kann doch nicht die ganze Nacht auf Sie warten.«

Rachel genoß den Platz auf der Terrasse. Sie sah mit einer Mischung aus Sympathie, Verachtung und Belustigung auf die Tänzer hinunter. Sie fragte sich, so wie Thomas damals, als die Einladung gekommen war, warum Menschen mittleren Alters sich all der Mühe unterzogen, solche Partys zu veranstalten. Wozu das Ganze? Für Frances war die monatelange Planung vielleicht eine sinnvolle Beschäftigung in ihrem ansonsten leeren Leben. Aber was dabei herauskam, war im Grunde genommen doch ziemlich sinnlos.

Als sie alle jung gewesen waren, überlegte Rachel, war es doch die mehr oder weniger deutliche Absicht eines jeden, einen Partner zu suchen und vielleicht zu finden. Also war auch mit der einfachsten Party immer ein Gefühl der Vorfreude und der Aufregung verbunden. Im mittleren Alter waren zwar der billige Wein und das kärgliche Essen eventuell durch Extravaganzen ersetzt worden, wie sie heute abend aufgetischt worden waren, aber die Zeit der Jagd war größtenteils vorüber. Die Gäste waren verheiratet, zum ersten oder zum zweiten Mal, oder geschieden. Sinn und Zweck dieser Zusammenkünfte war es, alte Freunde wiederzusehen, nicht neue kennenzulernen. Dementsprechend lag eher Nostalgie in der Luft als freudige Erwartung. Die eigene Verfügbarkeit zu signalisieren – einfach lachhaft. Keiner würde es bemerken, nicht einmal, wenn Rachel wollte, daß jemand es bemerkte.

Sie lächelte, während sie die Tänzer beobachtete. Einige Gäste kannte sie schon seit Jahren flüchtig, Kommilitonen aus Oxford und alte Schulkameraden. Ihre Wege hatten sich getrennt, und sie hatten andere Interessen verfolgt. Rachel hatte keine Lust, diese Beziehungen aufzufrischen. Es war mühsam, große Gräben zu überwinden – deshalb hatte sie einigen nur freundlich aus der Ferne zugewinkt. Der Unterschied in der äußeren Erscheinung war allerdings erstaunlich. Sah man seine Altersgenossen jetzt nicht regelmäßig, so war man selbst nach kurzen Abständen über die Veränderungen schockiert. Die alten Bekannten waren durchweg glatzköpfiger, dicker, grauer, schlaffer und, wenn man die vielen Hände sah, die hinter das Ohr gelegt wurden, auch schwerhöriger geworden. Auch der Tanzstil hatte sich verändert. Wie wild sie auch immer in ihrer Jugend Rock 'n' Roll getanzt hatten, davon waren bei den meisten nur zwei Bewegungen übriggeblieben – auf und ab pumpende Arme und ein leicht hinter dem Takt herhinkendes Hochreißen des Beines, das an einen unentschlossenen Hund erinnerte. Zugegeben, manchmal gab es eine kleine Variante, wenn die Männer ihren Rücken krumm machten und ihr Doppelkinn auf die Frau eines anderen herabsenkten. Und wenn die Frauen, ungeachtet ihrer Form und Figur, keß herumwirbelten wie Lampenschirme im Wind. Bauschige Röcke gehörten einfach dazu und auch Goldpaspelungen an Ausschnitt und Ärmeln. Wieder lächelte Rachel. Sie genoß die für Engländerinnen typische Gleichgültigkeit gegenüber Oberflächlichkeiten wie Mode. Dazu stand sie. Auch ihr waren andere Dinge wichtiger. Beispielsweise die Bequemlichkeit eines oft getragenen Kleides.

Nach einer Weile raffte sie ihren schwarzen Rock hoch, der ihr nun schon seit fünfzehn Sommern gute Dienste leistete, und beschloß, daß ihr großer Augenblick jetzt gekommen sei. Ein letzter Blick auf die traurig wirkende Schar der Gäste, die sich plump auf der Tanzfläche umherschoben, dann ging sie ins Haus.

Rachel kannte sich hier gut aus. Fest entschlossen stieg sie beschwingt die Treppe hinauf, über den Absatz an Frances' Zimmer vorbei. Sie sah Frauen, die an ihrem Haar herumzupften und die goldenen Schuhe für einen Augenblick in die Ecke geschleudert hatten, und sie ging vorbei an dem Flügel des Hauses, den Tobys betagte Mutter für einen Tag bewohnte. Sie kam zu einer Tür, an der ein *Eintritt-verboten*-Schild hing. Sicher hatte Fiona viele Stunden daran gearbeitet. Es hatte eine Bordüre aus Mohnblumen und Eiskremtüten – ein Aufwand, der keinerlei Beachtung fand, dachte Rachel. Wenn sie Fiona noch einmal sähe, würde sie ihr sicher zu ihrem Werk gratulieren.

Sie ging durch die Tür in einen unbeleuchteten Gang und öffnete die erste Tür auf der rechten Seite. Der Raum, das wußte sie von Frances, wurde oft für einen unvorhergesehenen Gast verwendet. Und so war er auch ausgestattet. Rachel ging zum Fenster und öffnete es, um den stickigen Geruch von ungelüfteter Baumwolle und Lavendelsäckchen hinauszulassen. Die nächtliche Luft war ziemlich kühl. Sie betrachtete den hell leuchtenden Halbmond, der auf dem Wipfel einer riesigen Zeder balancierte. In der Ferne spielte die Kapelle *Lullaby of Broadway.* Was für eine himmlische Ruhe und das Partygetümmel in weiter Ferne! Sie schlug die Decke mit dem Brombeermuster von einem der beiden Einzelbetten zurück. Es war mit rosa Bettwäsche frisch bezogen. Dann öffnete sie den Reißverschluß ihres Kleides und ließ es auf den Boden fallen. Im fahlen Licht des Mondes sah es aus wie die Aschenreste eines Freudenfeuers. Jetzt die Schuhe. Was für ein wundervolles Gefühl, die Zehen ausstrecken zu können. Und ab ins Bett.

Die Kissen waren eindeutig für Besucher gedacht. Sie schmiegten sich nicht schützend um den Kopf. Und die Bettwäsche fühlte sich auch nicht wie kühles Leinen an. Aber sie wollte nur weg von allem, nur weg. Ein angenehmer Dämmerzustand legte sich über ihren Körper. Innerhalb weniger Minuten war sie eingeschlafen.

Ant Cellar stand zu seinem Ruf, er böte Wertarbeit für gutes Geld, und verließ das Podium auch nicht während der ersten kurzen Pause. Er kauerte am Boden und trank Bier aus der Dose, auch wenn die Pose nicht zu seiner weißen Smokingjacke paßte. Aber es war doch nur verdammt menschlich, wie

er so gern zu sagen pflegte, wenn er sich nach ein oder zwei
Stunden phantastischer Musik ein paar Minuten Ruhe
gönnte. Seine Musiker waren für fünfzehn Minuten weggegangen – keine Minute länger, bitte –, um sich auszuruhen
und frischzumachen. Um Frances' Wunsch nach ununterbro-
chener Musikuntermalung zu entsprechen, hatte Ant seinen
»alten Onkel« engagiert (den Bruder seiner alten Dame), der
früher mal in einer Cocktailbar gespielt und sich in Marlow
einen guten Namen gemacht hatte. Onkel Bill konnte nicht
mit den weißen Smokings mithalten, kam aber ganz anständig
an mit einer schwarzen Smokingjacke samt roter Fliege und
klimperte richtig nett alte Melodien auf dem Klavier. Also
sollte die wunderhübsche Frances eigentlich zufrieden sein.
Wo war sie nur?

Ant sah sich um und entdeckte ihre Tochter – ein elend
aussehendes Würmchen. Sie streckte ihm ein Blatt Papier und
einen Bleistift entgegen. Er wußte, was sie wollte. Mit der
Abgeklärtheit eines Künstlers, der viele Jahre Autogramme
geben hatte müssen – aber einem freundlichen Lächeln auf
den Lippen –, schrieb er schwungvoll seinen Namen und
fügte hinzu »in Liebe«. Das Kind schien angetan zu sein und
bedankte sich.

»Gefällt dir die Party?« fragte Ant.

Fiona schwankte zwischen Loyalität und Ehrlichkeit.

»Ganz gut.«

»Eine ganz große Sache. Fabelhaft, würde ich sagen. Wo ist
deine Mom?«

»Weiß nicht.«

»Wenn du sie siehst, sag ihr bitte, ich möchte sie kurz sprechen. Tust du das? Das ist lieb.« Wieder ein freundliches
Lächeln.

Fiona zog sich zurück, unfähig, etwas zu sagen, und
drückte das Blatt Papier fest an sich. Sie begann zu laufen –
über die leere Tanzfläche, die Stufen hinauf zur Terrasse, in
den schwül nach Lilien duftenden Salon. Sie drängte sich zwischen den Gästen hindurch, von denen einige ihren Namen

riefen und versuchten, sie an ihrem Kleid zurückzuhalten. Aber sie blieb nicht stehen. Es war ihr egal, was jetzt noch auf der Party passieren würde, und sie wollte auch nicht daran teilhaben. Sie hatte Ant Cellars Autogramm, den kostbarsten Besitz auf der Welt. Und jetzt wollte sie nur noch die Tür ihres Zimmers verschließen und darüber nachdenken, wie freundlich er gewesen war.

Erst als sie im Bett war, das Autogramm gut unter dem Kissen verwahrt, erinnerte sie sich an seine Bitte. Nun ja, sie hatte ihre Mutter und auch ihren Vater seit Ewigkeiten nicht mehr gesehen. Ob sie wohl noch einmal aufstehen und ihr Versprechen einlösen sollte? Nein, danach stand ihr der Sinn nun gar nicht. Außerdem würde ihr Ant, sollte er je draufkommen, sicher vergeben. Er war ein versöhnlicher Mann, das wußte sie ganz bestimmt.

Thomas war immer stolz darauf gewesen, sich ziemlich schnell wieder unter Kontrolle zu haben, wenn er durch irgendeinen unglücklichen Vorfall aus den Fugen geraten war. So ging er auch wenige Augenblicke nach seinem tränenreichen Liebesschwur wieder ruhig über den mondgebleichten Rasen, als wäre nichts Außergewöhnliches passiert. Rosie hielt sich an seinem Arm fest, sie gingen im Gleichschritt. Mit ihrer freien Hand hielt sie sowohl den Fächer als auch den Rock ihres Kleides. Thomas sah hübsche Samtschuhe mit einer Buntglasschnalle. Sie sollten eigentlich Serena folgen, aber diese war vorangeeilt und nirgends mehr zu sehen. Thomas spürte, daß Rosies Begeisterung für das Gespräch mit ihrer Tochter geschwunden war. Die Sommernacht schien sie viel mehr zu interessieren.

»Ich habe manchmal das Gefühl, Thomas, daß in solchen Nächten die Welt einfach auf dem Kopf steht. Was meinen Sie?«

»Mag sein«, antwortete Thomas wahrheitsgetreu. Noch nie hatte seine eigene Welt so völlig auf dem Kopf gestanden.

»Ich meine, der Nachthimmel könnte der Gänseblüm-
chenrasen sein, während wir auf einem Sternenhimmel
gehen.«

»Mag sein«, wiederholte Thomas. Er konnte Rosies Ausführungen nicht so ganz folgen, wollte aber um jeden Preis
verstehen, was sie sagen wollte. »Nicht so sehr viele Gänseblümchen«, fügte er hinzu.

»Nein, aber Sie verstehen, was ich sagen will.«

»Ja, ja, natürlich.« Aufgeregt drückte er ihre kleine Hand.

»Ein wunderschönes Fest, einfach wunderschön«,
schwärmte Rosie. »Ich bin froh, daß ich gekommen bin. So
eine Überraschung.«

Thomas wollte instinktiv zustimmen, spürte aber auch,
daß er von nun an vorsichtig mit seinen Erklärungen sein
mußte. Nichts zu Schmalziges, sonst würde sie ihm glattweg
davonlaufen. Er versuchte es anders.

»Eigentlich bin ich aber froh, daß meine Kinder beschlossen haben, nicht zu kommen. Das wäre wirklich nichts für sie
gewesen.«

»Das war eine gute Entscheidung. Ich glaube, Serena kann
hiermit auch nichts anfangen.« Rosie blieb einen Augenblick
stehen und neigte den Kopf zur Seite.

Das Mondlicht steht dir gut, dachte Thomas. Ein alter
Liedtext tut es genausogut wie Keats, wenn ein verliebter
Mann eine gewisse Menge Alkohol intus hat.

»Horchen Sie«, sagte Rosie. »Ich höre Musik, Mr. Arkwright. Anders als die von der Band.«

Sie horchten. Durch eine Lorbeerhecke drang der melancholische Klang eines Saxophons und einer Baßgitarre, die
Michelle spielten. Sie gingen um eine Ecke und standen plötzlich in einem Garten voller weißer Rosen. Der Boden war mit
weißen Blütenblättern übersät. In der Mitte war zwischen den
Rosenbeeten eine kleine Tanzfläche aufgebaut. Hier tanzten
zwei Paare wie Statuen, die nur lose an ihren Sockel gelötet
waren – keine Ehepaare, wie Thomas sofort registrierte, sondern eine leicht anrüchige Mischung, an der er und Rosie hof-

fentlich auch teilhaben konnten. Die Musiker, die wie Zigeuner angezogen waren, gingen zu einem anderen sehnsuchtsvollen Beatles-Song über.

»Sollen wir ein wenig tanzen?« flüsterte Rosie. »Ich möchte so gerne tanzen, nur dieses eine Mal.«

Thomas führte sie durch die weißen Rosen, und sein Herz floß auseinander wie die verstreuten Blütenblätter, während der Mond schwankend am Himmel stand. Sein ganzer Körper schmolz hingebungsvoll dahin.

»Rosie«, war alles, was er sagen konnte. Dann tanzten sie.

Ralph hatte in seiner Ungeduld nicht bemerkt, wie Frances den Garten verwandelt hatte. Er wollte eigentlich nur seine Mutter finden und sie nach Haus bringen. So schnell wie möglich.

Er ging an Paaren vorbei, die auf den lose verteilten Gartenstühlen saßen. In ihren Gesichtern tanzten rosafarbene Lichter, Reflexionen der Flammen in den Kohlenpfannen. Ein friedliches Bild, das Ralph deprimierte. Warum gab es keine Frau, die mit ihm vor einer Kohlenpfanne saß? Nur seine Schwester schien seine Einsamkeit zu teilen. Er fand sie tief verborgen im Schatten einer dunklen Zeder auf dem Boden sitzend. Er setzte sich zu ihr, und sie zündeten sich beide eine Zigarette an.

»Hast du Mom gesehen?«

»Gerade vorhin, im Gemüsegarten.«

»Allein?«

»'türlich nicht.« Serena kicherte verhalten.

»O Gott. Sie ist hoffnungslos.«

»Vielleicht will sie die verlorene Zeit nachholen. Sie ist jetzt – wie lange? – sechs Jahre in Norfolk. Das ist eine lange Zeit für sie an einem Ort.«

»Wer weiß, was sich da anbahnt? Wer war der Mann?«

»Keine Ahnung. Fett. Kam mir irgendwie bekannt vor.«

Ralph seufzte und stand auf. »Amüsierst du dich?«

»Nein.«

»Möchtest du mit mir kommen?«

»Ich bleibe lieber hier.«

»Wieso bist du eigentlich hierhergekommen?«

»Mom zuliebe. Allerdings zeigt sie wie gewöhnlich keinerlei Interesse, mit ihren Kindern zusammen zu sein.«

»Ich gehe sie suchen und bring sie nach Hause.«

»Ob du das schaffst?«

Ralph suchte weiter. Er kam an eine Hecke, die die intimeren Tänzer von der Masse abschirmte. Nachdem er eine Weile der Musik gelauscht hatte, fand er, es gäbe keinen traurigeren Sound als einen Saxophonisten und einen Baßgitarristen, die versuchten, gegen die Dunkelheit anzuspielen. Ein wenig mulmig war ihm zumute, als er in den Rosengarten ging und seine Mutter mit dem Mann tanzen sah, der so viele Bilder von ihr kaufte. Einen Augenblick lang hatte er die Illusion, ein altes Foto zu betrachten. Das war die markanteste Szene seiner Kindheit. Danach kamen viele andere ähnliche. Rosie tanzte mit einem neuen Mann, immer und immer wieder.

Er verließ den Schauplatz, weil er nicht gesehen werden wollte. Im Zelt – der warme Geruch nach Lilien war plötzlich irgendwie tröstlich – waren weniger Leute, aber an den Eßtischen waren Gäste dabei, das Frühstück einzunehmen. Martin und Ursula saßen zusammen in einer Ecke – Ursula war dabei, sehr schnell einen Riesenberg Rühreier zu verdrücken. Sie schienen in sich versunken zu sein. Ralph verspürte keine Lust, sich ihnen anzuschließen, wie es Ursula vorgeschlagen hatte. Aber er wußte, daß seine Mutter noch nicht so schnell verfügbar sein würde. Vielleicht wäre es am besten, die Zeit mit ein wenig Schlaf zu überbrücken. Er kannte sich ja im ersten Stock des Hauses bestens aus, würde sich ein leeres Gästezimmer suchen und ein Stündchen schlafen. Eine perfekte Lösung. Er eilte ins Haus zu den Stufen, die er in der Vergangenheit so oft auf Frances' Bitte hin hinaufgestiegen war.

Ursula hatte zwei Portionen Eier mit Speck gegessen. Jetzt waren ihre Lebensgeister wieder erwacht. Und jetzt kam auch der gemütliche Teil des Abends, auf den sie sich schon die ganze Zeit gefreut hatte. Sie und Martin hatten alle ihre Tanzverpflichtungen hinter sich gebracht. Jetzt konnten sie nur füreinander da sein, bis die Band aufhörte zu spielen. Martin trank schwarzen Kaffee.

»Weißt du an dem Abend damals …?« begann Ursula.

»Dem Abend mit der Katze?« Erstaunlich, wie schnell er immer ihre Gedanken las.

»Ja. Ich konnte dir nie davon erzählen.«

»Von dem Haus?«

»Ja.«

»Du hast mir von der Hochzeit erzählt. Für den Rest hast du wohl den richtigen Zeitpunkt abgewartet.« Sie lächelten beide. Martin neckte seine Frau oft, daß sie ein spezielles Talent hatte, den falschen Zeitpunkt zu wählen.

»Es hat sich so ergeben«, sagte Ursula, schob ihren leeren Teller weg und nahm sich einen Pfirsich, »daß die Frau des Farmers mir zufällig erzählte, daß dieses … absolut traumhafte Bauernhaus in nicht allzu ferner Zukunft zum Verkauf stünde.«

Martin spürte, daß ein leichtes Gefühl der Verärgerung in ihm aufstieg. Warum mußte sie gerade hier das leidige Thema wieder ansprechen? Sie war klug genug gewesen, es in den letzten Monaten nicht zu erwähnen. Er nahm sich Zeit, seine Ruhe wiederzufinden, und sah ihr dabei in die lebhaften, glänzenden und so hoffnungsvollen Augen. Sie war jetzt hübscher als damals, als er sie geheiratet hatte. Schließlich antwortete er. Es waren unüberlegte, nicht ganz der Wahrheit entsprechende Worte.

»Was ich dir auch noch nicht gesagt habe«, begann er, »ist, daß … ich inzwischen so ziemlich mit dir einer Meinung bin.« (In Wirklichkeit hatte er überhaupt nicht viel darüber nachgedacht. Allerdings störte ihn in letzter Zeit auch einiges an Oxford, vor allem die ungeheuren Massen von Touristen.)

Ursula hielt den Atem an und beobachtete, wie Martins

Blick sich jetzt in den unergründlichen Tiefen des rosa Tischtuchs verlor.

»Mir ist aufgefallen, wie sehr es mit der Stadt bergab geht«, fuhr er fort. »Mein Zimmer ist wirklich noch der einzige Ort, an dem es mir gefällt. Deshalb dachte ich, daß du wahrscheinlich recht hast und wir vielleicht wirklich an eine Veränderung denken sollten – in etwa einem Jahr oder so …« Die gestelzten Worte seiner Erklärung erstaunten ihn selbst ebenso wie seine Frau. Als sie, immer noch völlig überrascht, nach seiner Hand griff, überkam ihn ein ungeheures Gefühl der Erleichterung. Es war entsetzlich anstrengend, sich dem Ehepartner Jahr um Jahr zu widersetzen. Jetzt würde sich auch die unausgesprochene Spannung, die sich zwischen ihnen aufgebaut hatte, langsam lösen … Und es hatte ja alles keine Eile. Natürlich würde er seine Zelte nicht sofort abbrechen können. Das würde Ursula verstehen. Aber er hatte das Versprechen gegeben. Das genügte für den Augenblick.

Ursula hielt immer noch seine Hand fest. Sie versuchte sich zusammenzunehmen. Sein Entgegenkommen verdiente jetzt Verständnis und Sorge für seine Probleme.

»Und deine Arbeit?« fragte sie.

»Ach, die.« Er zuckte mit den Achseln. »Es sollte nicht unmöglich sein, da eine Lösung zu finden.« Er trank seinen Kaffee aus und zupfte sie an einer Haarsträhne. »Du hast schließlich so lange gewartet«, sagte er, »und so geduldig.«

In diesem Augenblick fingen Ant Cellar und seine erfrischten und gestärkten Bandmitglieder wieder an zu spielen. Martin und Ursula konnten der Verlockung des leeren Tanzbodens nicht widerstehen. Sie tanzten wie ein Paar, das schon lange gern zusammen tanzt. Jede Bewegung war von einer tiefen, schwer definierbaren Übereinstimmung bestimmt. Andere Gäste, die sich nicht so schnell entschlossen hatten, zögerten, sich zu ihnen zu gesellen. So hatten sie die Tanzfläche eine ganze Weile für sich allein, schwebten zwischen den blütenbekränzten Säulen und reagierten prompt auf jeden Rhythmuswechsel. Ursula wußte, daß sie weiter warten mußte. Aber sie wußte auch, daß dieser Tanz ihre kleine, ganz private Feier war.

Mary Lutchins beobachtete ihre Tochter und ihren Schwiegersohn eine ganze Weile. Die beiden würden nicht so schnell aufbrechen. Für sie aber war es an der Zeit, nach Hause zu gehen. Sie hatte es wirklich sehr genossen, das Tanzen, das Beobachten, das Essen und die Blumen, aber jetzt war es an der Zeit, zu gehen. Ein klein wenig machte sie sich Sorgen um Rosie, die sie seit ihrer Eskapade zu den Himbeeren nicht mehr gesehen hatte. Dann verwarf sie ihre Gedanken. Schließlich war Rosie alt genug, auf sich selbst aufzupassen. Zweifellos war sie in irgendein romantisches Abenteuer verwickelt und hatte morgen auf der langen Heimfahrt viel zu erzählen.

Mary ging in den Garten. Noch ein letzter Blick, dachte sie, ehe sie zum Wagen ging. Sie würde vielleicht nie wieder Gelegenheit haben, zu einem solchen Fest zu gehen.

Am Himmel dämmerte der Tag heran, und die Luft war feucht vom morgendlichen Tau. Sie zog die Stola enger um ihren Körper. Wenn Bill hier gewesen wäre, hätten sie sich eine Weile vor eine Kohlenpfanne gesetzt und sich aufgewärmt, ehe sie heimgefahren wären. Sie betrachtete die dunklen Silhouetten der riesigen Zedern. Die kleineren Bäume mit den Lichterketten sahen winzig im Vergleich dazu aus. Spinnweben glitzerten im frischen Morgentau. Mary ging flotten Schrittes zur Scheune, wo sie ihren Wagen hatte abstellen dürfen. »Wir können von Mary nicht verlangen, daß sie in ihrem Alter über die Felder geht, um zu ihrem Auto zu kommen«, hatte die immer rücksichtsvolle Frances wahrscheinlich gesagt. Und Mary war dankbar dafür.

Die Turmuhr zeigte auf fünf Minuten nach drei. Wie schnell die Nacht vergangen war. Ein Käuzchen flog vom Dach auf und ließ sich unter Protest ob der Ruhestörung auf einem weiter entfernten Baum nieder. Ant Cellars Musik drang gerade noch herüber zu ihr. Mary wagte ein paar Tanzschritte auf den Pflastersteinen in Erinnerung an ihre Jugend.

Nie hätte sie das in aller Öffentlichkeit gewagt. Seit Bills Tod fühlte sie sich unerwartet stark und war so erleichtert, sich nicht mehr Sorgen machen zu müssen, daß er allein sein würde. Sie traute sich kaum, es sich selbst einzugestehen, aber ihre Erleichterung war so groß, daß es schon ein paar Stunden – manchmal sogar einen oder zwei Tage – gegeben hatte, in denen sie Bill nicht mehr vermißt hatte. Dann kamen ihr immer unangenehme Zweifel – Zweifel, ob es richtig gewesen war, ihre Ängste vor Bill geheimzuhalten. Vielleicht hatten diese Ängste ihre Ehe so sehr belastet, daß die Leichtigkeit ihrer Beziehung darunter massiv gelitten hatte. Sie würde es nie wissen. So konnte sich unter dem Schutz eines ruhigen, gemütlichen Lebens, zu dem sie sich beide bekannten, die Vorgabe einer perfekten Beziehung entfalten.

Aber was für treulose Gedanken gingen ihr da durch den Kopf! Erschrocken verlangsamte Mary ihre Schritte. Der Tod eines geliebten Ehepartners, beruhigte sie sich, wirft Fragen und Bedauern auf. Es war zwecklos, auf diese Fragen zu hören, denn sie würde nie eine Antwort finden. Eine Weile zumindest mußte mit Verwirrung gerechnet werden, selbst darüber, daß es einem die meiste Zeit wirklich ganz gut geht, ja sogar, daß man es richtig genießt, allein zu sein. Aber als sie bei ihrem Auto angekommen war und sich die Fahrt nach Oxford vorstellte, verließ sie für einen Augenblick der Mut. Die Trennungslinie zwischen Leben und Tod war dünner, als sie sich das vorgestellt hatte. Quälender war der Raum zwischen Erinnerung und Realität. Manchmal streckte sie im Glauben, daß Bill neben ihr sei, die Hand aus und faßte ins Leere. In der stillen Morgendämmerung fragte sie sich zum x-ten Mal, wo er wohl war. Dann zwang sie sich, die trüben Gedanken beiseite zu schieben und sich, wie Bill es von ihr verlangt hätte, ausschließlich auf die Straße zu konzentrieren und sehr langsam, sehr vorsichtig zu fahren.

Ralph öffnete leise die Tür zu einem Zimmer, von dem er wußte, daß es ein selten benutztes Schlafzimmer war. Sofort bemerkte er seinen Irrtum. Gegen den grau heraufdämmernden Himmel sah er, daß jemand in dem Bett schlief. Ein schwarzes Kleid lag erschlafft am Boden.

Er schloß die Tür hinter sich. Womöglich hatte ein Gast zuviel getrunken und brauchte Hilfe. Trotz seiner Bemühungen, leise zu sein, hatte er die Schläferin gestört. Sie setzte sich auf und zog dabei die Decke an ihrem Körper hoch. Ein flüchtiger Blick auf große Brüste. Es war Rachel Arkwright, die traurige Lady, mit der er einmal getanzt hatte.

»O mein Gott«, sagte er. »Es tut mir leid. Ich habe nur nach einem Platz gesucht, wo ich ein wenig schlafen kann.«

»Macht nichts.« Rachel war ein wenig benommen, lächelte aber. »Sie haben mich nicht gestört, ganz ehrlich nicht. Ich hatte die gleiche Idee, war halt nur etwas schneller.«

Sie lachten beide leise.

»Ich bin schon wieder weg«, sagte Ralph.

»Nein! Bitte nicht.« Rachel richtete sich ein wenig höher auf und ließ die Decke tiefer rutschen. Verwundert hörte sie sich sagen: »Bitte, kommen Sie doch her.«

Man kann nicht dafür verantwortlich gemacht werden, wenn die eigenen Handlungen schneller sind als die Gedanken, überlegte sie sehr viel später. Alles ist möglich, wirklich alles.

Ralph überlegte auch nicht lange und legte sich neben sie. Sie war warm, mächtig, weich, roch entfernt nach Hyazinthen und so ausgesprochen begehrenswert, daß er Mühe hatte, seine Lust unter Kontrolle zu halten. Eigenartigerweise schien Rachel genauso zu empfinden. Noch nie hatte er eine Frau gehabt, die so begierig und so lieb in ihren Reaktionen war. Er hing an ihren nach Erdbeeren schmeckenden Lippen, die Verzweiflung, die ihm den Abend vergällt hatte, war wie weggeblasen, und ein vages Gefühl, das er Hoffnung zu nennen wagte, kämpfte in seinem Kopf ums Überleben.

»Das ist alles sehr … seltsam«, flüsterte Rachel in einem undefinierbaren Augenblick. »Zwei Menschen, die sich kaum kennen.«

»Meinen Sie nicht, daß Frances nach all den Mühen sehr von der Vorstellung angetan wäre, daß zumindest zwischen zwei Gästen etwas Außergewöhnliches stattgefunden hat?« fragte er. »Und wenn Sie jetzt vielleicht noch ein kleines Stückchen rutschen könnten ...«

Rachel schlug die Bettdecke zurück. Das fahle Licht des frühen Morgens fiel auf ihre Haut. Ralph war hingerissen und nahm sie mit Genuß.

Endlich hörte Frances auf zu tanzen. Geschickt entledigte sie sich ihres derzeitigen Partners, schüttelte den Kopf bei dem nächsten Anwärter und verließ das Zelt. Sie wollte einen einzigen Augenblick für sich allein haben, ehe alles vorüber war. Der blaßgraue Himmel hatte sich schon in das Zelt hineingeschlichen, und die goldgeränderten Wolken ließen die Lichter, die so hell geleuchtet hatten, fahl erscheinen. Doch der Glühwürmcheneffekt war immer noch da, dachte sie. Ob das einer der Gäste auch so empfunden hatte? Wahrscheinlich nicht. Die Leute waren so unsensibel und phantasielos. Sie hatte vielen Freunden sagen müssen, daß ihr Kleid eine Meerjungfrau darstellen sollte. Keiner wäre von selbst draufgekommen. Wirklich merkwürdig!

Aber es war eine gute Party gewesen. Eine unvergeßliche, um es genau zu sagen. Und sie war immer noch in vollem Gang. Die zwei Dutzend Paare auf der Tanzfläche zeigten keinerlei Ermüdungserscheinung. Frances kehrte in das Zelt zurück, nachdem im Garten alles in Ordnung gewesen war. Sie hatte das Gefühl, jetzt sei der große Augenblick gekommen.

Und sie sollte recht behalten. Sobald Ant sie erblickte, kam er, der so wundervoll geduldig gewesen war, vom Podium herunter auf sie zu.

»Persönliches Vorrecht des Bandleaders«, sagte er. »Haben Sie Zeit? Nein?«

»Ja.« Sie lächelte ein wenig furchtsam. Er nahm ihre Hand. Seine Haut war erstaunlich rauh.

»Ein spezielles Lied, das Sie sich wünschen?«

»Nein.«

»Ich glaube fast, ich könnte das arrangieren.« Sie lachten beide. »Genießen Sie Ihre eigene Party?« Frances nickte. »Ich würde sagen, das war einer der Höhepunkte des Sommers«, bestimmte Ant. Er hielt sie ein wenig auf Abstand und betrachtete prüfend ihren Körper. Sie wackelte unsicher mit den Hüften, in der Annahme, daß es das war, was er sehen wollte.

»Ant«, sagte sie, »könnten Sie mir wirklich helfen? Mich mit Leuten zusammenbringen, wie Sie gesagt haben? Ich suche ernsthaft nach Arbeit. Ich glaube schon, daß ich solche Feste ganz gut organisieren könnte, oder?«

Ant nickte abwesend. Die Bereitschaft, ihr zu helfen, die er ihr gestern so begeistert angeboten hatte, schien verflogen.

»Ich werde mein Bestes tun, das verspreche ich«, murmelte er. »Wir könnten uns nächste Woche treffen und meine Liste durchgehen. Können Sie vielleicht einmal nach London kommen? Dann könnten wir auch, vielleicht, Essen gehen ...« Seine Stimme verlor sich. Er schien ein wenig atemlos. Dann zog er sie ziemlich grob an sich. »Keine Unterhaltung mehr«, flüsterte er. »Ich möchte mich konzentrieren.«

Frances gehorchte. Was war plötzlich los mit ihren Gefühlen? Ich habe Ralphie geliebt, ich liebe Toby – ich werde Toby immer lieben. Und was tue ich jetzt? Ich will diesen schrecklichen, unwiderstehlichen Musiker unbedingt haben ... Was soll werden, wenn die Party vorbei ist?

Sie wußte keine Antwort. Frances spürte, daß Ant sie so fest an sich drückte, daß viele ihrer Pailletten von dem seidigen Untergrund abreißen und auf dem Boden eine Spur der Schmach hinterlassen würden.

Toby war äußerst zufrieden mit der Arbeit, die er in den letzten Stunden geleistet hatte, und kehrte jetzt zu dem Zelt zurück, um zu sehen, wie sich die Dinge entwickelt hatten. Bei den etwa zwölf Paaren, die sich zu den Klängen von *Danc-*

ing Cheek to Cheek wiegten, sah er seine Frau und diesen elenden Stinker von Bandleader enger ineinander verschlungen, als es schicklich schien. Und es war ihm egal. Keine Spur mehr von dem Wunsch, ihr einen ihrer lächerlichen Ohrringe aus dem Ohrläppchen zu reißen. Statt dessen dachte er, daß Mr. Cellars dubioses Angebot, ihr bei der Jobsuche zu helfen, vielleicht genau das Richtige für ihre zukünftige Beschäftigung sein könnte.

Er ging in den Garten und sah sich bei den Gästen um, die der klammen Kälte des frühen Morgens trotzten. Kleider, die im Kerzenlicht wunderschön geschimmert hatten, wirkten unvorteilhaft im Morgengrauen. Die Säume waren naß und schlaff vom Morgentau auf dem Gras. Smokingjacken wurden über blasse Damenschultern gelegt. Die Gesichter der weiblichen Gäste bedurften dringend einer Renovierung. Die Männer hatten eingefallene Wangen.

Toby setzte sich auf einen leeren Stuhl und rieb sich die kalten Hände über den erlöschenden Flammen einer Kohlenpfanne. Frances hatte wirklich an alles gedacht. Irgendwann würde er ihr seine Anerkennung aussprechen. Und es war fast vorbei. Morgen um diese Zeit würde hier wieder der Alltag eingekehrt sein … Was gab es sonst noch? Toby sah sich um. Jetzt waren fast alle Ehepaare wieder vereinigt, und sei es auch nur aus praktischen Gründen des gemeinsamen Nachhausewegs. Wahrscheinlich sollte er Frances vorschlagen, jetzt zu frühstücken und dann gemeinsam dazustehen, damit sich die Gäste bei ihnen beiden gleichzeitig verabschieden konnten. Aber sein Wunsch, die traute Zweisamkeit mit dem schrecklichen Mr. Cellar nicht zu unterbrechen, war stärker als sein Gefühl für soziale Gepflogenheiten, und so blieb er, wo er war.

Für Ralph und Rachel waren die letzten Stunden der Party so schnell vergangen, daß sie keine Zeit gehabt hatten, sich eine harmlos aussehende Rückkehr zu den anderen auszudenken. Also gingen sie zusammen über die Terrasse und wunderten sich, daß niemand erstaunt war, sie Seite an Seite auf dem Weg zu der fast leeren Tanzfläche zu sehen. Sie hatten beide nicht das Bedürfnis, zu den Klängen von *The Nearness of You* eng umschlungen zu tanzen. Das hatten sie nicht nötig.

Über dem Morgentau auf dem Rasen hatte sich Bodennebel entwickelt, der gerade so hoch gestiegen war, daß er die Fackelhalter einhüllte. So sah es aus, als würden die Flammen direkt aus dem Nebel aufsteigen. Schweigend standen sie eine Weile nebeneinander, unlustig, sich jetzt auf die Suche nach Rosie und Thomas machen zu müssen, unwillig, sich voneinander zu verabschieden und getrennte Wege zu gehen.

»Ich wohne in der Nähe von Oxford«, sagte Ralph schließlich. »Vielleicht kannst du mich ja einmal besuchen kommen?«

Rachel hielt ihren Rock hoch, damit er nicht naß wurde, und drehte sich ein wenig zur Seite, damit Ralph ihr Gesicht nicht sehen konnte.

»Kann ich«, antwortete sie. »Ich könnte zum Mittagessen kommen. Und am selben Tag zurückfahren.«

Ralph lächelte. »Ich denke, wir sollten dort rüber gehen. Dort habe ich meine Mutter mit deinem Mann tanzen sehen.«

In gebührendem Abstand voneinander gingen sie in Richtung Rosengarten.

Im silbrigen Licht des Morgens konnte Rachel die dünnen elektrischen Drähte sehen, die die Lichter in den Bäumen und Büschen miteinander verbanden. Die Illusion von den Glühwürmchen war dahin. Sie beeilte sich, dem Mann nachzukommen, der zuerst Unruhe in ihren Schlaf gebracht hatte und demnächst das gleiche mit ihrem Leben tun würde.

»Ich habe immer diesen nostalgischen Traum, einmal ein Picknick auf dem Cherwell zu machen«, sagte sie. »Dumm, ich weiß schon. Wahrscheinlich ist das heuzutage total kommerzialisiert. Aber ich möchte es trotzdem machen.«

»Warum nicht? Wir können machen, was du möchtest«, sagte Ralph. Er sah, daß ein Tautropfen einen Fleck auf ihrem Satinschuh hinterlassen hatte und ihre Wimperntusche an einem Auge verschmiert war. »Sieh doch. Da sind sie ja endlich. O mein Gott, ich will nicht, daß du gehst.«

»Ich komme am Montag, versprochen«, sagte sie.

»Meine Frau sucht mich wahrscheinlich überall«, meinte Thomas, der lange Zeit nichts gesagt hatte. »Vielleicht sollten wir ...«

»Ralphie auch. Er wird nach Hause wollen«, pflichtete ihm Rosie bei.

Sie lösten sich voneinander. Thomas hatte keine Ahnung, wie lange sie so getanzt hatten. (Tanzen! Sie hatten sich fest aneinander gepreßt kaum von der Stelle bewegt. Thomas hatte den Satin auf seinem Bauch spüren können, dort, wo sein Hemd schließlich doch noch aufgeplatzt war.) Weiche Melodien waren erklungen und wieder entschwunden, meilenweit weg in den außerirdischen Raum. Vielleicht waren sie allein, vielleicht waren auch noch andere Tänzer um sie herum gewesen. Er wußte es nicht, und es war ihm auch egal. Und jetzt war es nur dieses verdammte Pflichtgefühl, das ihn zwang, sich von der Frau zu lösen, die er so leidenschaftlich liebte, daß es schon fast erniedrigend war.

Rosie tippte ihm noch einmal mit dem Fächer auf die Nase. Im heraufdämmernden Tageslicht sahen ihre topasfarbenen Augen schelmisch aus.

»Ich glaube, ich bin doch ein klein wenig weggetreten, Mr. Arkwright ... Thomas«, sagte sie. »Mein Lieber, wir hatten einen wunderschönen Abend. Werden Sie vielleicht eines Tages wieder nach Norfolk kommen? Und noch ein paar Bilder kaufen?«

»Ich kaufe von nun an alles, was Sie malen. Alles.«

Die Vorstellung gefiel Rosie, deren Geschäftssinn mindestens genauso ausgeprägt war wie ihr Sinn für Romantik.

»Was für ein ungewöhnliches Versprechen! Aber ich nehme Sie beim Wort.«

»Das können Sie auch«, versicherte ihr Thomas.

»Und jetzt, mein Lieber, müssen wir Ralphie suchen. Ich

glaube, er hat sich überhaupt nicht amüsiert. Er ist wahrlich kein Partymensch.«

Thomas nahm ihren Arm. Nach kurzer Überlegung fand er es durchaus in Ordnung, das zu tun. Wenn sie mit Rachel und Ralph zusammenträfen, würden sie beide ganz normal davon ausgehen, daß er höflich war zu einer älteren Dame.

Sie verließen den Rosengarten, ihre Zufluchtsstätte, und den Bereich, in dem die sanfte Musik so lange für die nötige Stimmung gesorgt hatte. Jetzt, da sie auf der weiträumigen, kühlen Rasenfläche gingen und sie nicht mehr die feurige Wärme von Thomas' Bauch spürte, fröstelte Rosie.

»Ich glaube, ich sehe Serena«, sagte sie. »Sie sitzt dort unter der Zeder. Was um Himmels willen hat das dumme Mädchen die ganze Nacht dort gemacht. Meine Kinder ...«

Thomas folgte ihrem Blick. Er sah die hagere Gestalt des Mädchens mit dem bernsteinfarbenen Haar, das unter einem ausladenden Ast zusammengekauert saß. Er lächelte und fragte sich, was ihn wohl bewegt hatte, als er so wütend war, weil die Glastür zwischen ihm und dem Mädchen war. Sehr seltsam, dieses völlige Desinteresse an einer Frau, die man einmal so sehr begehrt hatte, aber jetzt eben nicht mehr. Er sah weiter zu dem Zelt, dessen Zauber jetzt im Tageslicht völlig verschwunden war. Die Musik spielte immer noch. Die Klänge wirkten so nostalgisch wie der Duft der Blumen. Thomas fand es fast unerträglich rührend. Oder lag es daran, daß Rosie Cotterman in wenigen Minuten nicht mehr bei ihm sein würde?

»Da ist Ralphie«, sagte sie, »mein treu ergebener Sohn.«

»Und meine Frau ist bei ihm.«

»Was für ein Zufall, nicht wahr, Mr. Arkwright ... Thomas?«

Rosie ließ ihren Fächer sinken und winkte den beiden.

Toby beobachtete von seinem halb versteckten Gartenstuhl aus, wie die beiden Paare aufeinander zu gingen. Alle vier blieben, wie auf ein geheimes Signal hin, einige Meter voneinander entfernt stehen. Thomas verbeugte sich – vielleicht wollte er spaßig sein – vor Rachel. Sie hielt immer noch ihren Rock und stand mit leicht gespreizten Beinen da. Rosie fächerte sich nervös Luft zu, als leide sie unter einer heißen Nachmittagssonne. Ralph stand einfach nur da, mit baumelnden Armen, an denen die Hände schwer herunterhingen. Wie unterschiedlich hatten sie wohl den Abend verbracht, fragte sich Toby ohne großes Interesse an der Antwort. Er stand auf, um sich zu ihnen zu gesellen. Seltsam, wie befangen viele Menschen doch selbst nach einem Tanzabend wirkten, wenn sie sich voneinander verabschiedeten. Er würde ihnen auf Wiedersehen sagen. Sie dazu ermutigen, nach Hause zu gehen.

Thomas sah Rachel an. Wie vertraut ihm doch ihr Anblick war: die nach innen gedrehten Füße, das verschmierte Make-up – alles ein bißchen schief irgendwie. Nun gut, wahrscheinlich hatte sie sich köstlich amüsiert und mit Rosies Sohn und anderen Leuten getanzt. Ihm war es nur recht so.

Rachels Blick schweifte von Thomas verstrubbeltem Haar zu der Fliege, die wieder schief saß, bis zu dem Hemd, an dem schließlich zwei Knöpfe abgeplatzt waren. Sie sah die nackte Haut und war erstaunt, daß ihr das gar nicht peinlich war. Der arme, alte Thomas. Er hatte offensichtlich nicht viel von dem Abend gehabt. Sie hatte ihn mit Mary tanzen sehen, und jetzt hatte er sich wohl um Ralphs schrill aussehende Mutter gekümmert. Er war so gutmütig. Hoffnungslos, aber freundlich. Und offenbar nicht in der Lage, einen Wagen zu lenken.

Ralph seufzte innerlich. Er kannte den Anblick seiner Mutter am Ende einer Party nur allzugut. Wie immer hatten ihr Männer den Hof gemacht, in diesem Fall Rachels Mann und andere, die viel jünger waren als sie selbst. Die Schmeicheleien in Verbindung mit dem Wein ließen ihren Adrenalinspiegel immer um einiges ansteigen. Aber jetzt erschien sie ihm gelangweilt und ungeduldig. Der derangiert aussehende Thomas war absolut nicht ihr Typ. Aber es war nett von ihm, daß er sich um sie gekümmert hatte. Ralph konnte nicht umhin, auf den dicken Bauch zu starren, der aus Thomas' Hemd herausquoll. Ob Rachel ihm dazu wohl gelegentlich etwas sagen würde …

Rosie war ganz zappelig. Wieder einmal hatte ihr Ralphie auch nicht im entferntesten daran gearbeitet, sich eine Ehefrau unter den Gästen zu suchen. Statt dessen hatte er seine Zeit mit Mr. Arkwrights mütterlicher Ehefrau verplempert, pflichtbewußt wie immer. Sie würde ihm auf der Heimfahrt einiges zu sagen haben … Und Serena, was sollte sie von diesem Mädchen halten? Um das Schweigen zwischen der Vierergruppe zu brechen, rief Rosie ihre Tochter unter dem Baum hervor. Thomas stellte sich neben Rachel.

»Zeit, nach Hause zu fahren, altes Mädchen?« Er klopfte ihre kalte Schulter.

»Richtig.«

Ralph ging zu seiner Mutter und nahm sie am Arm. »Wir gehen auch«, sagte er.

»Natürlich, Ralphie. Ich habe dich nirgends gesehen. Wo warst du?«

»Ich habe dich gesucht.«

»Kommt Serena mit uns?«

»Nein, sie fährt mit ihrem eigenen Auto.«

Toby beobachtete die Bewegungen des merkwürdigen Quintetts im Tau des Morgengrauens. Er ging zu ihnen, worauf sich alle bemüßigt fühlten, sich in Lobpreisungen über das gelungene Fest zu ergehen, und mit kleinen Verbeugungen entschuldigend kundtaten, daß sie nach Hause wollten. Nachdem er Rachel auf die Wange geküßt hatte, wandte er sich an Rosie. Ein dünnes, blasses Mädchen mit bernsteinfarbenem Haar stand plötzlich neben ihr. Wo kam sie plötzlich her, und seit wann war sie da?

»Meine Tochter, lieber Toby«, stellte Rosie vor. »Ich glaube, Sie kennen sie noch nicht.«

»Nein, tu ich nicht.«

Serena reichte ihm ihre schlaffe, kalte Hand. Dann wandte sie sich an Thomas.

»Öh, wir ...«, stotterte er. »In der Galerie?«

Serena nickte. »Hallo«, begrüßte sie ruhig alle in der Runde.

»Komm, Rachel, laß uns gehen.«

Thomas nahm seine Frau am Arm und ging auf das Haus zu.

Rosie und Ralph folgten ihnen.

»Du bist einfach unmöglich, Liebling«, flüsterte Rosie ihm zu. Sie konnte nicht warten, bis sie außer Hörweite waren. »Du hast deine Chance wieder nicht genutzt.«

Auf dem Feld, das zum Parkplatz umfunktioniert war, strebten Thomas und Rachel auf den mit einer glänzenden Tauschicht bedeckten ehelichen Mercedes zu. Er war einer der wenigen Wagen, die noch dastanden. Rachel hatte vergessen, daß sie eigentlich hatte fahren wollen, ließ sich von Thomas die Beifahrertür öffnen und sank in den bequemen Sitz. Ihre Füße waren eiskalt, ihre Schuhe ruiniert. Thomas ließ den Motor an und begann an dem ledernen Lenkrad zu drehen.

»Ziemlich guter Budenzauber«, sagte er. »Findest du nicht?«

»Ziemlich gut«, stimmte Rachel nach einiger Überlegung zu. »Ich bin froh, daß wir beschlossen haben hinzugehen.«

Toby stand ein paar Schritte neben Serena auf dem Rasen. Sie trug ein schlichtes Seidenhemd, fast die gleiche Farbe wie der Himmel. Über dem Arm hatte sie eine marineblaue Wolljacke hängen und in der Hand ein leeres Weinglas. Toby sah an einer Seite des Glases leichte Lippenstiftspuren. Er wunderte sich, nachdem er die völlig ungeschminkten Lippen des Mädchens betrachtet hatte. Das bernsteinfarbene Haar hing bis auf die Schultern herab, ließ jedoch die zarten, schattenwerfenden Schlüsselbeine frei.

»Möchten Sie gern den Garten sehen?« fragte er.

Serena zuckte mit den Achseln. »Eigentlich nicht. Ich bin schon die ganze Nacht darin herumgewandert.«

Toby sah zum Zelt hinüber. Frances und ihr Bandleader, Pailletten und weißer Flanell innig verschmolzen, bewegten sich langsam zu einer Gershwin-Melodie.

»Vielleicht ein Frühstück? Sind Sie hungrig?«

Serena schüttelte den Kopf. »Eigentlich nicht. Nur ein bißchen kalt.«

Sie reichte ihm das leere Glas, und er half ihr, die Jacke anzuziehen. Die Ärmel gingen bis zu den Fingern.

»Ich dachte«, sagte Toby, der eigentlich überhaupt nicht gedacht hatte, »ich könnte in den Wald gehen und Dachse beobachten. Möchten Sie gern mitkommen?«

Serena nickte. Höflichkeit oder echtes Interesse? Er wußte es nicht.

Sie gingen die Wege entlang, vorbei an der letzten Fackel, die aus dem Bodennebel herausloderte, zum Ende des Gartens. Toby öffnete ein Tor auf das Feld hinaus, das leicht ansteigend zu den Wäldern hinaufführte.

Schweigend erreichten sie den Pfad, der zu der Stelle führte, die er diesen Sommer so oft aufgesucht hatte. Der Dachsbau war ganz in der Nähe. Als sie an seiner speziellen Eiche angekommen waren, zog er die Smokingjacke aus und legte sie auf den Boden. Wie selbstverständlich setzte sich Serena drauf. Sie zog die Beine an, umschloß sie mit den Armen und legte ihr Kinn auf die Knie. Unter den langen blauen Ärmeln spitzte nur ein kleiner Teil der Finger heraus. Toby suchte sich seinen eigenen Platz auf einem mit Moos und Blättern vom letzten Jahr bedeckten Baumstumpf in der Nähe. Trotz des hellen Himmels war es hier im Wald noch ziemlich dunkel. Schatten flackerten vorüber.

Sie warteten lange Zeit, horchten auf die ferne Partymusik und ein gelegentliches Knacken in den Ästen. Toby hatte noch nie eine Frau getroffen, die so still sitzen konnte. Er glaubte nicht, daß sie noch einen Dachs sehen würden, dazu war es schon zu hell, aber er brachte es nicht übers Herz, Serenas Hoffnung zu zerstören. Sie schien glücklich zu sein. Er beschloß, nichts zu sagen und sich nicht zu bewegen.

Franziska Stalmann

Champagner und Kamillentee
Roman. 230 Seiten. SP 1541

Nach dreizehnjähriger Ehe wird die 39jährige Ines von ihrem Mann in Rekordzeit »ausgemustert«. Er wird anderweitig Vater und will eine schnelle Scheidung. Ines steht fassungslos und allein da, ohne Beruf, ohne Ausbildung, ohne Freunde.

Wie sie sich langsam fängt und sich mit neuem Outfit und neuen Aufgaben zum Schwan mausert, schildert die Autorin mit Charme, Sprachwitz und viel Situationskomik.

Eine Emanzipations-Komödie der allerfeinsten Art. Franziska Stalmanns spritziger Roman, erzählt in wunderbar leichtem Ton, ist längst zu einem Bestseller geworden, der sich bei Frauen wie ein Lauffeuer herumgesprochen hat.

Ein »Frauen-Power-Buch, süffig wie ein Glas Champagner.«
Brigitte

»Spaß vom Allerfeinsten.«
Die Welt

Lieber die Taube in der Hand
Roman. 260 Seiten. SP 1788

Agnes hat auf einmal ihre schaumgebremsten Männerbeziehungen gründlich satt, besonders ihr Arrangement mit Rainer, der mit ihr ins Bett und auch mal ausgeht, sonst aber nicht viel braucht. Agnes ist vierzig und Psychologin, seit langem geschieden, und hat noch Jessica, eine wohlgeratene Tochter, die schon studiert. Jetzt, nach all den mageren Jahren, könnte sie sich eigentlich mal was Richtiges gönnen, eine schöne, fette Liebe mit allem Drum und Dran. Doch wie und wo findet man in diesem Alter den passenden Mann? Sie weiß, daß sie eigenwillig und anspruchsvoll ist und nicht bereit, jeden zu nehmen. Sie weiß, daß ihre inneren Werte ansehnlich, die äußeren dagegen reichlich vernachlässigt sind. Unterstützt von Feundin Lea macht Agnes sich systematisch ans Werk. Da wird sie zum Abendessen eingeladen und begegnet Felix.

Carmen Rico-Godoy

Perfekte Frauen haben's schwer

Roman. Aus dem Spanischen von Volker Glab.
196 Seiten. SP 1576

Der Horror einer ganz »normalen« Ehe: Carmen und Antonio. Sie zweimal, er einmal geschieden. Jeder hat aus seiner früheren Ehe Kinder mitgebracht. Sie ist Journalistin, er Geschäftsmann. Sie ist emanzipiert, er ist ein Pascha mit gelegentlichen Anfällen von Softie-Allüren. Wenn er krank ist, muß alles stehen und liegen bleiben. Wenn sie krank ist, wird's schon irgendwie gehen. Wenn er Seelenwehwehchen hat, ist ihr mitfühlendes Ohr gefordert, wenn sie platzt, sind ihre Gefühle ihr eigenes Problem.

»In unverblümt direkter, oft witziger Sprache nennt die Autorin die Dinge beim Namen.«
Rhein-Neckar-Zeitung

So nicht, mein Lieber
Roman. Aus dem Spanischen von Volker Glab. 160 Seiten.
SP 2010

Unglücksfrauen leben besser
Roman. Aus dem Spanischen von Volker Glab.
166 Seiten. SP 1906

Nach dem großen Erfolg von »Perfekte Frauen haben's schwer« jetzt ein neuer, haarsträubend-lebensnaher Roman der Autorin: Antonio, Carmens dritter Ehemann, hat ihr ein letztes Mal das Wochenende vermiest, weil er an einem Samstag das Zeitliche segnete. Doch endlich kann die flotte Endvierzigerin tun und lassen, was sie will: nachts ausgiebig frühstücken, hemmungslos fernsehen, ganz eigene Wege gehen. Die führen sie über exzessive Tage und Nächte in Paris nach Buenos Aires, wo sie einem Mann begegnet, der nicht nur ihren Hang zum Chaos teilt, und schließlich zurück nach Spanien. Hier hat Carmens Tochter, die offensichtlich genauso zu Katastrophen neigt wie die Mutter, eine Überraschung parat...

»Eine heitere Satire auf das Leben alleinstehender, beruflich erfolgreicher Frauen.«
Das Neue Blatt

SERIE
PIPER

Danièle Thompson

Die Frau des Liebhabers
*Roman. Aus dem Französischen
von Irène Kuhn und Ralf Stamm.
255 Seiten. SP 2298*

Mitreißend schildert die Autorin ein Chaos an Gefühlen. Die Pariser Fernsehjournalistin Cécile, Anfang Vierzig, ist mit dem Arzt Ferdinand seit über zwanzig Jahren glücklich verheiratet. Sie erfährt, daß sich ihre zwanzigjährige Tochter unsterblich in einen viel älteren, verheirateten Mann verliebt hat. Sie entwickelt raffinierte Strategien für das Liebesglück ihrer Tochter, steht ihr mit Rat und Tat zur Seite – bis sich in ihr der Verdacht erhärtet, daß sie selbst eine Betrogene ist, daß sie als Frau von Ferdinand auch die Frau eines Liebhabers ist. Als am Ende ihr gesunder Menschenverstand doch wieder die Oberhand gewinnt, findet sich die beste Lösung für alle fast von selbst – nur die Herren der Schöpfung haben das Nachsehen.

Françoise Giroud

Die Liebhaberin
*Roman. Aus dem Französischen
von Irène Kuhn und Ralf Stamm.
176 Seiten. SP 2399*

Sie ist eine Frau Anfang Vierzig, modern, elegant und attraktiv. Ihr Beruf ist ihr sehr wichtig; sie ist frei, fühlt sich unverwundbar, denn sie hat schon (fast) alles erlebt. Er ist noch jung, am Anfang seiner Anwaltskarriere. Er ist witzig, charmant und manchmal wunderbar unverschämt. Doch man ahnt, wie verletzbar er ist. Die Begegnung mit Jerzy trifft sie mitten ins Herz. Sie sind glücklich miteinander – so lange, wie die Liebe glücklich sein kann. Doch dann, eines Tages – die Wahrheit trifft sie wie ein Schlag.

»Ein ungewöhnliches und einzigartiges Talent – das einer Frau, die alles vom Leben weiß.«
Le Nouvel Observateur